DER JUNIORCHEF

DER JUNIORCHEF

Das Neue Testament

Lammfromm neu erzählt
von Michael Korth

Eichborn Verlag

Zur Erinnerung an Bernhard Bultmann,
der so herzlich lachen konnte.

Grundlagen meiner Arbeit bildeten:
Luthers Bibelübersetzung Biblia, Das ist die gantze Heilige Schrifft, Deudsch auffs new zugericht, Wittenberg 1545, hrsg. von Hans Volz unter Mitarbeit von Heinz Blanke, Textredaktion Friedrich Kur, München 1974. Wolfgang Teuschl, Da Jesus & seine Hawara, Das Neue Testament im Wiener Dialekt, Wien, vierte Aufl. 1981. Dat Niee Testament, Plattdüütsch von Rudolf Muuß, Breklum 1975. H KAINH ΔIAΘHKH (Das Neue Testament im griechischen Urtext), London, vierte Aufl. 1962. Gerhard Prause, Die kleine Welt des Jesus Christus, Hamburg 1981. Je länger ein Blinder lebt, desto mehr sieht er, Jiddische Sprichwörter, übersetzt von H. C. Artmann, Frankfurt, dritte Aufl. 1986.

CIP-Titelaufnahme der Deutschen Bibliothek

Korth, Michael
Der Juniorchef : das neue Testament lammfromm neu erzählt / Michael Korth. – Frankfurt am Main : Eichborn, 1989
ISBN 3-8218-0097-6

30. bis 45. Tausend

Umschlag: Uwe Gruhle/Van Volxem
Satz: Fuldaer Verlagsanstalt GmbH
Druck und Bindung: Reclam, Ditzingen
ISBN 3-8218-0097-6

Verlagsverzeichnis schickt gern:
Eichborn Verlag, Sachsenhäuser Landwehrweg 293,
D-6000 Frankfurt 70

1
EINE UNGLAUBLICHE LIEBESGESCHICHTE
Matthäus 1, Lukas 2

Vor fast 2000 Jahren (um genau zu sein, es war an einem Donnerstag) hatte der GROSSE BOSS wieder einmal eine Idee. Die Zeit näherte sich gerade dem Nullpunkt.

Ein günstiger Moment, von vorn zu beginnen, dachte der GROSSE BOSS.

In Rom brachte der Generalsekretär des Römischen Reiches, Kaiser Augustus, seine fetten Bürokraten auf Trab. Sie sollten alles zählen, Kinder, Kartoffeln, Nägel, Goldstücke, alles. Denn in der römischen Welt ging es zu wie seinerzeit nur in Sodom und Gomorrha: überall Wirtschaftskriminelle, steuerhinterziehende Politiker, Lustmörder, Terroristen, Waffenschieber und Dealer.

Kurzum, der Teufel hatte mal wieder kräftig mit seinem Schwanz über die Erde gefegt.

Das Zählen schien Augustus eine wunderbare Methode zu sein, Beamte zu beschäftigen und alles Schiefe wieder ins rechte Lot zu bringen.

Zahlen bringen alles in den Griff, meinte er händereibend. Was soll einem Heiden auch anderes einfallen. Statt zu beten, wird bei denen immer nur gearbeitet.

Der GROSSE BOSS sah sich verstört auf dem schönen Globus um und dachte: *Das kann ja heiter werden. Wenn die erst die Statistik eingeführt haben, glauben diese Hornochsen nicht mehr an mich und meine erstklassigen Wunder, sondern nur noch an Zahlen.*

Sein auserwählter Chaoten-Stamm im heiligen Land war keinen Deut besser als die römischen Rechenkünstler. Düster erinnerte er sich: Das ganze Geschlecht war von Grund auf versaut. Eva hatte den Apfel geklaut und gekaut und so das schleichende Gift der Erkenntnis über ihre Töchter immer weitervererbt. Allerdings wirkte es erst, wenn Boys und Girls in die Krise der Pubertät gerieten. Vorher waren sie immun, Kinder. Eigentlich ganz nett. Der GROSSE BOSS lächelte ein gerührtes Großvaterlächeln. Aber dann, dann erkannten sie alle glasklar die kleinen Unterschiede, die Mädels an den Knaben, die Banken an den Beträgen hinter dem Komma, der Oberstraßenkehrer am längeren Besen usw. Aus unschuldigen Kindlein wurden struppige Saupreußen, versoffene Russen, Spaghettifresser, Amis, Judenlümmel, Nigger und Bayern.

Mein BOSS, sagte sich der GROSSE BOSS. *Es steckt von Anfang an der Wurm in diesem Bündel Mensch. Wir sollten nochmal von vorne anfangen.*

Und da das unzuverlässige Gewürm immer wieder aus Evas Töchtern hervorkroch, hatte der GROSSE BOSS an jenem denkwürdigen Donnerstag DIE zündende Idee: *Wir müssen die entartete Bande mit etwas besserem Gen-Material veredeln.*

Der GROSSE BOSS schlug sich vor Freude über die Blitzidee an seine Denkerstirn, daß die Funken bis zum Kollegen Zeus drüben auf dem Olymp schossen. Genial.

Jesusmaria, frohlockte er. Und das war das Stichwort. Evas Sündenvolk mußte mit einer Frischblutkonserve verbessert werden. Eine göttliche Rose auf einen frischen Trieb der alten Sorte gepropft werden. Auf den Stamm Davids, versteht sich. Denn die Rotzbengel waren zwar religiös unzuverlässig, aber immerhin gehörten sie zur Ursippe, die der GROSSE BOSS am Busen genährt hatte. Mischpoke bleibt Mischpoke.

Der GROSSE BOSS ließ sein göttliches Dreiecksauge wohlgefällig über die hübschen Judenmädels schweifen. Und plötzlich sah er eine, die ihn an die kurvenreiche Urmutter Eva erinnerte.

Maria! murmelte der GROSSE BOSS, und hinter seinem verklärten Blick stiegen liebliche Bilder aus unschuldigen paradiesischen Zeiten auf.

Doch nun wurde die Sache heikel. Wie immer, wenn schöne Ideen Wirklichkeit werden sollen. Das knackige Gör war nämlich schon unter der Haube. Ihr Kerl hieß Joseph. Der hatte schon ein paar Dutzend Jahre als Zimmermann auf dem Bau auf dem Buckel und einen krummen Rücken. Trotzdem behauptete der Graubart, ein feiner Pinkel zu sein und vom berühmten Gitarrenspieler und Songschreiber David abzustammen. Das will auch niemand bezweifeln. Hieß es doch schon in einem uralten hebräischen Kinderlied: Der David und der Salomon, das waren arge Sünder, sie lebten frei und liederlich und zeugten viele Kinder. Halb Israel hatten die beiden bevölkert, und darum bestand die halbe Nation aus Königskindern. Ein edles Volk. Nur – die konnten ja nicht alle Prinzessinnen, Reitergeneräle oder Aufsichtsräte werden. Irgend jemand mußte schließlich auch arbeiten in Zeiten wie diesen, wo das Personal teuer war und die Römer gierig an den Sparstrumpf griffen. Zu diesen Bedauernswerten gehörte Marias uraltadeliger Gemahl.

Die beiden waren zwar schon ein paar Tage verheiratet, aber Joseph war durch die Arbeit am Bau immer müde und hatte es außerdem an den Bandscheiben.

Der GROSSE BOSS dachte: *Die Situation ist doch ganz passabel. Das Mädel hat einen Minusmann, sehnt sich nach Liebe, wünscht sich ein Kind, weil sie sich langweilt – und außerdem ist der zukünftige Zieh- und Nährvater aus bester Familie.*

Um aber nicht als Mädchenschreck in die Geschichte einzugehen wie Kollege Zeus, der immer gleich ruckzuck ranging und sich so einen bleibenden Namen als erotischer Schneisenschläger machte, beschloß der GROSSE BOSS, einen Brautwerber mit Rosenstrauß zu schicken und vorzufühlen, wie die Sache stände. Das war ein sorgfältig gekleideter junger Mann aus bestem Erzengelhause, mit guten Manieren, feinstem Oberklassenhebräisch und sauberen Fingernägeln. Der GROSSE BOSS verwendete ihn sonst hauptsächlich als Seelenbesorger bei vornehmen alten Damen.

Kaum war Joseph am nächsten Tag ächzend zur Tür hinaus, flog Chefsekretär Gabriel nach Nazareth in Galiläa, wo die Auserwählte des GROSSEN BOSSES mißmutig die Betten machte.

Ave Maria, sagte er modern auf lateinisch, als er eintrat. Ihr wurde ganz anders. So ein hübscher junger Mann. Er reichte ihr galant die Rosen, küßte ihr charmant die Hand und gab ihr mit eleganten Worten zu verstehen, daß sie von allen Mädels dieser Welt dem GROSSEN BOSS die liebste sei.

Mein BOSS! entfuhr es ihr.

Da kam er gleich zur Sache: *Schau, schöne Maria, der GROSSE BOSS ist aus Sorge um sein heruntergekommenes Volk ganz verliebt in dich. Er will es erretten. Dazu braucht er eine verständige, mutige Frau, um als Gefäß für die Fleischwerdung des göttlichen Geistes zu dienen – wenn du verstehst, was ich meine. Und dein Sohn soll dann so eine Art König werden in Israel, um die Leute moralisch aufzubauen!*

Man kann sich denken, daß Maria bei solchen Reden rote Wangen kriegte. Einerseits, weil sie an ihren liebesschwachen Jupp dachte, andererseits, weil ihr das Ganze eine Nummer zu groß erschien. Gleich mit dem GROSSEN BOSS!

Um Zeit zu gewinnen, sagte sie zum Chefsekretär: *Wie soll denn das überhaupt gehen? Erstens bin ich nicht so eine wie du denkst, und zweitens schläft nachts immer mein lieber Joseph bei mir im Bett, und der tut vor Rückenschmerzen kaum ein Auge zu. Ich glaube, eher nicht. Das kann schiefgehen. Und dann habe ich nichts als Ärger und blaue Flecken.*

Chefsekretär Gabriel aber war ein erfahrener Diplomat und Psychologe. Zudem konnte er Gedanken lesen. Er stellte sich unmerklich hinter die herrlich-duftenden Rosen aus dem Garten Eden und machte ihr die einmalige Gelegenheit klar, Mutter eines Königs werden zu können. Das kommt ja nicht alle Tage vor. Und:

Der GROSSE BOSS wäre doch nicht der GROSSE BOSS, wenn er nicht kleine Wunder wirken könnte. Er wird als Schatten in dein Zimmer gleiten, und dein Alter kriegt zuvor einen Tropfen himmlischen Nektars, so daß er selig benebelt in eleusinische Höhen entschwebt. Verlaß dich auf uns, wir sind alte Hasen.

Diese starken Argumente überzeugten sie, und sie sagte: *Okay, ich liebe den GROSSEN BOSS aus ganzem Herzen; und wenn er kommt, möchte er mir doch bitte noch ein paar Rosen mitbringen.*

Und Gabriel entschwand mit einem: *Grüß BOSS!* bevor sich in Maries Busen wieder Wenn und Aber regen konnten.

Wie das Ding dann gedreht wurde, verschweigen leider die Chronisten, aber am nächsten Morgen sah Maria so selig und rosig aus, daß ihr Jüppchen verliebt wurde wie ein alter Kater. Doch die Rückenschmerzen waren schlimmer als je zuvor. Maria aber trällerte beim Bettenmachen verzückt vor sich hin, was einem kundigen Beobachter unzweifelhaft verraten hätte, daß sich der Finger des Heiligen Geistes in ihr Herz gesenkt hatte.

2
LAUTER RUNDE WUNDER
Matthäus 1

Es gab natürlich doch Zoff. Jüppchen war zwar nicht mehr so richtig auf der Höhe, aber als Schrumpelfrüchtchen eines alten Schwerenöterstammes – uralter

Adel, sagenhaftes Triebleben – hatte er den Braten bald gerochen. Als sich Marias Rosenäpfelchen immer verlockender rundeten und lieblichen Liebfrauenmilchduft verströmten, ihr daunenweiches Bäuchlein immer kuscheliger wurde, dämmerte es dirty old Joseph, daß ein Kuckuck über sein Haus geflogen sein mußte. Vor Ärger wurde sein letztes Brusthaar grau.

HimmelherrBOSS, entfuhr es ihm. *Da geht man am Stock und muß fremder Leute Kind ausbrüten. Ich alter Esel. Mit 70 hat man noch Alpträume.*

Wie hieß doch das weise Sprichwort: Wie schade, die Braut ist zu hübsch.

Man sieht, wer kühne Ideen in die Tat umsetzt, erlebt die schönsten Wunder. Der GROSSE BOSS und sein irdischer Stellvertreter Joseph konnten es täglich runder werden sehen. Wütend zog Joseph seinen alten Esel am Schwanz. Obendrauf thronte Liebeslieder trällernd die hübsche Marie im Damensitz und trippelte mit ihren roten Saffianlederstiefelchen den Takt ins Eselgerippe. Armer Grauer. Außer der BOSSvollen Lady mußte er noch die Koffer schleppen.

Warum bloß schon wieder ein Familienausflug, fragte er sich. Und wir mit ihm. Wo wollte die heilige Familie im Wüstenwinter hin? Weihnachten rückte näher. Wer geht da, außer ins Schilager, freiwillig auf Reisen?

Gingen sie auch nicht. Die Statistiker in der Bundeshauptstadt Rom hatten sich wieder etwas Geniales einfallen lassen. Sie dachten, wenn jeder Familienvorstand seinen Volkszählungszettel in seinem Geburtsort ausfüllt, belebt das ungeheuer den Inlands-Reiseverkehr. Die Tourismus-Industrie blüht auf, die Kohle bleibt im Land und wird nicht von fremden Negerkönigen in goldenen Betten verjubelt, die Hoteliers sind zufrieden, weil die reichen Scheichs mit ihren Ehegemahlinnen, Leibwächterinnen, Masseusinnen und versammelten Kindergärtnerinnen die leerstehenden Nobelsuiten buchen; die Würstchenbuden an den Karawanentankstellen versprechen Spitzensteuereinnahmen usw.

Das bringt Leben in die Bude, frohlockte der römische Wirtschaftsminister, ein Mafioso aus Palermo namens Fiscus, *der Rubel rollt durchs römische Reich, für meine Tasche segensreich.* Den eleganten Reim hatte er bei seinem Lieblingsdichter Ovid ausgeborgt. Das meiste von der Knete blieb in Rom kleben. Klar doch.

Wie die fetten Scheichs, mußte sich auch der klapprige Joseph auf die Socken machen. Dabei hatte er in der nächsten Woche einen Termin beim Heilpraktiker. Aber Ausreden wurden vom Einwohnermeldeamt nicht akzeptiert. Wer seine Tontafel nicht termingerecht beritzte, kriegte keinen Paß mehr, keinen Esels- oder Ochsenführerschein, keine Geburtsurkunde für seine Leibesfrüchte. Ziemlich mieses Jahr für werdende Väter. Dabei hatten die Sterndeuter den Halleyschen Kometen vorausgesagt.

Ich muß doch wieder mal mein Horoskop machen lassen, sinnierte Joseph, *damit kriegt man die Zukunft besser in den Griff.* Alberner Aberglaube. Joseph denkt und BOSS lenkt. Doch was ihn am meisten wurmte: Wer konnte ihm das Kuckucksei ins Nest gelegt haben? Eifersüchtig durchforschte er sein Hirn. Es kam doch nie ein Schwanz zu Besuch. Der GROSSE BOSS fiel ihm natürlich nicht im Traum ein, und das Funkenmariechen lächelte immer bezaubernd in sein Faltenface, sobald er seinen scheelen Blick in ihre Mandelaugen senkte. Manchmal übermannte ihn auch die selige Illusion, sein alter Adam sei in der Nektarnacht bestens funktionstüchtig gewesen, eine Zauberwurzel, mittels der Marie morgenfrisch wie eine Nachtigall geträllert hatte. Aber, was nützen Rosinen im Kopf, wenn man Pudding in der Hose hat?

Am besten, ich hau ab, grantelte er eines Abends, als er sich in seinen Schlafsack quälte. *Was geht mich ihr Bauch an. Soll sie doch sehen, wie sie mit dem Krähhals zurecht kommt.*

Das war zwar modern gedacht, aber der GROSSE

BOSS brauchte ihn nun mal als Pflegevater. Irgendwer mußte dem Bengel doch ein Süppchen kochen – kein Süppchen ohne Jüppchen.

Heute schlief er zum erstenmal seit Wochen ungewälzt ein. Der GROSSE BOSS hatte nämlich in sein rabenvaterschwarzes Herz geblickt. Und was er da sah, bewog ihn, den Lendenlahmen unter Narkose zu setzen.

Alle Wetter, der GROSSE BOSS pfiff durch die Zähne. *Der Kerl will 'ne Fliege machen und sich klammheimlich aus der nährväterlichen Verantwortung ziehen. Die Sitten sind verwildert. Es wird Zeit, daß die Leute moralisch sauber werden. Ordnung muß sein. Morpheus soll ihn derweil in seinen Armen festhalten, bis die therapeutische Behandlung abgeschlossen ist.*

Er setzte sein Röntgenauge ab und klingelte nach seinem Faktotum. *Lieber Gabriel, ich habe gerade ein Psychogramm vom Stiefvater meines Sohnes gemacht. Er ist im Moment gar nicht gut drauf. Das ist der Streß. Die Römer machen ihn mit ihrer Volkszählung fix und foxy. Soweit ich sehe, will er sich im Morgengrauen abseilen. Dann haben wir den ganzen Erziehungssalat am Hals. Du mußt Windeln waschen, Wiege schwingen und das Süppchen kochen. Schmeckt dir das? Um es dir erst gar nicht einzubrocken, schlage ich vor, du hypnotisierst ihn ein bißchen und bringst ihm bei, wie sich ein Ehrenehemann aus altem Stamm zu verhalten hat. Suggeriere ihm, daß er beim nächsten Hausmann-Preis von Galiläa den großen Blumentopf gewinnen wird, wenn er ein bißchen Goodwill zeigt. Um ihn bei Laune zu halten, versprich ihm auch, daß wir ihm nach der Geburt seines Ziehsohnes ein Wundermittel gegen Impotenz verschreiben, damit er ab und an Mariechens Früchten naschen kann. Die Treue zum GROSSEN BOSS wird immer belohnt. Machs gut, Junge.*

Gabriel, der Kurier des Himmelzaren, schnallte seine Flügel um und flatterte los.

Die traumhafte Gehirnwäsche hatte phänomenale Wirkung. Über das neue Wunder des GROSSEN BOSSES wunderte sich besonders Mariechen. Als die Sonne auf Josephs Nase leuchtete, war aus dem grantelnden Griesgram ein handzahmer Softie geworden.

Der wundersam Verwandelte kochte Kaffee, servierte Frühstück am Schlafsack, packte die Plünnen und massierte Maries Babybauch mit Babyöl ein, damit sie keine Geburtsfalten zwischen dem Bikini kriegen sollte. Ein tadelloser Gatte. Der GROSSE BOSS war zufrieden. Jüppchen absolvierte sein vom GROSSEN BOSS verordnetes Trainingsprogramm für den galiläischen Hausmannswettbewerb, ohne auch nur den Anflug einer Ahnung zu haben, wer Sieger sein würde. So ist der GROSSE BOSS, er gibt jedem, was er braucht.

Die Josephinische Babyölmassage war so entspannend, daß Mariechen ihrem Leibmasseur zum Dank ein Küßchen auf die Glatze schmatzte. Dann ging es weiter im Eselstrab. Aus den blauen Bergen tauchte Bethlehem auf. Bei diesem Anblick begann des GROSSEN BOSSES Sohn vor Freude in Maries Bauch im 7/8 Takt zu ihren Liebesliedern zu hüpfen.

Das reinste Künstlerwetter strahlte vom Himmel. Es sollte schließlich ein Sonnensonntagskind werden. Der GROSSE BOSS hatte den Geburtstermin genau berechnet und auf den 25. Dezember des Jahres Null auf Null Uhr Null festgelegt. Es schien alles bestens geregelt. Doch als Joseph leutselig den Portier des einzigen Hotels nach einem günstigen Zimmer fragte, schaute der höchst finster von oben herab und schnarrte: *Wir sind eine Drei-Sterne-Herberge, Doppelzimmer mit Frühstück inklusive Garage kostet 240 Mark pro Nacht.*

Josephs strahlende Softiemiene legte sich in Kummerfalten. Tja, ohne Moos nichts los! Oder auf jiddisch: Armsein ist keine Schande, aber auch keine besondere Ehre.

Da entdeckte der bekümmerte Joseph plötzlich hinter der Geschäftsvisage des Empfangschefs einige bekannte Gesichtszüge: *Mensch Meïr! Vetter, kennste mich denn nich mehr?* Das fette Vetterngesicht verzog sich zu einem öligen Grinsen: *Ja hallöchen, Alter! Du hast dich aber verändert. Wie gehts wie stehts?* Jüppchen: *Mit dem Gehen gehts ja, aber sonst hängts ganz von den Umständen ab ....*

Der Cousin dritten Grades brachte Joseph und seine Sippe inklusive Reitzeug zu einem äußerst günstigen Tarif im Stall unter. Wie gut, daß dank Davids und Salomons Lendenkraft die Familienbande übers ganze Land verstreut war. Es wurde auch höchste Zeit. In Maries Bauch rumpelte und pumpelte es wie in einem Boxring. Sie kriegte jede Menge Leberhaken und Tiefschläge.

Ein rühriges Bürschchen, beruhigte sie der beunruhigte Joseph, als er bei der Babyölmassage die Wellenbewegungen mit den Fingern verfolgte. *So kann nur BOSS in einem wirken.* Dann stellte er einen Topf Wasser aufs Feuer, legte Tücher zurecht und machte es sich neben der Kreißnerin bei einem Schöppchen Wein gemütlich.

Aber jetzt gings erst los. Statt dem natürlichen Ausgang zuzustreben, begann das Ungeborene im Kreißnerinnenbauch im Kreis zu jagen. Immer schneller. Marie wurde angst und bange. Als Joseph ihr den Puls fühlte, hatte er das Gefühl, etwas über den Durst getrunken zu haben. Marie spürte ihren Lebenssaft mit 70 PS durch die Adern sausen. Sie wurde rot wie eine Tomate, ihr Atem hechelte ... dann ein Schrei, ein Knall, daß dem zitternden Joseph der Humpen aus der Hand flog. Der JUNIORCHEF war gelandet.

Wieder ein Wunder: Trotz Schwängerung und Geburt war Marie intakte Jungfrau geblieben.

Glücksstrahlend legt die BOSSGEBÄRERIN den Prachtjungen an ihre strotzende linke Brust. Und der beginnt sofort mit dem Appetit eines Jungvampirs an ihrem Herzen zu saugen.

Joseph, ganz narrisch vor Stiefvaterfreude, denkt: *Tolle Geschichte, so gut möcht ichs auch mal haben.* Kommt Zeit kommt Tat. Der GROSSE BOSS hat das Potenzmittel bereits in Auftrag gegeben. *Halleluja,* donnert es durch die Decke.

3
DIE ERSTE WEIHNACHTSFEIER DER WELTGESCHICHTE
Lukas 2

Joseph, Esel und Marie blicken perplex nach oben. Durch die fehlenden Dachziegel sehen sie blitzende Engel flitzen. Alle singen, posaunen, harfen, geigen, strippen auf Klampfe und Baß, flattern herum. Ein Mordsgetöse braust aus dem Himmel. Es klingt gewaltig nach Meister Bachs Weihnachtsoratorium. Nur englischer, irgendwie ein bißchen nach Beatles. Scharen von himmlischen Musikcorps singen siebenstimmige Sphärenmusik. Das ganze Weltall swingt, und die Sterne tanzen wie besoffen am Himmelszelt. Die braven Bürger von Bethlehem kriegen von der Fete nicht das Geringste mit. Sie verpennen ganz einfach das erste Weihnachtsfest.

Eigentlich schade, wo der GROSSE BOSS sich mit dem Feuerwerk und dem Oratorium solche Mühe gegeben hat. Er ruft einen Botenjungen: *He, Raffi, es ist ja kaum Publikum da. Wozu machen wir uns die Mühe, eine so tolle Schau abzuziehen. Trommel doch noch ein paar Leute zusammen. Sowas kriegen die nie wieder zu sehen.*

Der Erzbote Raphael schnappt sein Tamburin und

saust los. Doch in Bethlehem ist alles duster. Selbst in der Herbergsbar brennt kein Licht mehr. Er will schon wieder umkehren, da sieht er am Stadtrand ein Feuer flackern.

Eine Bande versoffener Schweinehirten erzählt sich beim Schweinskotelett schmutzige Witze, als plötzlich ein Blitz neben ihnen einschlägt. Schreckensklamm und zähneklappernd sehen sie, wie der Glühball Gestalt annimmt.

Der BOSSseibeiuns, flüstert angstschweißtriefend der Kleinste.

Doch da tönts: *Hallo Jungs, nur keine Bange. Ich lade euch zu 'ner kleinen Geburtstagsparty ein, im Stall vom Hotel ZUM GUTEN STERN. Wein gibts gratis. Heut ist nämlich der Messias geboren. Wenn schon die Honoratioren die Einführung der neuen Zeitrechnung verschlafen, so sollt ihr sie wenigstens mitkriegen. Zeit habt ihr ja genug.*

Er zwinkert mit dem Auge. Da tauen die Schweinehirten wieder auf. Der junge Mann hat so eine warme Ausstrahlung. Doch da, simsalabim, löst er sich wieder in den Äther auf.

Meine Güte, bin ich blau, ruft der Chef der Piggyboys, *ich hör schon die Engel singen und seh die Sterne vor meinen Augen tanzen. Also, auf zum Stallfest, der Wein ist eh schon alle.*

Je näher sie dem Stall kommen, um so wilder fetzt die englische Tanzmusik an ihr Ohr. Arm in Arm torkeln sie zur Tür hinein. *Vorsicht, Stufe!* ruft Joseph hellsichtig. Zu spät. Sieben Hirten liegen vor Mutter und Kind auf den Knien.

Die heilige Familie lacht herzlich. Es ist auch zu komisch. Während sich die Säufer verdattert aufrappeln, geht Joseph in die Ecke und holt seinen fast leeren Krug. Aber alle Wetter. Plötzlich ist er randvoll mit bestem Malvasier. Sie stoßen an, es wird lustig, und alle tanzen zum englischen Beat, bis die Sonne lacht. Selbst Marie mit dem lallenden Steppke auf dem Arm. Eine Szenerie, entspannt wie bei einem alternativen Stadtfest.

Als der Weinkrug leer ist, sagen die sieben Schweinshaxen goodbye und lungern BOSSselig bedudelt durch die Straßen von Bethlehem, wo sie den Bürgern ihr blaues Wunder vorlallen. Die machen sich dünn wie Stacheldrahtzäune und tippen verstohlen an die Stirn. Schweinehirten, asoziales Pack, immer blau. Und stinkend. Welcher Edeljude ißt schon Schweinswürstl mit Senf. Unreine Exportware für römische Ferkel. Schweinkram. Igitt. Der Oberbürgermeister grinst sie distanziert an wie einen Haufen gewalttätiger Irrer und läßt sie unter Geleitschutz ins Schweinecamp geleiten.

So kommt es, daß das Wunder dubioser Informanten wegen ignoriert wird.

Wehe, wehe, orakeln die Krähen am Schweinetrog. Dabei hätte gerade Bethlehem allen Grund, sich vor dem Kuckucksei im Nest zu fürchten. Wer nicht hören will, muß bis Kapitel 5 warten.

4
DIE STERNE LÜGEN NICHT
Matthäus 2

Während in Bethlehem bei der ersten Weihnachtsfeier der Welt Millionen von himmlischen Symphonikern sieben Schweinehirten, einen alten Graubart, eine Wöchnerin und ihren Dreikäsehoch in Trance versetzen, schauen im fernen Chaldäa drei beamtete Sterndeuter der Universität Babylon gelangweilt durch die Röhre. Ein öder Job. Nacht für Nacht Nachtschicht und immer nur Sterne in weiter Ferne.

Plötzlich sagt Doktor Melchior, ein dunkler Gastdozent mit spiegelnder Sonnenbrille aus dem Jemen: *Ich glaub, ich brauche 'ne neue Brille. Es flimmert mir so vor den Augen.*

Professor Ursus Balthasar langt sich Melchiors Teleskop rüber: *Vielleicht ist nur dein Ding ein bißchen unscharf geworden.* Er kneift das linke Auge zu, blickt angespannt ins All, läßt das Rohr sinken, kneift das rechte zu und wirft einen rechten Blick ins Firmament. Dann schreit er begeistert auf: *Das Weltall tanzt! Der Tag, resp. die Nacht, auf die Generationen unserer gelehrten Vorfahren seit 31217 Jahren gewartet haben, ist da!* Er haut vor Freude aufs Pult, daß die Ferngläser wackeln.

Doktor Melchior und Universitäts-Assistent Caspar Haussa fahren erschreckt von ihren Drehstühlen auf.

Wat dat dann? ruft Professor Balthasar und fällt vor Aufregung in seinen Heimatdialekt. Während Assistent Caspar in die Tonband-Bibliothek flitzt, um in einschlägigen astrologisch-physikalischen Werken nachzutontafeln, hat Balthasar wieder das swingende Weltall unter die Lupe genommen. Mitten durch die schlingernden Sonnensysteme bewegt sich in konstanter Linie ein raketenhafter Komet mit flammendem Schweif. Dänikend interpretiert er den Tontafeltext, den ihm sein Assistent unter die Brille hält. Leicht holpernd übersetzt er aus dem Althochchaldäischen: *Wenn Halleyscher Komet kömmt, im Jahre post christum natum 0, dann zeigen, wenn bleibt stehen, wo welterlösender BOSSKÖNIGSSOHN aus Weltall durch Bauch irdischer Mutter landet.*

Seine Mitarbeiter sind baff. Sie kennen den Text

nicht. Es gibt ihn nur im Professoren-zugänglichen Giftschrank der Bibliothek. Alle drei richten ihre Rohre auf die Himmelsrakete, die inzwischen Schleifen um die Sternwarte zieht, wie ein auf Landeerlaubnis wartendes Flugzeug. Was heißt das nun wieder? *Vielleicht deshalb, weil dieser Unibereich STERNWARTE heißt?* wagt Caspar Haussa anzumerken. Dieweil Dozent Melchior geringschätzig ins Rohr nörgelt, versucht der Obersterndeuter, die folgenden, durch Mäusebiß entstellten Stellen des Ton-Codexes sinnreich zu verbinden: *Wer sieht ... groß Glück ... Sandalen anschnallen ... Koffer packen ... reichlich Geschenke ... ihm immer nach ins ??gewissen ... BOSSKÖNIG küssen ... Viel Ruhm un. groß Ehre* ... was sich in den drei Eierköpfen auf frühneuhochchaldäisch etwa so zusammenreimt: Ehrendoktorat (1) ... Bundesverdienstkreuz (2) ... Nobelpreis (3). Leider prophezeit das Prophetogramm lediglich unsterblichen Ruhm. Aber das können sie nicht wissen.

Die zauberhaften Worte bewirken, daß aus den drei staubtrockenen Wissenschaftlern geschmeidige Langstreckenreiter werden. Wieselflink packen sie ihre Reisekamele, und ab gehts in den Frühtau der babylonischen Berge. Immer dem himmlischen Glücksbringer nach.

Auf dem Schreibtisch des Sternwartedirektors Ursus

Balthasar liegt für seine Sekretärin die Tontafelnotiz: *Liebes Fräulein Istar, mußte dringend mit den Kollegen Caspar und Melchior weg. Feldforschungsprojekt im nahen Westen. Alles weitere mündlich. Geheim! Halte inzwischen die Stellung und meine Röhre in Schuß. Gruß und Kuß, dein Ursus, Univ.-Prof.*

Der Himmelskörper hat einen Drive! Die drei Ruhmsüchtigen schwanken Tag und Nacht auf ihren Kamelrücken, um Schritt zu halten. Sie rasieren sich nicht, waschen sich nicht, kalte Küche. Im rasenden Tempo durchquert der Treck Vorderasien.

Nach 13 Tagen reiten sie in Jerusalem ein und stellen, ohne es zu wissen, damit den neuen Kameltreiberrekord der Strecke Babylon-Jerusalem auf. Doch die Ignoranten interessieren sich nicht für Sport. So vergessen sie glatt, eine Pressemitteilung zu machen. Selber Schuld, wenn man nur Unigetto-Preise im Kopf hat, für die sich kein Mensch außer Eierköpfen interessiert.

Aber wo steckt der frischgelandete BOSSKÖNIGSSOHN? Kein Problem für einen staatlichen Universitätslehrer. Ein so edles Stück BOSSMensch kann nur in der königlichen Privat-Entbindungs-Station ankommen.

Leutselig drückt Ursus Balthasar dem Portier sein Visitentontäfelchen und 30 Silbertalerchen in die Hand und bittet um sofortige Audienz bei Herodes, dem Judenkönig von Kaisers Gnaden. Der Portier eilt, vom Glanz des Silbers beflügelt, zum Oberjuden. *Da draußen parken drei hebräischradebrechende Sterndeuter und wollen deiner neuen königlichen Lendenfrucht Geburtstagsgeschenke machen. Soll ich sie reinlassen?*

Herodes spielt gerade mit einer knackigen Dame Dame und ist bester Laune: *Gerne, Geschenke kann man nie genug bekommen. Gell, Täubchen? Aber welches der beiden Babys wollen sie denn gern verehren?* fragt er schmunzelnd. Er ist ein potenter Potentat. Fast jeden Monat wird auf seinem Hof ein Königskind geboren. Er blickt auf Balthasars Visiten-Scherbe: *Dunnerlüttchen, ein Sterndeute-Professor aus Babylon auf Babysuche. Sehr willkommen. Ich möchte doch allzugerne wissen, ob mir in nächster Zeit das Liebesglück winkt!* wobei er einen verstohlenen Blick in den Ausschnitt seiner Partnerin gleiten läßt. (Der würde er allzugern einen Original-Königssohn zaubern!)

Der staubige Balthasar und seine Garde nähern sich mit Bücklingen dem Diwan. Herzliche Begrüßung. Jeder will ja was vom andern. Aber als es nach dem üblichen Woherwohin-Smalltalk zum Kernpunkt kommt, wird dieser zum Knackpunkt.

Was, nur Mädels? entfährt es undiplomatisch dem

irritierten Ursus Balthasar, *die himmlische Geburtsanzeige hat doch ausdrücklich von einem Stammhalter gesprochen.*

Herodes' Blick verfinstert sich. Als erstklassig beschnittener Jude kennt er bestens die alten Geschichten, die Jesajas selig redselig verbreitet hatte: So ums Jahr 0 herum soll der BOSSKÖNIGLICHE Messias von einer Jungfrau empfangen und geboren werden. Jungfrauen hat Herodes in und ohne Hülle, mit und ohne Fülle. Aber ausgerechnet in diesem schönen Dezember hat keine von ihnen eine männliche Königskerze hervorgebracht. Fatal. Die reizende Stimmung sinkt auf den Nullpunkt.

Da schreit Caspar Haussa, dessen aufmerksamer Blick am Fenster klebt, vor dem die hübsche Dame ihre Reize räkelt, atemlos: *Der Stern! Er haut ab! Wir sind an der falschen Adresse!* Und schwupp, ehe sich Herodes von seinen finsteren und die Schöne von ihren süßen Träumen verabschieden können, sitzen die Wüstenastronauten auf ihren Kamelomobilen und hecheln ihrem guten Stern nach.

Herodes, dem bei der Geschichte eine Laus über die Leber gelaufen ist, die sich nicht mal mit einem Schluck Lebertran vertreiben läßt, schickt den drei Astromanen sicherheitshalber seinen Geheimdienstchef nach. *Damit den drei verehrten Gelehrten nichts zustößt.*

Dabei blickt er ihm eindringlich ins Aug. Die Dame ist ganz Ohr.

Der Leitstern zieht im 10-km-Tempo schnurstracks nach Süden. Eine Stunde später stehen sie vor der Herberge ZUM GUTEN STERN in Bethlehem. Denn justament dort bleibt der Halleysche Komet in den Wolken hängen und rührt sich nicht mehr vom Fleck. Es ist der 5. Januarius des Jahres 1 n. Chr., 20.35 Uhr, wie Assistent Caspar Haussa gewissenhaft nach fachgerechtem Blick auf die Sonnenuhr in seine Tagestontafel einträgt.

Endlich da. Den drei Schreibtischhengsten klappern alle Knochen im Gestell, und das Gelehrtenhirn schaukelt im Schädel. Diese Kamelreisen! Sie schwanken im Seemannsschritt in die Herbergsbar, um mit einem steifen Grog das Gleichgewicht wiederherzustellen. Dann fragen sie aufgeregt nach dem Königskind.

Vetter Meïr hält es für einen gelungenen Scherz der drei Kameltreiber und kalauert zurück: *Das Prinzchen inspiziert gerade den Reitstall. Da drüben gehts lang. Immer dem Geruch nach.*

Der Geheimdienstmann, der dem Astrologenkleeblatt in Sherlock-Holmes-Manier gefolgt ist, hat genug gehört. Während die Eierköpfe mit wissenschaftlicher Bravour die Stalltür stürmen, stürmt er nach Jerusalem, wo Regierungschef Herodes inzwischen alle Lust aufs Damespiel vergangen ist.

Kracks!! Die Tür fliegt aus den Angeln, und auf ihr segeln drei Sterngucker in den Stall. *Vorsicht Stufe!* geht im Lärm der Landung unter. Es geht ihnen wie den Hirten: Alle drei küssen vor BOSSMUTTER und JUNIORCHEF den alttestamentarischen Lehmboden.

Schöne Bescherung! seufzt Ursus Balthasar, der ausgerechnet auf seinem gichtigen Knie landet und in den Eselsäpfeln nach seiner Goldbrille sucht. *Mist. Sie ist kaputt!* Dann betrachtet er kurzsichtig das Idyll. *Toll,* denkt er, *wie wunderbar Könige die Kunst der Verwandlung beherrschen, um wie normale Sterbliche zu erscheinen.* Und in diesem Fall hat sein schlagseitiges Professorengehirn tatsächlich mal normal funktioniert.

Als sie ihren Chefsterndeuter so echt gerührt und devot auf Knien erblicken, verflüchtigt sich bei Univ.-Dozent und -Assistent jeder wissenschaftliche Zweifel in menschliches Wohlgefallen: Im Umgang mit vorgesetzten Instanzen hat ihr Ordinarius einen schlafwandlerisch richtigen Riecher.

Jesus, welch hübsches Kind, nimmt Balthasar das Gespräch auf, nachdem es Marie gelungen ist, das Schreckgeschrei des Babys mittels Muttermilchquelle unter Kontrolle zu bringen. Balthasar stellt sich und seine Mitdeuter vor, läßt Caspar Haussa den Koffer mit den Goldbarren holen, die Myrrhensalbe gegen wun den Kinderpopo auspacken und entzündet luftreinigende babylonische Weihräucherstäbchen – es riecht etwas streng nach Stall und Windeln. Joseph tappt in die Ecke. Der Krug ist wieder voll. Aber mit den Wundern gehts wie mit den übrigen Dingen dieser Welt: Man gewöhnt sich an alles. Drum wundern die Wunder Jüppchen längst nicht mehr. Es würde ihn wundern, wenns keine Wunder mehr zu bewundern gäbe.

Marie ist mächtig stolz auf ihren Bengel. Wenn solch hohe Herren aus Babylon kamen, um das Baby zu sehen und Goldklötzchen als Spielzeug zu bringen, mußte es einfach ein Wunderkind sein. Und mit süßen Gedanken an den GROSSEN BOSS schlummert sie neben dem Goldjungen ein. Auch Jüppchen schnarcht schon selig ins Stroh. Und die hohen Herren sinken einer nach dem andern in ihre Karriereträume neben den Esel.

Redlich verdiente Ruhe, murmelt Balthasar und schläft schon wie seit 14 Tagen nicht mehr, nämlich erstmals wieder seit dem Aufbruch aus Babylon. Denn immer mußte er den Stern im Auge behalten, seinen kostbaren Wegweiser zum Nobelpreis.

Kaum ist er eingenickt, fährt er wieder hoch. Außer Zähneputzen hat er noch was vergessen. Als er sich schlaftrunken die Hose zuknöpft und berufsmäßig in sein himmlisches Arbeitsrevier blickt, ist der Halleysche Komet weg. Man sieht die Hand nicht vor Augen. Während er sich zur Stalltür tastet, wird auf einmal seine Hand ganz warm. Er hat einer schwarzen Gestalt ins Gesicht gegriffen. Balthasar zuckt zusammen. Da hört er die Stimme des Dunklen:

Keine Angst, Herr Reiseleiter, ich bringe dir einen Auftrag des Sternenlenkers. Der empfiehlt dir, nicht auf der Schnellstraße nach Jerusalem zurückzureisen, sondern auf Nebenstrecken auszuweichen. Der Polizeipräsident hat nämlich scharfe Geschwindigkeitskontrollen angeordnet, und ich denke, ihr seid auf der Fahndungsliste.

Vor Schreck ist Balthasar hellewach. Die Geschwindigkeitskontrolle ist doch nur ein Vorwand. Als ihm jetzt der finstere Blick Herodes' wieder einfällt, kriegt er eine Gänsehaut. Nichts ist mit süßem Schlaf. Er rüttelt seine Kollegen wach, und mit roten Augen, die wie Sterne leuchten, preschen sie von Angst beflügelt in die rabenschwarze Wüstennacht. Man hat nie wieder etwas von ihnen gehört. Doch der GROSSE BOSS in seiner Güte läßt sie posthum heilig sprechen. *Groß Ruhm ... Groß Ehre ...* Die Prophezeiung ist eingetroffen.

5
AUSFLUG NACH ÄGYPTEN UND BABY AM SPIESS
Matthäus 2

Die nachtschwarze Mahnwache entpuppt sich als BOSSChefsekretär Gabriel, denn in Jerusalem braut sich derweil finsterstes Unheil zusammen. Herodes fürchtet um seinen eleganten Thron, den er sich in Damaskus hat maßschneidern lassen. Der Geheimdienstoffizier hat ihm den Floh ins Ohr gesetzt, daß in Bethlehem ein Prinz gesichtet worden sei. Leider keiner aus Herodes' saftigen Lenden. Erst die Laus auf der Leber und jetzt noch der Floh im Ohr. Herodes wird ganz kribbelig.

Können wir uns keinen besseren Kammerjäger leisten? brüllt er durch die Marmorhalle, daß die modernen römischen Plastiken auf ihren Sockeln wackeln. *Die Hellseher aus Babylon sollen uns zeigen, wer mein Thronräuber in spe ist. Dem werd ich die Beine langziehen!*

Aber die Astrologen lassen auf sich warten. Wir wissen es, aber Herodes weiß es nicht. Darum wandert er sich juckend und nägelkauend Stunde um Stunde im Palast auf und ab.

Noch kein Sterngucker in Sicht, verkündet alle dreißig Minuten sein Fernmeldeboy. Im Morgengrauen ist Herodes vom vielen Lebertrantrinken gegen die Leberlaus ganz grün im Gesicht. Er speit Gift und Galle. Was soll er jetzt machen?

Das ist wieder ein Beweis, daß auf Astrologen kein Verlaß ist, brummt er mißmutig.

Da erhellt sich seine Miene, und der grüne Teint beginnt ins Violette zu schlagen. Endlich die rettende Idee!

Wache! ruft er cool, ganz Chef. *B'fehl, Majestät?*

Der Geheimdienstchef persönlich soll unverzüglich mit einer Kohorte Geheimdienstlern nach Bethlehem fahren und alle Verdächtigen zwischen 0 und 2 Jahren ausschalten!

Während sich die verschlafene Truppe sammelt und im Dauerlauf nach Bethlehem eilt, rüttelt der BOSS-Bote Joseph am Bart und flüstert ihm ins Ohr: *Los, Alter, schlafen kannst du, wenn du tot bist. Pack deine Familie und die Reisekasse auf den Esel, und nichts wie weg nach Ägypten. Dort bleibst du, bis ich dir neue Informationen gebe. Herodes hat 'ne Mordswut auf das Kind. Wenn du dich nicht sputest, ist es in ein paar Stunden einen Kopf kürzer. Dalli, dalli. Frühstücken könnt ihr am Nil.*

Es beginnt ein Wettrennen um Leben und Tod. Während Herodes' 600-Mann-Mörderbande in Bethlehem alle Häuser stürmt und ohne Ansehen der Person und ungerührt vom Entsetzen der Eltern alle männlichen Babys aufspießt, köpft, vierteilt, zweiteilt, an die Wand fetzt oder unter ihren Stiefeln zertritt, eilen Joseph und Marie bleich wie der Tod nach Süden. Das Wehgeschrei aus Bethlehem läßt ihnen das Blut gefrieren und umherstreunenden Schakalen die Haare zu Berge stehen. Gräßlich, dieser Herodes. Zur Strafe muß er vier Jahre später dran glauben. Leberzirrhose. Das hat er davon.

Kaum ist Herodes in der Hölle, kreuzt Traumtherapeut Gabriel im Nildelta am Bett des schnarchenden Joseph auf und raunt ihm die lieblichen Worte in den Traum: *Auf, auf, du morscher Knochen. Die Heimat ruft. Alle Kindesmörder vom König bis zum Gefreiten werden auf Befehl des GROSSEN BOSSES vom Teufel gebraten. Pack Kind und Kegel zusammen und ab nach Israel.*

Joseph wird durch die Traumdepesche ganz kregel. Endlich mal eine erfreuliche Botschaft. Marie hat kaum Zeit, die Zähne zu putzen, da zuckeln die Heimatvertriebenen bereits auf dem Esel Richtung Norden.

Vor Vorfreude auf jiddisches Knofellamm in Rosmarinsoße, das Josephs alte Mutter so herrlich zu braten versteht, fällt ihm beiläufig, während ihm das Wasser im Mund zusammenläuft, die alte Prophezeiung ein:

Aus Ägypten habe ich meinen Sohn gerufen! Wahrlich, ich sage euch, wenn man ihn zum Essen ruft, läuft Joseph noch gut und gerne seine 100 Kilometer am Tag.

6
EIN WUNDERKNABE GEHT VERLOREN oder INTELLIGENZTEST IM TEMPEL
Lukas 2

Ostern, das liebliche Fest ist gekommen. Bei den Juden, die immer eine Extrawurst braten müssen, heißt es Passah, wird aber in der Vollmondnacht zu Ostersonntag mit Ziegenbraten, Baguette und blauem Burgunder gefeiert. Schöne Sitte.

Es ist richtig was los. Besonders in Jerusalem. Die Stadt ist ein einziger brodelnder Festkessel. An jeder Straßenecke wird getrommelt und getanzt, Zauberkünstler lassen ihren Magier raushängen, bärtige Jungfrauen empfangen im Zelt, Moritatensänger besingen das Germanengemetzel an den römischen Legionen im Teutoburger Wald, als Zigeunerinnen verkleidete Ägypterinnen deuten aus Hand und Kaffeesatz die Sterne, Knoblauch- und Hammeldüfte wallen lieblich durch die Gassen, Wanzen und Eisbären tanzen zu heißen Rhythmen. Kurzum, Kirmes in Jerusalem.

Dementsprechend chaotisch ist der Osterreiseverkehr. Das ganze Land ist auf den Beinen. Auch Familie Joseph aus Nazareth steckt in der Kolonne, die sich zur Hauptstadt im Wallfahrertempo quält.

Den Josephs gehts bestens. Dank der babylonischen Sterntaler kann Joseph seinen Zimmermannsjob an den Nagel hängen und von Wucherzinsen leben. Seine Kreuzschmerzen sind wie weggeblasen, und die brachliegenden Bauarbeiterkräfte regen sich in bisher untrainierten Gliedern. BOSS sei gelobt. Rüstig zeugt er mit Mutter Marie ein paar niedliche Jüppchen und Püppchen. Jetzt muß sie ja nicht mehr Jungfrau sein. Der Star der Familie aber ist und wird sein Jesus, der JUNIORCHEF. Hübsch, wohlproportioniert und intelligent wie aus dem Bilderbuch. Zwölf Jahre alt ist der Bengel, doch schon beginnen die Damen der High Snobiety im blauen Traum seiner Augen zu versinken.

Marie sieht es mit Stolz und Sorge, wie sich lüsterne Augen an das Erzeugnis ihrer BOSSLiebe herantasten und weiche Hände seine Rosenwangen tätscheln.

Hoffentlich, bangt sie im stillen, *wird er nicht zu früh in die Mysterien der Liebe eingeführt.*

Drei Tage wird rauschend gefeiert, dann ist mit dem Vollmond auch der Osterrummel vorüber. Geschafft, aber glücklich machen sich die Mondsüchtigen auf den Heimweg. Auch die Josephssippe. Man reist in kleinen Gruppen, alles Nazarener Nachbarn, Freunde, Verwandte. Erstens, weil man sich so zwanglos über die überwältigenden Sensationen unterhalten kann – die Frauen über die schicke Großstadtmode, die Männer über die rassigen Ausländerinnen, die in dunklen Sackgassen zeigen, was in fremden Ländern Exotisches wächst – und zweitens, weil der Weg für jeden gleich ist.

Hoffentlich sind wir bald zu Hause, brummt festgeschwächt der Sippenchef vom JUNIORCHEF und wischt mit seinem Taschentuch den Wanderschweiß von der Glatze. Er ist inzwischen über achtzig. Reisen nervt ihn seit dem Ägyptentrip. Und dann diese Affenhitze. Am Nachmittag kommen sie endlich an. Man wäscht sich den Staub von den Füßen, trinkt Mineralwasser und legt sich ein Stündchen aufs Ohr.

Plötzlich durchfährt es Marie heißkalt. *Wo ist denn Jessy!? He, Alter, wo ist der Junge?* Joseph träumt gerade sehr bildhaft von einer rehbraunen Bauchtänzerin, die er heimlich in der »Paradiesbar« gesehen hat. Die hatte Möpschen, Junge, Junge ...

Junge! schlägt es ihm ans Ohr, und etwas zieht ihn unsanft am Bart in die Wirklichkeit. Er rappelt sich auf und sieht Marie im Nachthemd vor sich herumspringen. *Ach, du bists bloß. Warum weckst du mich. Wo ich grad so schön träume?*

Der Junge! ruft Marie. *Wieso, der Junge, die Junge!* widerspricht Jüppchen. Man sieht, er ist nicht mehr der Jüngste; alles bringt er durcheinander. Marie schneidet ihm kreischend das Wort ab. *Jessy ist nicht da. Sicher hat ihn eine von den Jerusalemer Nymphomaninnen vernascht. Die waren alle scharf auf ihn. Ich habs genau gesehen. Ach BOSS schnell, wir müssen ihn retten.*

Vielleicht kommt er mit einer späteren Partie, brummt Joseph, der sich lieber seinen Traumtänzereien überlassen möchte. *Er ist doch eh schon zwölf. Ich in seinem Alter . . .*

Ja, ja, du in deinem Alter . . . äfft Marie ihn nach.

Es ist nichts zu machen. Er muß mit. Marie erinnert ihn auf starker Frequenz an seine Vaterpflichten.

Tatsächlich treffen sie unterwegs auf Nachzügler und Spätheimkehrer. Die sehen bereits den Himmel doppelt und haben kein Auge frei für verlorengegangene Halbstarke. *Ja, wenns ein Mädel wär . . .* ulkt singend der Leiter des Nazarener Frauengesangvereins. Typisch Musiklehrer!

Marie treibt Joseph zu größerer Eile. Schließlich stehen sie wieder in Jerusalem. Was nun? Keine Spur von Jessy.

Wo mag bloß der Bengel stecken? Wenn ich den bei einer dieser Huren erwische, prügel ich ihm ein für allemal die Lust auf Weiber aus den Knochen! Joseph ist restlos sauer. Wie soll er wissen, daß Jessy eh keinen Bock auf Mädels hat.

Nach drei Suchtagen sieht Marie so alt aus wie Joseph und dieser wie ein Zombie. Hundemüde und frustriert lassen sie sich ratlos in einem Café am Tempel nieder.

Was darfs denn sein? fragt der griechische Kellner.

Hast du nicht unsern Jungen gesehen. So'n schönen Blonden. Wer ihn sieht, vergißt ihn nicht. Er ist schon drei Tage verschollen. Maries Worte und ihr rotumränderter Blick könnten selbst einen Backstein erweichen.

Vielleicht ist es der Wunderknabe, der seit drei Tagen im Tempel altkluges Zeug quatscht. So einer mit roten Borsten und aquamarinblauen Glubschaugen. Die Weiber sind alle scharf auf ihn, und die Professoren der Tempel-Uni können zu seinen Wortklaubereien weder piep noch papp sagen. So 'ne neue Art Mini-Sokrates. Schaut doch mal rüber. Vielleicht ist das euer Verlustposten.

Vom Prinzip Hoffnung beflügelt eilen sie ins Audimax. Da steht der Bengel angestaunt wie ein Bauchredner auf der Bühne und redet mit seiner stimmbrüchigen Stimme wie ein BOSS.

Sind schon die Theologen baff, Mutter und Stiefvater sind noch bäffer. Von wegen Tracht Prügel. Joseph und Marie verkrümeln sich stumm in eine Ecke und halten den Atem an. Wo soviele studierte Herren sprachlos vor seinem Redeschwall sind, wie soll ihm da Joseph vor versammeltem Publikum die Hose stramm ziehen.

Als der Redekünstler zu einer Zwangspause in den Hof muß, eilen sie ihm nach. Marie fällt ihm um den Hals und will ihn gar nicht mehr loslassen: *Ach, Kind, wie konntest du uns das antun? Seit drei Tagen suchen wir dich. Was meinst du, an was wir alles gedacht haben. Das Schlimmste haben wir befürchtet. Es hat mich und deinen Vater fast verrückt gemacht!*

Der jäh aus seinen kühnen Geistesflügen Herabgezogene fixiert sie bühnenreif von unten, wobei er von obenherab doziert: *Warum habt ihr mich überhaupt gesucht? Ich bin doch wohl alt genug. Oder? Habt ihr nicht gewußt, daß ich immer dort sein muß, wo mein Vater wohnt?*

Bei dieser gefinkelten Ausrede bleibt ihnen glatt die Spucke weg.

Was soll denn das heißen? fragt Joseph verdattert. Dann gibt er es auf. Viel zu heiß, um über solchen Quatsch nachzudenken. Er will nur noch nach Hause. Aber sofort. Wortlos packt er seinen Ausreißer am

Schlafittchen, und ohne die Ovationen des Publikums abzuwarten, gehts ab nach Nazareth, wo der Bengel ziemlich kleinlaut ankommt.

Nur Marie kann sich einen Reim auf die rätselhaften Worte ihres Früchtchens machen. Aber woher wußte der Junge überhaupt ...? Verwirrt nimmt sie sich seine Worte zu Herzen.

Von da an ist Jesus schön brav. Er kratzt nicht mehr aus und lernt geduldig Zimmermann. Joseph hat es ihm eingebleut: Wer große Reden schwingen will, soll erst mal was Gescheites lernen. Keine schlechte Idee.

7
DER BADEMEISTER AM JORDAN
Matthäus 3

Justament als Jesus an seinem Zimmermanns-Examen bastelt und Schwielen an den Händen und breite Schultern kriegt, macht ein anderer Redekünstler von sich reden. Der schaut genauso aus, wie sich die Jerusalemer Wohlstandsbürger einen Alternativo vorstellen: ein langer, dürrer Lulatsch mit Hippiemähne und Waldschratbart. Am Leib hat er nichts als eine abgeschabte Kamelhaardecke, und seine Speisekarte bringt täglich gebratene Heuschrecken in Wildbienenhonig-soße. Sehr eintönig, aber gesund.

Der Wundermann wohnt in einer Höhle am Jordan-River und erzählt den gelangweilten Playboys und -girls der Jerusalemer Haute Volaute unterhaltsame Geschichten über pikante Sündenfälle und Bußverfahren. Toll! Endlich mal was los in diesem öden Provinzkaff!

Alle braten nackt in der Sonne und kleben dem Alleinunterhalter an den Lippen. Wenn sein Redefluß zu anstrengend wird, wird geschmust, und wenns zu heiß wird, schmeißen sich die Nudisten ins Wasser und lassen sich von Bademeister Johannes durch Untertauchen im Jordan erfrischend ihre Sünden abwaschen.

Besonders den Mädels macht es irren Spaß, nixennackt im Wasser gewiegt zu werden. Der Kerl hat so 'ne aufreizende Ausstrahlung und riecht so romantisch. Alle Jerusalemer Frauen umschwärmen ihn und erzählen ihm begeistert ihre Sünden.

Bei der großen Auswahl ist er leider sehr wählerisch. Nur wenige bekommen Spezialbehandlung. Als eines Abends eine incognito badende Dame aus höchster Gesellschaft sich ertrinken-spielend hautnah anklammert, trägt er sie keuscher als Joseph ans rettende Ufer, ohne Mund-zu-Mund-Beatmung oder Rettungsmassage auf ihrer Brust zu probieren. Das ist ein folgenschwerer Fauxpas. Schäumend vor Unlust schwört sie Rache, die sie sich im Kapitel 39 auch genüßlich befriedigt.

Mit der Zeit wird aus dem Jordanrand der reinste FKK-Strand. Es spricht sich rasend rum. Außer Schickimickies und Spannern wollen schließlich auch Sekretärinnen, Friseusinnen, Französinnen, Araberinnen, Dienstmädchen, Barmädchen, Tippfräuleins und Bordellistinnen ihren Badespaß haben. Nach und nach bildet sich ein Ritual heraus: Sünden erzählen, ausziehen, untertauchen – Sünden erzählen, ausziehen, untertauchen usw.

Was Bade-Johnny an Wer-mit-wem-Geschichten auf die Latte kriegt, ist einfach sagenhaft. Die reinste Skandalchronik. Am nächsten Tag erzählt er immer alles brühwarm mit erfundenen Namen seinem Publikum weiter. Auf diese Weise will er auch die Diskretesten animieren, mit ihren Sünden anzugeben und zu bereuen.

Mit diesem Unterhaltungsprogramm werden der lange Lulatsch und sein Freikörperkultur-Happening zum Hit der Saison. Aber eines Tages, als er grad wieder ein paar hübschen Serviererinnen zu Genuß und Reue verhilft, hat er plötzlich die Schnauze voll. Er kann nicht mehr. Das beginnt ja in Arbeit auszuufern. Nachdem er ächzend die letzte verbadet hat, krault er matt an Land und verkündet seinen Groupies: *Also Mädels, das hält ja kein Zehnkämpfer aus. Hoffentlich kommt bald einer, der größer und stärker ist als ich. Ich hab euch im Wasser untergetaucht und entsündigt. Der Neue wirds einfach, wie ich gehört habe, mit seinem heiligen Geist machen.*

Die Mädels kichern. Sie sind sehr gespannt. Ob das mit Geist noch besser ging?

Du, Johann, unterbricht ihn eine der Sirenen, wobei sie ihren Zwillingsnackedei mit Ninive-Öl einbalsamiert, *du redest immer so gescheit von Sünde. Was ist denn eigentlich Sünde?*

In Bade-Johnnys Redefluß entsteht eine Stauung, dann sprudelt er wieder los: *Ganz einfach. Alles was zuviel ist, ist zuviel und damit Sünde ... zuviel essen, viel zuwenig essen ... zuviel baden ... zuviel, du weiß schon, ist Sünde, weils auf die Dauer schwächt und schlaff macht. Gar nicht ist aber auch Sünde, weil dann die Menschheit ausstürbe usw. usw. Das Schlimmste aber ist, wenn du sündigst und es genau weißt, es aber nicht läßt. Dann bist du sündensüchtig und eine krankhafte Triebtäterin!*

Ja, schön und gut, fragt die wißbegierige Nymphe, *aber warum soll ich denn meine Sünden beichten?*

Weil dir dann leichter ums Herz wird und du wieder leichter von vorn und hinten anfangen kannst, kapito?

Die Weiber können einem ein Loch in den Bauch fragen, denkt Johannes, *warum die immer alles so genau wissen wollen.* Kaum scheint die eine befriedigt zu sein, hebt die andere an:

Aber wenn ich nun nie mehr sündige, was dann? Bade-Johnny kratzt sich einen Wanzenstich unter der Achsel: *Also, ich hab jetzt keine Lust mehr, das soll dir dann der Neue erklären, der soll im Redenschwingen 'ne Koryphäe sein. Der ist so gut im Saft, daß ich Dörrpflaume nicht mal wert bin, ihm die Knoten im Schuhband aufzumachen!!*

Erschöpft vom Philosophieren beginnt der lange Lulatsch, sich mit seiner Kamelhaardecke abzutrocknen. Als er sich den Sand aus den Zehen putzt, verstummt plötzlich die Schar seiner Jungfer-Jüngerinnen. Erstaunt dreht Bade-Johnny sich um. Da steht, wie aus dem Boden gewachsen ein Kerl wie eine griechische Bronzestatue, der fast sein Bruder sein könnte. Nur muskulöser, schöner und einen Wuschelkopf größer, mit filmreifem Lächeln, und aus seinen Augen blitzt es wie mediterraner Nachthimmel.

Sofort entsteht die üblich angespannte Atmosphäre, wenn sich zwei kernige Machos unverhofft bei hübschen Mädels treffen.

Tachchen, bricht schließlich der Bademeister das gesammelte Schweigen. *Neu hier in der Gegend? Will-*

ste baden, oder kommst du nur zum Zuschauen? Voyeure haben wir schon genug.

Nö, sagt Jesus, so schlicht und ungeschnörkelt, daß dem struppigen Johannes seine guten Manieren wieder einfallen. *Ich hab 'ne Menge von dir gehört. Meine Eltern haben mich nicht getauft. Und heute habe ich einfach das dringende Bedürfnis, meine alte Existenz abzustreifen und mich vom Schmutz der Sünde zu befreien.*

Die Mädels halten den Atem an. Wie gut der das sagt. Und ehe sies merken, fliegen ihre Herzen vom wilden Bade-Johnny dem BÖSSlichen Jungen zu. Immer dasselbe.

Wie heißt du denn, fragt Johannes, dem nichts Besseres einfällt. *Ich bin Jesus, von Nazareth. Ich glaube, wir sind weitläufig verwandt.*

Alle Wetter, du bist das. Johannes geht nicht nur ein Licht, sondern eine ganze Kerzenfabrik auf. Mit der Power könnte der hier den Betrieb übernehmen. *Willste nicht ...,* hebt Bade-Johnny verbindlich an. *Klar,* sagt Jesus schlicht, *fangen wir doch gleich an.* Wobei er seine Toga abwirft und dem Wasser zustrebt. Dabei wollte Johannes ihn erst mal zum Heuschreckenfrühstück einladen. Es bleibt ihm nichts übrig, als sich wieder aus seiner Kamelhaardecke zu wickeln und nachzurennen.

Dieweil unterhalten sich die Mädels aufgeregt über die körperlichen und geistigen Vorzüge des Newcomers. Dann verebbt die Diskussion: Im Wasser beginnt eine Badeorgie, die sich gewaschen hat. Bade-Johnny prustet: *Du, Jessy, du bist doch viel besser drauf als ich. Tauf du mich doch mal. Ich bin auch noch nicht getauft.* Aber der schöne Cousin will nicht. Also tauft Bade-Johnny den JUNIORCHEF nach allen Regeln der Badekunst. Das dauert eine Stunde.

Als Jesus tauffrisch aus dem Jordan aufsteigt, kann der Bademeister sich nur mit Mühe zu seiner Kamelhaardecke schleppen. Die Mädels sind aus dem Häuschen und wollen gerade den Wohlproportionierten fragen: *Was machst du denn heute abend und so?* Da sieht der Täufling, wie über ihm die Wolkendecke aufreißt und eine Taube auf ihn zuflattert. Zugleich tönt es aus dem azurblauen Himmelstrichter sonor herab: *Du bist mein lieber Sohn. Du glaubst nicht, wie gern ich dich habe.*

Jesus bleibt ganz cool. Er ist von Kindheit an Wunder gewöhnt. Aber Johannes und den drei nackerten Weibern bleibt vor Staunen der Mund offen. Charmant die Gelegenheit nutzend, winkt Jesus den augenverdrehenden Badenixen: *Sehr lieb von euch. Aber heute habe ich schon 'ne Verabredung. Wir sehen uns das nächste Mal. Jerusalem ist ja ein Dorf.* Und er hat grad noch Zeit, seinem Täufer zuzurufen: *Danke, Johnny!* Da führt ihn sein unruhiger Geist, frischgebadet wie er ist, in die staubtrockene Wüste.

8
HALLUZINATIONEN IN DER WÜSTE
Matthäus 4

In der Wüste ist es heiß und staubig wie in Nazareth. Aber es gibt kein Bett, kein Bad, kein Mineralwasser. Nicht mal was zu essen außer dem Johannes-Menü. Doch Heuschrecken schmecken dem JUNIORCHEF nicht, und Honigschlecken hält er für Charakterschwäche. Also wird gefastet. Nicht wegen der schlanken Linie, wegen der Kondition. Er bereitet sich nämlich auf seine Wundertatentournee vor. Dazu braucht man Ruhe. Vierzig Tage und Nächte meditiert er ohne Speis und Trank über seinem Agitationskonzept. Die Ideen fließen weich wie Jordanwasser. Da meldet sich unangemeldeter Besuch an und erinnert ihn ans Essen.

Der Besucher braucht sich gar nicht erst vorzustellen: Man riecht ihn bereits gegen den Wind. Und wer ihn nicht riechen kann, z.B. weil er verschnupft ist, dem zeigt er sich so: rothäutig, gehörnt, links ein Pferdefuß, grüne Fledermausflügel, Struwwelpeter-Fingernägel und dummdreist-arrogantes Grinsen. Als krimineller Schnüffler hat er natürlich vom BOSSProjekt «Moralische Menschheitsverbesserung« Wind gekriegt, und nun kommt er angerauscht, um das Schlimmste zu verhüten. Vielleicht kann er, denkt er, den Hungerkünstler mit ein paar leckeren Bestechungsgeschenken zum Partner seiner schmutzigen Geschäfte machen?

Hallo, Jessy. Ich komme grad zufällig auf 'nem Spaziergang vorbei. Schöne Gegend hier, wa? Machste Urlaub? Haste gar kein Hunger? Wenn de wirklich der JUNIORCHEF bist, brauchste doch bloß aus diesen Kieselbrocken kleine Brötchen zu backen. Komm, mach'n kleines Kochkunststückchen. Ich will ma sehn, waste kannst. Außerdem knurrt mir der Magen. Hab seit heute morgen nichts mehr zu beißen gehabt.

Da ist der Schwefelstinker aber an der falschen Adresse. Jesus durchschaut den Quälgeist wie eine leere Bierflasche und stopft ihm mit ein paar eleganten Floskeln den Stinkrachen.

Nein danke. Keine Zeit für Hokuspokus. Der Mensch lebt nicht von Brot allein. Ziemlich trockene Angelegenheit in der Wüste. Ich lebe gerade von Wörtern, die durch den Mund des GROSSEN BOSSES gehen.

Wat? Der Höllenheizer ist irritiert und spielt verlegen mit seiner Schwanzquaste. Das ist ihm wieder mal zu hoch. Bei den Intellektuellen fühlt er sich immer so unsicher. Plötzlich hat er eine Idee. Klar, der Junge hat Durst.

Finsde nich, wir sollten die Diskussjon bei einem Glas Wein fortsetzen? Da redet sich flüssiger. Ich geb ein aus. Komm, wir jetten kurz nach Jerusalem.

Widerwillig willigt Jesus ein. BOSS seis geklagt, nicht mal dem JUNIORCHEF fällt es leicht, den Nervtöter abzuschütteln.

Zehn Minuten später landen sie auf dem Flachdach des Tempels. *Fliegen ist 'ne dufte Sache, nich?* versucht es der Versucher listig. *Wenn du wirklich der JUNIORCHEF bist, könnste doch auch so flott rumdüsen wie ich. Komm, spring über deinen Schatten und die Mauer runter. Irgendwer hat doch geschrieben: Er kann den Engeln befehlen. Sie werden dich ruckizucki auf Händen tragen, daß dein zarten Füßken nich an so'n hartes Steinken knallt. Mich würden se ja leider glatt falln lassen wie 'ne heiße Katoffel. Komm, sei kein Frosch. Hüpf schon. Oder haste Schiß?*

Eine Sprache hat der Stinker. Der Unreine geht Jesus ganz schön auf den Keks: *Ja, ja. Natürlich kann ich da runterturnen. Aber wozu? Ich bin doch kein Drachenflieger wie du. Sport gehört nicht zu meinen Hobbies. Ich wills auch gar nicht erst versuchen. Du weißt ja, was da alles so passieren kann. In dem Buch, aus dem du zitierst, steht außerdem: Du sollst BOSS, deinen Herrn, nicht versuchen. Wenn ichs nicht versuchen will, und man nicht versuchen soll, warum versuchst du dann dauernd, mich zu versuchen?*

Der Teufel verzieht gequält die Visage. Wieder diese studierten Spitzfindigkeiten, bei denen er nicht mitkommt.

Um abzulenken, fliegt er Jesus ein bißchen durch die Gegend und zeigt, was er kann. Sie landen auf einem alpinen Berg. *Tolles Panorama hier, wa?* fängt der Flattermann wieder an. Dabei kommt ihm der teuflische Plan: Vielleicht kann ich ihn scharf machen auf Macht und Besitz. Schließlich ist er ja ein Mischling. Möglicherweise hat er ein bißchen Raffgier als Erbteil seiner Mutter mitbekommen. Wenn Erdenwürmer macht- und geldgeil sind, werden sie so schön böse.

Er gibt seiner Reibeisenstimme Schmelz:

Jessy, du bist ein toller Bursche. Ich mag dich. Ich will dich reich und mächtig machen. Alles, wasde siehst und nich siehst um diesen Fünf-Tausender soll dir gehören. Du brauchst bloß ein paar Minuten auf die Knie sinken und mich zum Spaß ein bißchen anbeten.

Da platzt dem JUNIORCHEF der Kragen. Er hat mit dem Durch-die-Gegend-Juckeln schon genug Zeit vertrödelt, und die blöden Witze werden auch nicht besser: *Du Kuhfladen aus der Hölle,* donnert er los, *zieh Leine, eh ich aus der Haut fahre. Es heißt doch klar und klipp: Du sollst den GROSSEN BOSS anbeten, deinen Herrn, nur ihn allein und keine Spottfigur aus Dreck und Feuer.*

Das hat gesessen. Der Teufel ist furchtbar gekränkt. Er klemmt seinen Schwanz zwischen die Beine und fliegt frustriert dorthin, wo der Kaktus wächst. *So eine Pleite,* jammert er in den Wind. *Eine solche Charakterfestigkeit hätt ich diesem Judenmischling gar nicht zugetraut.*

Und Jessy? Der steht zähneklappernd am Rand der zugigen Zugspitze und sinnt, wie er ohne Seil und Kompaß wieder nach Palästina zurückkommt.

Warum bin ich Depp überhaupt mit diesem Windei mitgeflogen? Da geht man mit ihm auf ein Glas Wein und steht dann mutterseelenallein auf dem Mount Everest oder sonst wo und holt sich kalte Füße. Er fühlt sich gar nicht wohl.

Da tauchen aus Nacht und Eis unverhofft zwei Bergführer des GROSSEN BOSSES auf. Es ist kaum zu glauben, aber der Himmel hat sie geschickt. Sie wickeln Jesus in eine warme Decke, geben ihm Tee mit Rum und ein paar Vitamintabletten, und dann fliegen sie ihn mit Lichtgeschwindigkeit heim zu Muttern. Da gibts ein warmes Bad und was zu futtern.

9
PRINZIP GLASNOST & PERESTROIKA
Markus 1

Daheim gibt Mutter Marie sich alle Mühe, den Hungerkünstler wieder aufzupäppeln. Der Sohnemann sieht ja aus wie ein Kriegsteilnehmer. Nur noch Haut und Knochen. Frischgebadet, ausgeknackt und mit ein paar Gramm Fett auf den Rippen, sieht die Welt wieder anders aus.

Eines Morgens zieht Jessy seine Notizzettel vom Retreat aus der Togatasche: *Mal sehen, wie die Entwürfe für eine bessere Gesellschaft unter dem Blickwinkel bürgerlicher Sattheit wirken.* Er geht die Geistesfrüchte seines Fasten-Marathons durch.

Gar nicht schlecht, was er da in der Wüste bei 49 Grad im Schatten ausgebrütet hat, denkt der GROSSE BOSS, der ihm unsichtbar über die Schulter schaut und neugierig mitliest:

Programm zur moralischen Verbesserung des Homo sapiens

Der Betrieb ist über 5000 Jahre alt und arbeitet immer noch. Also ist das Grundkonzept im großen und ganzen okay. Leider ist die Betriebsstruktur im Laufe der Jahre und Jahrtausende aufgrund von Egoismus,

Korruption, Schlamperei und anderer destruktiver Gewohnheiten verkrustet.

Die alte Betriebsverfassung, wie sie der GROSSE BOSS Mose selig erläutert und diktiert hat, ist zwar nach wie vor genial, aber wir müssen flexibler, moderner werden. Die Zeiten haben sich verändert. Es ist alles höchst kompliziert geworden. Ehrwürdige Vorschriften wie Auge um Auge sind von vorgestern. Je mehr Vergeltung geübt wird, um so mehr wachsen die Verteidigungsausgaben, um so mehr wird ein Klima des Mißtrauens und der Feindschaft geschaffen.

Die Welt wird internationaler. Die Beziehungen verflechten sich. Der einzelne Mensch und ganze Völker müssen sich näherkommen. Wenn sich hier nichts ändert, braten die Auserwählten des GROSSEN BOSSES mit ihrer überholten Gesellschaftsordnung im eigenen Saft. Ergo müssen Extrawürste und Privilegien abgebaut werden. Erst wenn alles durchsichtig wird, können wir umgestalten. Also müssen die Leute sich näherkommen, um die gesellschaftlichen Probleme gemeinsam in den Griff zu kriegen. Dazu muß es einfach liebevoller auf der Welt zugehen. Haß, Neid, Besitzgier, Eifersucht etcetera müssen zu Volksfeinden erklärt werden. Verständigung, gegenseitige Achtung und Liebe müssen zum obersten moralischen Prinzip werden.

Bis wir jedoch dort sind, müssen die alten Vorschriften Gültigkeit haben. Sonst gibts Chaos. Es muß mehr Kompromisse geben. Alle müssen in aufrichtiger Offenheit zueinander handeln. Darum darf es keine Chefs und Arbeitnehmer mehr geben, sondern nur noch Brüder und Schwestern.

Das ist es. Jeder soll seinen Nächsten lieben wie sich selbst. Voraussetzung aber ist, daß jeder sich selbst aufrichtig liebt. Was nicht mit der schnöden Befriedigung seines Fleisches durch Fressen, Saufen, Vögeln und seines Egos durch bürgerliche Wichtigtuerei, Titelsucht, Scheinheiligkeit, Überheblichkeit usw. zu verwechseln ist. Wer für sich nicht taugt, taugt auch nicht für seinen Nächsten.

Glänzend durchdacht, freut sich der GROSSE BOSS. Er ist stolz auf seinen JUNIORCHEF. *Alles originelle, bisher nicht gedachte Ideen. Könnte von mir sein. Der Junge wird das Kind schon schaukeln. Ich werd ihn einfach bosseln lassen, dann wächst er gut in die Aufgabe hinein.* Damit verabschiedet er sich. Er macht erst mal Urlaub.

Der JUNIORCHEF, sonst ein Schnellmerker, ist so in sein Geistesprodukt vertieft, daß er von der BOSS-Spionage außer einem Windhauch, der seine Papyruszettel sanft bewegt, nichts mitbekommt. Er hat andere Sorgen.

Das ist der Plan. Aber wie wird aus dem Traum des Friedens und der Verständigung Wirklichkeit? *Ganz einfach,* überlegt der Reformer laut, *ich werde Aufklärungsarbeit an den Volkshochschulen leisten. Vorträge. Praktische Gruppenarbeit. Und damit diese aufgeblasenen Ignoranten auch glauben, daß das Konzept erstklassig ist, werde ich hin und wieder ein paar Wundertaten zaubern. Man muß sie in Stimmung bringen. Dann machen sie begeistert mit.*

Um auch hier fit zu sein, trainiert er seine magischen Kräfte, macht Redeübungen, Atemübungen, Yoga und bringt tausend andere Fertigkeiten zur Perfektion, die ein Guru braucht, um anzukommen. Alles ist generalstabsmäßig geplant. Der JUNIORCHEF weiß, daß der Teufel im Detail steckt; aber leider weiß das der Teufel auch.

Als Jesus eines Tages hört, daß Johannes wegen seiner Badeunsitten verhaftet worden ist, tigert er nach Galiläa. Die Zeit ist reif. Er beginnt seine Reformarbeit mit dem Aufruf: *Es ist soweit, jetzt passiert das, was der GROSSE BOSS will. Werft das Verbrauchte über Bord und öffnet euch dem Neuen. Ich sag euch wie.*

10
GRÜNDUNG DER ERSTEN CVJM-GRUPPE
Matthäus 4

Der forsche Ruf schlägt zwei frustrierten Jungunternehmern ans Trommelfell. Sie haben am See Genezareth die Bio-Frisch-Fischbraterei ZUM SEETEUFEL aufgemacht und versuchen, mit exotischen Küchengerüchen Yuppies in ihr Etablissement zu locken. Die Zutaten für ihre Wildwasser-Menues angeln sie morgens eigenhändig aus dem See. Mit mäßigem Erfolg. Darum fürchten sie, bald baden zu gehen.

Just als sie mit sorgenumwitterter Stirn ihr Netz über Bord in den See schmeißen, wabert der eindringliche Appell zu ihrer schwimmenden Baracke, Altes fahren zu lassen.

Kein schlechter Tip, was der Typ da über den See trällert, knurrt Simon, ein haariger Seelöwe mit Vierkantschädel und solider Halbglatze zu seinem brüderlichen Faktotum Andreas. *Wenn das Wasser hier nicht bald entsalzt wird, gehen die letzten Fische vor die Hunde und wir den Bach runter. Mir scheint, den Kerl hat BOSS geschickt, damit wir den Laden endlich abwracken.*

Er sieht, wie Jessy ihnen vom Gestade wild gestikulierend zuwinkt. Seitdem Johannes ihn in die Welt der Wasserspiele getaucht hat, hat Jessy ein Faible für Wassersport und Fischgerichte. Was er nicht ahnt: Mit ihm hat das Fischzeitalter begonnen, daher sein Appetit auf alles, was naß ist: Fischen, Auf-dem-Wasser-Wandeln, Tretbootfahren, Weintrinken und so.

Während die jüdischen Friesennerze an Land pullen, hat Jessy wieder einmal eine epochemachende Blitzidee. Ihm saust durchs Hirn: *Die Wasserratten scheinen ganz schön auf dem Trockenen zu sitzen mit ihrer Fischerei. Wer mag schon versalzenen Hering? Ich werde ihnen das Gewissen erleichtern und sie zu Mitgliedern meines Charakterfesten Vereins Junger Männer machen. Brauche eh ein paar handfeste Fans, die zupacken können. Kann ja nicht alles alleine machen, Predigen, Wunder, Heilen, Plakate aufhängen, Säle mieten, Groupies betreuen, Rowdies fernhalten und Roady spielen. Außerdem müssen nach meiner Love-&-Peace-Initiative überall Ortsgruppen gegründet werden. Die kommen wie gerufen.*

Als die beiden CVJM-Aspiranten aus dem Boot hüpfen, schlägt er ihnen vor: *Hey, Boys, wollt ihr nicht bei mir einsteigen? Hier werden die Fische immer kleiner. Wollt ihr euch nicht an was Größerem versuchen? Bei mir könnt ihr Menschenfischer werden. Geht mit auf Tournee. Bei der vielen Konkurrenz und der geringen Fangquote hat euer Job keine Zukunft. Da braucht man kein Hellseher zu sein. Nur Mut!*

Der Vierkantschädel und sein rotnasiges Gegenstück sind perplex. Wie der ranging. Kein langes jüdisches Palaver. Immer Klartext. *Der hat bestimmt die Weisheit mit Humpen getrunken,* begeistert Simon sich und erklärt: *Ja, wenn du meinst. Du scheinst den Durchblick zu haben. Geh mal'n Tacken voraus. Ich brauche noch schnell 'ne Kreislaufstütze, sonst schaff ich den Weg nicht. Wir folgen dir gleich nach.*

Während die beiden ersten CVJM-Mitglieder schnell die letzte Flasche ihrer Bar austrinken, sieht Jessy ein paar Meter weiter zwei andere Fischerboys ihres gestrengen Herrn Vaters Netze flicken. Der Alte ratzt behaglich im Schatten, derweil seine Lendenfrüchte in der Affenhitze schuften.

Jessy, nach seiner ersten Keilaktion bestens in Fahrt: *Sagt mal, ihr Trantüten, findet ihr das gerecht? Euer Alter gibt sich verbotenen Träumen hin, und ihr müßt für ihn flicken?*

Ne, überhaupt nicht, antwortet Johannes, ein hübscher, schlanker Bursche mit Mädchenaugen und Ringellocken, *aber was soll'n wir machen? Wenn das Netz nicht bis 12 Uhr fertig ist, klopft er uns die Koteletts einzeln weich.*

Ungeheuerlich, entrüstet sich Jessy. *Warum seilt ihr euch nicht ab? Ich würde mir die Menschenschinderei nicht gefallen lassen. Der Alte soll endlich mal was ler-*

nen. Die Zeit der Erneuerung ist gekommen. Chefs sind abgemeldet. Jeder soll jeden lieben und nicht der Obermacker auf die Mickermännchen einprügeln. Kommt mit, ich hab 'nen besseren Job für euch.

Man sieht, Jessy gehört genau zu den Leuten, vor denen Zebedäus seine Jungs immer gewarnt hat. Destruktiv, destruktiv. Noch ehe der erwachende Alte nach seinem Erziehungsgerät langen kann, verduften Hanni und Köbes von Bord.

Toll, ruft Hanni, *allein hätten wir nie die Traute gehabt. Aber was machen wir jetzt?*

Laß dich überraschen, sagt Jessy geheimnisvoll. Und damit tippelt die erste CVJM-Gruppe in die Weltgeschichte.

11
PANSCHEREI IM WEINKELLER
Johannes 2

Frohgemut zieht das Häufchen unter Hintanlassung von Frauen, Freundinnen, Eltern, Omas, Schulden und anderen bürgerlichen Beschwernissen zielstrebig nach Kanaa. Die erfolgreiche Gründung der Reformbewegung muß schließlich begossen werden. Da trifft es sich gut, daß eine Cousine von Jessy gerade ihre Kopulation feiert. Da der Bauch der Braut bereits unter dem Mini klemmt, ist die Hochzeitsfete ein Schnellschuß.

In Eilmärschen trifft die Jungschar unter ihrem Leiter leicht erschöpft am Festplatz ein, wo bereits die Hammel in Koteletts zerlegt in der Sonne schwitzen und die Hochzeitsrufe etwas schwer über die Zunge brausen.

Natürlich sind auch die Josephs zu Gast. Marie freut sich riesig, ihren Filius und seine netten Freunde zu sehen. Es gibt aber ein Problem: Die Gesellschaft hat so tierisch gesoffen, daß in den Fässern bedenklicher Weinschwund herrscht. Um nicht als der Knauser dazustehen, der er wirklich ist, streckt der Brautvater mit zwei Schankburschen die homöopathischen Weinreste dezent mit Wasser.

Die sind doch eh schon alle blau. Das merkt kein Mensch, rechtfertigt er seine dubiose Handlung vor Marie, die über die wundersame Weinvermehrung moralisch entrüstet die Nase rümpft. Andererseits, was soll man machen: Not kennt kein Gebot. Fatal ist nur, daß die gestreckten Reste bald so gestreckt sein werden, daß selbst die Blauköpfe im Delirium das Wunder schnallen. Die Familienehre steht auf dem Spiel.

In dieser schier ausweglosen Lage hallt Jessys schöne

spröde Stimme wie aus einem Faß durch den Keller. *Hosianna,* singt es in Maries Brust. Wenn einer Rat weiß, dann ihr heller Wunderknabe. Während sie ihn abküßt, flüstert sie ihm aufgeregt unter die Zottelmatte: *Mensch, Jessy. Sie haben keinen Wein mehr. So eine Schande. Alles leergesoffen. Papa ist schon so blau, daß wir ihn ins Bett tragen mußten. Es ist furchtbar. Aber die Leute wollen noch was zu trinken. Wenn sie nichts kriegen, fällt die Hochzeit ins Wasser.*

Jessy ist es ganz schön peinlich, wie ihm Marie beschwipst an der Toga hängt und ihm feucht ins Gesicht lallt. Er herrscht sie an. *Na und? Was geht mich das an, Mama! Ich bin noch nicht mal richtig angekommen!*

Aber Marie kennt ihren Filius. Harte Schale, weiches Herz. Sie gibt dem Schankburschen einen Wink: *Macht alles haargenauso, wie er sagt. Er macht das schon!*

Jessy hebt hilflos die Hände. Was soll er machen? Nicht mal ein Stück Damaszenerpflaumenkuchen darf er vorher essen, sonst gibts Zoff. Resigniert Würde wahrend, weist er die Wasserpanscher an: *Macht die Krüge mit Wasser voll.* Quengelt einer: *Machen wir doch schon seit Stunden.*

Ach ja? fragt Jessy ironisch. Da hält der Rotzlöffel die Klappe. Als sie fertig sind, befiehlt er dem Quengler: *So, jetzt mach mal'n Schöpflöffel voll und laß den Küchenchef kosten.* Der Besserwisser tippt sich an die Stirn, saust aber los. Jessys resolute Art schmeckt ihm gar nicht.

Der Küchenbulle frotzelt schon von weitem: *Na, ist noch'n Rest Wein im Wasser? Oder hast du eine Spätlese auf Lager?* Dann nippt er vorsichtig. Er will sich schließlich keine Hydro-Vergiftung holen. Doch ein Wunder geschieht. Er verdreht die Augen, stiert sprachlos den Löffelboy an, dann sprudelt es aus ihm hervor: *Superb! Wo habt ihr denn diesen Himmelstropfen her? So was hab ich in meinem ganzen Leben noch nicht getrunken. Süffig, geschmeidig und doch voll, vor Süße berstend wie eine Lesbierin.*

Er schleckt die Kelle ab, saust in die Bacchusgruft und gießt sich einen Liter hinter den Knorpel. Ex! Dann zitiert er den Bräutigam zu sich: *Sag mal, mein Mäuseprinz. Warum rückst du erst jetzt mit diesem Saft raus? Hier, koste mal!* Der Kopulierte ist bereits so zu, daß ihm die Schöpfkelle in den Krug fällt. Als er sie herausgefischt hat, ist er nach einem Schlückchen fast wieder nüchtern. *Unglaublich,* grunzt er, *ein blaues Wunder.* Da wird der Küchenbulle wütend: *Wieso, frage ich, setzt du Geizknochen der Mischpoke erst deinen EineMarkNeunzig-Schädelspalter vor. Jeder anständige Mensch gibt erst das Beste, was er im Keller hat. Ich vermute, du willst diesen Göttertrank heimlich alleine saufen!*

Inzwischen hat die Gästeschar heftige Entzugserscheinungen. Alle stürmen in den Keller, kosten, sind begeistert. Das Fest ist gerettet. Ja, Jessy weiß, was Jünger wünschen. Wunder, an denen man sich berauschen kann.

12
PSYCHOARBEIT IN KAPERNAUM
Markus 1

Nachdem der letzte Hochzeitshammelknochen abgenagt, die letzte Brotkruste gekaut, der letzte Rest Wunderwein verdaut ist, geht die Jüngerschar gutgelaunt auf Fahrt nach Kapernaum, einer gediegenen Handelsstadt am See Genezareth, wo Simons verwaistes Fischrestaurant steht.

Hier gibt Jessy seine erste öffentliche Veranstaltung im Gemeindesaal: Transcendental Meditation oder die Erneuerung aus dem Geist der Erleuchtung. Es erleuchtet Jesus von Nazareth. Eintritt frei. Samstag 15 Uhr circum tempore (d.h. mit üblicher akademischer Verspätung).

Die Organisation klappt glänzend. Simon und Andreas haben alles eingefädelt und nutzen geschickt Heimvorteil und Beziehungen.

Der Saal ist gerammelt voll. Jessy steht auf der Bühne mit der Pose und der Power eines Oppositionspolitikers. Das Publikum ist ganz weg. Er redet salbungsvoll geschwollen wie einer, der vor Macht kaum gehen kann. Frei strömt seine Rede, fesselt, feuert an. Der Saal dröhnt, das Auditorium stöhnt Entzücken und Zerknirschung. Geistesblitze zucken aus seinen Augen in die moralischen Schwachstellen der Gemeinde und ihre Glieder, Stakkatosätze hetzen ins Nervensystem eines jeden und einer jeden und animieren sie zu rhythmischem Klatschen. Souverän hat Jessy sein Publikum in der Hand.

Ach, wie rührend der Wundermann in Sünde und Erneuerung eindringt. Hartgesottenen Wucherern, korrupten Polizisten, hinterfotzigen Zöllnern, aasgeiernden Zuhältern rinnen Rotz und Tränen in den Bart. Wie gut das tut, mal wieder ein bißchen über seine Sünden und besonders die anderer zu weinen. Das reinigt die Psyche. Nach den in Kapernaum gewohnten knochendürren Erbauungsvorträgen netter Volkshochschuldozenten ist der Entertainer aus Nazareth ein Hochgenuß.

Jessy zieht alle Psychozauberregister und wirbelt

den Kapernaumern die Gefühle durcheinander. Die vier ersten CVJM-Mitglieder, in den Ecken des Gemeindesaals verteilt, heizen die Stimmung weiter an. Begeistert von ihrem Guru gebärden sie sich wie Geistesgestörte bei Vollmond und stecken mit ihrer Hysterie allmählich den labilen Teil des Publikums an, d.h. 99 %. Wer geht sonst schon zu Mystoorgien?

Es kommt, wie es kommen muß. Plötzlich rastet ein frommer Freak aus und rast verzückt mit gezücktem Messer auf die Bühne. Der Lärm verstummt. Ungemütliche Stille kriecht aus den Wänden.

Da schreit der Verrückte: *Was willst du hier, Jessy? Bist du da, um uns fertig zu machen? Ich weiß genau, wer du bist: die Strafe des GROSSEN BOSSES. Heiliger Bimbam!*

Jessy bleibt ganz cool. Verrückte soll man nicht reizen. Er fixiert ihn mit hypnotisch bleiernem Blick und geht langsam auf ihn zu. Dicht vor ihm brüllt er ihm wie Wotan persönlich in die Ohrmuschel: *Halts Maul, du Chaot! Du dümpelst im falschen Space! Mach dich dünn!*

Der Typ zuckt zusammen, geht auf die Bretter und wälzt sich in Krämpfen. Dabei schreit er derart, daß die Zuhörer sich gänsegehäutet die Ohren zuhalten. Dann ist plötzlich die Luft raus. Jessy hat den Ausgeflippten geerdet und seinen Quälgeist auf Reisen geschickt.

Entspannende Ruhe tritt ein. Aufatmen geht durch die Zuschauer. Happy-End einer Tragikomödie. Beifall. Die Zugabe war glänzend. Jessy ist schlagartig die große Nummer von Kapernaum, und die Buschtrommel bemüht sich, die Sensation durch ganz Galiläa zu verbreiten.

13
DAS HEISSE KITZELN IM FLEISCH DER SCHWIEGERMUTTER
Markus 1

Große Klasse! schreit Simon und fällt seinem Guru um den Hals. *Dem hast dus aber gezeigt. Mit dem Spargeltarzan bin ich in die Volksschule gegangen. Der muß immer den dicken Otto markieren.*

Außer den vier CVJMlern drängen sich um den Exorzismus-Spezialisten entflammte Feminin-Fans und scharren nervös mit den Stöckelsandalen. Es wird gerade harmonisch, da ist die Stimmung gleich wieder beim Teufel. Aus der Damen-Herde löst sich eine Furie und springt Simon an: *So einfach ist das, ja? Tatütata abhaun und mir ein lustloses Einzelbett hinterlassen. Ne, ne, du Windsack, so haben wir nicht gewettet!* Peinliche Situation.

Simons Vierkantschädel färbt sich rotweinrot. Jessy blickt ihn fragend an. *Also, das ist Trudchen, meine Alte,* bequemt sich der Eheflüchtling zu erläutern.

Alte? Jessy sieht genauer hin. Das Mädel ist höchstens starke 19.

Als du sagtest, fährt der Exfischbrater fort, *man soll alles Alte über Bord schmeißen, habe ich gedacht, wenn schon, denn schon klar Schiff und die Alte und die Schwiegermutter gleich mit.*

Pause. Alle schauen betreten auf die Beine der Mädels. Da plärrt Trudchen los: *Dir ist ja immer alles egal. Ich weiß nicht, wo ich die Kohle für deinen verschuldeten Saftladen hernehmen soll, und meine Mutter kann nicht mal mehr putzen gehn, weil sie vor lauter Aufregung 'ne fiebrige Allergie gekriegt hat. Überall juckt ihr das Fell. Und mir auch. Nur du hast schuld!* Sie heult zum BOSSErbarmen.

Jetzt greift Jessy ein, der große Psychologe. *Also, gestatten, ich bin Jesus von Nazareth. Der neue Freund deines Mannes. Wie kann er dich, so hübsch wie du bist, verlassen, um mit mir herumzulungern. Versteh ich nicht. Aber daß du hier den wilden Mann spielst, Mädel, versteh ich auch nicht. Beruhige dich. Ich schau mir mal die allergische Dame an.*

Wie das Jessy bloß macht. Das Mädel ist auf einmal zahm wie eine Zirkuslöwin. Die CVJMler, ihr Leiter,

Trudchen und die Fans ziehen zu Simons Bio-Frisch-Fischrestaurant.

Da liegt die heiße Schwiegermutter auf dem Sofa und faselt unzusammenhängendes Hebräisch. Jessy nimmt ihre Hand, blickt ihr tief in die Pupille und fühlt einfühlsam ihren Puls: *Na ja, über 40 Fieber. Außerdem juckts ihr wer weiß wo unter der Haut. Da müssen wir wirklich was machen.* Er richtet sich auf. *Trudchen, leg ihr mal 'nen paar Essigsocken an die Mauken. Das hilft.*

Während Jessy der Alten ein paar Worte ins Ohr flüstert, folgt Trudchen der medizinischen Anweisung. Und siehe da, nach einer halben Stunde ist das Fieber weg, und die Alte backt zum Dank dem Wunderheiler einen schönen Kiwikuchen und kocht für die CVJMler und ihre Groupies eine Kanne Pharisäer – superstarken Kaffee mit Schlag und Schuß.

Jetzt, wo der Haussegen nicht mehr schief hängt, rückt Simon mit einem Vorschlag raus: *Was haltet ihr davon, wenn wir hier im Haus unser Clubheim einrichten? Das Restaurant steht eh leer. Dann könnte uns hin und wieder Trudchen einheizen und ich ihr die Stange halten. Äh . . . jedenfalls hätten wir ein komfortables Büro, von dem aus wir die Tourneen organisieren können.*

Niemand hat was einzuwenden. Man plant und

redet, entwirft Luft und Schlösser. Die Sonne verabschiedet sich gerade durchs Fenster, da hört das Kaffee-Kränzchen ein elendes Stöhn-Konzert vor der Tür: eine reine Elends-Symphonie.

Simon reißt die Tür auf und prallt zurück. Scharen von Marodisten sind zum Clubheim gekrochen und verpesten mit ihrer Transpiration und ihrem Anblick die Abendidylle. Nicht mal die Mücken trauen sich heran.

Mann, Jessy, sieh dir das an. Soll ich die Tür verrammeln? Ein Arzt für so viele Kranke ohne Krankenschein. Das schaffste doch gar nicht ohne Krankenschwester.

Jessy lugt durch sein leeres Weinglas auf das Elend draußen vor der Tür. *Hm ... soweit ich diagnostizieren kann, besteht der Großteil der Siechenversammlung aus Hypochondern und Psychosomatikern. Die brauchen bloß 'ne kräftige Seelenmassage. Mal sehen, was sich machen läßt.*

Kaum setzt er seinen Fuß auf die Straße, erhebt sich krankhafter Jubel. *Herr Doktor, Herr Doktor,* krächzt es aus allen Ecken und Rachen. Hilfeheischend robben sie auf ihn zu.

Mit einem olympiareifen Satz hüpft Jessy über seine Bedränger hinweg und spurtet los. Er joggt lässig am Seeufer entlang. Die Psychopathen, kerngesund an

Leib und Gliedern, hecheln hinterher. Einen Arzt, von dem solche Wunderdinge erzählt werden, darf man sich nicht durch die Lappen gehen lassen.

Als sie aufholen, steigert Jessy unmerklich die Geschwindigkeit. Nach zwei Kilometern, am Ende der Seepromenade, springt er zum Abkühlen ins Wasser. Langsam tröpfeln die Seelenkrüppel ein.

Als der letzte angehinkt kommt, hält er ihnen in Badehose eine Predigt über Psychohygiene:

Jagt eure eingebildeten Krankheiten zum Teufel. Dort gehören sie hin. Und wenn euch eure Quälgeister piesacken und verfolgen, lauft ihnen einfach davon, so wie ich. Ein bißchen Bewegung wirkt Wunder. Macht regelmäßig Sport, am besten Schwimmen, freßt nicht zuviel, trinkt mäßig und bedient eure Frauen regelmäßig, dann bleibt ihr an Leib und Seele fit. Und damit euer weiches Hirn ein wenig härter wird, denkt morgens und abends ein bißchen an den GROSSEN BOSS und dankt ihm, daß es euch gut geht. Dann ist alles im Lot. Herzlichen Glückwunsch zu eurer Genesung. Euer Glauben hat euch geholfen. – Adios. Ende der Durchsage!

Und sie glaubens und fühlens. So einfach ist das.

Jessy ist auf einmal müde wie ein Nachtwächter am Morgen. Er hat zwar eine eiserne Konstitution und ist psychisch einzigartig belastbar, aber selbst ihm macht der erste Arbeitstag mit rhetorischer Glanzleistung, K.o. des messerverzückten Verrückten, heißer Schwiegermutter und Psychopathen-Massage zu schaffen.

Ich bin ja auch nur ein halber Mensch, denkt er und freut sich aufs Bett.

14
SCHLAFLOS AUF DER SCHLUMMERMATTE
Markus 1

Als Jessy heimkehrt, ist ihm das beste Bett bereitet. Ist auch gerecht. Die aufgekratzte Gesellschaft Jesu wird nach den vielen Abenteuern langsam müde. Alle verkrümeln sich. Simon zieht mit seiner knackigen Alten in die Abstellkammer. Dort feiern sie zu zweit Wiedervereinigung. Ihr Glück dringt zu Jessy herüber.

Entsetzlich, denkt Jessy, *wie lange der den Zapfen streicht,* und zieht die Decke über den Kopf. Aber er findet keine Ruhe.

Ich bin wohl ein bißchen überdreht. Da hilft nur autogenes Training, tröstet sich der große Seelentröster. Aber das Do-it-your-self-Verfahren klappt nicht. Er zählt und zählt Schaf auf Schäfchen, es nimmt kein Ende. Es dämmert bereits mild über dem See, da packt er entschlossen seine Plünnen und macht einen Morgenlauf.

Gerade als er das Haus verläßt, verklingt der letzte Liebesseufzer in einem glockenreinen A-Akkord. Obwohl Jessy total abgeschlafft ist, muß er schmunzeln: Wenns drauf ankommt, steht Simon voll und ganz seinen Mann. *Der Kerl hat einen langen Atem! Aus dem kann noch was werden.* Und mit einem Lächeln auf den Lippen erklimmt er schwindelnde Höhen.

Er sucht sich ein stilles Örtchen, wo er Gefühle und Gedanken ordnen kann. Nach dem Debüt-Tag und der schlaflosen Nacht wird ihm das niemand verübeln. Denkste. Kaum hat er ein bißchen meditiert und ein paar Psalmen in die aufgehende Sonne gesungen, hört er es unter sich kraxeln. Vorsichtig lugt er über den Felsen. Seine Verehrer, voran Simon, frisch wie der junge Tag.

Horridoh, Jessy, brüllt der Nachtarbeiter, als er das blitzende Auge seines Meisters entdeckt. *Gut, daß wir dich gefunden haben, das ganze Kaff ist schon auf den Beinen und sucht dich.*

Da muß Jessy laut lachen: *Ja, ja, die Quälgeister, die ich rief ... Also gut, Jungs. Ich komme. Aber wir gehen woandershin. Wenn man am selben Ort immer dasselbe erzählt und denselben Hokuspokus macht, nutzt die Show sich schnell ab. Willst du was gelten, mach dich selten.*

15
SCHUPPEN VOM WINDE VERWEHT
Markus 1

Jessy, von seinem Quintett begleitet, tingelt durch ganz Galiläa. In Volkshochschulen zieht er seine erprobte Show ab:

Exorzierungskunststücke, Wundertaten garniert mit Geschichten und anderem Klimbim. Der Teufel kriegt die Hucke voll, und die bösen Unterteufel so einen auf den Sack, daß sie nicht wissen, ob sie Männlein oder Weiblein sind.

Eines Tages, Jessy bewundert gerade einen Blumengarten und zwickt heimlich eine berauschend duftende Rose ab, spricht ihn von hinten eine Fistelstimme an: *Bitte, bitte, hilf mir. Wenn du willst, kannst du mich von meinem Schuppengeflecht befrein.*

Erschreckt läßt Jessy die Rose in den Ärmel gleiten und dreht sich um: Da liegt ein Bild von einem Zwei-Meter-Mann vor ihm auf den Knien und flennt zum BOSSErbarmen, daß die Tränen in den Sand kullern. Was ein Elend. Beides ist Jessy peinlich, der Rosenklau wie der Knie-Kavalier. Jessy kriegt so ein Mitleid, daß er am liebsten mitheulen würde.

Er reicht dem Aussätzigen die Hand: *Komm, Junge, steh auf. Mach kein Theater. Das bißchen Lepra ist doch heutzutage kein Problem mehr. Warte ein paar Minuten, dann duftet deine Haut babyfrisch und rein wie diese Rose.*

Er läßt den Leprösen riechen. Kaum hat der einen Snuff getan, bröseln ihm die Schuppen aus der Kopfhaut und wehen im Westwind davon. Sprachlos schaut der Geheilte der vom Winde verwehten Schuppenflechte nach. Dann fallen ihm die Schuppen von den Augen: Er ist bumperlgsund!

Mit einem Freudenschrei setzt er zum Sprung auf Jessy an. Doch der wehrt eisig ab. Er kann sich ja nicht von jedem Patienten abknutschen lassen: *Schon gut, Junge. Mach keinen Affentanz wegen der Lepralappalie, klar? Geh jetzt ganz ruhig zum Amtsarzt und laß dir ein Attest geben, daß du wieder ein nützliches Glied der Gesellschaft bist. Aber halt die Klappe, daß ich dich verarztet habe. Wir verstehn uns, ja?*

Kaum ist Jessy außer Sichtweite, rast der Babyzarte durch die Gegend und bietet allen hübschen Mädchen seine Pfirsichhaut zum Fühlen an. So spricht sich durch Mädchenmund die Sache blitzschnell herum. Wo Jessy von da an geht und steht, überall wimmelt es derart von Seuchlingen, daß er das Hasenpanier ergreift. Zuviel ist zuviel.

16

GICHTKNOCHEN UND KOTZBROCKEN

Markus 2

Nach der sensationellen Leprastory hält Jessy sich nur noch maskiert in Städten auf, wenn überhaupt. Meist verkriecht er sich wie ein Phantom in abgelegenen Höhlen. So stark gehen ihm die Heilsucher bereits auf den Sehnerv. Aber es ist, als hätten die Marodisten seine Heilkraft gerochen. Ständig hat er Krankenbesuch.

Als er eines Tages unkenntlich als Marsmensch verkleidet ins Clublokal einkehrt, versammelt sich alles, was krank ist und kriechen kann, vor der Schwelle.

Jessy, Jessy sei so nett, zeig dich kurz am Fensterbrett! skandiert pathetisch der Patientenchor. So wurde schon David gerufen, als er sich rar machte.

Da reißt Jessy die Geduld und die Gardine auf. Oh und Ah hallt es ihm entgegen, als er seine Fans wie ein König begrüßt. Dann erzählt er seine einzigartigen Geschichten, die wir hier nicht vorwegnehmen wollen. Der ungeduldige Leser aber mag gerne bis zu Kapitel 18 vorblättern. Er wird sehen, was er davon hat. Jessy erzählt so spannend, daß selbst Taube ihr Gebrechen vergessen und die Ohren spitzen.

Während den Zuhörern die Augen glänzen und die

Nasen vor Rührung rinnen, schleppen vier starke Jungs ihren klapprigen Erbonkel an, einen Gichtknochen, der sich sein Lebtag übersäuert hat: Kaffee, Zucker, Weißbrot, Speck, Wein und Fleisch-Fleisch-Fleisch. Jetzt, wo ihm die Gelenke knarren und zähe Knötchen Zehen und Finger zu Krallen transformieren, trinkt er nur noch Kräuterlikör, schmeißt aber um so heftiger Geldsack um Geldsack Quacksalbern in den Rachen. Als wenn man mit Geldsackwerfen das Zipperlein vertreiben könnte. Jetzt fürchten die Erben um das Gut ihres Erbstücks und zerren den Gichtler in Jessys Privatpraxis: Der soll so billig sein.

Tja, ist er auch – wenn man an ihn herankommt. Der Halbkreis um Jessy ist zäh: Es sieht aus wie in einem Lazarett. Nicht für'n Heiermann und gute Worte rücken die Egoisten. Der Gesunde hat viele Wünsche, der Kranke nur einen, aber an dem krallt er sich fest. Und hier kleben gleich Hunderte aneinander wie die Fliegen am Kuhfladen.

Wat nu? Schöne Pleite. Haben sie den alten Huster etwa umsonst durch die Gegend gekarrt? Da hat der jüngste Gichttransporteur eine Erleuchtung, vielleicht, weil Jessys Blick ihn gestreift hat: *Was ist, wenn wir uns von hinten ans Haus ranmachen, Onkel Dagobert aufs Dach hieven und die Bahre nebst Inhalt zu Jessy herabsenken?*

Ein starkes Stück. Alle sind entzückt. Nur dem Onkel fährt der Tatterich in die steifen Glieder. Aber was soll er machen? Sein Gezeter geht im Beifallsgemurmel der maroden Jessy-Fans unter.

Während der Cleverste Simons Schwiegermama mit einigen 50 Märkern merken läßt, daß sie eine gute Tat tut, wenn der Gichtler wieder schuhplatteln kann, decken die drei Restneffen – tick-trick-track – onomatopoetisch das Dach ab. Dann lassen sie den schlotternden Greis engelsgleich zum Wunderdoktor schweben.

Jessy blickt amüsiert auf die Affenschaukel: *Endlich mal ein origineller Einfall, Jungs,* ruft er den cleveren Neffen zu, *euer Vertrauen in mich und die morschen Stricke müssen grenzenlos sein. Alle Achtung.* Dann wendet er sich an den Luftpostpatienten: *Hey Boy, für diese Mutprobe wird dein Sündenregister gelöscht.*

Den Erbneffen entfährt ein frustriertes Sprechblasen-O. Der Alte kann ja eh nur mehr mit Mund und Magen sündigen. Gesund soll er werden, damit das Vermögen erhalten bleibt. Ratlos sehen sie sich an. Wat nu?

Sie sind nicht die einzigen Mißvergnügten. Dicht an der Tür hocken zwei Kurzschriftgelehrte, Abgeordnete der RFP, der Religiösen-Fanatiker-Partei, wie der Volksmund treffend die Pharisäer-Mafia nennt. Weil

Jessy ihnen Show um Show stiehlt, schnüffeln sie ihm seit geraumer Zeit nach. Reiner Futterneid.

Jessy hat die Fundamentalisten aus dem Augenwinkel beobachtet. Sie machen eifrig Notizen. Sie wollen ihm an den Karren pinkeln, das ist sicher wie das Amen in der zu gründenden Kirche. Nur wissen sie noch nicht wie. Aber heute scheints scheinbar ... Nach Jessys letztem Satz blicken sie sich wechselseitig beglückt in die Pupille: Dort erscheint in transparenter Schrift: *Da schau her. Er blasphemisiert. Eben hat er BOSS gelästert, denn Sünden entsünden kann nur letzterer. Warte nur, balde känguruhst auch du.*

Was sie nicht ahnen: Jessy liest dreimal so schnell Gedanken wie Pharisäer ihr optisches Morsealphabeth. Mit Kranken, Hypochondern, Nutten, Zöllnern, geistig Behinderten und anderen Defizitären hat er eine Engelsgeduld, aber diese kleinkarierten, aufgeblasenen Kotzbrocken liegen ihm schwer im Magen.

Dieweil die Finsterlinge in ihrem Herzen Viperneier ausbrüten, setzt Jessy auf seinen bewährten Verbal-Karate-Angriff. Er flötet sanft: *Was grübelt ihr da so laut in eure Herzkranzgefäße? Ja, ihr da! Was ist eurer Meinung nach wohl leichter, dem Hinkebein hier zu sagen: Deine Sünden sind Schall und Rauch, oder zu sagen: Hopp hopp, Alter, steh auf, nimm dein Bett und troll dich?*

Die Spione glotzen dumm aus der Toga. Will er sie veräppeln?

Jetzt muß Jessy grinsen. Gut gelaunt spinnt er seinen Plan weiter: *Damit ihr einmal in eurem verpfuschten Leben in den Genuß eines Wunders kommt, so daß ihr erkennt, daß ich als Sohn und Mensch Power habe, Sündenböcken die Schuld an ihrer Misere zu verzeihen, sage ich hiermit* ... er wendet sich mit einer Kunstpause feierlich an den Gichtler: *Rappel dich auf, klemm dir die Bahre unter die Achsel und bring sie Mama.*

Das haut nicht nur die neidzerfressenen Schriftsteller vom Hocker. Der Gichtler selbst kanns kaum glauben. Er hockt da wie ein kastrierter Pudel und hält Maulaffen feil. Dann setzt er vorsichtig Fuß vor Fuß. Es geht. Ermutigt trippelt er zögernd auf die marode Menge zu, die entsetzt zurückweicht. Dann saust er auf einmal wie ein Blitz mit Bett und Gebet los. Er rast, rast, rast ... ins gegenüberliegende Restaurant ZUM GOLDENEN LAMM.

Halleluja, tremoliert er beim Anblick der Speisekarte: *BOSS sei gelobt, endlich kann ich wieder essen, was ich will: Fleisch-Fleisch-Fleisch.*

Jessy zuckt die Achseln. So sind sie eben. Kaum geheilt, sündigen sie gleich wieder. Die Menschenmenge ist rein aus dem Häuschen, während Jessy sich in dasselbe zurückzieht und sich zu seinem Punktesieg über die niedergeschlagene Konkurrenz gratulieren läßt. Simon, wie immer überlaut: *Glaub mir, Chef, den fiesen Pharisäern läuft die Galle über, ihr Gesicht ist ganz sarazenengrün.*

Doucement, versucht Jessy ihn zu bremsen, wobei er den Zeigefinger auf die Lippen legt, *man kann in der Wahl seiner Feinde nicht vorsichtig genug sein.*

Eine tiefe Einsicht, die rund 1900 Jahre später ein berühmter irischer Dichter wiederholen wird.

17
ZOCKER, ZÖLLNER UND PROPHETEN
Markus 2

Nachdem Jessy den Zwietracht säenden Pharisäern sein Unkrautvernichtungsmittel unter die Nase gerieben hat, muß er ein bißchen Frischluft schnappen. Die gelehrten Stubenhocker hatten so eine muffige Ausdünstung.

Sie duften nach Sitzfleisch. Intellektuelle bewegen sich zu wenig, sinniert er, *daraus resultieren Durchblutungsstörungen im Hintern. Von dort steigt die Störung ins Hirn, verkrustet und führt zu Dickschädelig-*

keit. Äußerst gefährliche Krankheit. Hat oft unheilbare Kritiksucht zur Folge, die meist in idiotischem Fanatismus endet. Quasi ein Zustand intelligenter Verblödung. Kleine Pause. Dann weiter:

Offenbar ist die gesamte RFP von dieser Maul- und Hirnseuche befallen. Arme Irre. Leben so unfroh. Weder Feuer im Herzen noch Saft im Hoden. Da haben es doch simple Gemüter leichter. Wahrscheinlich ist es klüger, mich auf das gesunde Volksempfinden zu verlassen ...

Man sieht, Jessy ist ein gewiefter Taktiker. Seine Probeauftritte haben ihn gelehrt: Die Reform muß von unten kommen, aus dem Urschlamm der Gesellschaft. Die Reichen klammern sich in ihrer Angst vor Veränderung an ihre Brieftasche, ihr geistiges Gut, ihre liebgewordenen Privilegien. Schwachköpfe. Niemand kann die Reise ins Himmelreich auch nur mit einem seiner Dollars antreten.

Erfreut über die Inspiration will er einen dankbaren Blick ins Himmelsgewölbe werfen, da bleibt sein klares Auge an einem schmuddligen Punker hängen. Der räkelt sich entspannt wie ein Yogi auf einer Mauer und läßt den lieben BOSS einen guten Mann sein. *Sympathischer Sonnenbruder. Hat unverkennbaren Stallgeruch!* Jessy schnuppert in den Wind.

Hmmm, der riecht nach Volksgesundheit. Und meditieren kann er auch.

He, Alter, haut er den Grünhaarigen an, *ich suche noch 'nen Peripatetiker zwecks gemeinsamer Freizeitgestaltung. Willst du nicht ..?*

Au fein, gähnt Levi, *wo wollen wir wandeln?*

Warts ab, sagt Jessy mysteriös, *folge mir unauffällig nach.*

Klingt spannend, freut sich der Jung-CVJMler, *wo du hingehst, will auch ich hingehen.*

Um nicht wieder kranken Fans in die Hände zu fallen, führt Jessy die Neuerwerbung auf Schleichwegen ins Clublokal. Dort liegt sein CVJM-Club nebst einer bunten Gästeschar auf Matratzen um einen abgesägten Tisch herum und sündigt fröhlich mit Wein, Weib und Gesang. Sie singen, daß die Ölfunzeln zittern.

Hallo, Jessy, brüllt Johannes durch den Lärm, als er den Meister kommen sieht. *Ich warte schon sehnsüchtig auf dich. Komm setz dich. Wir feiern deinen jüngsten Sieg über Gicht und Galle. Hier, koste mal diesen köstlichen Käse. Und diese Feigen, mmh, süß wie die Sünde. Unsere Freunde vom Zoll haben sie zum Fest mitgebracht. Billige Ausschußware.* Er kaut mit vollen Backen.

Jessy kann man kein X für ein Y vormachen: alles unterschlagene Fressalien oder Bestechungsgeschenke generöser Schmuggler. Die Zöllner haben nicht umsonst ihren zweifelhaften Ruf bei anständigen Leuten, die sich ihren guten Ruf untereinander etwas kosten lassen auf Unkosten ihrer Dienstmädchen, Tagelöhner und Stundenhilfen. Jessy kostet genüßlich den Ziegenkäse. Köstlich!

Mit Zunahme der leeren Krüge verwandelt sich die kleine Siegesfeier in eine üppige Orgie. Der Trommelrhythmus wird ekstatischer, die Tänzchen werden gewagter. In den Schummerecken spielen Boys und Girls eine Variation des bekannten Blindekuhspiels: Man tastet blind, wer wer ist. Andere sehen bereits Sterne durch den Flaschenboden. Kurz, eine wunderbare Party. Alle sind glücklich. Jessy drückt lächelnd beide Augen zu. Sind ja junge Leute. Alt werden sie von alleine.

Da tragen Simon und Andreas aufgeregt ein paar Krüge kellerfrischen Weins herein: *Du, Jessy! Stell dir vor! Draußen sind die zwei Schnüffler von heut nachmittag. Sie beobachten uns seit Stunden und notieren mit, was wir im Suff so säuseln. Wie die Kletten. Als wir sie plötzlich am Kragen hatten, haben sie mir nix dir nix die Sprache verloren. Erst als ich ihnen mein neues Küchenmesser gezeigt habe, fanden sie sie wieder. Und weißt du, was sie fanden? »Mit Zollschnüfflern und anderem Gesindel frißt und säuft er.«*

Da sagt Jessy so laut, daß es die vor Schreck erstarrten Pharisäer draußen hören: *Der Gesunde braucht keinen Arzt. Nur der Kranke. Ich bin nicht gekommen, um euch Supergerechte zu rufen, sondern ehrliche Sünder.*

Und er setzt für die Spione hinzu: *Besonders ihr Knallköppe hättet eine Behandlung nötig. Vielleicht fangen wir gleich an, ja!*

Damit lehnt er sich zu den Überraschten aus dem Fenster und erzählt eine Geschichte.

18
DER FLÖTENGEGANGENE SOHN
Lukas 15

Ein netter alter Herr hat eine florierende Fabrik und zwei intelligente Söhne. Der ältere ist ein ehrgeiziger Streber, lernt Tag und Nacht juristische Tricks, Kleingedrucktes dichten, Managementdiplomatie und weiß BOSS noch was. So fleißig, daß er mit 20 bereits arbeitssüchtig ist. Kompletter Workaholic.

Kompletter was? unterbricht ihn ein philologisch interessierter Schriftgelehrter. *Kleines anglo-arabisches Sprachspiel. Vergiß es wieder, ist für die Geschichte nicht weiter von Bedeutung,* erläutert Jessy. Der pharisäische Linguist nickt bewundernd, während Jessy weiterdichtet:

Kein Wunder bei seiner Devise: Glück hat, wer täglich 14 Stunden arbeitet, und das sieben Mal in der Woche. Als Heide darf er das ja. Bei dieser schweißtreibenden Motivation ist er, wen wunderts, mit 24 tatsächlich der zweite Mann im Unternehmen. Der Alte ist stolz auf seinen tüchtigen Juniorchef. Hier hält Jessy ein wenig irritiert inne. Was ihm bloß immer so einfällt. Dann spinnt er sein Fädchen weiter.

Der zweite Sprößling ist ein eher musischer Typ. Elegante Hände, verträumte Künstleraugen, schön gewachsen. Ganz die Mutter. Bereits im Sandkastenalter sind ihm die kleinen Mädchen hold, weil er sie nicht so grob knufft und unter ihre Röcke schielt wie die anderen Bengel.

Dieser Sohn, nennen wir ihn Adonis, lernt ebenfalls brav seine Lektionen. In Latein, Griechisch, Flötespielen, Kunsterziehung ist er ein As, in Mathematik, Metaphysik und Alchemie eine Pik 7. Das sind für ihn römische Dörfer. Ganz weit weg. »Na ja, ist ja nicht so schlimm,« tröstet sich der Alte, »Willy schmeißt den Laden schon, da kann Adonis ruhig einen Beruf ergreifen, der mit seinen rhetorisch-künstlerischen Fähigkeiten in Einklang steht. Zum Beispiel Rechtsanwalt. Den können wir im Betrieb gut brauchen, jetzt, wo sich das Export-Import-Geschäft in der römischen Wirtschaftsgemeinschaft so schön entwickelt.«

Der Plan ist gut, doch leider hat er die Bilanz ohne sein künstlerisches Lendenstück gemacht. Das ist jetzt 18 und im besten Grübelalter: »Also Fabrikbesitzer ist ein trostloser Job. Reine Ausbeuterei. Immer die Jagd nach den Mäusen. Nix für mich. Ich werde Künstler, das ist ein edler Beruf. Hier wird menschliche Energie in Gutes und Schöneres verwandelt.« Typisch blauäugiger Idealist.

Eines unschönen Tages, der Regen rieselt rüde in den Rhododendrongarten, nimmt der Junge sich einen Feigenschnaps und seinen Mut zusammen und geht zum Pater familias: »Du, Papa, ich hab da ein Problem. Ich glaube, ich bin nicht fürs Geschäft geeicht. Willy ist da ein ganz anderes Kaliber. Dem machts echt Spaß. Aber ich würde hier glatt verkümmern wie ein Kaktus im kaledonischen Winter. Was hältst Du davon, wenn du mir meinen Anteil des Familienvermögens auszahlst, damit ich mich als Künstler etablieren kann?«

Der alte Herr hat schlaflose Nächte. Klar, dem Jungen steht sein Anteil zu. Aber er versteht nichts vom Geld. Ob das mal gut geht? Andererseits liebt er den sensiblen Bengel mehr als seine Ersterzeugung.

Na. Nach ein paar Nächten ist der Alte fix und fertig weichgekocht. Der Juniorchef tippt sich ans Schläfenbein: »Ich glaube, der Alte wird langsam schrumpelig unter der Glatze. Nicht eine müde Maus würde ich dem

Spinner geben. Künstler ....« Bla, bla, bla. Die üblichen Spießersprüche.

Nach vielen guten Ratschlägen und Ermahnungen des weisen Vaters, die alle auf der Reise verlorengehen, packt der glückliche Prinz seine Silbertaler, seine Staffelei, seine Zedernholzflöte, Künstlergarderobe, seinen geliebten Ovid und den prickelnden Catull in den Koffer, und ab gehts ins Ausland. Nach Athen. Zum Kunstnabel und Sündenbabel der zivilisierten Welt. Dort ist alles, was chic und teuer ist. Vor allem teuer.

Das Greenhorn immatrikuliert sich an der Phidias-Akademie der schönen Künste. Erst malt er. Dann haut er Bild. Dann flötet er im Marsias-Institut apollinische Weisen. Dann kommt er in eine schöpferische Krise. »Die Professoren taugen eh alle nichts«, quengelt er eines Morgens mißgestimmt seinem Freudenliebchen ins Morgenschlafhaar. »Warum soll ich da überhaupt noch hingehen? Ich laß die Akademie sausen. Das Leben selbst muß Gesamtkunstwerk werden.«

Gesagt, getan, ein toller Plan. Was das Leben als Kunstwerk angeht, hat er eine Freundin, die in allen Lagen und auch sonst bestens dazu gerüstet ist. Sie sieht aus wie die Venus von Milo und besitzt die Raffgier eines Hamsters. Sie bringt für das Projekt einige hübsche Freundinnen mit, und so gründet der generöse Adonis seine Privatakademie der schönen freien Kün-

ste. Einweihungsfest folgt auf Einweihungsfest. Es rauscht. Originalgladiatoren aus Rom liefern Schaukämpfe mit Krokodilen, korsische Köche grillen gallische Kapaune in Schinken vom Po, cheruskische Sänger, verkleidet als Cherubim, singen Heldenchöre auf die Alexanderschlacht bei Issos und so. Ein Karneval erlesener Qualität drittklassigen Geschmacks. Athens Schmarotzer und Schmeichler, darunter seine ehemaligen Professoren, umschwärmen ihn wie Fliegen den goldenen Haufen. Ich drücke mich vielleicht etwas drastisch aus, aber es ist so.

Man macht ihm klebrigsüße Komplimente, er kriegt den Ehrentitel freischaffender Professor. Undsoweiter. Das übrige könnt ihr euch hoffentlich vorstellen. Ich will nicht zu langatmig werden, sonst stehen wir morgen früh noch hier.

Jedenfalls, eines Tages, als die rosenfingrige Eos ihr mildes Morgenrotlicht in sein aufgesoffenes Gesicht lächelt und er den beruhigenden Kontrollgriff in seine Schatzkiste unter dem Bett tut, faßt er ins Leere. Papas sauerverdiente Goldmäuse haben das sinkende Schiff verlassen. »Es waren doch so viele?« Erschreckt dreht er alle Taschen um. Nichts, nichts, nichts. Von Existenzangst getrieben, rast er durch die Hallen seiner Villa auf der Suche nach einem Freund, einem Menschen, der ihn tröstet in seinem Elend. Es ist ein

Freundschaftsfriedhof. Mit den glänzenden Mäusen sind auch seine Luxusfreunde wie Haschisch im Winde verweht. »Alles ist eitel«, schießt ihm durch den Kopf. Der erste vernünftige Gedanke seit Jahren.

Und dann? fragt Johannes neugierig, der wie alle übrigen Partylöwen und Festmiezen zu Jessy getreten ist, um die Geschichte zu hören.

Das übliche, fährt Jessy fort. *Während der Pleitier rasch nüchtern wird, hört er die Schar seiner Gläubiger die unteren Hallen plündern. Nachdenklich betrachtet er den ererbten Ring seines Großvaters. Plötzlich leuchtet ihm daraus die Erkenntnis: Am Rande des Rubins! Wie wahr. »Ich muß was unternehmen, retten, was zu retten ist. Jetzt, wo ich in Not bin, müssen mir meine Freunde helfen.«*

Die Freunde kennen ihn nicht mehr. Wen wunderts? Seit dem erkenntnisreichen Morgen sieht er auch ganz schön alt aus. So bleibt ihm in diesem Schiffbruch nur noch der kostbare Rettungsring seines Großvaters, mit dem er hofft, festen Boden unter die Füße zu bekommen. Tatsächlich lächelt ihm kurz das Glück durch die Augen eines ehrlichen Juweliers. Der taxiert das Schmuckstück korrekt und händigt ihm eine ungeheure Summe aus.

»Gerettet«, jubelt es im Herzen des verarmten Sünders. Etwas voreilig. In der Woche drauf brechen die

wichtigsten Weltmärkte zusammen. Eine bis dato unbekannte Inflation verwandelt sein Mäusenest in ein Häufchen Elend. Nach diesem zweiten K.o. durch die erbarmungslose Faust des Schicksals ist sein Selbstbewußtsein so angeschlagen, daß er psychisch nicht wieder auf die Beine kommt.

Jessy ölt seine Stimme mit einem Schluck Zöllnerwein.

Der ehemals hochnäsige, stinkreiche Ehrenprofessor ist zu einem menschlichen Wrack verkommen. Außer seiner Flöte ist ihm alles flötengegangen, was ihm Selbstvertrauen und Sicherheit gegeben hat. Er fühlt sich so minderwertig, daß er nicht mal mehr als Lateinnachhilfelehrer unterkommt. Seine Seele hat jeden Glanz verloren. Mit matten Augen winselt er um Mitleid. Punker bewerfen ihn mit Hundekacke, sadistische Polizisten lassen den Hungernden die Gummiwurscht kosten. Er ist so alle, daß er nicht mal mehr Tränen hat.

Den beinharten Pharisäern glänzen plötzlich die Augen.

Da trifft er eines Tages auf einen unbarmherzigen Samariter. Der geht so brutal mit seinen Leuten um, daß er kein Aufsichtspersonal für seine Trüffelschweine mehr findet. Der taxiert das Selbstwertgefühl der gescheiterten Künstlerexistenz mit einem Blick:

ausgezeichnete Arbeitskraft, billig, dreckig, stinkend, unterwürfig. Paßt bestens zu meinen Schweinchen. »He, Alter, Kopf hoch. Ich habe einen idealen Job für dich.« Er flößt dem apathischen Exmillionär einen Schnaps ein, gießt ihm einen zweiten gegen das Ungeziefer in die Hose, und nachdem Flöhe und Wanzen die Flucht ergriffen haben, transportiert er ihn in sein Schweineparadies.

Dort hütet Adonis die Edelschinkenproduzenten. Doch während sie unter seiner Pflege immer fetter werden, besteht er selbst bald nur mehr aus geerbten Knochen und gegerbter Haut. Haar und Zähne fallen ihm aus, weil ihm der Schweinehund nicht mal die Schoten gönnt, mit denen er die Piggies mästen muß. Wenn sich die Schweine zur Ruhe begeben, bläst er ihnen auf seiner Flöte melancholische apollinische Weisen vor. Sein einziger Trost im Schweinejammertal. Wenn er die erhabenen Melodien spielt, entstehen in ihm liebliche Bilder einer besseren Welt. Sie nähren seine Seele, lassen den Gestank und das Elend um ihn und in sich vergessen. Er versenkt sich hinein, und da kommt ihm die Erleuchtung aus seinem musikgenährten Herzen: »Wie viele Kulis stehen bei meinem Vater in Brot und Lohn, und ich kann mich nicht mal von Schweinefutter ernähren. Morgen verdufte ich und geh heim zu meinem Vater und bekenne ihm mein Luderleben und den

Bankrott. Meinetwegen soll er mich als Latrinenreiniger beschäftigen. Ich bin ja wirklich nicht wert, sein Sohn zu sein.«

Endlich eine Entscheidung. Er macht sich auf den schweren Heimweg. Nach ein paar Wochen steht er im Rhododendrongarten und kann gar nicht fassen, daß er in solchem Luxus aufgewachsen ist. Sein alter Herr lustwandelt gerade in der kühlen Abendluft, da fällt sein weitsichtiger Blick auf den zahnlosen Penner. Er brüllt los: »Privateigentum. Zisch ab, oder ich lasse dir eine Abreibung geben, daß dein alter Arsch rosig glänzt wie ein Kinderpopo ...« Weiter kommt er nicht. Ein Augenpaar hat sich in sein Herz gebohrt und wühlt dort Erinnerungen auf. Tränen rinnen über seine gefurchten Wangen. Er läuft auf das Wrack zu, fällt ihm um den Hals. Küßt seinen sabbernden Mund, streichelt sein abgezehrtes Gesicht.

Doch Adonis blockt ab: »Nein, Vater. Ich habe mich dir gegenüber ganz mies verhalten, und nicht nur gegen dich. Auch gegen mich und andere. Ich bin nicht mehr wert, daß du Sohn zu mir sagst.« Der glückliche Vater läßt ihn reden und ruft seinen Butler: »Johann, Johann! Schnell. Hol meinen besten Anzug, meinen Siegelring, meine maßgeschneiderten Schuhe. Ich hoffe, das paßt ihm alles, und wenns ein bißchen schlottert – macht nichts. Zieh ihm das an. Aber erst baden und parfümieren. Und laß das Mastkälbchen schlachten. Wir feiern ein Freudenfest, daß die Wände wackeln. Nur das Feinste vom Besten. Verstanden? Wer heute sparen will, wird fristlos entlassen. – Ach, was freu ich mich. Mein Sohn, der für mich tot war, ist wieder lebendig; mein Kind, daß ich verloren glaubte, ist wiedergefunden.«

Und es steigt ein Fest, herzlich und heiter wie nur ein Mensch sein kann, dem die Todesangst um sein Liebstes genommen ist. Das grenzenlose Glück des Alten steckt alle im Haus an. Jeder umarmt den Wiedergefundenen. So wurde dort noch nie gesungen, noch nie gekocht, noch nie gelacht. Eine Harmonie, daß sich alle mit Freudentränen in die Arme sinken.

Nur einer nicht. Der inspiziert gerade die fabrikeigenen Felder. Als Willy sich dem Haus nähert, hört er Musik, Lachen, Stimmengewirr. Paradiesische Düfte steigen ihm in die Nasenlöcher. Mißtrauisch späht er über die Mauer. Er hält sich für übergeschnappt. Unauffällig winkt er einem Gärtnerburschen: »Sag mal, was ist denn hier los? Ist mein Alter vom Affen gebissen, oder ist mir eine Sicherung durchgebrannt?« Der Bursche überschlägt sich: »Dein Bruder ist wieder da. Sieht aus wie 'ne Bandwurmfabrik. Nur noch Haut und Knochen. Aber er lebt noch. Der Boss ist ganz verrückt vor Freude. Und damit er wieder ein paar Kilo aufs Gerippe kriegt, feiern wir diese fette Fete. Komm rein, alle warten schon auf dich.«

Die Frohbotschaft bringt Big Brothers cholerisches Temperament auf Touren: Sein Krötenhals bläht sich, die Ohren zucken und straffen sich zu Hahnenkämmen, Krebsröte schießt von den Schweinswimpern über die madenweiße Glatze bis tief in den Stiernacken, die Froschaugen saugen sich am armen Gärtner fest. Dann läuft ein Zittern durch die Gorillafigur, das als tierisches Geschrei hervorbricht: »Saulümmel .... Arbeitsscheu ... Mal was leisten ... Künstler ... Ich ... Ich ... Ich..!« Die Stichworte versauen den Fröhlichen hinter der Mauer die Stimmung und bringen alle Harmonie auf den Hund.

In einer Atempause eilt der alte Herr zu Filius Nummer Eins, um den Interruptus diplomatisch zu nutzen. Von wegen. Angesichts des prominenten Zuhörers heult der Indignierte wie ein Provinztragöde: »Ich ... Ich ... Ich!«

»Das sagtest du bereits«, versucht ihn der Vater zu beruhigen. Keine Chance. »Ich ... Ich ... Ich ...« endlich gelingt ihm der Durchbruch: »Ich habe seit Jahren für dich geschuftet, Nervenkostüm und Knochengerüst zerschlissen, Hirnschmalz verbraten, Ideen aus allen Poren geschwitzt – und nie habe ich auch nur ein Wort des Dankes oder 'nen alten Ziegenbock für

’ne Grillparty mit meinen Freunden bekommen. Und mein bandwurmiger Bruder? Erst bläst du ihm Haschisch in den Hintern, dann vergoldest du ihm das Lotterbett, und nachdem er die Früchte deiner schöpferischen Potenz in Stricherinnen, Flötenspielerinnen, Yogalehrerinnen und andere Schweinereien gesteckt und keinen Saft mehr hat, schlachtest du ihm zur Belohnung ein goldenes Kalb!«

Die Gemütserregung ist weiter gestiegen und tropft nun sacht aus seinen Augen. Sein aufgeweichtes Managerherz beginnt wieder ruhig zu pendeln, die verkrampften Schultermuskeln entspannen sich. Der Egoismus hat sich entladen, und zurück bleibt eine trostsuchende Leere, die der Vater gütig mit Liebe füllt, indem er seinen Vaterarm um den Erstling legt und spricht: »Schau, Junge, du bist doch jeden Tag bei mir, und alles, was ich besitze, gehört auch dir. Aber heute müssen wir feiern und fröhlich sein; denn dein Bruder war für uns tot und ist wieder lebendig geworden. Er war verloren und ist wiedergefunden. Gibt es eine größere Freude?«

Während Jessys letzter Worte ist die Sonne aufgegangen, und ein warmes Leuchten erfüllt sein Gesicht. *Ein toller Typ,* denkt heimlich der Philologie-Pharisäer.

19
SONNTAGS LEBT ES SICH GEFÄHRLICH
Markus 2, 3

Tags darauf, es ist ein himmelblauer Sonntag, Helios lächelt Jessy kollegial zu, macht der JUNIORCHEF mit seinen Youngsters und deren Wahlschwestern einen Ausflug. Picknick im Grünen, Blindekuhspiel im Kühlen, Entspannung im Schwülen und dergleichen Vergnügungen sind geplant. Man kann ja nicht immer nur die Welt verbessern.

Simon und Andreas als Exgastronomen haben liebevoll die Körbe mit Lämmerschinken, Basilikum-Olivenöl-Sauce, Feigenkompott, Mannaschnitten, Wurscht und Wein gepackt und zuverlässig im Clubheim vergessen. Das fällt allerdings erst auf, als der Magen bis in die Kniekehlen hängt und unwillig zu knurren beginnt. Solange der Bauch nicht murrt, denkt das Philosophenhirn nicht an die schnöde Befriedigung des Fleisches ...

Bei Johannes mit den Mädchenaugen schlägt das Geknurr in wütendes Gebell um und trifft empfindsam auf seinen Dichternerv. Gepeinigt stimmt er die Hungerarie an: *Auf einmal steht es neben dir, ein großes unsichtbares Tier, sein Maul so breit wie ein Klavier und spricht zu dir: Ich bin der Hunger! Hast du nichts zu essen?*

Alle lachen. Aber von Poesie wird bekanntlich nicht mal ein Dichter satt.

Der Zwangsfasterei überdrüssig, beginnen die proviantlosen Picknicker Ähren aus einem Kornfeld zu rupfen und im Munde zu mahlen. Müsli pur ohne Milch, Honig, Korinthen.

Zäh und trocken wie ein Pharisäersocken, scherzt Levi gut zöllnerisch. Was er nicht ahnt: Im Kornfeld gleich nebenan liegen ihre zwei Spionagezecken von gestern nacht und memorieren bereits heute wieder jedes verdächtige Wort. Und verdächtig ist der CVJM allemal.

Als das biologisch-theatralische Müsli in Simons Pansen auf das Knurren trifft, gibt es Zoff im Unterstübchen. Der schlägt dem Darmbesitzer derart auf den Darm, daß er sich schleunigst tiefer ins Kornfeld flüchtet. Dort sehen die erstaunten CVJMler einen leuchtendroten Vierkantschädel durch die goldenen Halme schweben. Plötzlich ist er weg. In seiner Panik ist Simon einem Pharisäer-Späher über das Gesäß gestolpert. Der quiekt auf: *Aua, kannst du nicht aufpassen?* Der jähe Schreck löst in Simon jede Hemmung. Mit einer gewaltigen Kakophonie entlädt sich der angestaute Druck. *Auweia!* rufen Pharisäer und Diarrhöer wie aus einem Mund. Das unverhoffte Rendezvous stinkt gewaltig zum Himmel. *Überall schnüf-*

felt ihr uns nach, schimpft Simon, nachdem seine Hosentrompete verstummt ist, *nicht mal in Ruhe Händewaschen gehen kann man. Gestern war es doch ganz nett zwischen uns. Was sucht ihr denn nun schon wieder?*

Ääh ... wir machen zufällig einen kleinen Sonntagsausflug, flötet der ertappte Voyeur tapfer drauf los. Doch da besinnt er sich, daß draufhauen schmerzloser ist als Haue kriegen.

Er wechselt abrupt die Tonart und ruft hinüber: *Jesus, du bist doch ein gebildeter Mensch. Merkst du gar nicht, daß der Korinthenkacker hier und deine anderen Mistkerle sonntags Ähren ernten und sich damit vollfressen. Sonntags! Und sonntags ist das verboten.*

Triumphierend blickt er in die Runde. Die Müslikauer schauen sich betreten an, aber Jessy, bibelfest, rettet souverän: *Ihr mit euren beschissenen Fragen könnt einem den ganzen Sonntag versauen! Als Leseratten müßtet ihr doch wissen, daß sogar David, des GROSSEN BOSSES großer Freund, mit seinen Freunden, als der Hunger an ihren Kaldaunen und Nerven kaute, im Haus des GROSSEN BOSSES selbst die knusprigen Schaubrote aß, die sonst nur Pfarrer schmausen dürfen. Der Sonntag ist eben für die Leute gemacht und nicht die Leute für den Sonntag. Darum kann ich auch den Sonntag nach meinem Gusto gestalten! Tschüs, liebe Philosophen. Ich denke, wir sehen uns bald wieder. Oder täusche ich mich?*

Und mit einem fröhlichen Winkewinke überläßt die Wiederkäuerschar den Spionen Losung und Lösung des kniffligen Puzzles. Tja, mit Jessy ist nicht gut Müsliessen.

Durstig wie ein Wüstenbataillon in den Hundstagen tippelt die Truppe eilig ins Clubheim. Dort machen sich alle über die köstlichen Körbe her und stellen die kühlen Krüge auf den Kopf. Herrlich. Jessy, maßvoll wie stets, verläßt nach einer Stunde die epikuräische Runde und dreht noch einen peripatetischen Zirkel. Was er vermutet hat, bestätigt ihm ein flüchtig zerstreuter Blick in ein Gebüsch. Dort hocken zusammengekauert die beschissenen Pharisäer und beobachten jeden seiner Schritte.

Zum Pusemuckel, brummelt Jessy unauffällig in seinen Bart, *die sind ja zäher als die Picknick-Ziegenbockbockwurst. Die Sonntagsruhe scheint ihnen an den Kaldaunen zu nagen. Ich werde sie ein bißchen auf Trab bringen. Vielleicht löst sich dann ihr Paragraphenkrampf.*

Als er ihren bleiernen Geheimdienstlerblick im Nacken spürt, spurtet er mit Seraphimdrive in Spiralen durch das Gassengewirr von Kapernaum, daß die Verfolger den Drehwurm kriegen. Schließlich hüpft Jessy in die Volkshochschule, sozusagen in die Höhle der Schakale.

Was will er denn bei uns? hechelt der Philologe. Jessy hat bei der Schnitzeljagd Spaß bekommen, die Typen ein bißchen zu provozieren. In der Aula geht er stracks durch die perplexe Pharisäer-Versammlung auf einen Herrn mit einer verkrüppelten Hand zu: *Bitte, komm her, in die Mitte, mein Freund.* Der weiß gar nicht, wie ihm geschieht, und setzt sich automatisch in Bewegung.

Jessy wendet sich an die Ober- und Unterpharisäer: *Liebe Kollegen, ist es bei euch erlaubt, am Sonntag Gutes oder weniger Gutes zu tun? Ist es recht, ein Leben zu retten oder es hopsgehen zu lassen?* Sie schauen ihn an, als spräche er altcumbrisch. *Nix verstehen, was will der bloß,* signalisieren ihre Blicke.

Da blickt Jessy einem nach dem anderen tief durch die trübe Iris ins Herz. Und bestürzt über soviel menschenverachtende Verlogenheit spricht er zum Krüppel: *Mach mal den Arm lang, mein Lieber, und laß deine Finger tanzen.* Und der streckt Arm, Hand und Finger aus, und die verdorrten Knochen entfalten sich sanft und geschmeidig wie eine Rose.

Das ist den Pharisäern zuviel. Jessy hat sie in ihrer eigenen Hochburg bloßgestellt. Indigniert verlassen sie den Saal und schwören finstere Rache. Hatte Jessy nicht zu Simon gesagt: Man kann in der Wahl seiner Feinde nie vorsichtig genug sein?

20
SCHNELLKURS FÜR THERAPEUTEN
Markus 3

Nachdem Jessy die Spontan-Show in der Volkshochschule abgezogen hat, eilt er ins Clubheim, wo er, kaum umgezogen, neue Leute anzieht. Jerusalemer Wallfahrt-Fans treffen auf sidonische Glaubenstrotter, Pilgerväter aus Tyrus auf judäische Guru-Sucherinnen, idumäische Wander- auf idumäische Wunderfreunde. Wer einen solch rasanten Medienrummel entfaltet wie Jessy – hier eine Vormittagsschnell-Predigt, dort einen Halbstunden-Exorzismus, morgens eine Dreiminuten-Heilung mit der unsichtbaren dritten linken Hand, zwischendurch ein Gute-Nacht-Gleichnis – ist in ein paar Wochen der Star unter den buntschillernden Vögeln im Land der Verheißung. Den neuen Wunderguru muß man gesehen haben. Also nix wie hin.

Heute bedrängen ihn die Fans so fanatisch, daß er

sich auf Simons alten Kahn retten und seine Wunderstunde von dort aus inszenieren muß.

Als hellsichtiger Stratege weiß Jessy, daß er erst die Leute zu begeisterten Gläubigen machen muß, bevor er sie moralisch aufrüsten kann. Also heilt er auf Deuwel komm raus. Und der kommt in Scharen in hundertfacher Gestalt in Form von miesepetrigen, kleinen Dämonen aus den Psychopathen gekrochen und winselt um Gnade. Heute exorziert Jessy so zauberhaft, daß die Teufelsgeister bereits den Schwanz einziehen, bevor sie nur ein Stück seines Schnurrbartes sehen. Die Eingeborenen von Kapernaum hören gräßliches Geschrei über den See gellen.

Entsetzlich, diese Schlachtenbummler, tönt der Oberpharisäer säuerlich, *wir sollten Ruhestörung am Sonntag glatt verbieten.*

Er täuscht sich: Es ist gar kein Fan-Gebrüll, sondern das Angstgekeife der von Jessy moralisch zusammengehauenen Geister. Schauerlich heulen sie aus den Menschenmündern: *Oijoijoi, oijoijoi, du bist des GROSSEN BOSSES JUNIORCHEF. Wir spüren es. Tu uns nix, wir tun dir auch nix.*

Da bringt Jessy sie mit einem grimmen Lacher zur Räson: *Ihr Rotzlöffel! Haltet die Klappe, aber plötzlich. Ich bin incognito hier. Ergo empfehle ich euch, das nicht herumzuflüstern.*

Kaum sind die Groupies und Fans von ihren herumgeisternden Schmarotzern befreit, ziehen sie euphorisch in die Kapernaumer Altstadtlokale, um das entstandene Vakuum mit geistigen Getränken zu füllen. Ganz ohne Spiritus geht es offenbar nicht.

Der gutherzige Simon sorgt sich unterdes um die exorzierten Gruselgeister. *Sag mal, Jessy, was wird jetzt aus den armen heimatvertriebenen Teufeln?*

Das ist Jessy wurscht: *Sollen die Quälgeister zusehen, wo sie bleiben. Sind doch intelligent genug. Wozu heißen sie denn so? Vielleicht können sie bei unseren lieben Pharisäern unterkommen. Als Ohrenkneifer,* setzt er schmunzelnd hinzu. Toll. Jessy ist eine Wucht. Immer so charmant und pointiert.

Jungs, kommt mal mit. Er winkt den Ur-CVJMlern und einigen herumstehenden Prätendenten. *Ich glaube, ich kann auf die Dauer den Laden nicht alleine schmeißen. Der alte Oberstinker hat sämtliche Elitefurzer zu uns geschickt, um die Gegend zu verpesten. Überall stinkt es satanisch nach Charakterlosigkeit und Verrat. Darum ernenne ich euch heute zu meinen engsten Mitarbeitern und bringe euch im Schnellverfahren Therapie und Praxis der Teufelsaustreibung bei. Wie findet Ihr das?*

Hurra, brüllt das Kontrakommando. Wenn die wüßten, was auf sie zukommt.

Jessy, feierlich wie ein Militärpfarrer beim Fahneneid: *Simon, tritt näher. Ab heute sollst du Petrus, der Felsbrocken heißen. Dein trutziger Vierkantschädel hat mich zu diesem Pfundsnamen inspiriert. Wuchtig und klotzig erinnerst du mich an einen Grundstein. Ich denke, auf deinen Knochen läßt sich 'ne Menge aufbauen. Außerdem hast du einen langen Atem, wie ich neulich unfreiwillig vernehmen konnte. Hiermit konfirmiere ich dich als Mitglied der Erstkommunion!*

Simon ist in die Knie gegangen. Die Feierlichkeit hat ihn umgehauen. *Vivat Jessy und ein dreifaches Hoch auf Petrus, unsern Ziegelstein!* begeistert sich die Meute.

Dann werden Jakob und Johannes konfirmiert. Weil ihr Vater ein stadtbekannter Bollerkopp ist, dessen Unmutsgeröhre Kleinkinder zum Plärren bringt, kriegen sie von Jessy den Ehrennamen Donnerwetterboys. Ist Petrus Jessys Feldwebel, sind Köbes und Hanni seine Unteroffiziere. Die übrigen werden zu einfachen Mitgliedern befördert: Andreas, Philippus und Bartholomäus, Matthäus und der ungläubige Thomas, Jakob zwo, Simon zwo und Thaddäus und ein labiler Zocker namens Judas Iskariot. Der vor ein paar Tagen von Jessy aufgelesene Levi hat offenbar den Termin verpennt. Selber schuld.

Dann bringt Jessy ihnen ruckzuck Handgriffe und

Formeln für die Dämonenbekämpfung bei. Eine Art Psychokaratetraining. Jessy, stets flott und konzentriert wie ein römischer Generalstäbler, zieht sein Therapeutentraining in atemberaubender Schnelle durch: 30 Minuten Selbsterfahrung, 25 Minuten Rebirthing, 20 Minuten Reiki, 15 Minuten Reincarnations-Therapie, 10 Minuten Neurolinguistisches Programm, 5 Minuten exorzistische Kommandos, 3 Minuten Zauberformeln, dazwischen jeweils 1 Minute Entspannung.

In ihrer Angst vor dem eigenen ICH klammern sich die Therapeuten-I-Männchen an ihren kleinbürgerlichen Programmen fest.

Loslassen, loslassen, ermahnt Jessy sie zart. Da gerade alle zwecks Selbsterfahrung auf dem riesigen Ölbaum hocken, plumpsen sie herab wie schwarze Oliven. *Gemein, gemein,* winseln die Verbeulten.

Jessy lachend: *So hab ich das nicht gemeint. Seelisch loslassen. Wenn ihr euch seelisch verkrampft, könnt ihr eure Energie nicht konzentrieren. Jeder von euch verfügt über ein riesiges, ungenutztes Reservoir an Vitalität, Dynamik, Kreativität. Wer seine Energie konzentrieren kann, aus dem leuchtet sie hervor wie Katzenaugen aus einem Kellerloch. Um aber Energie sammeln zu können, muß man seine Seele freimachen, alle Wünsche zum Teufel jagen, nichts wollen als vollkommen sein, einfach sein, der man ist. So wird man selbstgenügsam, reinigt sein Selbst und entwickelt die Fähigkeit zur wahren Liebe.*

Toll, wie Jessy die kompliziertesten Dinge immer so klar und einfach sagen kann – sagenhaft. Die bewunderungserfüllten Beulenköpfe blicken ihren Meister schmerzvergessen mit großen Schüleraugen an.

Das Unbewußte in euch ist die Brücke zum GROSSEN BOSS. Wer seine Gedanken aus dieser Quelle speist, hat Teil am ewigen Leben. Er wird fähig, seine Umwelt von innen her in ein Paradies zu verwandeln. Denn das Äußere des Menschen ist ein Produkt seiner inneren Haltung. Wenn sein Geist auf innere Vollkommenheit gerichtet ist, wandelt sich alles zum Guten. Die inneren Kräfte sind durch Meditation und Gebet mühelos zu nähren. Aus ihnen wachsen starke Gedanken, und wenn diese auf ein Ziel gerichtet sind, wird es Wirklichkeit. Der Strom der inneren Energie erleuchtet euch und umstrahlt euch. Eure Aura wird von göttlichem Licht und Leben gespeist. Und eure höhere Lebensenergie befähigt euch, andere durch die Kraft eures Seins durch Gedanken, Worte und Berührungen zu heilen. Ich bin extra gekommen, um euch dieses beizubringen und euch zu tollen Burschen zu machen. Dann übt mal schön.

21
DAS GROSSE LOVE-&-PEACE-SEMINAR
Lukas 6, Matthäus 6,7

Einer nach dem anderen sinken die seelisch überforderten Jungtherapeuten dampfend in die Disteln. Stumm tropfen ihnen die Tränen der Verzweiflung in die zerwuschelten Bärte. Sie sehen aus wie das Leiden Christi im Dutzend. Derart geistig und seelisch durchgewalkt wurden sie bisher noch nie in ihrem Leben, weder in diesem noch in einem vorigen, noch in Kumulation aller je erlebten lebensgefährlichen Lebenswege.

Judas Iskariot stiert Jessy wie ein Metzgergeselle ein Zicklein an. Jessy als Schnellmerker denkt apart: *Auch du, mein Sohn Brutus?* Simon-Petrus-Ziegelstein sabbelt Exorzierungs-Kommandos gegen friedlich grasende Schafe, Hanni weint stumm in die Ziegenküttel unter seiner Nase, während Köbes, auf ihm sitzend, fliegenschnappend in den Wind röhrt. Andreas und Bartholomäus bieten eine unfreiwillige Irrenhauspantomime, Thaddäus schneidet Grimassen, und Matthäus schlägt mit einem unsichtbaren Schwert unsichtbare Dämonenköpfe ab. Ein Szenario wie in einer Spezialklinik für Depressive. Jessy hat ihren psychospirituellen Haushalt so richtig herzlich-heftig durchgeknetet. Er ist sehr zufrieden und macht, um wieder fit zu werden, einen geist- und gliederlockernden Kopfstand.

Dann knipst er rhythmisch mit den Fingern, wiegt sich in den Hüften und stimmt zur Ermunterung seiner abgeschlafften Dämonencatcher mit seiner sonoren Stimme den Psalm 130 an: Aus tiefer Not schrei ich zu dir, o BOSS erhör mein Rufen.

Auf, auf! Singt mit, Jungs! Singen macht das Herz frei. Es ist der einfachste Weg zum richtigen Atmen, zum richtigen Leben, denn Pneuma ist, wie die Griechen ganz richtig behaupten, das Leben schaffende Prinzip schlechthin – Hauch, Atem, Geist als höheres, übernatürliches Prinzip des GROSSEN BOSSES *oder einfacher: die Brücke zwischen Seele und Körper. Ist sie nicht wunderbar, diese klare, frische Luft?* – Er atmet tief durch – *herrlich. Und das Wort Pneuma – leicht wie das Leben selbst geht es über die Lippen: Wie herrlich es klingt. Hört euch das an: Makárioi hoi ptochoí too PNEUMATI hóti autoon estin hä basileía toon uranoon! Ein schöner Satz, was?*

Die Schnellgebildeten verstehen nur Bahnhof. *Klingt ja ganz gut,* räuspert sich Petrus, *aber was soll das Rhabarber-Heu denn heißen?*

Jessy hat in seiner Klangbegeisterung vergessen, daß seine Jungs durch die Bank nur Volksschule haben. Nachdenklich dolmetschend hebt er seine leuchtenden

Augen und blickt sie freundlich an: *Ach, wie selig seid doch ihr Armen im Geiste; dafür bekommt ihr später alle Schätze des Himmels.*

Judas' Augen rollen wie Golddollars, was Jessy nicht entgeht: *Meine Güte, was habe ich mir da für einen falschen Fuffziger geangelt. Wenn ich den bloß wieder los werden könnte!* Frommer Wunsch. Ob der in Erfüllung geht?

Langsam regen sich die Lebensgeister der Psychomeister. *Hunger,* lechzen ihre Tränenblicke. Jessy siehts und verstehts: *Ich muß ihnen ein paar Streicheleinheiten geben, sonst machen sie schlapp, die Ärmsten.*

Ihr trostlosen Hungerleider, ihr wißt ja nicht, wie selig ihr in Wirklichkeit seid, denn ihr werdet satt werden. Aal, Ale, Aquavit, Austern, Bärenschinken, Bisquit, Bonbons, Camembert, Champagner, Currywurst, Damhirschragout, Datteljam, Dorschfilet ... Die Steigerung durch das aramäische Alphabet regt die müden Lebensgeister an. Das Wasser der Rührung läuft ihnen im Mund zusammen und rinnt freudentränend aus den Augen. *... Wildschwein, Weißwein, Wodkalein, Zander, Zucker, Zwiebelfein.*

Ah, die Seelenstärkung wirkt Wunder, ich kann fortfahren:

Und wenn ihr jetzt wie Schloßhunde weint, werdet ihr lachen, daß euch die Bäuche wackeln.

Alle nicken hoffnungsfroh. Nur Judas, dieser Materialist, ist mißtrauisch: *Wann denn? Deine Verballeckerbissen haben ein ungesundes Ziehen in meinem Magen verursacht!*

Jessy, etwas aus dem Konzept gebracht: *Warts ab. Geduld, Geduld, mein Gutester. Erst kommt die Theorie, dann gehts ans Fressen.* Er wendet sich an den loyalen Teil des CVJM: *Und wenn irgendwer auf euch sauer ist meinetwegen und euch wie herrenlose, hungrige Hunde mit Steinen verjagt, über euch das Maul zerreißt und auf euren guten Ruf scheißt – dann schätzt euch glücklich. Das ist das Berufsrisiko aller Propheten. Schon früher sind die Leute mit Erleuchteten nicht gerade zimperlich umgegangen. Aber dafür werdet ihr im Himmel auf die Butterseite fallen.*

Außer dem skeptischen Judas sind plötzlich alle satt. Das ist die Kraft der Imagination. Vor ihrem geistigen Auge erscheint ein herrliches Bankett beim GROSSEN BOSS.

Nach und nach füllt sich der Hügel mit den Fans, die in Kapernaum die Gasthäuser leergefressen haben. Jetzt, wo ihr Fleisch mit Currywurst befriedigt, ihr Hirn vom Wein beseligt ist, wollen sie noch schnell von Jessy die Psyche gestärkt bekommen, bevor sie wieder heimdüsen.

Jessy ist auf die Freßsäcke leicht angefressen. Laue

Wochenendmystiker, immer etwas anstrengend. Er wendet sich scharf an die verdauenden Vielfraße, die sich behaglich rülpsend in der Sonne schmorend an seinem Gedankenspiel erbauen: *Aber ihr da, ihr Fettwürste und Weinschläuche, ihr Dickärsche und Wabbelbäuche. Euch wirds dreckig gehen. Ihr habt bereits euer Fett gekriegt! Au weia, ihr Epikuräer, der Hunger wird euren Magen zusammenschrumpfen wie einen alten, gekochten Socken. Und wenn ihr jetzt fett grinst, werdet ihr Rotz und Wasser weinen über eure klapprigen Knochen. Ihr werdets spüren, wenn die Leute sich über euch hinter eurem Rücken lustig machen, wie eure Eltern über falsche Propheten.*

Die Wortsalve, unter die Gürtellinie gezielt, hat mitten ins Herz getroffen. Die Fans schweigen betroffen. Alle Verdauungsgeräusche verstummen. Jessy, wieder versöhnlich: *Na, nehmts nicht so tragisch. Wenn ihr jetzt zuhört, rede ich weiter. Eigentlich soll man seine Feinde lieben. Im Ernst. Ihr müßt denen Gutes tun, die euch hassen. Das hilft ihnen, das hilft euch. Es macht euch frei von aller kleinkarierten Rechthaberei. Segnet die, die euch verfluchen, betet für alle, die euch hinter eurem Rücken miesmachen. Und wer dir eine Ohrfeige gibt, dem halte gelassen die andere Wange hin, und wenn dir einer den Mantel mopst, gib ihm die Jacke dazu. Diebe und Schläger werden baff sein. Nur so wird die Welt besser, hören Haß, Besitzgier, Neid und Streit auf.*

Petrus rutscht unbehaglich auf seinem Felsstück hin und her. Die ganze Zeit hat er drei Pharisäer hinter einer Zypresse im Auge. Er will sich gerade von hinten an sie heranschleichen und ihnen einen kräftigen Tritt ins Zentrum ihrer Schwerkraft geben, da soll er sie plötzlich lieben? Warum ist Jessy heut bloß so lammfromm? Sonst drischt er doch selbst fröhlich auf die Phrasendrescher ein.

Verunsichert unterbricht er den erhabenen Redefluß des Meisters: *Du, Jessy, sag mir bitte . . .*

Bevor Petrus den Satz zu Ende spielt, nimmt Jessy den Ball auf, schneidet ihm die Passage und wirft ein: *Bittet ruhig, so wird auch gegeben. Und wenn dir einer etwas wegnimmt, und sei es nur 'ne Mark oder gar ein Wort, fordere es nicht zurück! Pfeif drauf!* Er lächelt den sprachlosen Petrus charmant-maliziös an.

Nehmt euch das alte Sprichwort zu Herzen: Was du nicht willst, was man dir tu, das füg auch keinem andern zu. Oder besser noch: Was du willst, was man dir tu, das füg auch deinem Nächsten zu. Deinem Nächsten, jedem, der dir begegnet. Jeder Stadtstreicher soll dir willkommen sein wie deine Herzliebste. Deine Herzliebste liebst du sowieso, weil sie dich aus Sternenaugen anhimmelt und mit Honigküssen ver-

zaubert. Sie liebt dich, weil du für sie der schönste Mann der Welt bist. Und umgekehrt. Ihr verschafft euch gegenseitig Vergnügen und tut euch Gutes. Letztlich ist es ein Gegengeschäft im Gefängnis eurer Lüste. Liebt die Liebe, das macht euch frei. L'amour pour l'amour ist die Parole. L'amour pour l'amour wirft kleinlichen Egoismus über Bord. – Verleiht nichts mehr, gebt alles Überflüssige weg. Wer euch um ein altes Taschentuch bittet, dem schenkt es. Zurückfordern ist mühsam, macht Ärger, kostet Kraft und Energie. Außerdem liegt die alte Rotzfahne doch nur herum.

Es wird so still auf dem Hügel, als ob selbst Bienen, Schafe, Vögel, Schmetterlinge lauschen und sogar der Wind den Atem anhält.

Doch selbst dieser himmlische Friede ist von überkurzer Dauer. Die lauernden Pharisäer machen Petrus ganz nervös. Trotz Jessys strahlender Seelenwärme zieht kalte Wut in sein Herz und konzentriert seinen Lebenssaft in der Glatze. Ziegelsteinrot geifert er in die friedliche Stille: *Jessy! Ich halts nicht mehr aus! Da drüben spitzeln uns die ganze Zeit drei Unkrautsäer nach. Darf ich ausnahmsweise . . . ?*

Jessy schneidet ihm mit einem flammenden Zauberblick das Wort ab: *Liebt eure Feinde, habe ich gesagt. Tut Gutes und leiht großzügig, ohne es zurückzuerwar-*

ten. Alles, was ihr gebt, gebt freiwillig. Dann werdet ihr frei wie ein Vogel im Himmel des GROSSEN BOSSES sein. Machts wie er: Er ist gut zu jedem, egal, ob zu einem korrupten Schwein, Spion, Heuchler, Schmeichler oder Schmarotzer. Wahre Liebe kennt keinen Unterschied.

22
LIEBE GEHEIM, SPENDE GEHEIM, DANN WIRD BOSS BEI DIR SEIN
Matthäus 6

Jessys Hügelpredigt entflammt nicht nur trockenste Buchhalter, sondern selbst feuchtfröhliche Fans. Die brennende Kraft seiner Worte entzündet ihre Herzen wie himmlische Schneidbrenner. Seine Augen sind zwei Flammen, aus denen das innere Licht hervorschießt. Ein Feuerwerk der Begeisterung steckt die staunenden Fans an. Seine Stimme weht warm wie der Westwind. Ihr weicher Rhythmus entführt die Seele aus der Wirklichkeit in ein schöneres Sein. Die Frauen sonnen sich in den warmen Strahlen seiner Aura, reflektieren sein Licht aus hundert schönen Augenpaaren, saugen seine

Worte in sich hinein, verschließen sie in der Kammer ihres Herzens.

Übt Liebe im Verborgenen, zeigt sie nicht! weht Jessys schmelzender Tenor über die weiche Hügellandschaft und kurvenreichen Mädels zu seinen Füßen. Vertraute Freundinnen blicken sich tief in die Augen und nicken:

Ja, ja, bloß nichts erzählen, lieber heimlich. Ist das ein toller Mann. Der versteht uns. Vielleicht können wir ihn ....? Sie seufzen und verschlingen den herrlichen Soft-Macho mit ihren Schlafzimmeraugen. Doch leider schlägt Jessy in seiner LOVE-&-PEACE-Rede unverhofft eine unvermutete Richtung ein: *Immer im Verborgenen handeln. Gebt nicht an mit dem, was ihr habt.* Die Mädels knöpfen verschämt ihre Blusen zu.

Wenn ihr Spenden gebt, gebt sie heimlich, nicht vor den Augen der Leute. Und wenn ihr einem Armen etwas zusteckt, posaunt es nicht herum. Die Lärmbelästigung ist eh kaum noch zu ertragen. Wer still gibt, dem lohnt es der GROSSE BOSS. Er ist ziemlich geräuschempfindlich und kann das affektierte Geschrei der heulenden Heuchler in den Volkshochschulen kaum ertragen. Sie wollen doch nur gelobt werden für ihre dürftige Show. Ich kann euch versichern: Wer herumprotzt, der kriegt seinen Lohn, daß ihm der Arsch auf Grundeis geht. Ja, mein Lieber, wenn du mit der Linken milde

Gaben gibst, versteck die Rechte im Hosensack, damit sie nicht sieht, was die Bruderhand treibt. Der GROSSE BOSS sieht in die finstersten Gefilde deiner Taschen und wird nobel deine Ausgaben vergüten.

Beifall braust auf. Selbst der erfolgsgewohnte CVJM lauscht verzaubert dem Mann der Stunde Null. Alles ist so schön, so wahr, so neu, so einfach. Man rückt sich näher, umarmt sich, küßt sich.

23
BETEN WIE EIN FACHMANN
Matthäus 6

Alle sind ein Herz und eine Säge, denn Jessy sägt sich Stück für Stück tiefer in die Herzen seiner sündigen Freunde, seziert ihre Seele, legt haarsträubende Abgründe bloß, fühlt ihnen auf den Zahn ihrer Gesinnung, treibt die Teufel ihrer verborgenen Leidenschaften und Lüste aus, bläst verstopfte Wege zur Besserung frei, beatmet sie mit frischen Gedanken, kurz: erfüllt sie mit dem Flutlicht seiner himmlischen Elektrizität. Jetzt blitzt ein neuer Einfall in ihm auf und entlädt sich:

Und wenn ihr betet, nervt nicht den GROSSEN BOSS mit dem Affentheater der Heuchler, die überall aus ihrer Frömmigkeit ein schmieriges Spektakel machen. Der GROSSE BOSS hat die Faxen dicke. Wie das Geröhre spendabler Schreihälse in seinen Ohren gellt, schmerzt der Anblick bigotter Gebetsdarsteller seinen Sehnerv. Die bleichen Betschwestern und muffigen Bettelbrüder zerren an seinem ästhetischen Geschmack. Pfui Teufel, da sind ihm zehn fröhliche Lästerzungen lieber als eines von diesen ranzigen verlogenen Weibern. Ich sage euch: Sie werden ihre Abreibung kriegen. Manchem Wochenendmystiker wird es mulmig. Der ist ja richtig radikal!

Jessy macht eine knisternde Pause und wirft einen fragenden Blick in die Runde: *Was heißt eigentlich meditieren?*

Tja? Fans und Jünger kratzen sich am Kopf. Petrus beschäftigt sich plötzlich intensiv mit seinen Zehennägeln, während Johannes nachdenklich den leichten Flug einer Wolke betrachtet: Doch der Segen kommt von oben, fällt ihm ein. Aber der läßt auf sich warten. Ein Jammer. Jessys Pause wird immer ungemütlicher, da hält es der philologische Pharisäer einfach nicht mehr aus. Endlich weiß er was, was niemand weiß. Hochrot vor Freude bricht er hinter seiner Schierlingsstaude und es aus ihm hervor: *Jessy, Jessy! Ich weiß es. Das ist lateinisch und bedeutet auf aramäisch: Besinnliches Sichvertiefen in Gedanken.*

Petrus wirft einen wütenden Blick auf den Streber, aber Jessy lobt den fleißigen Lateiner: *Du hast deine Lektionen gut gelernt, mein Freund. Auf dem Pfad der Philologie kommen wir uns näher. Vielleicht begegnen wir uns eines fernen Tages? Wer weiß, was im Kalender des GROSSEN BOSSES für Termine vorgemerkt sind. Wie heißt du eigentlich?*

Saulus, stottert der öffentlich Gelobte und zieht sich instinktiv hinter sein Schierlingsversteck zurück, als er Petrus' Kulleraugen bemerkt. Jessy ruft ihm augenzwinkernd nach: *Vielleicht kann aus dir noch ein wahrer Paulus werden?* Keiner versteht, was der Meister meint, sind ja alles einfache Leute und keine Hellseher. Er wendet sich wieder an die aufatmenden Zuhörer:

Ihr habt gehört, was unser gelehrter Freund ganz richtig sagte: Um zu beten, muß ich mich erst einmal sammeln oder auf lateinische Art meditieren. Dazu brauche ich Ruhe. Wenn du also beten willst, geh in dein Zimmer, schließ die Tür ab, versenke dich in dich und bete leise zu deinem Vater, dem GROSSEN BOSS, der uns alle erschaffen hat. Sei gewiß, er sieht durchs Schlüsselloch, durch Wände, bis tief in deinen Seelentresor, und er wird dich dafür belohnen.

Und rede nicht endlos dummes Zeug. Komm stracks zur Sache. Er ist vielbeschäftigt. Seine Zeit ist kostbar. Obwohl er unendlich viel davon hat, raufen sich Bitt-

steller in Scharen aus aller Welt darum. Also brabbel nicht lange herum wie die Buddhisten, Baalsfetischisten, Totemtänzer, Pantheisten, Schamanisten oder Wotansspiritisten. Sondern sag schlicht und ergreifend, wo dich der Schuh drückt oder was du nett gefunden hast. Er weiß eh, was ihr braucht, noch bevor der Heidenlärm eurer Bitten ihm durch den Gehörgang hallt. Sprecht einfach ohne viel Gedöns:

Unser Vater im Himmel. Geheiligt werde dein Name . . .

Wenn ihr allen verzeiht, die was ausgefressen haben, wird der GROSSE BOSS auch bei euch ein Auge zudrücken. Wer aber nicht verzeiht, dem wird der GROSSE BOSS mit seinem Prügel Nächstenliebe einbleuen, nach dem Motto: Wie du mir, so ich dir.

24
FASTEN OHNE WEH UND ACH
Matthäus 6

Kleine Pause. Alle müssen mal. Als Hanni vom Druck getrieben in ein Gestrüpp saust, kugelt er fast über eine flennende Fee. Sie kann ihre Sandalen nicht wiederfinden. *Die hat sicher einer geklaut,* jammert sie, *hätte ich doch bloß die alten mitgenommen ... Aber diese hübschen ... die hab ich für 180 Mark in der Kleopatra-Boutique gekauft – der letzte Schrei aus Alexandria. Hilfst du mir suchen?*

Die Märchenfee wackelt aufmunternd mit dem Hintern und strebt zielsicher tiefer ins Buschwerk. Der leckere Anblick erinnert Hanni, daß er mindestens 13 Stunden nichts zu knabbern gehabt hat, zumal die knusprige Hexe summt: *Knusper, knusper knäuschen, wer knabbert an meinem Häuschen?* Hanni wird ganz schwindlig: *Du, ich habe plötzlich so einen Mordsappetit ...*

Ich auch. Ich hab schon ein Loch im Bauch, gurrt die Taube schmachtend und schmiegt sich an den Donnerwetterboy. *Ich könnte dich glatt vernaschen. Hin und wieder muß man sich was gönnen,* haucht sie Honey-Hanni betörend an, während sie ihn strauchelnd aufs weiche Moos zieht. Dort nascht er an Früchten, die er bisher noch nie gekostet hat, während Jessys Stimme von fern durchs Blattwerk säuselt:

Liebe Gemeinde. Ich sehe, ihr seid keine Kostverächter. Ist ja auch okay so. Der GROSSE BOSS hat nicht nur diese schöne Erde, sondern auch die Kochkunst dazu erfunden. Und Taubenbrüstchen sind zweifellos etwas zart auf der Zunge Zergehendes. Aber auch ein simpler Fasanenschenkel hat seine

Reize, oder gar der knusprigweiche Bürzel eines saftigen Hühnchens.

Die versammelten Gourmets stöhnen auf. Sie merken erst jetzt, daß sie schon wieder Hunger haben. Ihre tellergroßen Augen blicken Jessy gierig an. *Doch hin und wieder solltet ihr euch am Riemen reißen. Fasten ist nicht nur gut für die Linie, es speckt auch die Seele ab. Es putzt nicht nur Leber, Nieren, Haut und Knochen, es wienert auch die Seele und macht euch transparent für das unschaubare Licht jenseits der Sterne. Fasten soll erleuchten. Also schaut nicht finster drein wie Muttermörder, damit man merkt, daß ihr tolle Selbstüberwinder seid. Das gehört zum Kunstrepertoire der Heuchler. Wer grämlich glotzt, kriegt Gallenzwicken. Wenn du fastest, tu edles Parfüm in die Locken, wasche dein Gesicht und lächle unbeschwert, damit es niemand merkt, außer dem GROSSEN BOSS. Der wird sich an deiner Bescheidenheit laben.*

25
VERSCHIEB DIE SORGEN FROH AUF MORGEN
Matthäus 6

Hanni und die Knusperhexe haben inzwischen gefunden, was sie suchten – besagte Sandalen nämlich –, und kommen von ihrem aufregenden Ausflug in geheime Gefilde der Biologie zurück. Als sie aus den Blättern hervorlugen, weiß Jessy sofort, was im Busche war: *Ah, Hanni hat sein Wissen erweitert,* lächelt der Meister nachsichtig, *je früher um so besser. Denn je früher man die Stufe des Animalischen hinter sich läßt, um so eher kann man sich auf die Entfaltung seiner Anima konzentrieren.* Er winkt Hanni verständnisvoll zu und lädt ihn lächelnd ein, im zweiten Akt seiner Gripsmassage beizuwohnen.

Niemand kann zwei Herren (oder Damen) dienen. Denn entweder wird er den einen Brötchengeber hassen und den anderen lieben oder dem einen nachlaufen und dem anderen davonsausen. Ihr könnt nicht auf der Gehaltsliste des GROSSEN BOSSES stehen und gleichzeitig mit einem dubiosen Herrn namens Mammon schmutzige Geschäfte machen. Also, meine Lieben: Sorgt euch nicht dauernd ums Schnitzel, um die Kummerfalten auf eurer Samthaut, ob ihr zu dick oder zu dünn seid. Noch um eure knitterfreie Toga oder um euren Seidenbikini aus Babylon. Ist das unbeschwerte Leben nicht lebenswerter als sündteurer Kohl mit Pariser Pinkel und eine aufrechte Gestalt nicht wichtiger als ein labbriger Fummel von Diorus oder einem anderen Modeheini? Welch ein Streß, immer um die Börsenkurse zu bangen und auf den Yuppie-Feten nur nach dem Gewicht seines Klunkers und dem Fliegengewicht seines Hinterns bemessen zu werden.

Schaut euch die Piepmätze in der Dachrinne an: Sie säen nicht, sie ernten nicht, sie sammeln weder Aktien noch Briefmarken und besitzen keinen Geldschrank, und euer himmlischer Papa ernährt sie doch. Seid ihr nicht viel größer und dicker als sie? Ihr Esel – hätte ich beinah gesagt – halst euch Sorgen auf, soviel ihr wollt – euer Leben wird dadurch keinen Zentimeter länger, nur kurzatmiger.

Und was macht ihr immer ein Mordstamtam wegen der Mode? Schaut euch die Gänseblümchen in der Wiese an: Die reißen sich wegen ihrer Schale keinen Stengel aus. Sie stricken nicht, sie häkeln nicht, noch machen sie sich sonst irgendwie krumm, um sich mit buntem Flitterkram zu behängen. Und trotzdem: Selbst Modekönig Salomo mit seinen dreitausend Maßanzügen war nicht halb so geschmackvoll gedresst wie jedes dieser unscheinbaren Mauerblümchen.

Wenn aber selbst das Unkraut, das heute blüht und

morgen auf den Kompost geschmissen wird, so tiptop gestyled ist, um wieviel mehr wird der GROSSE BOSS euch Lebensangsthasen in den warmen Mantel seiner Güte hüllen? Also: Flattert nicht immer nervös durchs Leben wie verschreckte Hühner und fragt nicht dauernd: Wo gibts die besten Muscheln? Was kostet die Flasche Schampus? Wo gibt es schicke Klamotten? Für diesen Mist verkaufen Heiden ihre unsterbliche Seele.

Jessy merkt, daß die geballte Power seiner Erleuchtungs-Rede die Zuhörer leicht ermüdet. Er klatscht im Takt in die Hände. Ungewohnter Rhythmus. Sofort spitzt alles die Ohren. Dann singt er: *Der Papa wirds schon richten, das gehört zu seinen Pflichten, und macht ihr auch Geschichten: Er ist ja für euch da!*

Der Trick zündet. Jubel braust auf. Mit lustigen Einlagen und Couplets kann man die diffizilsten Theosophien luftig verpackt an Mann und Mädchen bringen. Das pikante Poem pikiert die peripheren Pingel-Pharisäer. Das war zu erwarten. Doch Jessy nimmts in Kauf. *Geschmacklos,* quengelt neidisch über Jessys pädagogischen Eros der Junglinguist. Eben war er von Jessy noch so angetan. So nah liegen Neid und Bewunderung beieinander. *Nochmal, nochmal,* fordert des Volkes Stimme, und Jessy erhebt die seine zum Dakapo. 37mal wiederholt der Gemeindechor swingend und klatschend: *Er ist ja für euch da!* Sie haben den Blues.

Langsam verebbt der Choral im Schweigen. Nur das Echo echot heiter weiter, während Jessy Rap-artig über dem Rhythmus skandiert: *Seht zu, daß ihr in den Himmel kommt. Dort wird gerecht geteilt, und alles wird euch in den Schoß fallen. Zerbrecht euch nicht den Kopf wegen der Sorgen von morgen, verschiebt sie auf übermorgen. Jeder Tag muß sich um seine Sorgen sorgen und hat damit genug zu tun. – Er ist ja für euch da!*

26
HOLZAUGE SEI WACHSAM
Matthäus 7

Jessys Stegreif-Spiritual ist ein reiner Ohrwurm. Der simple Satz inspiriert con spirito. *Er ist ja für uns da,* versetzt die Gläubigenschar in Trance. Aber wie lange, wie lange?

Aufhören mit dem Blödsinn, grellt plötzlich eine wütende Stimme kontrapunktisch in die Schunkelschnulze. Das gemütliche Geträller bricht jäh ab. Es ist Fistel, der Kantor von Kapernaum. Wie ein Poltergeist taucht er auf, um der Kakophonie den Garaus zu machen.

Fürchterlich, fürchterlich, schnarrt er. *Das ist doch kein BOSSESLob nach geheiligter Tradition, das ist Negermusik! Also, Jessy, du bist doch sonst so ein feingebildeter Mann. Wie kannst du das Humbahumbatätärä erdulden?* fragt der Musik-Pharisäer inquisitorisch. Wenn der wüßte, daß Jessy den Song nicht nur duldet, sondern sogar eigenmündlich komponiert hat.

Diesmal ist Jessy sprachlos. Um Zeit zu gewinnen, macht er eine unbestimmte Geste und blättert fieberhaft in seinem memorierten Sophistenwörterbuch, um eine sokratische Spitzfindigkeit zu finden ... da poltert der aus seiner Gemütsruhe gerissene Petrus in die Pause: *Was verstehst du Notenfetischist denn von zeitgemäßer Musik. Du mit deiner alten Musik. Alles kalter Kaffee. Kein Swing, kein Soul, kein Beat. Wir singen, weil es uns in Fahrt bringt und nicht wie du Archivtonkünstler, um mit wissenschaftlich steril gemachten Tönen fröhlichen Kindern den Nerv zu töten. Dein Gewinsel verleidet jeglichen Musikgenuß.*

Jetzt ist der Musikkritiker baff. *Danke,* signalisiert Jessy seinem Nothelfer. Petrus hat ihn wieder ins Konzept gebracht. Gewichtig hebt er die Stimme:

Kinder, Kinder, spielt euch nicht gegenseitig als Richter auf! Wem die Verurteilung anderer so locker von der Lunge geht, gerät in Gefahr, gelyncht zu werden.

Richtig, brüllt es aus der Menge, *der Kerl kann doch nicht ungestraft unsere Stimmung kaputtmachen.* Zwei muskelbepackte Riesen schieben sich auf den erblassenden Musikus zu. Es wird brenzlig. BOSSlob hat Jessy seinen sophistischen Faden wiedergefunden. *Richtet nicht über andere, sonst werdet ihr hingerichtet.*

Er blickt mitleidig auf den zitternden Musiker, schweift zum zornigen Petrus und beäugt dann eindringlich die zackigen Muskelmänner: *Wer mit der Dachlatte droht, wird damit verprügelt werden ... Holzauge sei wachsam. Du kritisierst den Splitter im Auge deines Brüderchens, aber deinen eigenen, dick wie ein Schwebebalken, siehst du nicht. Klarer Fall von Betriebsblindheit. Wie kannst du anderen oberlehrerhaft aufs Auge drücken und predigen: »Komm, blindes Huhn, ich zieh dir den Splitter raus,« wenn du mit dem Ast im Auge das Problem gar nicht richtig erkennen kannst? Du Charakterschwein, operier erst mal den Balken aus deinen Wimpern. Erst dann kannst du Augenarzt werden und vielleicht eine Praxis aufmachen.*

Alle nicken zustimmend. Recht hat er. *Scheißmusiker,* denken Petrus und die Muskulusse unisono, und jener stimmt antiphonal in den Gedankenchor ein.

Weißt du, fährt Jessy den Tonkünstler an und visierend fort, *hättest du höflich bei uns angeklopft, uns um Aufmerksamkeit ersucht, um unser Ohr gebeten – wir hätten deine Argumente wohlwollend geprüft. Denn jeder, der höflich bittet, kriegt das, was er will, wer lang genug ansucht, findet eine Antwort, und wer verständig anklopft, dem öffnen sich Herzen und Türen. Das weiß doch jeder. Wer von euch wird seinem Kind, wenn es um ein Stück Kuchen bittet, einen Stein zum Kauen geben? Oder wer kocht ihm, wenn es Appetit auf Aal hat, eine Kreuzotter in Dillrahmsoße?*

Wie Jessy das bloß immer hindreht? Alle sind vor Ehrfurcht weg. *Wenn sogar ihr Bosnickel eurer Brut Gutes tut, um wieviel mehr wird euch der GROSSE BOSS verwöhnen, wenn ihr ihn brav bittet?*

Jubelnde Zustimmung. Ölfunzeln werden angezündet. Johannes stimmt Jessys Hit an. Alle stimmen ein und vertreiben vielstimmig die Verstimmung in Gestalt des mißgestimmten Stimmerziehers. ... *Er ist ja für uns da,* schallt es bis ins verschlafene Kapernaum. Nicht schön, aber herrlich laut. Aber man soll die Dinge nicht so eng sehen. Gell?

27
GIFTIG GURRT DER GURU
Matthäus 7

Freunde, frohlockt Jessy, nachdem der Miesmacher vor dem Mohrenlärm die Flucht ergriffen hat, *Negermusik hat er mein hübsches Spiritual genannt. Hütet euch vor den Giftrachen gurrender Gurus, windiger Demagogen und kleinkarierter Kritiker, die aus Unzufriedenheit und Neid alles Positive vermiesen. Arme Teufel. Sie kleiden sich elegant in Angora-Pullover, aber unter der teuren Maskerade stecken schäbige Werwölfe. Vorsicht! Wer sich mit ihnen einläßt, aus dem machen sie Schaschlik.*

An ihrem großen Maul sollt ihr sie erkennen. Ihr erinnert euch: Großmutter, warum hast du ein so großes Maul? Nicht reden, handeln, wird einmal die Sufi-Regel Nr. 1 heißen. An den Früchten ihres Geistes werdet ihr sie erkennen, aber die bestehen bei ihnen aus seichtem Gebrabbel und heißer Luft. Tja! Wer kann schon aus einem Dornengestrüpp Weintrauben ernten oder saftige Feigen von stacheligen Disteln? Kunststück, nicht wahr?

Seht euch diesen herrlichen Olivenbaum an. Jessy klopft drei mal auf Holz: *Knorrig wie eine teutonische Eiche, alt wie Methusalem, fruchtbar wie Salomons*

Harem, seine Früchte duftend wie das Dekolleté der Königin von Saba und sein Öl geschmeidig wie die Zunge eines Schmeichlers. Ein Bilderbuchbaum. Und der da? Er zeigt in Richtung Pharisäer, die sich dünn wie Besenstiele machen, seinen Blick erschrocken aufnehmen und mit den übrigen Fans harmlos-interessiert auf ein Opfer des Sauerregens starren. *Der bringt nur noch Kümmeroliven hervor, kleiner als Ziegenküttel, fad wie Pharisäerfürze und zäh wie Zipperlein. Ein fruchtloses Früchtchen. Das wird umgehackt und erbarmungslos in den Ofen gesteckt.*

An ihrem fruchtlosen Gebrabbel und an den Früchten ihrer Arbeit werdet ihr sie erkennen. Alles klaro, Caro? Jessy gähnt und entspannt sich unauffällig. Wieder ein 18-Stunden-Arbeitstag. Da quatscht ihn ein Wundersucher an: *Hallo, Herr Chef, kannst du nicht zum Abschluß noch ein klitzekleines Wunder zaubern? Deshalb bin ich extra angereist. Aber leider hast du heute nur ...*

28
ALLEGORISCHE EINFÜHRUNG IN DIE ARCHITEKTUR
Matthäus 7

Jessy, müde wie eine Oktoberfliege, denkt: *I think, I hear not right! Der Kerl hat wohl 'ne Meise! Wunder auf Bestellung! Wir sind doch nicht bei Zaubermann & Söhne!* Laut: *Was heißt hier: Herr, Chef, Herr Chef? Bei dir piepst es wohl? Meinst du, wenn du mir um den Bart gehst, bekommst du ein Stück Himmel gratis? Den verteilt der GROSSE BOSS an Leute, die konstruktiv mitarbeiten. Am Tag der Endabrechnung werden mir viele Laubrüder auflauern und die Ohren vollheulen: »Herr Chef, Herr Chef! Haben wir nicht im Namen deiner Firma den Leuten wunders was erzählt, sie mit Hokuspokus beeindruckt und massenhaft die Teufel von der Konkurrenz vertrieben?«*

Dann werde ich milde lächelnd an die Stirn tippen und den unzuverlässigen Vögeln flöten: »Ihr Dünnbrettbohrer. Euch habe ich nicht mal im Alptraum gesehen. Macht 'ne Fliege! Wir brauchen verläßliche Mitarbeiter und keine Drückeberger. Ein Schlaumeïr setzt seinen Bungalow auf Fels oder Beton. Dann wackelt es nicht, wenn Windmacher Donar Keuchhusten hat und tennisballgroße Hagelkörner spuckt oder den blanken Hans über die Bude rotzt. Das Haus steht stramm wie der weltberühmte Leuchtturm von Alexandria. Und warum? Ganz einfach! Schlichter Marmor auf einem Fundament aus Stahlbeton. So sicher kann sich jeder fühlen, der meiner Bauanweisung folgt.

Aber wehe dem Laumeïr, der seine Hütte in den Sand gesetzt hat. Dem wirds bereits flau, sobald nur ein mickriger Zephyr pustet. Aber wenn erst Donar seinen Windmotor aufheulen läßt, mit seiner Ziegenbocklimousine durch den Himmel fetzt und Schäfchenwolken jagt, daß es donnert und blitzt und den Gehetzten vor Angst das Wasser vorn und hinten herausspritzt, daß wahre Himmelsfluten über die Erde schwappen, dann wird Laumeïrs Bruchbude davonschwimmen – wer weiß wohin? Bis sie zusammenklappt und als Leichengondel auf der Flut schaukelt, um endlich in den Strudeln des Styx auf Nimmerwiedersehen zu verschwinden. Pluto läßt grüßen!

Der Wunderfreund ist peu à peu käseblaß geworden, und die übrigen Fans sind stumm wie ein Fischschwarm. Wer hätte zu Beginn der Session gedacht, daß es am Ende so ungemütlich werden könnte. Phänomenal, wie unheimlich schnell Jessy die Stimmung wechseln kann.

29
DIE PSYCHOKOMMISSION AUS JERUSALEM
Markus 3

Nach der theologisch-philosophischen Glanzleistung auf dem Hügel gleicht Jessy eher einem Schreckgespenst als einem erleuchteten Geist. Das Gesicht ist auf Faustgröße geschrumpft, tiefe Jahresringe furchen sich um die flackernden Augen, die Stimme krächzt wie bei einem Sportmoderator der Olympischen Spiele. Der CVJM sieht aus wie eine Bande abgewetzter Kater nach der Frühlingsrollerei. Und alle haben Hunger. Sogar Jessy. Also nix wie heim an Trudchens Herd.

Im Clubheim haut Petrus ein paar flache Genezareth-Flundern in die Pfanne. Die Brutzeldüfte umnebeln die geschwächten Seelentröster und locken ihre Lebensgeister zurück.

Eben machen sie sich mit gezückten Messern über die Bratfische her, da rumort es jenseits der Tür: *Jessy, Jessy, sei so nett, zeig dich kurz am Fensterbrett!*

Lustlos wirft Jessy seine Flunder auf den Teller und zeigt den Fans sein Schrumpfgesicht, hoffend, sein Hungerkummeranblick würde aus den Herzen der Fans eine Prise Mitleid lösen. Aber Pustekuchen. Fans sind herzloser als Todfeinde: Nicht einmal eine Henkersmahlzeit gönnen sie. Jessy muß sich was einfallen lassen, sonst wird die Flunder kalt. Und was? Ganz einfach: Er hält die langweiligste Rede seiner gesamten Rhetoriker-Laufbahn. Den Fans kriecht die Langeweile in alle Schädelöffnungen, und geödet duften sie mit den Küchendünsten davon.

Keine Sensation! Der Junge läßt nach. Sehr enttäuschend, heißen am nächsten Morgen die Kommentare der Regenbogen-Adabeis.

Endlich kann Jessy der Flunder ans Fell. Im Clubheim wird fischstumm gemampft. Erst von der dritten Flunder ab ist Platz für eine Konversation geschaffen, ab der fünften ist die Stimmung wieder gut genährt. Da klopft es vornehm an die Haustür.

Jessy zu Hanni: *Hanni, mach doch mal die Tür auf. Aber freundlich. Hoher Besuch aus Jerusalem.*

Er hat ihn bereits durch die geschlossene Tür erspäht – ein paar Psychospezialisten aus der Metropole – und auch ihre verdächtigen Reden gehört: *Klarer Fall von Megalomanie. Er ist vom Beelzebub besessen und treibt mit Teufelsmacht die kleinen Dämonen in den Hades. Kann jeder, der es mit dem Teufel treibt.*

Mann und Meter! Irrenhausreife Anschuldigungen. Jessy ist stracks hellwach und auf der Hut.

Seine Seele, bisher auf Sparflamme, hellt auf, das Schrumpfgesicht wächst zu erhabener Größe, und aus seinen Augen leuchtet das Licht seines Überichs. Ehe die Untersuchungskommission ihre wohlerzogenen Begrüßungsphrasen dreschen und sich unauffällig im feindlichen Lager umsehen kann, nimmt Jessy zum bassen Erstaunen der Gelehrten zu deren Geheim-Beelzebüberei Stellung. Er parabelt, gleichnist, allegorisiert.

Nachtigall, ick hör dir trapsen, denkt Jessy listig, *aus Parabeln könnt ihr mir keinen Strick drehen.*

Liebe Gelehrte und Schriftsteller. Interessant eure Erörterungen – aber – wie kann der Teufel mit dem Teufel den Teufel austreiben? Wackelt der Hund mit dem Schwanz oder der Schwanz mit dem Hund oder der Hund mit seinem Gegenstück? Wenn sich eine Schar Glatzköpfe in die Haare kriegt, haben am Ende der Kabbelei alle dieselbe Glatze, aber dafür ein paar Beulen mehr. Wenn der Satan mit sich selbst rauft und sich in den eigenen Schwanz beißt, ist er nicht ganz bei Trost und muß in die Klappsmühle. Capito? Schaut nicht so traurig wie Ölgötzen. Ich versichere euch: Alle feinen Sünderinnen und gemeinen Sünder, alle Lästerzungen und Lasterlungen, alle Menschenkinder und Kindsköpfe werden aus dem Sündenkatalog gelöscht, sie mögen nach Herzenslust lästern und lastern. Aber eine unsägliche Last sind die Unlöschbaren, die gegen den heiligen Geist stänkern. Die müssen zur Strafe ihr restliches Nirwana-Dasein als Kohlentrimmer in der

Hölle schuften, daß ihnen der Bratenschweiß schwarz vom Hintern rinnt.

Die gelehrten Herren sind sprachlos – wie so oft. Wie kann man diesen glänzenden Rhetoriker ins Netz locken? Jedesmal verheddern sie sich in ihrem eigenen Strickzeug. Sie stehen da und nuscheln verlegen was von ‚schönes Wetter heute' und so.

Jessy, frisch wie beim Landen auf der Erdkruste, stellt den gelehrten Tüftlern gut gelaunt ein Rätsel: *Wißt ihr, wann sich der GROSSE BOSS herzlich freut?*

Die fünfköpfige Kommission blickt sich fragend in zehn Pupillen?

Wenn ein armer Teufel einen Schatz findet und ihn dem Verlierer zurückbringt.

Alle lachen befreit. Das ist ja noch mal gutgegangen. Aber outdoors lauert die nächste Gefahr ...

30
DIE LIEBE FAMILIENBANDE
Markus 3

Kaum hat Jessy die Psychoschnüffler formvollendet hinausbugsiert – *Danke für den lieben Besuch. Beehren Sie uns bald wieder* – und sie unter Hannis Führung in eine Bar abgeschoben, klemmt die nächste Gutachtertruppe ihren Fuß in die Clubtür. Bildlich gesprochen. Guter BOSS. Jessys gesamte Mischpoke aus Nazareth hat sich aufgemacht, um den Geisteszustand ihres sagenhaften Verwandten unter die Lupe zu nehmen. Gar wunderlich sind die Nachrichten über seine Verrücktheiten. Peinlich, peinlich. Wenn sich das herumspricht! Was sollen die Nachbarn denken? BOSSlob hat Jüppchen das Fläschchen längst aus der Hand gelegt und sich in den Himmel der seligen Zecher zurückgezogen. Dort kann er sich nicht mehr grämen.

Vor Angst über hämische Bemerkungen mümmelt Maria leise in ihren Schleier – Damenbart war damals noch nicht Mode–: *Wunderlich war er ja immer schon. Kein Wunder, daß er nun Wunder veranstaltet. Er ist doch so ein begabter Junge. Wenn er nur wollte, könnte er leicht Oberpolier bei Herodes werden, jetzt wo die Baubranche Hochkonjunktur hat. Kommandieren liegt ihm doch schon seit der Wiege im Blut. Ach BOSS, ach BOSS. Warum muß er ausgerechnet Aktionist werden. Das überleb ich nicht. Jetzt soll er schon ganz und gar übergeschnappt sein. Vielleicht ist es ja nur die Managerkrankheit ....*

Jedenfalls ist sie mit Mannschaft und Damenring unterwegs, »um ihn wieder auf Vordermann zu bringen. Peng!« Was das wohl heißen soll? Was auch immer:

Die Familienbande steht finsterblickend vor dem Clubhaus und lauscht stirnrunzelnd seinen durchs Fenster rollenden Worten, da krallt Marie sich den zurückkehrenden Johannes: *Tach Hanni. Du bist aber groß geworden. Und sooo hübsch.* Sie küßt ihm feucht die Backe. *Die Mädels müssen sich ja nach dir die Lippen schlekken... ääh, ich meine, vor dir... äh, wegen dir. Ach, ich bin so unglücklich.* Sie läßt ein paar Tränen plätschern, während sich Hanni unauffällig die Backe abwischt.

Warum macht uns Jessy solche Schande. Er hat doch was Ordentliches gelernt. Warum muß er denn Aktionist und Zauberkünstler werden, jetzt, wo man auf dem Bau so fett verdienen kann? Oder verdient er beim Zaubern gut?

Sie lauert Hanni wie eine Paradiesschlange an. Der: *Nö. Überhaupt nix. Wir arbeiten für BOSSESLohn und leben flott von ein paar anschmiegsamen Mädels, die ein dickes Polster haben.*

Marie ist platt wie eine See-Genezareth-Flunder und glubscht ihn mit ebensolchen Augen an. Das darf doch nicht wahr sein! Der ganze Wunderzirkus bringt keine Mäuse, und flotte Flittchen füttern sie? Wie Zu...? Sie wagt nicht zu Ende zu denken und möchte vor Scham in die Erde versinken. Aber sosehr sie auch nervös mit dem Fuß scharrt: Es klappt nicht. Nicht einen mickrigen Zentimeter.

Da geht sie in die Luft und keift in den Äther: *Hol ihn sofort her! Aber plötzlich! Das kann doch nicht so weiter gehen! Er muß endlich erwachsen werden!*

Hanni entsaust. *Unverschämt, hier so 'ne Schau abzuziehen. Wir sind doch nicht im Zirkus!* Bei Maries Geschrei bleibt ihm die Luft weg. Atemlos stürzt er in den Clubraum: *Hilfe, Jessy! Da draußen heult deine Alte wie ein Derwisch, und deine Halbbrüder, Halbschwestern, Viertelvettern und Achtelcousinen mimen dazu Wachsfigurenkabinett. Ein Anblick wie in einer Gruselbahn. Und dazu schrillt sie schlimmer als mein Alter. Die Schreckschraube muß schleunigst geölt werden, sonst hat sie bald ein Rad ab. Wenn du raus gehst, nimm 'nen Krug Zöllnerwein mit; sie läuft schon heiß.*

Erschöpft sinkt Hanni an den Schmusebusen seiner Hügelfee. Jessy läßt sein letztes Wort ausrollen. Dann schmettert er in einer anderen Tonart durch die Türritze: *Wer ist meine Mutter? Wer sind meine Brüderchen? Sicherlich nicht kreischende Schreckschrauben und hohlköpfige Hampelmänner, die mit ihrem Gezeter die Abendidylle verschandeln.* Und liebevoll auf seine Boys und Hannis Gesellschafterin blickend, fährt er druckreif fort: *Das sind meine Mutter und meine Brüder. Wer das tut, was dem GROSSEN BOSS gefällt, der ist mein Bruder, meine Schwester, meine Mutter.*

Draußen fällt der Vorhang des Vergessens über die

Scharade. Und ohne Applaus verkrümelt sich die Komödiantenbande ins Nichts der Nacht.

31
SÄMANNSGARN
Markus 4

Zum ersten Mal seit Wochen schlummert Jessy ausgiebig fünf Stunden am Stück. So schaut er am nächsten Morgen um ein Dutzend Jahre jünger aus der Wäsche. Wenn man genau hinschaut, sogar jünger als sein jüngster Jünger. Und weil sein ältester Jünger ab Mitternacht mit seiner Alten wieder ein Fleisch gewesen ist, sehen Petrus und Trudchen heute aus wie Jessys Großeltern.

Nach Morgenlob, Morgenlauf, Morgenschoppen geht Jessy wieder an die Arbeit. Oder richtiger, er schwimmt. Nämlich auf Petrus' altem Kahn. Der gute Pott. Wenn sie den nicht hätten. Er ist eine Attraktion allerersten Ranges: die erste schwimmende Bühne im gelobten Land, vielleicht sogar der gesamten Theatergeschichte. Selbst der neue Herodes, Sohnemann von Herodes selig, ist neidisch: Eine so tolle Requisite hat nicht einmal sein üppig subventioniertes Staats-Amphitheater.

Das Zuhörervolk breitet sich malerisch am Gestade aus. Jessy, geschickt auch als Regisseur, rudert das Boot mit Petrus' kräftigen Armen in eine pittoreske Position. Er weiß: Besonders das Bühnenbild muß wirkungsvoll arrangiert sein. Klappern gehört zum Geschäft. Heute geht es ihm blendend. Er beschließt, seine allegorischen Versuchskaninchen liebevoll aufzupäppeln, fachmännisch auszuschlachten und gut gewürzt zu verbraten.

Herrlich, was man auf diese Art durch die Blume sagen kann, ohne jemand zu verletzen. Ich muß mehr parabeln. Wie findest du die Idee, guter Petrus?

Der, lendenlahm und müde: *Was brabbeln? Du brabbelst doch eh rund um die Uhr.*

Parabeln, korrigiert Jessy spitz. *Mußt du denn jede Nacht bis fünf Uhr morgens mit Trudchen Zwickezwacke spielen? In deinem Alter. Darum bist du immer so abgeschlafft. Außerdem wackelt das ganze Haus.*

Petrus fühlt sich auf den Schwanz getreten. *Muß ihn wieder aufrichten,* sinnt Jessy, *sonst ist er mir gram. Irgend 'ne versöhnliche Geschichte oder so was. Das kommt bei ihm immer an.*

Du, Petrus? Der schaut Jessy aus waidwunden roten Lichtern an. *Mir fällt heute so kein rechtes Thema ein. Hast du keine Idee?*

Petrus wirft gerade den Anker aus. *Naja . . . .??* Da

hellt sich sein Aug. *Wie wärs denn mit 'ner Seemannsgeschichte? Das hören die Leute so gern. Damit würdest du mich echt versöhnen.* Braver Petrus. Jessy blickt ihm in sein gutmütiges Polterherz. Man ist sich wieder gut.

Sehr schön. Wirklich. Daraus kann ich was Tolles machen. Und schon beginnt Jessy mit seiner Morgenlektion. Lustige Wölklein ziehen am Firmament, Vögel flattern herum, und aus olympischen Gefilden schwebt auf leisen Flügeln Pegasus heran, um Jessy poetisch ins Ohr zu flüstern.

Liebe Hörerinnen und Hörer, liebe Quizfreunde. Heute erzähle ich auf Wunsch meines ersten Mitarbeiters Simon Petrus eine Sämannsgeschichte.

Das Volk rast und denkt: *Vielleicht etwas Spannendes über Piraten oder Schiffbruch auf der Reeperbahn.*

Allen stehn die Ohren steif, als Jessy in die erwartungsvolle Stille spinnt: *Es war einmal ein Sämann. Der ging im Sämannsschritt an einem strahlenden Märztag ins Feld, um zu sehen, ob er säen könnte. Die Lerchen trällerten zärtlich im blauen Frühlingswind, die ersten Gänseblümchen schoben ihre Köpfchen in die Sonne. »Na,« dachte er, »besser kann man gar nicht anfangen.« Er sah, daß es gut war. Und so säte er und säte er, wobei beim Säen etwas Samen auf den Weg fiel. Da kamen die Naschkatzen von Vögeln und fraßen es einfach auf. Andere Körner fielen in ein Steinfeld, wo kaum ein Krümel Humus war. Es wuchs wie Unkraut, aber weil der Mutterboden fehlte, wurde es von der brennenden Sonne versengt, und weil es keine Wurzeln hatte, verdorrte es. Andere Samenkörner streute er versehentlich in die Dornen am Rain, und die Dornen wucherten und erstickten die junge Saat. Aber anderes fiel in die Furche des Mutterbodens. Und aus dem Schoß der Erde brach die Frucht hervor, und sie wuchs und wuchs und brachte prächtiggoldene Ähren und Körner dreißigfach, sechzigfach und hundertfach. Ihr glaubt nicht, wieviel himmlische Mannaschnitten daraus gebacken werden konnten.*

Die Zuhörer sind irritiert. Wo ist denn die Seemannsgeschichte geblieben? Petrus schaut Jessy mit großen Kinderaugen an.

Jessy sieht: Keiner hat was kapiert. *Tja,* denkt er, *ich muß meine Parabeln mit Eselsbrücken versehen. Aber für heute solls mal so bleiben.*

Und laut setzt er hinzu: *Liebe Freunde. Danke für eure Aufmerksamkeit. Wer Ohren hat zu hören, der höre. Um 7.30 Uhr folgt die Lösung des Rätsels. Dann amüsiert euch schön. Ich gehe jetzt baden.* Zu Petrus: *See you later, lieber Peter.* Und schwupps ist er im Blau des Sees versunken.

32
QUIZ FÜR ARME IM GEISTE
Markus 4

Er hechtet schnittig durchs Wasser bis auf den Grund. Dort geht er ein bißchen spazieren. Er neckt einen Krebs, krault eine Forelle unterm Schwanz, sammelt ein paar bunte Steine und sieht von fern einen seltsamschönen Seestern blitzen. Glücklich über die Rarität frohlockt er: *Leuchtend gezackt wie mein Geburtsanzeiger, der Davidstern von Bethlehem. Ein gutes Omen. Sicher kochen heute die Mädels was Besonderes. Das wird Hannis Heckenprinzessin gefallen. Den werde ich ihr an die Brust heften, sozusagen als Pour le mérite für ihre Liebesdienste an unserer Gemeinschaft.*

Jessys warmherzige Sätze blubbern als Luftblasen an den Spiegel des Sees, wo Petrus verzweifelt und hektisch um sie herumschnauft. Als Jessy ein paar Sekunden später löwenmähnig wie Poseidon aus der Unterwasserwelt prustet, fällt Petrus eine Zentnerlast vom Herzen in die Badehose: *Mensch, Jessy, Jessy! Wo bist du geblieben. Mein BOSS, was habe ich mir für Sorgen um dich gemacht. Ich dachte schon, du bist ersoffen,* gurgelt er.

Wo denkst du hin, grinst Jessy und räkelt sich bequem auf einem Wasserkissen, *wenn ich an den rät-*

selhaften Schwund in unserem Weinkeller denke, bist du weit eher in Gefahr zu ertrinken als ich. Komm, wir nehmen einen zur Brust. Und nach einem Blick auf das Himmelschronometer: *Es ist eh gleich halb acht.*

Während Quizfreund nach Quizfreundin eintrudelt, kommt Petrus auf Jessys Kurzgeschichte zurück: *Also .... deine Sämannsgeschichte. Ich meine ... nicht, daß ich sie nicht gut fände, aber ... wie soll ich sagen .... Irgendwie wars ganz anders, als ichs erwartet habe.*

Jessy harmlos: *Wieso? Auf deinen Wunsch hin habe ich sie doch extra erzählt. Und das Spannende an Geschichten ist doch immer, daß man nie weiß, was passiert. Oder hast du sie nicht kapiert?*

Er blickt, als könnte er kein Wässerchen trüben, in die Fragezeichengesichter seiner CVJMler und ihrer Gespielinnen. Die haben auch nicht kapiert.

Bei dir weiß man aber auch nie, wo man dran ist, blinkt ihm Köbes' Auge.

Klar doch, signalisiert Jessy zurück, *ich wollte Petrus ein bisserl auf den Arm nehmen.*

Sie sehen sich verschmitzt an, und Jessy plaudert CVJM-verständlich weiter: *Liebe Freundinnen und Beischläfer! Ihr seid alle Intelligenzbestien und versteht die kompliziertesten Gleichungen im Einmaleins des GROSSEN BOSSES. Und wenn ihr mal was nicht versteht, könnt ihr mich nach dem Wie und Warum interviewen. Schon allein, daß ich bei euch bin, färbt ab. Oder, wie die Griechen sagen: Wer bei einem Lahmen wohnt, lernt ein wenig das Hinken.*

Judas grinst hinterhältig. Jessy blinzelt böse zurück: *Lach nicht so teuflisch* und korrigiert: *Naja, vielleicht hinkt dieser Vergleich, aber jedenfalls: Unsere Fans sind nicht geübt im abstrakt-transzendentalen Erfassen mystischer Gedankengänge. Darum muß ich mit bildhaften Vergleichen klarmachen, worauf es ankommt. Sozusagen mit Tele-Visionen. Denn sie haben ein Problem. Sie sehen zwar alles haarscharf sehenden Auges, aber sie verstehen nicht den Sinn der Bilderfolge. Es ist ihnen, als ob der Film rückwärts abliefe. Sie hören mit großen Ohren zu, aber sie kapieren beim Text nicht, worum es geht. Alles kommt ihnen langostfriesisch vor. Und weil sie nicht wissen, wo es langgeht, können sie sich nicht orientieren und zum Ausgangspunkt ihrer Phantasie zurückkehren, damit sie noch mal glimpflich davonkommen. Also erzähle ich ihnen spannende Comic-Geschichten, die jedes Schulkind versteht.*

Aber leider, der CVJM versteht Bahnhof. Jessy siehts und begreift: *Ach BOSS, Gustav! Glückliche Arme im Geiste, dumm wie Schifferscheiße. Und ich bin ihr Chef. Das kann doch nicht wahr sein. Jetzt habe ich wochenlang ihr Hirn massiert, und sie kennen nicht mal die Grundbegriffe. Vielleicht sollte ich jedem einen kleinen Denkanstoß geben, damit ihr träger Gedankenfluß in Bewegung kommt.*

Er tänzelt durch die Runde und schallert jedem eine aufrüttelnde Ohrfeige. Alle halten lammfromm die andere Backe hin. *Bravo, Jungs. Wenigstens das habt ihr euch gemerkt. Toll!*

Der Anflug seiner Unzufriedenheit verfliegt furzgeschwind im lauen Wind. *Also. Parabeln ist einfacher als ihr denkt. Ich erklär euch mal die Sämannsgeschichte. Alle anderen, die ich noch erzählen werde, sind nach demselben Strickmuster gebastelt.*

Der Sämann sät das Wort. Ich zum Beispiel. Unterhaltsame Kurzgeschichten. Die Wege aber, in die mein Wortschwall gesät wird, sind die armen Zuhörer, denen es der Oberteufel gleich wieder abknöpft. Alles wieder futsch.

Ähnlich geht es den Sensationslüsternen, die laufend das Programm wechseln. Die schönste Poesie geht bei ihnen in ein Ohr rein, durchs andere raus. Pfft. Nichts bleibt hängen. Ihr verkalktes Hirn hat kein Gramm Grips mehr, worin die Erkenntnis Wurzeln schlagen könnte. Das nächste Modestrohfeuer läßt die paar Körnchen Weisheit in Rauch aufgehen. Apropos Körnchen – haben wir noch einen Rest in der Flasche? Jessy putzt die Stimmbänder.

Und dann die Dornengestrüppler. Das sind die feinen, betuchten Pinkel mit ihren halbnackerten Mannequins, die begeistert zu Dichterlesungen und akademischen Vorträgen kommen und alles schön, wahr und empfehlenswert finden. Aber nur theoretisch. Denn sie sind zu schwach, den Vorteilen und Verlockungen ihrer Silbertaler und den Begierden, die daraus hervorwuchern und sie umlauern, zu widerstehen. Die Stachelranken ihres Egos umschlingen die zarten Keime ihres Gewissens und würgen sie ab.

Und bei wem, frage ich euch, fallen die Samenkörner der Wahrheit und der Nächstenliebe auf guten Boden? Bei denen, die ihn gut pflegen. Sie nehmen meine Worte auf und lassen sie fruchtbar werden in ihren Herzen, dutzendfach und noch und nöcher.

Alle strahlen wie Marzipanschweinchen. Endlich hat ihnen Jessy die Unwissenheit versüßt, vorgekaut und häppchenweise in den Schädel geschoben. Halleluja. Die Stimmung ist glänzend.

Weil es so gut geklappt hat, bringt Jessy zwei weitere Quizgeschichten aus der Wachstumsbranche zupackend-einfühlsam an: Die Parabel von der selbstwachsenden Puffbohnensaat und die Allegorie vom Senfkorn, womit er durch die Blume sagt, daß der GROSSE BOSS alles für euch so gedeihen läßt, wie ihr es braucht.

Nun hebt der Dichter seinen feingliedrigen Zeigefinger und senkt bedeutungsschwanger seine Dozentenstimme: *Liebe Freunde. Ich danke euch fürs Zuhören. Ich hoffe, ihr habt das Parabel-Prinzip in den Grundzügen begriffen. Achtet immer sehr genau auf das, was ihr hört. Entsprechend dem Maß, mit dem ihr das Ganze ermeßt, werdet ihr gemessen werden, ja, und ich kann euch versichern: Ihr kriegt noch kostenlos etwas drauf. Denn wer hat, was auch immer, der kriegt etwas dazu. Aber wer nix hat, dem wird auch noch das wenige abgezwackt.*

Nach einer Kunstpause fragt Jessy: *Und was steht heute auf der Speisekarte? Ich fürchte, mein Riesenhunger wird ins Unermeßliche wachsen. Oder hat einer gekocht?*

33
RÄUBER KENNEN KEIN ERBARMEN
Lukas 10

Jessys famoser Lehrsatz wird auf der Stelle eindringlich bestätigt. Wer hat, bei dem wirds mehr: die gähnende Leere unter den CVJM-Rippchen. Keiner hat gekocht. Die Herren haben sich auf die Küchenmädels verlassen. Typisch Mann. Und die Damen haben sich schlicht verweigert: *Warum müssen wir immer herhalten? Solln die doch mal selbst Hand anlegen.* Typisch Frau. Die Mägen beginnen zu maulen. Der Zorn der Geschlechter aufeinander kocht still vor sich hin. Alle mimen müde und schwänzen mißmutig das Leben. Keine liebende Seele erbarmt sich der Mitmägen, die sich böse anknurren. Schwach vor Hunger wirft der CVJM die Kleider ab und nimmt ein Sonnenbad.

Petrus' Gorillapansen saugt gierig alle durchkauten Gedanken auf und schafft dergestalt Raum für fleischlüsterne Visionen. Er verliebt sich in einen imaginären Lammrücken, schmeckt visionär Bratensaft auf der Zunge, fühlt halluzinativ Backofenhitze auf seiner Haut schmoren. Lüstern stöhnt er auf und lugt vorsichtig nach seinem ehelichen Gegenstück. Ob er es mit Schmeichelworten zum Kochen verführen kann?

Trudchen brutzelt evakostümiert im Natursolarium und versucht ihr schlechtes Gewissen zu verbergen. Aber wo soll sie es hinstecken? Nackte haben keine Taschen.

Petrus zischt zärtlich wie eine Bratwurst in der Pfanne: *Trudchen! Mein Fettklößchen! Du siehst so lecker aus. Knusprig wie ein Lammrücken in Milchrahmsauce. Deine Olivenhaut glänzt appetitlich wie die lieblichen Fettaugen auf Hühnerbrustbrühe. Dein*

Zwillingsnackedei erinnert verlockend an sanft wogende Karamelpuddingshügel mit Zierkirschen, dein Petersilien ...

Der Mannschaft tropft die Vorfreude von den Lippen. Doch leider bricht Petrus' kochlyrischer Erguß mit einem Schlag ab: *Hhmmpfft* ... verklingt der letzte gastronomische Vers, weil Trudchen dem Lyriker mit der Faust ein paar aufs Maul knallt und mit der Zunge Emanzenprosa drischt: *Du geiler Sexist! Denkst immer nur an das eine! Kannst du nicht mal selbst zupacken?*

Petrus spielt gekränkte Leberwurst. Er wollte doch gar nicht ... Versteh einer die Weiber! Alle ergötzen sich am Ehekrach. Das lenkt ab.

Jessy hat nur mit halbem Ohr zugehört. Beinebaumelnd meditiert er über den Wassern, abgehoben vom Kleinkram des Lebens, über die Tugend der Barmherzigkeit. Auf einmal wird er ganz Ohr: *Trudchen hat eigentlich recht. Die faulen Säcke ruhen sich auf den Mädels aus, leben auf deren Kosten und lassen sich zudem bedienen. Das ist ungerecht. Wozu predige ich dauernd Basisdemokratie, Nächstenliebe, Humanität, Gerechtigkeit? Damit sich meine Heinis vom CVJM wie Herrenreiter aufführen? Diese Paschamode kommt überhaupt nicht in den Türkenkoffer.*

Er räuspert sich energisch. Das Gekabbel flaut ab:

Meine geliebten Egoisten! Damit das Gekasper nicht vollends auf Nachttopfniveau sinkt, möchte ich die Zeit kostbarer nutzen. Danach wird gekocht! Einen ordentlichen Braten zu essen, ist zweifellos besser, als Hungers zu sterben. Ich schlage vor: als Vorspeise eine Räubergeschichte, als Hauptgang Alibaba-Schnitzel mit Wildwestsalat, zum Nachtisch Mohr im Hemd.

Alle staunen Jessy an. Weise wie Salomo, beredt wie Odysseus, listig wie Sokrates und fintenreich wie Armin der Cherusker. Darum geht bei ihm immer alles so einfach. Selbst die Dinge des täglichen Lebens. Wieder mal bleibt der Bande die Spucke weg. Jessy siehts und reibt sich die Hände: *Gut so. Jetzt ist ihre Emotion auf dem Garpunkt. Höchste Zeit, sie mit der Sauce der Erkenntnis zu würzen.* Und einschmeichelnd wie Scheherazade hebt er die Stimme und senkt seinen Seherblick in die lauschenden Gesichter der Chauvis und Emanzen:

An einem Freitagabend, am 3. Mai, kurz vor Sonnenuntergang reitet ein Pfeffersack von Jerusalem nach Jericho. Er hat eine fröhliche Melodie auf den Lippen, weil in seinem Geldsack 30 nagelneue Silbertaler klingeln. – Eine hübsche Musik, nicht wahr, Judas? – Er hat glänzende Geschäfte gemacht, den Coup seines Lebens, und freut sich auf das verdiente Abendessen. »Trallitralalla« pfeift sein Song. Doch auf einmal ist es mit dem Einmannkonzert vorbei: Im Hohlweg hüpft ein Zwerg wie Robin Hood vor seiner Hakennase und fuchtelt mit Pfeil und Bogen herum: »Halt! Geld oder Leben!« Der Handelsherr fällt aus den Wolken der Seligkeit in den Schlund des Entsetzens. »Ddddann schschschon lieeeber Gegegeld«, stottert er zähneklappernd. Es scheint einen plötzlichen Temperatursturz zu geben, denn er spürt Grabeskälte über seinen Nacken ziehen, in die der Zwerg mit hohler Stimme fistelt: »Weiser Entschluß, andernfalls lägst du mausetot auf des GROSSEN BOSSES schöner Erde. Nun, so laß die Mäuse springen!«

Mit klammen Fingern nestelt der Pfeffersack an seinem Geldsack. Beim Anblick des blinkenden Silbers bricht es aus ihm hervor: »Ach BOSS, womit hab ich das verdient. Wenn das meine Alte erfährt, bin ich geliefert. Die glaubt mir kein Sterbenswörtchen von der Story. Und ich muß zugeben, sie klingt auch reichlich ungewöhnlich. Wo gibts denn heutzutage noch Räuber!« Murmelgroße Tränen kullern ihm in den Beutel. »Lieber Herr Gangster, bitte, bitte, gib mir den Beweis meiner Unschuld.«

Der Giftzwerg glotzt Fragezeichen in die blaue Stunde. Plötzlich hellt sich sein Pfannkuchenface auf: »Ach sooo! Alles paletti. Ick versteh dir. Meine Alte kommt auf ähnlich krumme Gedanken. Die hält Räu-

ber für 'ne Erfindung der Kriminaler. 'Ne Art Nachweis der Existenzberechtigung? Mann, wie mir das leid tut. Ick würd dir gern den Zettel geben, aber Schreiben ist nicht meine Stärke.«

Das hat der Talermann erwartet. Listig wie Onkel Dagobert fabuliert er los: »Fürchterlich. Wenn du wüßtest, was mir bevorsteht! Ach, ich armer alter Mann.« Beim Anblick des Silbers kommen ihm echte Tränen. Dann, hoffnungsvoll, glättet sich seine Leidensmiene: »Du, weißt du was? Die Rettung, die Rettung!« Er jubiliert durch die Büsche, daß ein paar Raben krächzend die Kurve kratzen. Der Zwerg zischt: »Schsch! Schieß los. Aber piano. Du machst mir ja die Raben scheu!«

Selig lächelnd spinnt der Beutelbesitzer: »Schieß mir doch einfach 'nen Pfeil durch den Hut. Wenn das kein Beweis ist! Das muß meine Alte überzeugen.« Der Einfallspinsel von Zwergräuber legt an, zielt und zisch: Der Pfeil pfeift wie dereinst bei Wilhelm Tell in den Turban. Das Räuberopfer, bleich wie ein Schweizerkäse, stimmt Lobeshymnen auf den Schützen an. Hätte ja auch ins Auge gehen können. Dem Schützen schwillt der Kamm: »Soll ick dir noch ein' vor den Latz ballern?«

»Ja, toll. Das wird noch überzeugender aussehen, aber vorsichtig ziel . . . !« »Zzzit!« Die Sehne schnellt.

Der Pfeil verirrt sich durch den Kaftan zwischen die Beine in den Stiefelschaft: »Plopp!«

Dem Pfeffersack rinnt der Angstschweiß die Beine herab: »Donn-donn-donnerwetter! . . . Du bist der ungewöhnlichste Schütze, den ich je gesehen habe.«

»Weitermachen, weitermachen«, schießt es ihm durch den Kopf. Zugleich hat er fürchterlich Schiß, daß der Zwerg 'nen falschen Schuß machen könnte. Aber die Silbertaler! »Schieß mir zur Sicherheit doch noch einen hinten rein. Bitte!« Der Gangster staunt: »Was, in den A . . . .?«

»Um Himmels willen«, kreischt der Entnervte auf: »Ins Gepäck.« Der Miniatur-Robin-Hood läßt sich nicht lumpen. »Zong«! Der Pfeil knallt in den Koffer. »Wun-der-bar! Also, noch so'n Meisterschuß, und du kriegst meine Knete gratis als 1. Preis für deine Kunst.«

Der Preisschütze strahlt: »Du, ick bin richtig glücklich. Du bist der erste, der meine Fähigkeiten erkennt. Also, noch 'nen Schuß, weil dus bist. Wohin?« Er greift an den Köcher, aber: »Jetzt hab ich keinen Pfeil mehr. Schade. Aber das nächste Mal kriegst du noch einen drauf. Lustig wars trotzdem. Na, dann gib mir mal den Wegzoll.«

Aber o Wunder. Plötzlich wird der Sportsfreund mit dem Geldsack ganz geschäftlich: »Nee, nee, Junge. So haben wir nicht gewettet. Kein Pfeil, kein Geld. Ist doch klar. Erst die Leistung, dann die Pinke.« Und er gibt dem Kamel die Sporen.

»Du fieser Betrüger«, gellt der Zwerg. »Wirklich. Soo haben wir nicht gewettet.« Der Schlaufuchs auf dem Kamel dreht sich lachend um und streckt dem Esel die Zunge raus: »Du bist vielleicht ein komischer Kauz. Heul dein Leid in den Wind. Geschäft ist Geschäft. Ciao Bello!«

Der Kauz beginnt wie eine Nachtigall zu trällern. Sehr gekonnt. Und plötzlich scheints einen Nachtigallenball zu geben. Überall zwitschert es wie auf Bestellung durchs Gezweig. Dem Handelsherrn gellen die Ohren.

»Wo kommen die denn auf einmal her«, will er gerade denken, da nehmen die Nachtvögel vor ihm Gestalt an. Lauter Finsterlinge mit Händen wie Klodeckel und Augen wie rasende Räder. Au Backe. Schon haben sie ihn am Sack und prügeln nach Herzenslust auf ihn ein. Der Zwerg rast wie ein Riese: »Das hat man von seiner Großzügigkeit! Man reicht ihm den kleinen Finger, und der klaut einem den Ehering!« Sie klopfen auf ihm herum, wie auf 'nem alten Perser. Dabei ist er doch ein Judenbengel. »Herr, erbarme dich, erbarme dich, erbarme dich!« winselt der Beklopfte.

»Das haben wir vorhin getan. Aber wer ehrliche Räuber übers Ohr haut, kriegt unbarmherzig den Arsch versohlt.«

Als sie ihr Mütchen gekühlt haben und der Pfeffersack schön heiß geklopft ist, ziehen sie ihm den feinen Zwirn ab und mit seinem Kamel, den 30 Silberlingen, seiner Zahnbürste und seinen Stiefeln davon. Den wertlosen Rest lassen sie liegen.

Als er wieder wach wird, sieht er einen Regenbogen und die Sonne in seiner Blutlache schimmern. Er kann nicht mal mehr den kleinen Finger krumm machen. Jeder Zentimeter ist blau, grün, rot und gelb. Nur die Zunge bewegt sich noch: »Hilfe!« Es klingt so schrecklich, daß die kreisenden Geier Mitleid kriegen und abziehen. Zufällig kommt statt ihnen ein feister Pfaffe vorbei. Der sieht den nackten Pfeffersack, betrachtet ihn interessiert und spendet Trost: »Alles nicht so schlimm, guter Mann. Hilf dir selbst, so hilft dir der GROSSE BOSS!« Und voll froher Gedanken an ein saftiges Stück Beefsteak wandelt er weiter, der geistliche Herr. Kurz darauf hechelt ein Pfarrgemeinderat vor und stolpert fast über die farbenfrohe Fleischbank: »Ah, Tschuldigung! Was lümmelst du auch mitten auf dem Weg rum? Kannste dich nicht woanders sonnen?« Und schwups ist er weg.

Dem Räuberopfer schwinden die Sinne. Da kommt ein Kümmeltürke aus Samaria des Wegs. So ein Knoblauchstinker. Und – wer hält es für möglich? Dem schießt das Mitleid ins Herz, daß Tränen aus seinen

Schlitzaugen spritzen. Er wäscht dem bunten Fettsack die Wunden, kühlt die braunen Flecken, flößt ihm einen Schluck Raki ein, hievt ihn auf seinen Esel und ab die Post. In ein komfortables Hotel. Dort legt er den Bewußtlosen ins beste Bett, blecht die Rechnung im voraus und läßt einen Knochenflicker kommen. BOSSlob ist nix gebrochen, keine inneren Verletzungen. Der Kerl hat Schwein gehabt. Trotzdem trifft der Kümmeltürke Vorsorge. Er gibt dem Empfangschef für den Notfall noch 200 Mark und sagt: »Bitte kümmer dich um meinen Freund, laß ihm das beste Menü zusammenstellen und schick ihm, sobald er wieder bei Kräften ist, 'ne flotte Masseuse. Falls es teurer werden sollte, gib mir die Rechnung, wenn ich wiederkomme!«

Wenn dieser Türke kein barmherziger Samariter ist, weiß ich nicht, wer das überhaupt sein könnte!

Jessy blickt mit seinen Wahrsageraugen vielsagend in die Runde. Und mit einmal kommt die Erleuchtung über den CVJM. Alle kriegen rote Köpfe. Und wortlos stehen Köbes, Judas, Petrus und Andy auf und verdrücken sich in stummem Gehorsam in die Küche. Wenig später weht eine Duftwolke über die Wogen, und das Rauchsignal aus dem Kamin morst Zeichen und Wunder: *Essen fertig. Alle Miezen, alle Mann, ran. Jeder esse, was er kann!* Heute wirds ein echtes Liebesmahl. Wirklich.

34
WENN DER WIND DIE GLATZE SCHLEIFT
Markus 4

Jessys Laune glänzt. So ist es immer, wenn er gut gegessen hat. Da geht es ihm wie seinem getreuen Zukunftsdolmetsch Martin Luther. Zufrieden über seinen pädagogischen Erfolg, will er sich und dem CVJM zur Belohnung etwas spendieren: *Wollen wir nicht ans andere Ufer segeln? Bei Abi Fröstl gibts so'n guten Eiskaffee.* Welche Frage. Nix wie rauf auf Petrus' Segelwrack.

Jessy kuschelt sich ins Heck auf ein Samtkissen. *Hingeflegelt wie ein Pascha,* grinst er zufrieden. Ihm zu Füßen hockt die Hügelfee, den hübschen Seestern zwischen ihren Rosenäpfeln. Mit geschmeidiger Hand probiert sie Fußreflexmassage an ihm aus.

Aua! Warum kneifst du mich denn so? Jessy zuckt erschreckt und versucht ihrem Griff zu entkommen. *Aha, die Leber,* lächelt Maria Magdalena und hält das Bein fest. *Du solltest die Nase nicht so tief in den Rotwein stecken.*

Die Warnung verweht ungehört im Wind. Jessy ist wohlig eingeschlummert und träumt die Fortsetzung der Geschichte vom verlorenen Sohn: Der Taugenichts wird Juniorchef und der böse Bruder Penner. Dabei schnarcht er, daß sich die Masten biegen. (Oder biegt sie der Wind?)

Plötzlich heulen unsichtbare Stimmen aus heiterem Himmel. Petrus heftet sein Seemannsauge ans Firmament. Er sieht schwarz. Wolken fetzen wie Alpträume übers Krähennest, und Sekunden später rasen Wasserberge heran, türmen sich haushoch und brechen auf dem Deck zusammen. Der Seelenverkäufer ächzt in allen Fugen. Alle klammern sich fest. Die Mädels, meerjungfraugrün, sagen ihrem Alibaba-Schnitzel ahoi, die blauen Jungs ihrem Rotwein. Mit dem Taifun ist das Entsetzen über sie hereingebrochen. Während Petrus der Sturm in die Hose pfeift und die Glatze schleift, brüllt er an den Mast geklammert schwachsinnige Kommandos: *Anker lichten! Segel reffen!* Beides hat gerade der Teufel geholt.

Der Sturm verdoppelt die Phonstärke. Die Wellen pfeifen. Der Regen trommelt. Die Masten sirren. Überall keucht, faucht, winselt, wimmert, keift und klappert es. Kurzum: Irrsal und Wirrsal. Die entfesselte Natur tobt sich fröhlich aus. Nur Jessy schläft sonnig lächelnd vor sich hin und träumt von hübschen Römerinnen in den Thermen des Caracalla, während Maria Magdalena sich ohnmächtig vor Angst an seine Brust klammert.

Plötzlich tauchen zehn schlotternde Schiffsratten

auf und jumpen mir nix dir nix über Bord. Oje. Ein schlechtes Zeichen. Judas, abergläubisch wie alle schwarzen Seelen, wird kalkweiß. Seine Augen irrlichten gehetzt umher. Dann kriecht er zu Jessy und zerrt ihn wie verrückt an den Zotteln: *Jessy, Jessy! Du Penner! Erwache! Wir saufen ab, und du ratzt sorglos ins ungewisse Jenseits. Himmel, Harsch und Firn! Tu doch was!* Er kreischt mit Äol um die Wette.

Jessy springt auf, daß seine Busenfreundin powärts über Deck saust. Mit einem Blick hat der JUNIORCHEF die Situation erkannt und im Griff. Während allen anderen das Wasser aus den Ohren tropft, steht er trocken wie ein Antialkoholiker in der Wasserorgie und lacht in den Sturm. Und der lacht zurück. Da ruft Jessy in den Höllentanz: *Bruder Äol! Warum heulst du denn heute so schauerlich. Hast du Liebeskummer? Laß sie laufen. Komm her. Ich tröste dich. Das ist schließlich mein Job.*

Da wird es grabesstill. Die Wogen wiegen aus. Die Sonne lächelt undurchsichtig, und der grimme Sturm läßt sich sacht auf seiner Hand nieder und wird zum flüsternden Hauch. Jessy stolz zum CVJM: *Na also, sprach Zarathustra. So ein lieber Wind. Der beißt nicht. Warum habt ihr immer solche Angst?* Er streichelt ihn. *Ständet ihr mit beiden Füßen sicher und fest im Glauben, würde euch kein Lüftchen umpusten. Das kann doch einen Seemann nicht erschüttern, mein lieber Petrus.*

Der hat gut reden, denkt der und betrachtet wehmütig seinen zerzausten Kahn. Die anderen starren Jessy zu Tode erschrocken an und möchten die Beine in die Hand nehmen. Aber wohin? Angstzitternd wie eine Herde Lämmer vor dem Wolf drängen sie sich aneinander, und Judas flüstert: *Der schwarze Mann! BOSS erbarme dich! Wie würden sonst Wind und Wellen vor ihm strammstehen?*

Jessy siehts und hörts und tippt lachend an die leuchtende Stirn: *Komm, komm, red keinen Unsinn. Wettermachen ist doch keine Kunst. Morgen erklär ich euch den Trick.*

35
VIEL SCHWEIN, VIEL EHR
Markus 5

Als sie an Land kommen, sehen sie: Mit dem Eiskaffee ist Pustekuchen. Äol hat sie, statt in Fröstls Eissalon, nach Gerasa geblasen. Dort gibts nicht mal eine Frittenbude, nur Grabhöhlen in Strandnähe. Ziemlich grausige Gegend. Als Ausflugsziel weniger empfehlenswert. Dort sollen Zombies, Nekromanten, Schwarzkünstler hausen und Verrückte ihr Unwesen treiben.

Mit steifen Schenkeln tapsen alle an Land. Überall liegen abgenagte Knochen. Die Mädels drücken sich ängstlich an die Burschen und die an ihren Reiseleiter, bis der schließlich aufbraust: *Was habt ihr denn? Mit eurem Vitamin-B-Mangel solltet ihr mal zum Neurologen oder weniger saufen. Eure schwachen Nerven machen mich ganz nervös.*

Da kreischt es aus einer Grabhöhle, daß allen, außer Jessy natürlich, die Haare zu Berge stehen. Von panischem Schrecken getrieben, rasen zwei Dutzend Punkfrisuren auf den zerzausten Kahn zurück. Ja, ja, die Nerven. Jessy blickt derweil ins tönende Grab: *Interessante Artikulation. Davon hab ich doch schon gehört ... Ah! Das kann nur der Irre sein, der von Simson abstammen soll. Muskeln wie Pingpongbälle, 222 Centimeter lang, Gemächt wie ein Ziegenbock (ellenlang), zerbeißt jede Kette, zerreißt jede Fußfessel. Den muß ich mir mal näher anschauen.*

Da braucht Jessy nicht lange zu warten. Schon springt der Verrückte affennackt und zähnefletschend auf ihn zu. Über seinem Kopf läßt er sirrend eine Kette kreisen, mit den Yetifüßen kickt er tennisballgroße Steine nach dem Besucher. Die geflüchteten CVJMler halten sich vor Angst die Augen zu. Jessy betrachtet entzückt einen Skarabäus zu seinen Füßen, während der Irre um ihn herumspringt und »Aaahhuaa« brüllt. Und dann schlägt er zu, daß es kracht und blitzt! Aber, o Wunder: Maria Magdalena und Hanni sehens durch die Finger: Der tödliche Schlag prallt kurz vor Jessy ab. Die Kette zerfetzt, und ihre Glieder heulen geschoßartig durch die Gegend. Eins schlägt dumpf ein faustgroßes Loch in die Bordwand und bleibt im Mast stecken.

Der Schlag hat den weißen Riesen umgehauen. Er sieht Sternbilder und hört Sphärenmusik und ist bis auf weiteres k.o.

Jessy verläßt sein magisches Panzerglashaus und fühlt ihm mitleidig den Puls. Da brüllt der Gorilla auf: *Faß mich nicht an. Was willst du denn, Jessy, JUNIORCHEF vom GROSSEN BOSS. Bitte nicht! Quäle mich nicht. Du hast so kalte Finger!*

Jessy klemmt sich die rechte Hand unter die linke Achsel: tatsächlich, eiskalt! Die Errichtung des magischen Schutzwalls hat eine Menge Energie gekostet. Er läßt einen Strom Wärme in die Hände jagen. Dann befiehlt er auf höllenchinesisch: *Scheißgeist, laß den Jungen in Ruh!* Und auf normal mittelplattaramäisch fragt er den Irren: *Wie heißt du denn, Bubi?* Der leise: *Herkules.* Doch da fällt ihm eifersüchtig der Höllengeist ins Wort: *Quatsch! My name is Massenhaft, Kommandant der Geisterlegion Herkules, denn wir sind many much and more. Bitte, bitte, Jessylein, laß uns hier in Frieden sein. Wo sollen wir denn hin? Herkules ist so ein angenehmer Biwak-Wirt.*

Jessy überlegt. Er kann doch nicht ein ganzes Geisterheer heimatlos machen. Unvorstellbar. Wenn er die losläßt, könnten die ja eine ganze Stadt in ein Irrenhaus verwandeln. Ratlos blickt er in die arkadische Landschaft. Da sieht er eine friedlich rüffelnde Schweineherde, und ihr unverkennbarer Geruch weht duftend über den Hügel.

Auch Brigadegeneral Massenhaft hat den Braten gerochen: *Schlage vor, Sir, wir verlegen unser Camp in den Piggybezirk.*

Jessy erscheint die Lösung optimal. Zustimmend schnippt er mit den Fingern. Aus Herkules' Mund schallen ein paar höllenchinesische Kommandos, dann düst und donnert es wie ein Flugzeuggeschwader aus seinen Türen und Hintertüren. Die Geister schwirren ab. Nach drei Minuten ist der Spuk vorbei. Jessy, Herkules und der CVJM sehen eine kilometerlange flatternde Himmelsschlange auf die Schweineschar zurasen, um sie herumsausen und zack – plötzlich ist sie weg. Wie verschluckt.

Die Schweine stehen wie angewurzelt da. Doch dann kommt Leben in sie. Die Borstentiere quieken schweinisch wie Schweinchen am Spieß. Kein Wunder, wenn man bedenkt, was ihnen im Leib herumfegt. Sie beginnen sich im Kreis zu drehen, jagen japsend in Spiralen, wirbeln wie Derwische um ihre eigene Achse, sausen schneller und schneller, heben ab und segeln windhosenartig über den Abgrund in den azurblauen See. Es macht plumps, und von den zweitausend Schweinen ist kein Ringelschwanz mehr zu sehen. Nur hier und dort kündet noch ein Bläschen oder ein Häufchen Schweinekacke von dem wundersamen Geschehen.

Äol harft einen Schweine-Schwanengesang über das kühle Seemannsgrab. Dann breitet sich Friede aus. Die Geister sind mit den Schweinen ersoffen.

Herkules fällt Jessy zu Füßen und küßt dieselben ab, während Jessy unruhig seine Ohren durch die Matte spitzt: Furchtbares Wehgeschrei plärrt in die friedliche Stille. Er schlägt sich vor die Stirn. Peng!

Mann, ich hab ja die Hirten vergessen! Die heulen untröstlich ihren Schinken nach. Peinlich. Au, weia. Das kann teuer werden. Da muß ich auch noch Gold machen, um den Schaden zu reparieren. Gold ist der einzige Lötstoff, der wirklich hält.

Während Jessy fieberhaft alchimistische Formeln zum Goldmachen in seinen Hirnfalten zusammensucht, rasen die greinenden Hirten in die Stadt und petzen.

Die Besitzer, wütend über die Schweinerei, bewaffnen sich mit Knüppel, Teppichklopfer, Mistgabel, Besen, Spazierstock, Regenschirm und machen sich auf den Kriegspfad, um Jessys Schinken für das zu bestrafen, was sein edler Geist angerichtet hat.

Er hört sie schon von ferne quieken und grunzen: *Da steht die Sau, die unsere armen Piggies ersäuft hat. Immer feste druff!* Sie kommen gefährlich näher. Es ist wieder mal ein Tag, der im chinesischen Kalender rot markiert ist: »Unglückstag. Heute nicht aus dem Haus gehen, Besuche und Beerdigungen meiden – sonst sieben Jahre Unglück.« Aber in Palästina weiß das leider niemand.

Doch da stockt die Prügelkolonne. Beim Anblick von Herkules werden die Prügelknaben im Handumdrehen zahm: *N'abend, Herkules. Du siehst heute so liebenswürdig aus. Wer ist denn der nette Herr neben dir?*

Die Schweinekerle haben plötzlich Muffensausen. Sie tuscheln ratschlagend miteinander. *Der Typ mit den Veilchenaugen hat Herkules normal und die Biester verrückt gemacht,* erklärt der Hilfshütejunge den Großkopfeten. Alle sind schwer beeindruckt. Wau! Der ist ja zehnmal gefährlicher als der Kettenschwinger.

Sie nähern sich Jesus devot, und der Präsident des Schweinezüchterverbandes drückt ihm anerkennend die Hand: *Phänomenal, lieber Herr Doktor! Wirklich toll, daß Herkules wieder alle Tassen im Schrank hat. Ich bräuchte eh noch 'nen guten Gorilla für die Nachtschicht. Er könnte morgen bei mir anfangen. Aber ...* (er nähert sich mit seinem schlechten Atem so vertraulich Jessys Antlitz, daß der unwillkürlich die Nase rümpft), *wir wären sehr, sehr glücklich, wenn wir die anderen Verrückten unserer Gegend in dem BOSSgewollten Zustand behalten dürften wie sie sind. Denn 4000 Edelschinken, 25 743 Koteletts usw. sind doch ein ziemlich hoher Preis für eine einzige Therapie. Oder findest du nicht auch?*

Er lächelt so gewinnend, daß Jessy zustimmen muß. Er ist mit der Lösung nicht unzufrieden, denn er hat die alchimistische Formel fürs Goldmachen nicht zusammengekriegt. So trennt man sich beiderseits erfreut über die gütliche Trennung.

Jessy steht schon mit einem Bein in Petrus' Wrack, da spurtet Herkules durchs Wasser und fleht ihn an: *Lieber Jessy. Ich bin dein. In meinem Herzen soll niemand wohnen denn du allein. Nimm mich mit, als Leibwächter, Koch, Chauffeur, Butler, egal als was. Ich mache alles.*

Nee, lieber nicht, sagt Jessy halblaut und betrachtet seine CVJM-Schar, *ich hab schon Verrückte genug um mich. Ich glaube, die sind eifersüchtig. Wenn du mir was Gutes tun willst, geh heim und erzähl, wie dir der*

GROSSE BOSS durch mich deine Schrauben wieder festgedreht hat. Salut Herkules.

Da tigert Herkules los und erzählt in Dekapolis jedem, der es hören und nicht hören will, seine Lebensgeschichte. Er hält die Leute einfach mit seinen Gorillaarmen fest, bis die Story zu Ende ist. Schöne Belehrung.

36
HEILE, HEILE GÄNSCHEN
Markus 5

Nach der Pleite mit Eiskaffee und Schweinen segeln sie wieder zurück. Getreu der althebräischen Volksweisheit: Fahr nach Osten, fahr nach Westen, doch zu Hause ists am besten. Kaum sind sie gelandet, sammelt sich halb Kapernaum um die Heimkehrer und starrt sie wie Wasserleichen an. So madig sehen sie aus.

Menschenskinner, wie seid ihr denn dem Sausewind durch die Lappen gegangen? Tja, mit die Dummen is BOSS.

Petrus hat so viel Blei in den Beinen, daß er nicht mal mehr aufbrausen kann. Er will nur noch heim in die Heia.

Doch der Tag ist wie verhext, was schließlich kein Wunder ist, wenn Jessy dauernd Zauberkunststücke veranstaltet. Der JUNIORCHEF will sich just klamm und heimlich aus dem Staub machen, da fällt Jairus, der Direktor der Volkshochschule, vor ihm in denselben und umklammert seine Füße. Mit diesen Fußfesseln ist jede Flucht vereitelt.

Die Szene ist schrecklich dramatisch. Die summende Menge verstummt gebannt, während Jairus in die erhabene Stille jammert: *O Mann, Jessy. Guter BOSS, hilf! Mein liebes kleines Töchterlein liegt im Sterben. Ich flehe dich an: Komm mit und leg ihr die Hand aufs Herz, damit sie gerettet wird und am Leben bleibt. Bitte. Bitte. Bitte.*

Jessy sieht: *Mit schlafen ist nichts. Der Wegelagerer wird nicht eher lockerlassen, bis ich mitkomme. Alsdann.*

Sie schieben sich durch die Volksmassen, die sich neugierig näherdrängen. *Wat is? Wat is?* flüsterts aramäisch durch die Menge. *Dem Jairus seine Tochter hebt ab ins Paradies.*

Ah, interessant. Eigentlich schad drum, so'n netter Käfer.

Deshalb soll Jessy bei ihr den barmherzigen Samariter spielen, damit sie noch was vom Leben hat.

Alle drängen nach. Mittendrin eine käseweiße

Dame. Sie hat diesen vornehmen Teint, weil sie seit zwölf Jahren aus geheimer Wunde blutet. Es fließt und fließt und tropft und tropft. Alle Quacksalber versprechen ihr das Blaue vom Himmel, aber davon kriegt sie leider keine Farbe ins Gesicht. Armes Luder. Ihr ganzes Vermögen haben die Weißkittelblutsauger bereits verzehrt, und trotzdem oder gerade deshalb sieht sie immer ausgezehrter aus.

Als die blasse Schönheit Jessy erblickt, schießt neues Leben in ihre Adern. Ihr Herz beginnt heftig zu pochen. Von Hoffnung beseelt, kämpft sie sich von hinten an ihn heran. Sie weiß: *Wenn ich den Wunderdoktor berühre, und seis nur ein klitzekleines Zipfelchen seines schäbigen Mantels, dann bin ich geheilt. Jetzt oder nie.* Sie bündelt den Rest ihres Selbstvertrauens, faßt sich ein Herz und greift die Gelegenheit beim Schopf, d. h. beim Mantel: Sofort versiegt ihr Blutfluß. Sie spürt, sie ist geheilt.

Auch Jessy hat was gespürt. Er kommt nämlich nicht mehr vom Fleck, weil sein Mantel klemmt. Er zieht und zerrt. Schließlich ruckt er kräftig an, genau in dem Augenblick, wo sie losläßt. Er taumelt, stolpert in eine Pfütze und fällt einem Pharisäer in die Arme. Peinlich.

Drohend dreht er sich um: *Wer hat mich hinterhältig am Mantel festgehalten und in die Pfütze geschubst?*

Aber Jessy, beruhigt ihn Hanni, *das kann doch mal*

passieren. Bei den vielen Leuten hier. Doch Jessy ist sich sicher, daß es Absicht war. Er spürt, daß seine Aura geklaut ist. Einfach weg. Forschend wirft er einen Detektorblick in die Runde und erkennt die Missetäterin an ihren phosphoreszierend leuchtenden Augen. Die sieht sich ertappt und sinkt vor Schreck in die Knie und in Ohnmacht.

Jessy, Kavalier uralter Schule, leistet sofort erste Hilfe: Er knöpft ihr die Bluse auf und fächelt ihr kühle Luft zu. Da schlägt sie dankbar die Augen auf und bekennt ihm den Auraklau. Jessy ist gerührt wie ein Osterkuchen. Soviel Vertrauen: *Schöne Frau. Die Kraft des Glaubens hat dich gesund gemacht. Geh ruhig nach Hause. Es ist alles gut.*

Da fällt sie ihm vor Freude weinend um den Hals und küßt ihn ab. Was Jessy gar nicht so schlecht gefällt. Aber kaum ist sie weg, hängt ihm Jairus jaiernd am Hals und flennt ihm den Bart naß. Eine Küsserei ist das heute! Jessy kann sich keinen Reim machen auf Jairus' Anhänglichkeit. *Mensch, Jairus, was ist denn auf einmal los?*

Ach, Jessy, Jessy! Meine liebe Kleine ist tot. Als du der vornehmen Gans erste Hilfe geleistet hast, hab ichs vom Dienstmädel erfahren. Er heult seinen Schmerz über den Marktplatz, daß alle, sogar Metzger, Pharisäer und Polizisten, feuchte Augen kriegen.

Nur einer nicht, Jairus' Nachbar, ein rohes Stück Mensch: *Tja, guter Jairus, da kann man nix machen. Das ist der Lauf der Welt. Herzliches Beileid. Jetzt brauchst du dem verehrten Herrn Chef nicht mehr um den Bart zu gehen. Hin is hin.*

Jessy hat die schadenfrohe Beileidsbekundung gehört. *Komm, Jairus, laß dich nicht bange machen. Ich hab das Gefühl, die Trauerbotschaft ist 'ne Ente. So was kann vorkommen. Weißt du, ich habe mal ...* Und indem er ihm eine trostreiche Geschichte erzählt, zieht er den armen Direktor heimwärts.

... du darfst dich niemals fürchten. Angst frißt die Seele auf. Positiv denken und auf den GROSSEN BOSS vertrauen. Glauben, daß alles gut wird. Das hilft dir und anderen.

Da sieht er, daß der gesamte CVJM lammfromm hinter ihm herhoppelt. *Du, Petrus,* wendet er sich an den müden Ziegelstein, *schick die Bande heim. Sie sollen sich erholen. Wär aber nett, wenn ihr, Köbes und Hanni, mitkämt.*

Als sie vor der Haustür stehen, hören sie steinerweichendes Geschrei. Sieben professionelle Klageweiber heulen wie Irokesen am Marterpfahl. Schriller und schrecklicher als Herkules. Kein Wunder, sie werden dafür bezahlt. Je mehr Phon, desto größer der Lohn. Die Finger in den Ohren, tapsen sie die Treppe rauf, und Jessy brüllt die Professionalistinnen an: *Ruhe, ihr Heulbojen! Man versteht ja sein eigenes Wort nicht mehr. Warum schrillt ihr denn so? Das Kind schläft!*

Da verfallen sie in kreischendes Gelächter. *So ein Witzbold! Das Mädel ist tot. Wir sind amtlich konzessionierte Totenklägerinnen. Wir sind dienstlich hier. Da hast du gar nichts zu melden!*

Jessy aber schmeißt sie kurzerhand raus: *Verschwindet, ihr Unglücksraben. Das nennt man Ruhestörung.* Und geht mit den Eltern der Kleinen und seinen Assistenten ins Kinderzimmer.

Dort macht er keinen langen Hokuspokus, sondern nimmt die Hand des Mädchens und sagt mit schlichten Zauberworten: *Talita kum.* Das heißt nichts weiter als: »Komm, Kleine, ich sag dir, steh auf.«

Die leichenhafte Puppe schlägt die Sternenaugen auf, blinzelt den fremden Mann verschlafen und sehr erstaunt an, steht auf und springt lebhaft im Nachthemd herum. Ein schöner Anblick. Zwölf Jahre alt ist das Gör und schon ein richtiges Weibsbild mit allem Drum und Dran. Kaum wird sie lebendig, ist auch die Müdigkeit der jungen Herren wie weggeblasen. Die Eltern sind ganz narrisch vor Glück und busseln Jessy ab und wollen ihn gar nicht mehr loslassen. Er ist ein richtiger Glücksbringer. So etwas kommt nicht alle Tage ins Haus.

Nachdem sich der Jubel etwas verinnerlicht hat und ein Glas Wein auf die Gesundheit getrunken ist, legt Jessy bedeutungsschwanger den Zeigefinger auf die Lippen und flüstert: *Pst! Bitte nichts von der Geschichte herumtratschen, ja? Hand aufs Herz. Wunder sind eine fragile Sache. Gebt eurem Gänschen etwas Ordentliches zu essen. Vor allem Obst und frisches Gemüse. Soweit ich sehe, hat sie Kalziummangel.*

Und mit einem fröhlichen Winkewinke macht Jessy sich mit seinen Mirakelstudenten auf den Heimweg, vorbei an den giftigblickenden schwarzen Weibern, die ihnen die Pest an den Hals wünschen, um für den Verdienstausfall entschädigt zu werden.

Feierabend.

37
DER ARME PROPHET
Markus 6

Workshop im Clubheim. Jessy sitzt im Bett, kaut an einem Zwieback, nippt an seinem Morgenkaffee. Am Fußende lümmelt sich Petrus, die übrigen CVJMler hocken im Raum und umrunden den Meister.

Unser Aktionsradius muß größer werden. Hier

kochen wir mit der Zeit im eigenen Saft. Die Leute werden immer verwöhnter. Mit durchschnittlichen Wundern wie Husch-husch Grippe weg kann man bald keinen Hund mehr hinter dem Ofen hervorlocken.

Jessy beißt grimmig in ein Stück Zwieback. Man hört nur das Malmen seiner mühlsteinharten Zähne. Dann schluck, und der goldene Fluß seiner Worte strömt singend hervor: *Propheten müssen rührig sein, sonst kriegen sie das Zipperlein ... Schlage vor, wir machen mal Tapetenwechsel. Wir gehen nach Nazareth. Von dort erfassen wir systematisch ganz Galiläa, Stadt für Stadt, Kaff um Käffchen.* Er riecht am Kaffee. *Hmm, wie der duftet. Wie bei meiner Mama.* Gedankenblitz! *Zum Agitationszentrum machen wir das Haus meiner Mutter.*

Alle sind froh, mal wegzukommen. Inzwischen kennen sie jeden Penner, jedes Callgirl, jeden Straßenkehrer, jeden Hundefänger, jeden Geheimdienstler der Stadt. Sogar wildfremde Pharisäer grüßen herablassend.

Marie kriegt einen Heidenschreck, als der versammelte Jessy unverhofft zur Untermiete kommt. *Hoffentlich benimmt er sich nicht daneben,* hofft sie inständig. *Was werden die Leute sagen?* Ihre bange Neugier wird schneller befriedigt, als ihr lieb ist.

Tags darauf, es ist Sonntag, tigert Jessy im Prophetenlook in die Volkshochschule, um vor seinen ehemaligen Mitschülern, Kollegen vom Bau, Nachbarn und Lehrern zu glänzen. Im wahrsten Sinne des Wortes: Heute hat er so viel Lampenfieber, daß seine Strahleaugen heller leuchten als gewöhnlich. Und so feurig sein Blick, so flammend ist seine Rede. Jedenfalls bringt er das Auditorium mit seiner Rhetorik ganz schön in Schweiß.

Wo er das bloß her hat? Geschwollen gequasselt hat er ja immer schon. Aber heute kommt mir sein Gelaber reichlich spanisch vor. Sein Ex-Banknachbar wiegt zweifelnd den Rübenschädel und blickt fragend den Ex-Primus an.

Der grinst: *Da sieht mans doch: Den Seinen gibts der BOSS im Schlaf. Er hat doch immer gepennt. Und als Bautrottel kann er auch nichts dazugelernt haben. Bei dem Erbgut. Man braucht sich doch nur seine dämlichen Brüder und seine herrlich-strohdummen Schwestern anzuschauen. Die können ja nicht mal bis drei zählen.*

Sein ehemaliger Religionslehrer schaltet sich flüsternd ein: *Na ja, wahrscheinlich hat er bei irgendeinem Wanderguru ein paar Weisheiten aufgeschnappt, die er uns jetzt unverdaut unter die Nase hält. Narren müssen sich immer groß aufspielen. Mal sehen, was er sonst noch für Unsinn verzapft.*

Jessy ist sauer. Mit seinen Wüstenfuchsohren hat er das Geflüster Wort für Wort erlauscht. Er weiß: Hier kann er reden, bis er blau im Gesicht ist. Jedes Gramm Hirnschmalz, das er für die ungläubigen Thomasse ausbrät, geht im schwarzen Schlund ihrer Hohlköpfe verloren.

Er blickt die Quatschköpfe geradeheraus an: *Ihr habt klug reden. Nirgends wird ein erstklassiger Prophet weniger anerkannt als zu Hause bei seinen Freunden, Nachbarn, Verwandten und Bekannten. Aber das ist nicht mein Kaffee. Ich habe mein möglichstes für euch getan.*

Na, denkt er, *um sie aus der Reserve zu locken, werde ich ihnen ein paar Wunder zaubern, daß ihnen die Spucke wegbleibt.*

Jessy klatscht magisch in die Hände, Dinge kommen aus dem Nichts, lösen sich auf, keltische Harfenmusik rauscht einlullend aus Tonkrügen. Vergeblich. Nichts kommt bei den Ignoranten an, weil sie entschlossen sind, alles mies zu finden. Nicht eine einzige spektakuläre Krankenheilung gelingt ihm. Es ist zum Knochenkotzen. Nur ein paar Verschnupfte kann er von ihrer rinnenden Nase befreien, indem er ihnen seine Hände auf Stirn und Nacken legt. Hämisch ziehen die Altfreunde die Nase und in die nächste Bar, um sich über den »Zauberlehrling« lustig zu machen.

Abends. *Ich bin völlig frustriert, Jungs. Hier könnte ein Engelsquartett Striptease machen, sie würdens nicht glauben. Gehen wir auf die Dörfer. Dort sind die Leute dankbar für jede Art Unterhaltung!*

38
TIPPELBRÜDER UNTERWEGS
Markus 6

Der Flop in Nazareth hat zwar Jessys Selbstwertgefühl angeschlagen, ihn aber nicht umgehauen.

Ein Prophet muß ein paar Tiefschläge vertragen können. Das härtet ab. Und mir ist klargeworden: Wir müssen unsere Beinarbeit verbessern. Reisen bildet. Was in Kapernaum Wunder wirkt, taugt in Nazareth nicht mal als Abführmittel. Also rührt euch, Jungs. Ihr habt massenhaft bei mir gelernt. Bringt das Gelernte an den Mann, sammelt eure Erfahrungen. Es wird Zeit, daß ihr euch eure Sporen verdient.

Sporen verdienen? Was soll denn das heißen? Die CVJMler blicken sich fragend an. Was sollen sie denn mit Sporen, wo sie nicht mal einen alten Ziegenbock besitzen? Wo Jessy sie just als Duo-Einzelkämpfer ins feindliche Überleben schickt. Nicht mal Streichhölzer und eine Pulle Wein dürfen sie mitnehmen, hat er gerade gesagt: *Als echte Propheten braucht ihr nichts als 'ne Kutte, 'nen Spazierstock und ein oder zwei Sandalen. Kein Brot, keinen Käse, keine Kohle, kein Rasierzeug oder sonstigen überflüssigen Tinnef. Je mehr ihr besitzt, um so mehr wird euch der Besitz belasten, d.h. um so mehr müßt ihr schleppen. Propheten leben von Luft und Liebe, die der GROSSE BOSS in überreichlicher Menge zur Verfügung stellt. Er wird bestens für euch sorgen beziehungsweise durch gut- und offenherzige Damen in seinem Dienst. Wenn ihr euch in ein Haus einnistet, bleibt, bis ihr wieder rausfliegt. Wo man euch die Tür vor der Nase zuschlägt, versucht nicht, den Fuß hineinzuklemmen. Sucht euch ein anderes Hotel. Denn dort hats eh keinen Zweck. Zur Strafe schüttelt euren Sandalenstaub vor der Haustür ab, sozusagen als Visitenkarte und Stigma der Schande. Alter Prophetenbrauch.*

Dergestalt ermutigt ziehen sie los, two by two. Perfekt ausgerüstete Bettelmönche, also arm wie Kirchenmäuse, mit viel Präpotenz unter der Kutte und einem Riesenvorrat an magischen Beschwörungsformeln, therapeutischen Handgriffen, exorzistischen Kniffen, neuesten Massagetechniken und geradezu evangelischem Missionseifer. Und wär hätts gedacht: Die Greenhorns machen ihre Sache gut. Scharen von Kranken bleiben auf der Strecke, und Horden von Dämonen machen sie zur Schnecke.

39
SEX AND CRIME AND ROCK'N'ROLL
Markus 6

Während Jessy sich bei Mama in Nazareth ins Urlaub kuschelt und den Probepropheten seine Missionsarbeit überläßt, geschehen in Tiberias, der Hauptstadt Galiläas, schauerliche Dinge: Sex and Crime and Rock'n'Roll.

Dort wohnt, oder richtiger, residiert an den lieblichen Gestaden des Sees Genezareth in einem eleganten Palast aus rabenschwarzem Basalt Herodes Antipas, der Tetrarch von Galiläa, sozusagen eine Viertelportion von Fürst, weil ihm, wie der Titel schon sagt, nur ein Viertel von Palästina zusteht. Herodes I., der berühmte verblichene Kinderkiller, sein Papa, hat, bevor er BOSSseidank zur Hölle fuhr, schnell noch sein Reich gevierteilt und jedem seiner drei ehelichen Bankerte eine Portion gegeben. Wer das vierte Stück vom Kuchen gekriegt hat, wird von den Historikern schamhaft verschwiegen. Wahrscheinlich wissen dies selbst nicht.

Herodes zwo regiert im hübschen Galiläa, wo er sich über einem alten jüdischen Friedhof eine nagelneue, düstere Hauptstadt errichtet hat. Friedhof, schwarzer Basalt. Huhu! Wem schwant da nicht Schwarzes? Könnte eine bizarre Kulisse für ein Schauerstück abgeben. Denn was dort geschieht, ist kaum zu glauben, wenn es nicht aktenkundig wär.

Zunächst hat Herodes zwo einen Haufen imponierender und für ihn höchst beunruhigender Geschichten über Jessy gehört. Wer kann der Kerl sein?

Irgendwer will dem kleinen König angst und bange machen, indem er ihm einflüstert: *Bade-Johnny ist von den Toten auferstanden und spukt mit seinen Wunderkräften umher.*

Andere Besserwisser säuseln ihm stereophon ins Gegenohr: *Quatsch. Das ist der olle Elias, der seinerzeit mit dem Feuerroß in den Himmel gedüst ist. Der kommt jetzt zurück, um uns neue Zauberkunststücke vorzuführen.*

Dritte wissens noch besser: *Iwo. Das ist ein ganz durchschnittlicher Prophet wie tausend andere. Klasse II. Typ harmloser Irrer.*

Die diversen Deutungsmöglichkeiten machen den Viertelfürst noch nervöser. Jetzt schaltet sich sein schwarzes Gewissen ein und macht ihm weis: *Jessy ist Bade-Johnny, von dem ich leichtfertig ein Stück ver-*

schenkt habe. Jetzt kommt er als Prophetengespenst, geistert durch meine Träume und verlangt sein Teil zurück. Wenn das Gewissen beißt, zittert Herodes' Nase gallengrün in die Mittsommernacht.

Gewiß erinnert ihr euch, geschätzte Leserinnen und Leser. Bade-Johnny wurde, so jedenfalls hat es der Autor behauptet, wegen seiner Badeunsitten eingebuchtet (vgl. Kapitel 7). Das ist sicher nicht falsch, aber, wie es sich jetzt herausstellt, ist das nur die halbe Wahrheit. Ein Viertel seiner unbewiesenen Schuld besteht darin, daß er besagter Dame aus allerhöchsten Kreisen die Mund-zu-Mund-Beatmung nebst Herzmassage verweigerte. Und das vierte Viertel der Wahrheit ist, daß diese Dame um ihren Ruf bangt, weil Bade-Johnny sich öffentlich darüber ereifert, daß sie mit Herodes zwo in einem Bett schläft. Herodes mit Herodias. Klingt doch ganz nach klassisch-romantischem Liebespaar, oder? Und das sind sie auch. Denn Herodes zwo hat die schwanenweiche Lady bettwarm unter seinem Bruder Philippus oder seinem Stiefbruder Herodes Boëthos weggezogen (oder vielleicht unter beiden gleichzeitig) und sie in sein Schlafzimmer umquartiert. Familienverhältnisse sind das! Pfui Teufel. Schweinkram wie im alten Rom.

Jedenfalls muß Johnny brummen, weil er eine dicke Lippe riskiert hat. Aber selbst im tiefsten Basaltkerker kann er die Klappe nicht halten. Er quatscht und quatscht, nörgelt, mäkelt, schneidet der feschen Herodias die Ehre ab und sich damit, wie er bald merken wird, ins eigene Fleisch. Und findet trotzdem jeden Tag ein neues Haar von Herodes' Beischläferin in seiner Suppe. Der Quengler nervt bereits seine Bewacher derart, daß sie knobeln, wer ihm Wasser und Brot bringen soll.

Natürlich erzählen sie die Stories über Herodias fleißig weiter, was diese zur Weißglut bringt. *Rache, Rache,* sinnt ihr Herz.

Als Herodes eines schönen Morgens auf einen verliebten Sprung unter ihre Bettdecke hechtet, gurrt sie: *Oh, Herry. Was bist du für ein gefühlsechter Mann. So handsam-anschmiegsam. Ein richtiger Frauenfreund. Mit der Zartheit deiner Haut könntest du in die Geschichte eingehen .... Wenn ich da an den heuschreckenfressenden Stinker im Keller denke. Sein strenger Geruch verpestet die ganze Atmosphäre. Riechst du nichts?*

Herodes schnuppert. Tatsächlich. Es riecht süßlich nach Verwesung. Kein Wunder. Herodias hat vorsorglich eine tote Maus unters Bett geschubst. Der zarthäutige Fürst: *Ja, jetzt riech ichs auch. Ekelhaft. Der Kerl muß weg. Der stinkt ja zehn Meilen gegen den Wind. Aber wo soll er denn hin?*

Das ist doch kein Problem, Schatzi. Laß doch das Aas einfach irgendwo einbuddeln. Dann stinkt es nicht mehr, und die Würmer machen wertvollen Humus aus ihm.

Was? schreit Herodes auf. *Nur weil der Junge die Quassleritis hat und kein Deodorant benutzt, soll ich ihn killen?*

Herodes I. hat den Boy von spinnigen Philosophen erziehen lassen. Irgendwelchen Anthropodingsbums. Jetzt fehlt es dem Weichling an zupackender Energie. Da war doch Herodes selig ein anderes Kaliber. *Zapp-zerapp, Rübe ab,* war dessen Wahlspruch.

Herodes zwo ist über das kernige Ansinnen seiner Gespielin derart erschüttert, daß Herodias Mühe hat, ihn wieder aufzurichten. *Komm, komm, Junge, jetzt laß dich mal nicht so hängen,* sagt sie sanft und kitzelt seine Grillen fort. Während ihr Held langsam sein Selbstvertrauen wiedergewinnt, sinnt sie: *Ich muß es anders einfädeln.* Und wer die Frauen besser kennt, weiß: Aufgeschoben ist nicht aufgehoben.

Herodias hat nämlich einen verteufelt hübschen Trumpf auf Lager. Und auf den ist Herodes scharf wie ein Richtschwert. Diese schöne Herz-Dame im Spiel heißt Salome und ist so gebaut, daß man jede Sünde auf sich nehmen würde, um fröhlich mit ihr zu sündigen.

Die antike Lolita ist Herodias' Töchterlein, also Herodes' leibhaftige Nichte, was er aber glatt vergißt, als er sie einmal beim Bauchtanzunterricht durchs Schlüsselloch beobachtet. Diesen hübschen Lockvogel läßt Herodias herumflattern, um Herodes' Moral an empfindlichster Stelle zu treffen.

Die Gelegenheit dazu ist günstig. Der Miniking hat nämlich schon wieder Geburtstag. Vierzig Jahre alt ist der Bock und gamsig wie ein Rammler.

Die Party rauscht. Herodes' Minister, Generäle, die Honoratioren, Oberpriester haben ihn mit dem Lied »Happy birthday to you« überrascht (auf Latein, versteht sich), und der Chef hat vor Rührung gleich zwei über den Durst getrunken – da läßt Herodias die Katze aus dem Sack. Salome springt in den Festsaal, läßt ihre Brüste hüpfen, die Hüften wackeln und den Bauch wippen. Herodes kriegt Stielaugen und Herzbumsen, die Geburtstagsgäste knöpfen sich luftschnappend den obersten Togaknopf auf.

Ein solches Kaliber von Sexbombe hat noch keiner je erlebt! Begeisterter Applaus. Salome schwirrt elektrisierend durch die Herrenrunde, umkreist Herodes und läßt sich plötzlich einladend lässig auf den Teppich sinken. Das ist zuviel. Herodes verliert seine königliche Haltung, geht in die Knie, tätschelt sie, busselt sie gierig ab und schwört: *Verlange von mir, was du willst, mei-*

netwegen das halbe Königreich, wenn du mir nur ein einziges Mal gestattest ....

Topp! Es gilt! unterbricht Salome cool seine hitzigen Liebesschwüre. *Wart 'nen Moment, ich muß mich erst ein bißchen frisch machen. Dann kommen wir zur Sache.* Und schwupps ist sie zur Tür hinaus. Zu Mama. *Du, Mutti, er ist so kirre, daß ich von ihm haben kann, was ich will. Was soll ich verlangen?* In Herodias' Augen blitzt böser Triumph. Glücklich drückt sie ihr Töchterchen an den Busen: *Wünsch dir den Schädel von Bade-Johnny in einer Schüssel aus blitzendem Silber. Das sieht apart aus und ist was Originelles. Welches Mädel bekommt von ihrem Verehrer schon einen Originalprophetenkopf?* Beide kichern silbern.

Salome schlüpft in ein durchsichtiges Seidenkleid und in den Festsaal zurück. Herodes tropft das Wasser aus den Mundwinkeln. *Liebste, allerliebste Salome, sag, was du verlangst, alles, was du willst, ist dein. Ich bin der Anbeter deiner Schönheit!* stöhnt er hervor.

Edler König, sagt sie kokett, *ich habe eigentlich alles, was ich will, vor allem den schönsten Stiefvater, den man sich vorstellen kann.*

Pause. Herodes strahlt vor Vorfreude auf ihr wißt schon was. Er legt vertraulich seine feingliedrige Hand auf Salomes Oberschenkel. *Nun, mein ein und alles.*

Wünsch dir, was immer du willst. Es ist dein. Alle hier sind Zeugen.

Wirklich? Lieber, lieber Herodes. Wie freu ich mich. Du bist der edelste und großzügigste Mann, den ich kenne. Bitte schenk mir den hübschen Kopf von dem miesen Bade-Johnny in deiner gediegenen römischen Silberschüssel mit Deckel.

Herodes wird grün im Gesicht, das sich blitzschnell verschrumpelt wie ein zu lange gelagerter Apfel. *Waa-aaas?* heult er angeekelt auf. Gleichzeitig gurgelt es aus ihm vor. Er kotzt in eine Schüssel, die ihm sein Kammerdiener geistesgegenwärtig unter die Nase hält. Just die, die als Johnnys Kopfverpackung dienen soll.

Haltung, Majestät, raunt ihm der altgediente Kammerdiener ins Ohr. *Man könnte deinen Anfall als Schwäche deuten. Ermanne dich. Wir sind von Wölfen und Schakalen umgeben.*

Die Mahnung bringt den königlichen Kotzer zur Besinnung. Er röchelt: *Ich glaube, die zwei Kilo Geburtstagskaviar waren ein bißchen heavy. Zuviel Eiweiß. Bring mir mal 'nen ordentlichen Schluck Wodka und dann die Rübe aus dem Keller. Aber erst die Schüssel auswaschen, ja?*

Sein Oberleibwächter kredenzt ihm ein Fäßchen Russenschnaps, dann flitzt er ins Verlies.

Hallo, Johnny. Wie fühlst du dich heute?

Es geht, lieber Seligmann. Leichtes Kopfweh. Hab ich immer, wenn Schirokko aufkommt. Ich sollte mir mal den Nacken massieren lassen.

Armer Kerl. Ich hab in meiner Jugend 'nen Handgriff gelernt, der schlagartig vom Kopfschmerz befreit. Soll ichs mal probieren?

Johnny betrachtet skeptisch die Würstchenfinger des Leibwächters. Aber warum nicht? *Na, probiers mal. Schaden kanns ja nicht.*

Mein Mittel wirkt todsicher. Hundertprozentig, grunzt das fiese Faktotum. *Leg dich ganz entspannt hin. Gut so. Augen zu. Ja, so ist es bestens.* Er krault ihm mit der linken Hand zärtlich in der Mähne, während er mit der rechten sacht seinen Hirschfänger aus dem Hosenbund zieht. Dann zischt es gefährlich. Johnny reißt erstaunt die Augen und entsetzt die Klappe auf. Aber da hat sich bereits die Trennung von Kopf und Rumpf, von Leib und Seele vollzogen.

Der Leibwächter wischt zufrieden das Blut ab, stellt den Johanneskopf liebevoll in die Schüssel und spricht salbungsvoll: *Na, Johnny. Jetzt haste nie wieder Kopfweh.* Und mit dem Trost: *Komm, du bist als eine Art umgekehrtes Geburtstagsgeschenk die Attraktion des Festes. Das wird in die Geschichte eingehen,* bringt er Johnnys Oberteil in den Partyraum und überreicht es kniefällig dem gnädigen Teeny. *Hier, mein schönes*

Fräulein. Der Junge hatte Kopfweh, daß es einem leidtun konnte. Jetzt ist es weg.

Salome blickt Johnny tief in die aufgerissenen toten Augen und gibt das Präsent an ihre entzückte Mama weiter. Was sie damit macht, steht leider nicht im Urtext. Aber tags darauf holen sich Johnnys Badefreunde traurig den kopflosen Rest und begraben ihn pietätvoll. Keine schöne Leich' so ohne Haupt, aber eine ziemlich grausige Geschichte.

40
AKTION BROT OHNE GELD
Markus 6

Just zu der Zeit, als Bade-Johnny durch Seligmanns Kunst den Kopf verliert, finden die CVJMler den ihren wieder. Jessy hat, kaum hat die Kunde von Herodes' perversem Geburtstagsgeschenk die Runde gemacht, sein schlaues Köpfchen in ein Boot und in Sicherheit gebracht. Wer weiß, wie viele Köpfe Herodias noch für ihre Sammlung braucht? Jessy hält sein edles Haupt mit dem klassisch-jüdischen Profil einfach für zu schade, um als Jagdtrophäe eines Schürzenjägers verschenkt zu werden.

So pullt er eilig dorthin, wo sich Fuchs und Klapperschlange gute Nacht sagen. Gerade hat er sein Bötchen festgezurrt und es sich im Schatten des Freitagnachmittags gemütlich gemacht, da tauchen seine Probepropheten an der öden Stätte auf.

Nanu, Jungs, woher des Wegs?

Immer der Nase nach, schallt Petrus enthusiastisch, *ob dus glaubst oder nicht, wir haben dich glatt gerochen.* Jessy schnüffelt pikiert unter der Achsel. Petrus grinst. *Dein rosiger Schweiß war uns Weg und Ziel.*

Na siehste, schmunzelt Jessy, er ist ja kein Spielverderber, *ich wußte doch, daß selbst ihr eines Tages Spürsinn entwickelt. Auf die richtige Nase kommts an. Erzählt mal, wie gings denn?*

Ganz toll, Erfolg über Erfolg, begeistert sich Hanni. *Schau mal, was wir dir mitgebracht haben.* Jessy linst neugierig über die Krüppelzeder. Da drängen sich Hunderte, Tausende, ja Zehntausende hinter den Probepropheten und wollen den Wundermann sehen und anfassen, von dem sie so Unglaubliches gehört haben. Kaum hat das Publikum ihn entdeckt, rauscht donnernder Beifall durch die ausgestorbene Gegend.

Nun, Jessy, jetzt biste platt. Gibs zu. Petrus wirft sich stolzschwellend in die Brust. *Wir haben uns gedacht, dich gleich in Fleisch und Blut vorzuführen. Zieht besser, als von deinem Genie vorzuschwärmen. Die Leute glauben leichter an das, was sie sehen. Television ist das Medium der Zukunft.*

Jessy bedankt sich gerührt und geschmeichelt. Nach dem Flop von Nazareth und der Huldigungsabstinenz der letzten Tage tut ein bißchen Seelenwärme und Anerkennung dem menschlichen Teil seiner Seele gut. Ein bißchen eitel sind wir ja alle.

Jessy schwebt durch die Huldigerscharen, die »Heil, Heil, Heil« schreien. Da läßt er sich nicht lumpen. Er heilt einen alten Huster, vertreibt dort einen Kater, bläst hier einem Tauben ins Ohr, legt seine Hände auf eine Rheumaschulter, bespricht en passant ein Hühnerauge, zieht einen Hexenschuß aus dem Podex, klatscht einem Ziegenpeter auf die Backe, fühlt einem Hypochonder auf den Zahn, verarztet eine Nymphomanin, wärmt eine Frigide usw. Es gibt keine Maladie, für oder gegen die er nicht ein Mittelchen aus dem Ärmel zaubern könnte.

Die ambulante Behandlung dauert trotz Jessys medizinischer Blitzversorgung ein Weilchen. Man merkt es an den lang und länger werdenden Schatten und an dem unüberhörbaren Geknurr aus tausend Mägen. Es rumort wie in einer Raubtierarena.

Jessy, wir sollten unsere Gäste langsam verabschieden, sonst finden die nichts mehr zu beißen, schlägt der geizige Judas vor.

Ihr Witzbolde, erst ladet ihr sie großzügig ein, und jetzt kriegen sie nicht mal 'ne Brotkruste. Das ist doch nicht die feine englische Art.

Betretenes Schweigen. Sie fühlen sich wieder mal als Proleten ertappt. Einfach durch Jessys Herzensbildung und gehobene Lebensart.

Petrus gibt seinem Herzen einen Stoß. *Wir könnten ja in den Käffern hamstern gehen. Für 200 Mark müßten wir doch 'nen Berg alte Semmeln kriegen.*

Jessy runzelt die Stirn. *Du bist mir eine Pflaume. Bis du mit dem Semmelnsammeln fertig bist, nagen an unseren Gästen die Geier.*

Ja, aber du hast doch selbst gesagt ...

Klar habe ich gesagt. Aber wenn Not am Mann ist, muß man sofort erste Hilfe leisten. Alles andere ist für die Katz. Darum erfinden wir jetzt die Aktion Brot für die Welt. Wie siehts denn mit der Verpflegung aus?

Hanni wirft einen tiefen Blick in den Campingbeutel: *Nicht gerade rosig. Fünf Brote und zwei Bratfische von gestern.*

Jessy erleichtert: *Wunderbar, das reicht. Eure Freaks sollen sichs in lockeren Picknickgesellschaften auf der Wiese gemütlich machen.*

Die Fans ordnen sich zu malerischen Gruppen und blicken vertrauend auf ihren Brötchengeber, der suchend in den Himmel blickt. Irgendwas muß er da entdeckt haben, denn plötzlich murmelt er einen Tischsegen, bricht Fisch und Brot in homöopathische Mengen und läßt den Festschmaus durch seine kellnerflinken Youngsters an die Picknicker austeilen. Und die machen sich über die frugale Fastenspeise her, als ob sie noch nie in ihrem Leben etwas umsonst bekommen hätten. Es schmatzt und rülpst befriedigt von den Felswänden wider. Alle werden rundum satt.

Als Petrus die Reste einsammelt, denkt er: *Das geht nicht mit rechten Dingen zu.* Zwölf Körbe Brot und Bratfisch. Toll, wie Jessy das wieder gemacht hat. Es ist doch sehr beruhigend, einen Zauberkünstler zum Freund zu haben.

41
JESSY ERFINDET DAS BARFUSS-SURFEN
Matthäus 14

Kaum ist der Imbiß zu Ende, gibt Jessy Order: *Es wird Zeit, Jungs. Ich denke, es ist besser, wenn ihr sofort losschippert, sonst tappt ihr womöglich im Dunkeln. Und das auf dem Wasser. Ich werde die Abschiedshonneurs machen. Ihr rudert voraus. Wir sehen uns später.*

Der CVJM besteigt Jessys winzigen Kahn. Backe an Backe sitzen sie ängstlich eingeklemmt und wagen kaum zu atmen. *Wie 12 Häufchen Elend in einem Nachttopf,* grinst Jessy still in sich hinein.

Wenn das mal gut geht, raunzt Judas, *das Wasser geht bis einen Zentimeter unter die Bordwand.*

Jessy wirft einen Kontrollblick nach dem Wasserstand. *Anderthalb Zentimenter,* beruhigt er die Wassersportler, *bis Genezareth sind es außerdem bloß 40 Kilometer. Das kann man zur Not auch schwimmen. Du weißt doch, lieber Judas, der Glaube kann Berge versetzen, warum also nicht auch Marathonstrecken auf Schwimmbadgröße schrumpfen? Mut, Männer.*

Ja, aber, wie kommst du überhaupt nach, versucht Hanni sich und seinen Meister zu fragen, doch da hat Jessy bereits eifrig mit dem Händeschütteln der Partygäste begonnen:

Hat mich sehr gefreut. Hoffe, wir sehen uns bald wieder.

Während die Boatpeople zitternd und zagend Richtung Westen pullen und sich mittels Petrus' Herzstärkungsmittel Mut machen, drückt Jessy herzhaft tausende Hände, große, kleine, dicke, dünne, klodeckelgroße und damenfeine, kalte, warme, schweißige, schwielige. Nach einer Stunde tut ihm der rechte Arm weh, und an den Handinnenflächen bilden sich

Schwielen. *Das hat man davon, wenn man berühmt ist,* seufzt Jessy in seine Seele und lächelt verkrampft.

Nachdem er die letzten zähen Verehrerinnen herzlich-heftig abgeschüttelt hat, steigt er auf einen Berg. Er muß ein bißchen meditieren.

Ein herrliches Panorama breitet sich unter ihm aus. Die Abendsonne wirft lachsrote Strahlen in den tintenfischblauen See. Fern, fern sieht er seine blauen Jungs in der Nußschale schwanken. Frieden zieht in seine Seele.

Mein BOSS, wie schön ist deine Welt, entfährt es ihm sentimental. Da pfeift es ihm spöttisch um die Ohren. Ein leiser Westwind hat sich erhoben. Es wird kühl, und dunkle Wolkenschiffe segeln über den Abendhimmel.

Oha, da kommt ein Lüftchen auf, ruft er überrascht, und mit ihm, sechs Kilometer entfernt, preßt Petrus unisono genau denselben Satz hervor. Telepathie? Minuten später ist das Lüftchen zu einem ausgewachsenen Sturm angeschwollen. Und der gebärdet sich gefühllos wie ein besoffener Bootsmann. Er brüllt, pfeift, keift, schleift, flucht, schäumt und geifert, daß die armen Menschenfischer vom CVJM vor Angst in die heulenden Wogen plärren.

Jessy kraxelt eilig vom Berg. Am Ufer probiert er etwas ganz und gar Neues aus – barfußsurfen. Behutsam setzt er seine wohlgestalteten Füße aufs Wasser. Er sinkt bis zu den Knöcheln ein. *Irgendwas ist noch nicht perfekt. Nochmal. Ganz langsam. Wenn es schnell gehen soll, darf man es nicht eilig haben.* Er konzentriert sich wie ein Zenmeister in der Kunst des Blumengießens, sein Körper wird transparent und leicht wie der eines Engels, und schon gleitet sein Fuß sanft auf den Wogen, als seis ein englischer Rasen. Automatisch verfällt er in die typischen Bewegungen des Schlittschuhläufers.

Toll, wie elegant man über den Wasserspiegel fegen kann. Herrlich. Das ist schöner als fliegen. Der Wind bläst vielleicht ein bißchen zu heftig. Er ruft ins Gesause: *He, etwas piano bitte, mein lieber Tramontana, du verausgabst dich ja. Heb dir noch etwas Puste für nächste Woche auf.* Da wird der Sturm zur erfrischenden Brise, und Jessy jagt über die sanften Wellenberge seinen verirrten Schafen nach.

Nach einer Viertelstunde hat er sie eingeholt. Er zieht eine lange, elegante Kurve und rast dann auf sie zu. *Das wird eine Überraschung sein,* freut er sich. Aber von wegen.

Kaum haben sie ihn entdeckt, winseln sie wie Lämmer vor dem bösen Wolf. Sie klammern sich zitternd aneinander, daß das Boot ernstlich in Gefahr gerät, zu kentern. *Hilfe, Hilfe. Guter BOSS, hilf. Der Klabautermann will uns holen.*

Jessy ist perplex. So was. Er erfindet einen neuen Sport, und sie halten ihn für ein surfendes Gespenst.

Juhu, Jungs. Ich bins. Ihr braucht euch nicht vor Angst in die Hose zu pinkeln. Es geht ganz einfach. Das Surfen meine ich.

Petrus faßt sich ein Herz. *Jessy, wenn du es wirklich bist und nicht der Satan persönlich, bring mir den Trick bei.* Blauäugiger Naivling.

Keine Zauberei, altes Haus. Komm her. Man lernt alles step by step.

Petrus setzt vorsichtig einen Fuß aufs Wasser, dann trippelt er schwankend wie ein Schlittschuheleve auf seinen gespenstischen Meister zu. Der klatscht Beifall, doch plötzlich zieht ihm eine Riesenwelle den feuchten Boden unter den Füßen weg. Mit einem Plumps saust ihm sein angstschweres Herz in die Unterhose. Er sinkt langsam ein und blubbert wie Wassermann: *Jessy, Hilfe, Hilfe, ich saufe ab. Ich kann nicht schwimmen.*

Jessy flitzt heran, reicht ihm die Hand und schilt: *Was, das sagst du jetzt erst?* Petrus klammert sich an wie ein Ertrinkender. *Ruhig, ruhig. Du mußt deine Angst überwinden. Transformiere deine Angst in lichte Energie, dann schwimmst du oben. Morgen üben wir das bei Tageslicht.* Jessy hievt Petrus ins Boot. *Wie gehts euch, Jungs?*

Statt Jessy als guten Freund zu begrüßen, werfen sie

sich alle vor ihm nieder und ächzen: *Du bist wirklich der JUNIORCHEF vom GROSSEN BOSS.*

Meine Güte, denkt Jessy, *wenn die mich so verehren, wie soll es mir je gelingen, sie zu aufrechten Demokraten zu machen?*

Kaum sind sie an Land, verwandelt sich dasselbe in eine Siechenstation. Von überall kommen Lahme angehumpelt, Hasenschartler flehen um kosmetische Operationen, Warzenträger sehnen sich nach geschmeidiger Haut undsoweiter. Und auch hier bewahrheitet sich wieder der Satz: »Hilf dir selbst, so hilft dir BOSS.« Alle drängen sich an Jessy, um ihn irgendwo zu berühren. Trotz des enormen Gedränges kommt jeder an ihn ran. Und alle, alle, die nur ein Fitzelchen seiner Toga erhaschen, sind im Handumdrehen kerngesund. Bei diesem Arzt ist das allerdings kein Wunder. Oder?

42
STINKEFINGER
Markus 7

Nachdem der letzte Lahme krückenschwingend entsprungen ist – die Mitternacht zieht näher schon –, streckt Jessy sich und ruft mit hohler Stimme: *Ich hab Hunger, daß die Seele quietscht. Tommy, schau doch mal, ob wir drüben in der Kneipe noch was zum Spachteln kriegen.*

Der saust los und ist in zwei Minuten wieder da. *Wir kriegen ein Festmahl. Der Wirt ist der Bursche mit der Dauerrotznase. Der ist verdammt froh, daß er für seine Pollenallergie keine Taschentücher mehr zu kaufen braucht. Er lädt uns ein. Honorar für die kostenlose Behandlung.*

Die Magier ziehen los. Vor der Tür gibts unerwartetes Gedränge. Fünf strengblickende Pharisäer begehren ebenfalls Einlaß. Man quetscht sich ein bißchen, aber schließlich sind alle drin. Der Oberpharisäer bestellt nach reiflich-ausgewogener Überlegung für sich ein Zigeunerschnitzel und für seine vier Unterpharisäer acht Ziegenbockwürstchen mit Senf.

Jessy zu Hanni: *Der Kerl stinkt mir. Sag den Jungs leise weiter, sie sollen sich gesittet benehmen, wer weiß, was der ....*

Jessys Warnung geht im brausenden Jubel um den eintreffenden Lammbraten unter. Sie stürzen sich gefräßiger als ein Teutonentrupp auf das Fleisch. Es wird gehauen und gestochen. Jessy seufzt indigniert: *Tischsitten haben die Kerle. Morgen muß ich sie mal ein wenig bekniggen.* Er erhebt sich distinguiert und begibt sich zum Händewaschen. Als er zurückkommt, vertritt der dicke Oberpharisäer ihm den Weg.

Gestatten, Schmuhl Schmeichel vom Sittendezernat Jerusalem. Er zeigt seinen Dienstausweis. *Wie ich eigenäugig beobachten konnte, treten deine Leute das Schmutz- und Schundgesetz mit den Füßen.*

Jessy blickt den CVJMlern auf die staubigen Safthufe. *Seh ich nicht. Wo denn, verehrter Schmeichel?*

Der, süß-sauer: *Bildlich-rhetorisch gesprochen. Ich will damit mildernd den Strafbestand umschreiben. Sie übertreten das Gesetz mit den Händen.*

Jessy erstaunt: *Mit den Händen? Wie das? Sie sind doch keine Akrobaten. Wie meinen?*

Schmuhl Schmeichel glänzt auf einmal catchup-tomaten-rot. *Spiel hier nicht den Deppen, Mann. Du weißt ganz genau, daß sie gegen die Sittlichkeit verstoßen.*

Jessy: *Naja, sie schmatzen vielleicht ein bißchen laut ....*

Unverschämtheit, schneidet ihm Schmeichel schneidend das Wort ab. *Sie haben sich vor dem Essen ihre Stinkefinger nicht gewaschen. Das ist nach Paragraph xz 2, Strich 3 der Waschordnung strengstens verboten. Verstanden?*

Jessy gut gelaunt (er sieht den Lammbraten herüberlachen): *Diese Vorschrift haben unsere Vorfahren mit gutem Grund so eingeführt, verehrter Schmeichel* (der nickt geschmeichelt), *wir aber stellen sie aus gutem Grund wieder ab.*

Schmeichels fette Backen fallen verblüfft aus dem Gesicht. *Ja, aber warum denn, wo doch jedes Kind bereits in der Schule lernt »Vor dem Klo und nach dem Essen, Händewaschen nicht vergessen«.*

Jessy grient huldvoll: *Eben deshalb.*

Ein Unterpharisäer zupft Schmeichel hastig am Kaftan und raunt ihm aufgeregt in den großen Lauscher. Schmeichel springt erschreckt auf und stammelt, sich verbessernd:

Umgekehrt natürlich. Im akademischen Eifer habe ich versehentlich aus einer apokryphen Quelle zitiert. Es muß natürlich heißen ....

Jessy unhöflich: *Ach nee? Plötzlich, weil es dir nicht in den Kram paßt, ist wieder alles ganz anders, du Knaller. Ihr fummelt euch immer alles so zurecht, wie ihr es grade braucht. Schon Jesajas hat euch scharfsichtig heraufdämmern sehen und über euch notiert: »Dieses Pack faselt mir nach dem Mund und kriecht mir in den Arsch, aber im Grunde ihres Herzens bin ich ihnen scheißegal. Sie dreschen ihre Paragraphen, um schlichte Gemüter reinzulegen.« Auf diesem Ohr bin ich taub.*

Jessy macht eine bedeutungsschwangere Pause, um wenigstens eine Nasevoll Bratenduft zu genießen. Schmeichel ist rhetorisch umgehauen. Verdattert bläst er die Plusterbacken auf, während Jessy, langsam sauer, weil der Braten kalt wird, so richtig in Fahrt kommt.

Oder stimmts etwa nicht? Was der GROSSE BOSS in seiner Güte auf die echten menschlichen Bedürfnisse zugeschnitten hat, ist euch schnurzpiepegal. Ihr mit eurem Paragraphendschungel. Das ist juristische Kleinkunst und hat mit dem Leid der Menschen nichts zu tun, ihr Haarspalter. Jedes Wort des GROSSEN BOSSES schreibt ihr gewissenhaft auf, aber was ihr daraus macht, steht auf einem anderen Blatt. Mit Spitzfindigkeiten dreht ihr ihm die Worte im Mund um. Hat nicht Mose gesagt: »Du sollst Vater und Mutter ehren« und »Wer seine Eltern beleidigt oder übers Ohr haut, soll in der Hölle auf kleiner Flamme rösten«? Aber was macht ihr draus, ihr Gummijuristen? Ich zitiere: »Wenn jemand zu seinen armen Eltern sagt: Das, was euch von mir als Altersunterstützung zusteht, will ich lieber dem GROSSEN BOSS stiften. Seine irdischen Verwalter sollen es horten.« Dann ist alles okay. Wenns nach euch ginge, könnten die armen Alten glatt verhungern. Mit euren Gummiparagraphen überlistet ihr selbst den GROSSEN BOSS. Und nicht nur einmal, sondern in jedem Absatz eures Kleingedruckten.

Schmuhl Schmeichel ist es bei dieser unwiderlegbaren Rede höchst ungemütlich geworden. Er druckst herum, nippt verlegen an seinem Humpen und grabscht mit seinen Dreckpfoten Marke Piggypaw an seinem Schnitzel herum. Schließlich schiebt er sich geistesabwesend einen Happen in den Mund.

Das ist der Augenblick, auf den Petrus wie ein Wildschweinjäger gelauert hat. Kaum hat Schmeichel den Bissen verschlungen, brüllt Petrus: *Seht euch diesen Heuchler an. Er predigt Hygiene und frißt wie 'ne Sau.* Alles lacht und klatscht. Die Pharisäer geben Fersengeld und fliehen vor der Schande nach Jerusalem.

Die lärmende Euphorie des CVJM läßt Genezareth erzittern. Das ganze Viertel wird wach und kommt mit Ölfunzeln, um mitzufeiern.

Während Jessy sich am kalten Lammbraten stärkt, verkündet er den Kernsatz seiner neuen Hygienelehre: *Sperrt mal eure Ohren auf, Leute. Nichts, was von außen in den Menschen eindringt, macht ihn schmutzig oder gemein. Nur was aus ihm herauskommt, ist Unflat.* Er verschluckt sich und hustet. Dann fährt er mit einem Frosch im Hals fort. *Wer Ohren hat zu hören, soll zuhören. Hust. Hust. Gib mir mal das Mineralwasser bitte, edler Judas.*

Als die Sonne über Genezareth strahlt, nimmt die Gemeinde den unterbrochenen Schlaf wieder auf. Jessy bleibt mit seinen Mannen in der gastlichen Kneipe. Als sie sich auf dem Matratzenlager ausstrecken, wird ihm beim Anblick seiner Elitetruppe klar, daß die wieder mal von seinen erleuchtenden Erklärungen nicht den Schatten einer Ahnung haben. Er seufzt: *Glückselig sind die Armen im Geiste. Wann wird wohl der Nachhilfeunterricht mal ein Ende haben. Ich fürchte, das wird bis zum Abitur so weitergehen.* Wenn wenigstens einer die Spur einer Auffassungsgabe hätte. *Du, Hanni, du bist doch sonst so ein heller Kopf. Hast du meine hübsche Parabel verstanden?*

Der gähnend: *No problem, kinderleicht. Wenn man sich die schmutzigen Finger ableckt, sind sie sauber. Da braucht man sich nicht mehr zu schämen, ist doch sternenklar. Was soll daran denn schwierig sein?*

Du Einfallspinsel. Um philosophisch-theologischer Schriftsteller zu werden, mußt du den trockenen Grips in deinem Gipsschädel noch gehörig mit dem Geist der Erkenntnis tränken. Merk dir mal diesen Satz, Junge: »Am Anfang war das Wort, und das Wort war bei BOSS, und dadurch hatte alles seinen Sinn.« Diesen Sinn gilt es aufzuspüren und simplen Gemütern zu vermitteln. Das macht ein wahrer Pädagoge am besten mit dichterischen Bildern und Botschaften. Dadurch bin ich sozusagen der Briefträger des GROSSEN BOSSES oder der Kurier des Himmelszaren. Meine kleine Story an die Pingelpharisäer enthielt eine verschlüsselte Bot-

schaft. Nur wer den Code kennt oder knackt, kann den tieferen Sinn der Worte verstehen. Claro? Also, ich übersetze mal für euch Sekundäranalphabeten: 1. Alles, was von außen in den Menschen hineinkommt, kann ihn nicht verschmutzen, weil es keine Kanäle zu seinem Herzen gibt. Alles, was durch den Mund geht – Kutteln, Kalbsleber, Schweinshaxen, Schnepfendreck, Himmel und Erde, Sülze, Löwenzahnsirup, Haifischflossensuppe, Ochsenschwanzragout et cetera –, wandert auf natürlichem Weg in den Bauch, sozusagen auf den Kompostplatz des Individuums und von dort durch einen 36 Meter langen Schlauch, medizinisch Darm genannt, zum Hintertürchen wieder hinaus in BOSSES schöne Natur.

Ja, aber, unterbricht ihn aufgeregt der dicke Bartholomäus, *dann kann ich ja alles essen, was ich will. Nichts, aber auch gar nichts ist unkoscher.*

So isses, lieber Bartel. Weißt du übrigens, wo der Most ist? Bartel weiß, und Jessy fährt nach einem Schluck fort: *2. Was aber aus der Menschenklappe herausquillt, macht denselben schmutzig und gemein. Denn von innen, aus den inneren Abgründen und Hinterhalten des Herzens des homo sapiens brechen böse Gedanken hervor, mörderische Anschläge, Totschlag, Klaulust, Geilheit, Not- und Unzucht, Seitenspringerei, Habsucht, Tücke, Linkerei, Exzesse, Neid, Besitz-*

gier, Arroganz, Sturheit, Unmenschlichkeit, Besserwisserei, Scheinheiligkeit, Lüge, Verrat ... und er zählt alles, alles einzeln auf, was sich Böses im menschlichen Herzen zusammenbraut, bis nach und nach CVJMler nach CVJMler in den friedlichen Chor der Schnarcher einfällt. Zum Schluß tönt silbern Jessys cantus firmus über der apostolischen 12-Ton-Musik.

43
WENN RASSENSCHRANKEN WANKEN
Matthäus 15

Am nächsten Mittag ist der Prophetenclub herrlich erholt. Der entschnupfte Wirt packt ihnen den Rest des Lammbratens ein und schickt sie mit Freßpaket und vielen guten Wünschen taschentuchwinkend hinaus in die weite Welt. Dreizehn Mann und ein Befehl. Sie tigern gen Tyrus ans schöne blaue Mittelmeer. Jessys guter Genius treibt ihn von Galiläa fort. Im Traum hat er ihm zugeflüstert: *Ich fühle mich hier mit der Zeit eingeklemmt wie in einer Konservenbüchse. Nirgends kann man aus sich herauskommen. Überall versperren Fans und Pharisäer Aussicht und Weg. Das ist der Preis für deinen Ruhm.* Er ächzt. Wie weiland Sokrates leistet Jessy den Einflüsterungen seines Geistes unverzüglich Folge. Aber das weiß nur er.

Beschwingt gehts hügelauf, hügelab. Ölberge – Weinberge. Tyrus leuchtet aus blauer Ferne. Kühler Duft weht vom Meer. Und als wäre es bestellt, liegt einladend ein idyllisches Häuschen verlassen am Wege. Fernab jeglichen Getriebes der Welt. Ideal zum einsiedeln bzw. in diesem Fall zum 13-siedeln.

Weil die Mädels nicht mit von der Partie sind, bekommt ihr vergeistigtes Leben nach ein paar Tagen einen leicht mönchischen Geruch. Jedenfalls kann man die Jungs im Dunkeln riechen. Denn anders ist es nicht zu erklären, daß eines Abends eine unsichtbare Stimme auf syrophönizisch-griechisch-kanaäisch vor dem Haus jiddelt: *Jessy. Du gut Mann. Gut JUNIOR-CHEF. Bitte, bitte, helfen. Inkubus, geil und böse, machen Tochter mein nervöse.*

Jessy ist sprachlos. Wo kommt die denn her? Judas lugt vorsichtig durch die Bretterritzen der Tür. Draußen kniet weinend eine bunte Türkin.

Judas: *Jag die türkische Tante fort. Ihr Gejammer verrät ja unsern komfortablen Retreat. Außerdem ist sie 'ne Fremdrassige. Wenn wir damit erst anfangen, kriegen wir die nie wieder vom Hals. Wenn man denen 'nen kleinen Finger gibt, ziehen die einem ratzdiputz den Ring ab. Das wäre ja noch schöner, wenn sich das auserwählte Herrenvolk der Hebräer mit türkischen Untermenschen einließe.* Judas' Augen glänzen fanatisch.

Jessy geht zur Tür. *Gute Frau. Tut mir aufrichtig leid. Aber ich würde eindeutig meine Kompetenz überschreiten, wenn ich deiner Tochter nur den Puls fühlen würde. Der GROSSE BOSS hat mich als Veterinär zu den verlorenen Rasseschafen aus Israel geschickt. Türkische Ziegen stehen nicht in meiner Anweisung. Sorry, Madame.*

Er will sich zurückziehen, da fällt sie vor ihm nieder und netzt seine Füße mit Tränen: *Lieber guter Chef. Hilf. Ich arme, arme Frau.*

Jessy versucht sie aufzurichten: *Glaub mir, es geht nicht. Wir haben unsere genauen Vorschriften. Du hast nun mal das Pech, nicht edlen Geblütes zu sein. Ich würde dir ja gerne helfen, aber meine Kräfte sind begrenzt. Es wäre nicht recht von mir, unseren hübschen Kindern das Brot wegzunehmen und es räudigen Straßenkötern vorzuwerfen. Das mußt du doch verstehen.*

Die verzweifelte Frau richtet ihre schönen traurigen Augen auf Jessy und sagt: *Ja, Herr. Aber GROSSER BOSS hat gemacht auch Wauwaus. Und Wauwaus selbst bei hundsgemeinen Herren bekommen Knochen und Wurstpellen, die wo vom Tisch fallen.*

Das hat sie so schön und wahr gesagt, daß Jessy sekundenschnell erkennt, wie kleinkariert und häßlich jede Art von Rassismus ist. Er schlägt sich vor die Stirn. *Mein BOSS, wie konnte ich nur so vernagelt sein und diesen Blödsinn über Herrenrasse und Apartheid verzapfen.*

Er schämt sich gewaltig. Daß ihm das passieren konnte! Ihm, dem JUNIORCHEF, der doch sonst den Durchblick hat. Er hebt die Türkin auf, küßt sie auf die Wangen und spricht: *Verzeih. Ich habe viel von dir gelernt. Dein Glaube an die Wahrheit ist so groß, daß ich nicht in der Lage bin, unsere engherzigen Gesetze überzeugend zu verteidigen. Dein Wunsch soll in Erfüllung gehen.*

Und sie bedankt sich mit vornehmer Herzlichkeit, geht heim, und ihre Tochter liegt ruhig schlafend auf dem Bett und ist gesund. Jessy hat den bösen Inkubus an den Südpol verbannt.

44
JESSY WIRD HALS-, NASEN-, OHRENARZT
Markus 7

Und was jetzt? fragen die Freizeitmönche ihren Herrn und Meister. *Jetzt haben wir den Salat,* ereifert sich Judas. *Morgen stehen hier drei Dutzend Zigeunerinnen mit Türkenkoffern und machen unser Tusculum zum Campingplatz. Nur weil du die BOSSgegebenen Apartheidsgesetze mißachtet hast. Stell dir mal vor, wenn das so weitergeht. Weil die rassisch minderwertig sind, wollen sie uns biologisch kaputtmachen ...* Das übliche Blabla aus dem Wörterbuch aller Rassisten.

Hanni wirft ein: *Aber Jessy sagt doch, man soll seinen Nächsten lieben wie sich selbst.*

Eben. Du sagst es. Seinen Nächsten, nicht aber irgendwelche dahergelaufenen, in Slums und Gettos hausende Türken und Nigger.

Wie das interessante Gespräch endet, ist leider nicht mehr zu rekonstruieren, da der einzige Codex, der es überlieferte, im Flammenmeer beim Brand der Bibliothek von Alexandria den Weg alles Irdischen gegangen ist.

Aus welchem Grund auch immer, ob wegen campender Türkinnen, trampender Campanierinnen oder einfach, weil ihnen die Farbe der Tapeten nicht mehr gefällt – am nächsten Morgen brennts ihnen an den Reisesandalen. Sie wandern von Tyrus am Strand entlang nach Sidon. 150 Kilometer in drei Tagen. Tolle Marschleistung. Von dort wenden sich die Wandervögel gen Osten Richtung Damaskus, biegen nach 100 Kilometern scharf rechts ab und lenken sich nach Süden Dekapolis zu, der lieblichen Heimat des Herkules (siehe Kapitel 35). 555 Kilometer wunderlos, exorzismusfrei, ohne Tischlein-deck-dich-Theater und anderes Abrakadabra. Nur Wind, Sand und Sterne und Blasen an den Füßen. Eine solch hedonistische Lebensweise ist nur in einer Wohlstandsgemeinschaft möglich, wo man nicht sät, nicht erntet und doch vom GROSSEN BOSS ernährt wird.

In Dekapolis werden sie mit großem Hallo begrüßt. Dank Herkules' Erzähltalent ist Jessy hier eine große Nummer. Jeder will den berühmten Guru sehen und leibhaftig anfassen. Herkules ist inzwischen eine geachtete Persönlichkeit und steht mit dem Präsidenten des Schweinezüchterverbandes auf gutem Fuß. Denn er beliefert diesen mit kampferprobten Gorillas aus seinem Gladiatoren-Club. Spezialität griechisch-römischer Stil: Kettenschwingen, Boxen, wandalisches Ringen, etruskisches Karate stehen auf dem Sportprogramm.

Hier studiert ein talentierter Jüngling das Hauptfach Gladiator. Ein As im Kettenschwingen wie Herkules, muskelbepackt wie Goliath, schleudergewandt wie David, amazonenmutig wie Judith. Kurz: ein Judenjunge im Roboterformat mit allen funktionierenden Drums und Drans. Leider hat er einen kleinen Defekt, der ihm den weiteren Aufstieg in die Olympia-Klasse verbaut: Er ist im Fach Kampfgeheul eine Null. In einem Beruf, wo Gebrüll zum Geschäft gehört, geradezu ein Krüppel. Außerdem hört er nicht mal das Trompeten eines Elefantenbullens bei der Treibjagd. Aber jeder seiner professionellen Handgriffe wird mit atemberaubender Geschwindigkeit, vollkommen lautlos ausgeführt. Geradezu unheimlich.

Als Herkules mit seinem Psychiater und den anderen Gästen den Sportplatz betritt, haut das stumme Talent gerade einen Gegner unangespitzt in den Arenaboden. Man hört nur die rhythmisch einwandfreien Faustschläge auf den Helm des Combattanten und dessen mißvergnügtes Geächze, als er langsam, aber unaufhaltsam im Boden verschwindet.

Herkules zu Jessy: *Mein bester Mann. Bewundernswert, wie gediegen er arbeitet. Ein Genie. Sieh dir das an: jeder Zoll ein Künstler. Leider lahmt seine Zunge, und harthörig ist er auch. Ein Jammer bei seiner Begabung. Könntest du ihm nicht den Weg zu einer Weltkarriere eröffnen?*

Jessy: *Im Hals-, Nasen-, Ohrenbereich kenn ich mich nicht so aus. Aber ich kann es ja mal versuchen. Vielleicht klappt es.*

Danke, Jessy. Du bist 'ne Wucht, freut sich Herkules und winkt den Helmhämmerer mit ein paar unverständlichen Handzeichen heran. Der läßt seine Arbeit halbfertig stecken und eilt herbei.

Jessy, der natürlich auch das Alphabet der Taubstummen im Schlaf anzuwenden versteht wie jede andere Sprache dieser Welt, fragt per Handzeichen: *Wie heißt du denn, Kleiner?* Der antwortet mit der lederbehandschuhten Rechten tsching-tschang-tschung: *Bubi Riese.* Jessy erstaunt: *Seltsamer Name, klingt weder jüdisch noch sonst mediterran.* Bubi freut sich: *Ist mein Künstlername. Schick. Was? Hat doch richtig teutonischen Sound nach Furor und Auf-ihn-mit-Gebrüll. Findsde nich?*

Jessy wiegt unbestimmt den Kopf. Sachen gibts. *Sag mal, möchtest du gerne sprechen und hören können?*

Na und wie. Mit meiner Lungenkraft könnte ich eine neunschwänzige Löwensippe in die Flucht brüllen.

Jessy: *Zeig mal die Zunge.* Bubi streckt sie heraus. Nicht schön, aber lang. Jessy wie ein Sportarzt: *Hm, hm. Mach mal den Mund weit auf. Weit, sag ich.* (Nicht vergessen, liebe Leserin, das Gespräch ist ein stummer Dialog in Taubstummensprache. Außer Jessy, Riese und Herkules hört und versteht niemand ein Wort.) Bubi reißt die Klappe auf, als wolle er Rotkäppchen fressen. *Sehr gut,* signalisiert Jessy. Und dann spuckt er ihm zielsicher bis zum Zäpfchen. Die CVJMler sind baff und ziehen sich angesichts Bubis schwellender Muskeln zum Ausgang zurück.

Jessy beobachtet gespannt die Reaktion seines Patienten. Dem bleibt vor Schreck zunächst die Klappe offen. Dann würgt er wütend, spuckt aus, niest neunmal walroßfeucht durch die Arena, ein Zittern läuft durch den mächtigen Körper, die Augen quellen rot hervor, und dann brüllt er. Er, der bisher in seinem ganzen Leben nicht mal piep sagen konnte: *Du Sau! Du wagst es, mir in den Rachen zu rotzen?* Doch da verstummt er schon wieder. Er hat ja zum erstenmal gesprochen!

Herkules bricht in Freudengeheul aus. *Er kann schreien, Jessy. Er kann schreien. Ich werd verrückt vor Freude!* Jessy legt ihm besorgt die Hand auf die Schulter. *Komm, beruhige dich, sonst bringen sie dich wieder in die Klapshöhle.*

Bei Bubi ist der Groschen langsam in Pfennigen gefallen. Jetzt, wo er sprechen könnte, ist er sprachlos vor Glück. Er gurgelt tränenerstickt etwas Unverständliches hervor und quetscht Jessy an seine gewaltige Brust, daß der fast erstickt.

Vorsicht, Bubi, der ist zerbrechlich, ruft Herkules in letzter Sekunde und rettet Jessy aus den Armen des Riesen. Plötzlich geht ihm auf, daß Bubi noch taub ist wie eine Miesmuschel im April. *Jessy, der Junge kann zwar fantastisch schreien, aber seine akustische Anlage hat noch 'nen Wackelkontakt.*

Weiß ich, sagt Jessy aufatmend, *er ist falsch gepolt.*

Er bedeutet Bubi, sich niederzuknien. Jetzt sind sie Kopf an Kopf. Dann spuckt Jessy ihm dreimal links, dreimal rechts über die Schulter ins Ohr und ruft suggestiv *toi, toi, toi. Tu dich auf.* Und Bubi kriegt staunende Kinderaugen und lauscht andächtig den unbekannten Geräuschen in des GROSSEN BOSSES schöner Welt. Dem Schlagen der Nachtigall, dem Klirren der Schwerter, dem Murmeln der Quelle, dem Säuseln des Windes, dem Rauschen der Blätter und dem wohltönenden Klang von Jessys Stimme, die ihm sagt: *Lieber Bubi. Ich beglückwünsche dich zu deiner Genesung. Bitte erzähl die Sache nicht herum, sonst muß ich Nachtschicht einlegen. Viel Erfolg im Circus maximus in Rom.* Und noch ehe Herkules, Bubi und die übrigen Gladiatoren sich bedanken und ihn festhalten können, hat sich Jessy in Luft aufgelöst.

Herkules begeistert: *Ist das nicht ein Kerl wie aus dem Bilderbuch? Alles, was der anpackt, wird gut. Taube hören plötzlich wie Fledermäuse, und Stumme singen wie die Nachtigall. Halleluja.* Bubi aber rast durch Dekapolis und läßt mit seiner Reibeisenstimme Jessys Lob erschallen, als ob er Bluessänger geworden wäre.

Seit diesem Tag erklimmt Jessys Popularitätskurve schwindelnde Höhen, wie wir im nächsten Kapitel sehen werden.

45
TISCHLEIN-DECK-DICH FÜR 10.000
Markus 8

Dank Bubis imposantem Organ weiß bald die ganze Gegend von Dekapolis, welch kostbarer Gastguru gelandet ist. Alles, was dahinsiecht, kriecht herbei, um sich von Jessy eine Handvoll Gesundheit zu holen. Dazu Verwandte, Bekannte, Schaulustige, Klaulustige, Neugierige, Geldgierige usw. usw. Es geht zu, wie es immer zugeht, weils gar nicht anders gehen kann, da bei Jessys Sessions immer dieselben Typen auftauchen, um sich in ihre Gefühle zu versenken. Diesmal hocken sie mitten in der Wüste und lassen sich drei Tage erleuchten.

Liebe Jessyfans. Ich hoffe, ihr werdet es mir nicht

verübeln, wenn ich die Aufzählung all dessen unterlasse, was schon an anderer Stelle dieses Büchleins steht. Wer aber von unstillbarer Wißbegierde gepackt ist, möge in den einschlägigen Kapiteln nachschlagen. So und ähnlich gehts auch auf dem wüsten Hügel zu. Alles schon gehabt, selbst den gräßlichen Hunger, der nach drei Tagen in den Eingeweiden der Fans wühlt. Es knurrt aus ihnen hervor, als wären sie ein Wolfsrudel am Berge Ararat bei minus 25 Grad.

Jessy kriegt schon Ohrensausen von dem Lärm des Gedärms. *Das ist ja fürchterlich. Ihr Appetit schlägt mir auf den Magen und bricht mir das Herz. Drei Tage lang schauen sie mich schon mit traurigen Hundeaugen an und kriegen nichts zwischen die Zähne. Essen hält Fleisch und Seele zusammen. Wenn wir die nicht aufpäppeln, fallen die uns auf dem Heimweg glatt vom Fleisch.*

Jaja, schon richtig, knurrt Petrus, *aber woher sollen wir denn die Partyhappen nehmen? Rundum nichts als Wüste und keine Würstchenbude in Sicht.*

Jessy: *Mensch, Petrus, streng mal deinen Quadratschädel an. Ich kann doch nicht immer alles selber machen.*

Du hast gut reden. Woher nehmen? Hier kann man nicht mal 'ne Frikadelle klauen, grantelt Petrus zurück. Man hörts: Auch sein Blutzuckerspiegel ist nahezu

Ebbe. Jessy sieht, er muß wie immer den Weihnachtsmann spielen. *Tommy, wieviel Brötchen haben wir noch?*

Zwei Rundstücke mit Sonnenblumenkernen, drei Roggenschrippen und zwei Semmeln nach Waerlandart.

Was, so gesundes Zeug? freut sich der Meister. *Aus dem läßt sich was Gutes zaubern. Die Fans sollen die Picknick-Position einnehmen.* Kurze, hektische Aktion, dann erwartungsvolle Stille. Jessy flüstert ein paar magische Beschwörungsformeln, macht die Brötchen klein wie Fischfutter, zerbröselt die paar Fische, die sie noch haben, auf Hohle-Zahn-Größe, bläht sie mit einem Segen auf, und schon beginnt das Festmahl. Und alle, alle werden satt, als wären sie im Schlaraffenland. Und wieviel bleibt von der Tischlein-deck-dich-Aktion übrig? Sieben Körbe voll, mes amis. Das soll Jessy erst mal einer nachmachen.

46
AUSWEIS BITTE! ABER FLOTT!
Markus 8

Mit vollem Bauch segelt sichs leichter. Alte Seemannsweisheit. Nach der Schmauserei werden die Anker gelichtet. Und ab gehts über die wiegende Welle nach Magedan am Südwestufer des kleinen Wassers. Der Segeltrip verläuft ohne Zwischenfall, aber das dicke Ende kommt.

Kaum hat Jessys feiner krokodilledersandalte Fuß den Sandstrand berührt, stellt sich ihm Oberpharisäer Schmuhl Schmeichel mit ein paar niedrigen Chargen in die Promenade. Jessy siehts und erkennt: Jetzt gibts Zoff, daß die Fetzen fliegen. Er versucht es mit einem verbindlichen Lächeln: *Moin, Schmuhlchen!*

Doch der hat ihn schon an der frischgebügelten Seidentoga und brüllt cholerisch: *Das lassen wir uns von dir nicht länger gefallen, du Scharlatan. Alles Taschenspielertricks. Legitimiere dich erst mal. Bevor du nicht approbiert bist, probier bloß nicht, hier 'ne Heilpraktiker-Praxis aufzumachen noch sonstwie herumzudoktern oder den Leuten von der Urlaubsatmosphäre im Paradies vorzuschwärmen. Komm uns nicht ins Gehege. Wenn dein Job nicht stante pede von höchster Instanz, vom GROSSEN BOSS persönlich, bestätigt wird, kannst du deinen Saftladen dichtmachen. Kapiert?*

Jessy seufzt in sich hinein, daß die Seele knackt. Dann wendet er sich gelassen wie der olle Cato an Schmuhl: *Hör mal zu, du Fettfleck. Du trampelst heute ganz schön auf meiner Psyche rum. Was brüllst du dauernd nach meinem Ausweis und zerknitterst mir mit deinen Schmutzfingern die Toga? Nix kriegst du. Nicht mal 'nen feuchten Furz. Spinner wie ihr werden nicht mal ignoriert. Und putz dir gefälligst die Nase, du Rotzbengel!*

Damit läßt er die Sittenwächter verdattert in der Gegend herumstehen, hebt elegant die blütenweiße Toga, hüpft rumsdibums ins Boot und läßt sich vom frischen Wind ans andere Ufer blasen.

Eine Stunde später auf hoher See kramt Petrus suchend in der Brotkiste: *Jessy, wegen der sauren Pharisäer haben wir glatt vergessen, uns mit Gebäck einzudecken. Alles, was wir haben, sind die trostlosen Fischfutter-Brösel von der Wüstenfete. Au, Mann, was machen wir jetzt? Ich könnte vor Kohldampf weinen!*

Jessy blickt Petrus warnend in die Pupille: *Paßt bloß auf und hütet euch vor dem Sauerteigbrot der Pharisäer und dem Sauerteigstreuselkuchen aus Herodes' Hofbäckerei. Die blähen auf und stinken nach faulen*

Eiern. Höchst ungesund für Leib und Seele. Da sind viel zu viel Yang und andere Ballaststoffe drin.

Aber wie es immer so geht: Ein unerreichbarer Genuß wird mit wachsender Ferne immer verlockender. Bald entspinnt sich ein Fachgesimpel über Nährwert und Geschmack diverser Bäckereien. Bis es Jessy zu bunt wird, das Geseufze nach Erdbeertorte, Jaffaschnitte, Hornissenstich, Hanfgebäck, Mohnteilchen, Ziegenkäsekuchen, Hahnreihörnchen, Florentinern, Amerikanern, Mohr im Hemd, kalter Schnauze und Negerkuß.

Mit euren Süßspeisen nervt ihr mich mehr als die moralinsauren Pharisäer mit ihrer kargen Gemütskost. Was macht ihr einen Wind um ein paar Nonnenfürzchen mit Schaumrolle? Ihr seid mir schöne Asketen. Euer Verstand scheint euch in den Bauch gerutscht zu sein. Habt ihr schon wieder die Hose voll? Der GROSSE BOSS, der euch Zähne gab, wird euch auch Brot geben. Oder habt ihr Tomaten auf den Augen und Schweineschmalz im Ohr? Habe ich nicht vor eurer Triefnase aus lächerlichen fünf trockenen Schwarzbroten ein Festbankett für 10.000 Hungerleider gezaubert? Und was ist davon übrig geblieben? Sprich, weiser Petrus!

Der, folgsam: *Zwölf Körbe voll, lieber Meister.*

Na siehste. Und wieviel Reste haben wir bei der letzten Party zum Fischefüttern eingesammelt?

Sieben Türkenkoffer voll, ruft Hanni triumphierend. *Du bist ein Übermensch, Jessy! Mit dir im Boot habe ich nicht die geringste Sorge ums Butterbrot.*

Jessy lächelt zufrieden: *Habt ihr jetzt endlich was kapiert, Jungs? Oder muß ich euch erst einen gebratenen Engel servieren, damit ihr himmlische Nahrung von Alltagskost zu unterscheiden lernt?*

47
LICHT INS DUNKEL
Markus 8

Am Abend trifft die CVJM-Crew in Betsaida am Nordufer ein. Was Jessy und seine Jungs Woche für Woche an Kilometern zurücklegen, ist kaum zu glauben, wenns nicht schwarz auf weiß im evangelischen Reisebericht stände. Sie haben sich gerade gemütlich in einer Hafenbar niedergelassen, da erscheint an der Hand eines kleinen Mädchens ein blinder Riese mit Krückstock.

Lieber Onkel Doktor. Bitte mach, daß mein Opa sehen kann. Ich muß ihn den ganzen Tag herumführen. Nie darf ich spielen, bettelt die Kleine. Jessy hat ein Herz für Kinder. Er streichelt ihr die Wangen, schenkt ihr eine Mannaschnitte und fragt sie, wie alt sie ist. *Acht Jahre,* lispelt sie. *Mein Opa ist 58 und hat noch nie in seinem Leben die Sonne lachen sehen. Hilf ihm doch.*

Jessy blickt dem grauen Greis in die toten Augen. *Was machst du denn so den ganzen Tag, mein Lieber?*

Ich bin Philosoph. Welchen Beruf könnte ich sonst ausüben?

Da sind wir ja Kollegen, freut sich Jessy. *Welcher Schule neigt dein Herz sich zu?*

In meiner Situation natürlich den Stoikern. Ich versuche, Licht ins Dunkel des Seins zu bringen. Und ich glaube, einen Silberstreif am Horizont meines inneren Kosmos entdeckt zu haben.

Das ist gut möglich, philosophiert Jessy, *je länger ein Blinder lebt, um so mehr sieht er.*

Die CVJMler staunen Bauklötze. Wo Jessy das wieder herhat? Routiniert wie ein griechischer Rhetor rollen ihm goldene Worte aus dem Mund. *Ja, ja, der GROSSE BOSS gibts den Seinen im Schlaf,* grämt sich Judas neidzerfressen. *Vielleicht sollte ich täglich zehn Stunden pennen.*

Jessy hat inzwischen seinen blinden Kollegen an die Hand genommen und führt ihn unter philosophischem Geplauder in den poetischen Abend: *Sag mal, wäre es aus deiner Sicht der Dinge nicht wünschenswert, auch einmal die sichtbare Seite des Seins en détail zu betrachten?*

Das hätte sicherlich großen Reiz, antwortet der Stoiker nach Abwägen des Für und Wider, *aber man soll sich nicht wünschen, was man sowieso nicht bekommen kann. Unerfüllbare Wünsche quälen die Seele und lassen die Freude sterben.*

Jetzt ist Jessy platt. Eine solche Gelassenheit der Seele ist ihm noch nie begegnet. Voller Freude umarmt er diesen wahrhaft würdigen Menschen und spricht: *Ich habe die Kraft, dir das Augenlicht zu geben. Und wenn jemand seine Gesundheit verdient hat, dann bist du es.*

Und ehe der Blinde etwas entgegnen kann, drückt Jessy seine Lippen auf dessen Augen, küßt sie sanft, legt behutsam seine Hände auf die Augenhöhlen, zieht mit sicherem Griff alle schlechte Energie heraus und schüttelt sie in den Abendwind. Dann fragt er: *Sag, siehst du etwas?*

Der Stoiker reibt sich verwundert die Augen. Ein Dämmern gleitet über sein inneres Gesicht. Dinge nehmen verschwommen Gestalt an, formen sich zu Bildern, bewegen sich. Er sieht, was er nie zuvor gesehen hat, und ruft: *Ich sehe die Menschen. Denn ich sehe etwas wie Bäume umhergehen.*

Aha, diagnostiziert Jessy still. *Die Optik ist noch*

nicht scharf genug. Ich muß sie genauer einstellen. Er legt nochmals seine Hände auf die Augen des blinden Philosophen und macht sanfte, kreisende Bewegungen. *Siehst du jetzt besser?*

Ja, fast scharf.

Jessy arbeitet mit Fingerspitzengefühl. *Und jetzt?*

Rechts sehr gut. Links könnte es ein wenig schärfer sein.

Auch das kriegt Jessy hin. Dann fragt er zur Kontrolle: *Siehst du, wer sich da unten im Café am Tisch lümmelt?*

Ja, glasklar. Ein schlemmender Vierkantschädel mit Bart und Glatze.

Was macht er denn da?

Er speist einen Mohr im Hemd, und vor ihm stehen ein Kännchen Kaffee, ein Viertelliter Schnaps und ein Berg abgenagter Hühnerknochen.

Phänomenal! jubelt Jessy, *du siehst ja viel besser als ich!*

Der Seher: *Ich glaube, das ist kein Wunder. Meine Augen haben ja bisher im Dornröschenschlaf gelegen, wenn ich mich so poetisch ausdrücken darf.*

Jessy freut sich wie ein Schneekönig. *Komm, Kollege. Das müssen wir begießen. Aber nicht hier im Ort. Sonst können wir uns vor dummen Fragen nicht retten. Gibt es hier kein abgelegenes, stilles Gasthaus?* Und schon wandeln die Philosophen einträchtig über BOSS und die Welt plaudernd ihrem Schöppchen Wein entgegen. Auf die Gesundheit!

48
ERSTE HORROR-VISION
Markus 8 /Matthäus 16

Ein paar Tage nach dem Philosophen-Symposium durchstreift Jessy mit seinen Mannen weiter nördlich die Gegend um Cäsarea Philippi. Der übliche große Rummel: Jessy heilt, das Volk huldigt, die Pharisäer höhnen.

Eines Morgens sitzt er gemütlich entspannt auf einem Hügel und meditiert zenmeisterhaft in den aufgehenden Morgen und genießt ein gewaltiges Farbenspiel: Blutig schimmert die Sonne durch bleierne Nebelschleier – da reißt der Vorhang des Himmels auf, und Jessy erblickt ein atemberaubendes Schauerstück auf der Himmelsbühne: Ein halbnackter Mann wird von drei Soldaten mit Stöcken so gräßlich geschlagen, daß die Haut aufplatzt und das Blut aus den offenen Wunden in Bächen herabströmt. Drumherum steht eine Schar tadellos gekleideter Oberpriester und

Theologen und begutachtet vergnügt die Qualen des Gemarterten. Nachdem er nur noch ein zuckendes Bündel rohen Fleisches ist, macht ein Wolkenvorhang der gespenstischen Szene ein Ende.

Jessy ist vollkommen erschöpft. Es ist, als ob er jeden Schlag abbekommen hätte. Jede Faser tut ihm weh. Vorsichtig tastet er nach seinem Nacken. Doch bevor er den grauenhaften Spuk abstreifen kann, geht das Schauspiel weiter.

2. Akt. Der nackte Mann schleppt ein wuchtiges Holzkreuz, fällt damit geschwächt in den Straßendreck, Soldaten muntern ihn mit Tritten und Peitschenhieben auf. Der Todeskandidat schleppt sich weiter. Schließlich, nach einem Weg durch die Hölle, bricht er auf einem Hügel zusammen. Ein paar muskelstarke Kerle rammen das Kreuz in den Boden. Rohe Hände greifen den Erschöpften, drücken ihn an die Balken und heften ihn mit drei 20-Zentimeter-Nägeln ans Holz.

Bisher verlief das Stück in lautloser Stille. Doch nun dringen die schrecklichen Hammerschläge und die Schmerzensschreie des Angenagelten durch den Äther. Jessys Herz rast. Er ringt nach Atem. Seine Augen weiten sich. Die grauenhafte Szene kommt auf ihn zu. Plötzlich ist der Gekreuzigte von Jessy nur noch zehn Meter entfernt. Sie blicken sich an. Ihre Gesichter kommen sich näher und näher, sind sich mit einem Mal ganz nah – und Jessy prallt entsetzt zurück: Er blickt in sein eigenes totenbleiches, verzerrtes Antlitz und durchdringt es. Dann wird ihm schwarz vor Augen. Filmriß.

Als er wieder zu sich kommt, strahlt heiteres Mittelmeerblau. Geschockt wankt Jessy den Hügel hinab. Unterwegs muß er sich hinsetzen. Während er sich zu sammeln versucht, erscheinen vor seinem inneren Auge neue Bilder: Langsam weitet sich das grausige Ende seines Lebensweges zu einem leuchtenden Tor, und jetzt sieht er sich jenseits seines Grabes unter Sternen wandeln. Leicht und strahlend trägt er ein riesiges Bündel irdischer Last: Leid, Kummer, Sorgen, Verzweiflung, Eifersucht, Neid, Ehrgeiz, Not, Elend, Hunger, Trübsinn – kurz alle Qualen der Menschen trägt er mit sich fort durchs Firmament. Und an einer einsamen, viele tausend Lichtjahre entfernten Stelle am Ende des Weltalls wirft er all die überflüssigen Ängste und Sorgen in ein schwarzes, tiefes Loch, ein vergessenes Sternengrab, nach dem kein Hahn mehr kräht. Ein unendliches Glücksgefühl durchströmt ihn. Und er sieht klar, was er immer schon wußte: Das Ende ist der Beginn. Und er erkennt: Wirklich frei ist, wer sterben kann.

Als er im CVJM-Lager ankommt, geht von ihm eine bis dahin unbekannte Schwerelosigkeit und Harmonie aus, und er fragt seine erstaunten Freunde: *Guten Morgen, meine Lieben. Habt ihr gut geschlafen? Sagt mal, für wen halten mich eigentlich die Leute so?*

Verschieden, gähnt Köbes. *Mir erzählen sie meistens, du seiest der reinkarnierte Bade-Johnny mit einem neuen, allerdings weit imposanteren Kopf. Sie halten das für 'ne positive Entwicklung.*

Jessy schmunzelt gerührt, während Hanni eifrig mitteilt: *Also, die ich gefragt habe, halten dich für den auf der Rakete entfleuchten Alt-Propheten Elias, der zurückgekommen sei, um den Leuten Feuer unter dem Hintern zu machen.*

Auch nicht schlecht, freut sich Jessy.

Da hebt Judas seine scheppernde Stimme: *Also, wenn ich mich freimütig äußern darf: Mir kommt immer zu Ohren, du seiest ein stinknormaler zweitklassiger Prophet.*

Jessy überhört den fiesen Unterton und wendet sich rasch an die übrige Apostelversammlung: *Und ihr? Für wen haltet ihr mich?* Versammeltes Schweigen.

Schließlich salbadert Petrus: *Ist doch ganz klar. Du bist der Messias, Monsieur. Das sieht doch ein Blinder. Oder etwa nicht? Du erlöst die Freaks von ihren Gebrechen und fixen Ideen, befreist Rheumatiker von ihren Leiden, bringst Asthmatikern Frischluft in die Lunge, pustest armen Hümpsken das Zipperlein weg, und deine schönen Geschichten lassen alle ihren Kummer vergessen. Gesalbt biste halt bisher nicht. Aber das wird schon noch kommen.*

Braver Petrus. So ein lieber Kerl. Jessy gibt ihm eine freundschaftliche Kopfnuß. *Gut gebrüllt, lieber Seebär. Für deine tiefe Erkenntnis überreiche ich dir hiermit* – Jessy macht eine Pause und zieht etwas aus der Toga – *den Schlüssel des außerirdischen Reiches.* Er reicht Petrus etwas Gewichtig-Unsichtbares.

Der nimmt es ehrfürchtig, betrachtet es demütig und steckt es in den Gürtel. Alle sind baff. Niemand hat was gesehen, aber was sie gesehen haben, hat sie schwer beeindruckt. Jessy schärft ihnen ein: *Petrus hat recht. Aber nix davon herumerzählen, ja? Die Wahrheit soll nicht tröpfchenweise im Sand verrinnen. Davon wird der Boden nicht fruchtbar, sondern es entstehen nur Gerüchte.* Und dann erzählt er ihnen seine haarsträubende Horror-Vision, daß ihnen angst und bange wird.

Schließlich hält Petrus es nicht mehr aus. Er packt Jessy am Ärmel und zieht ihn zur Seite: *Mensch, Jessy. Was quasselst du da für Horror-Stories? Mir klappern die Zähne. Wenn es wirklich so ist, nix wie die Beine in die Hand nehmen und weg hier. Dem Mutigen gehört die Welt. Und der Mut, davonzulaufen, wenn es brenzlig wird, ist einer der größten. Bloß kein falsches Hel-*

dentum, sagt meine Schwiegermutter immer. Du bist doch kein Masochist!

Aber jetzt wird Jessy sauer. Wütend reißt er sich los und wendet sich an die ganze Mannschaft: *Zisch ab, du feige Memme. Seit das Sterben aufgekommen ist, ist es gefährlich zu leben. Jeder hat seinen Weg. Meiner liegt klar vor mir, und ich muß ihn zu Ende gehen. Nur so werde ich erlöst und kann auch andere erlösen. Du redest wie ein Spießer. Sehr ärgerlich. Vertrau auf den GROSSEN BOSS und überlaß die kleinkarierten Ängste Kümmerlingen und anderen Versagern. Man muß sich vom Schicksal an die Hand nehmen und führen lassen. Wenn du wüßtest, was dir in ein paar Jahren in Rom passieren wird ...*

Aber Jessy kommt nicht dazu, Petrus die Zukunft zu deuten, denn mit großem Hallo bricht eine Fan-Schar durchs Gehölz und lädt sie zum Frühstück ein. Über Ham and Eggs wird die Schicksalsfrage glatt vergessen. Und das ist auch richtig so: Über ungelegte Eier soll man sich keine Gedanken machen, sagte bereits Herakleitos ein paar hundert Jahre früher.

49
DAS KREUZ MIT DEM KREUZ
Markus 8/9

Nach dem zweiten Gang läßt Jessy sein Hirtenauge wohlgefällig über seine speisende Schafherde gleiten. *Hört mal her, liebe Freundinnen und Kameraden.* Das Kauen und Schmatzen wird ziviler. *Wenn mir einer von euch nachfolgen will, soll er die Last seines kleinbürgerlichen Egos in der Rumpelkammer seiner abgelegten Charakterschwächen an den Nagel hängen, sein Kreuz nehmen und mir klaglos folgen.*

Versteh ich nicht, wagt der dicke Bartholomäus schmatzend einzuwerfen. *Mein Kreuz schleppe ich doch sowieso immer mit mir herum. Und obwohl es seit drei Tagen schmerzt, als ob ich zwei Wochen lang Steine geschleppt und auf einer Matratze mit Loch geschlafen hätte, folge ich dir unverdrossen nach. Wie meinst du denn das?* Jessy verzieht schmerzlich die Stirn, und Hanni verkneift sich heldisch, was ihm auf der Zunge klemmt, und flötet: *Herzchen. Das kommt, weil du dich abends immer am Stuhl festhältst und nie den Weg ins Bett findest. Wer nächtelang hinternhart und wirbelsäulenkrumm herumhängt, auf dem blanken Boden pennt und sich nie entspannt, bei dem knirschen eines Tages die Bandscheiben. Du mußt dich etwas mehr bewegen und pflegen.* Alle grinsen schadenfroh, weil Bartl sich immer die besten Stücke aus dem Kuchen angelt.

Jessy zu Hanni: *Was wollte ich bloß sagen? Sein Kreuzweh hat mich aus dem Fluß meiner Gedanken gebracht ... Ah, ja. So gehts weiter.* Alle sind Ohr. Sogar das Spucken hört auf.

Heiliger Petrus. Wer zu ängstlich an seinem Leben hängt, dem wird die Schicksalsgöttin Atropos den Lebensfaden aus pädagogischen Gründen abzwicken. Und er wird in den Abgrund des Todes sausen. Wer aber bereit ist, mit mir sein Leben zu wagen, der wird es retten. Denn wir alle hängen an einem Seil; und wenn einer strauchelt, so werden wir anderen den Strauchler auffangen.

Beifall. *Toll, Jessy, bravo.* Jessy in die Ovation: *Was aber nützt es einem raffgierigen Raffzahn, wenn er die ganze Welt gewinnt, aber beim Dauerstreß den Herzinfarkt kriegt? Wer sich meiner Person oder meiner Worte wegen geniert, den werde ich in der besten aller Welten nicht wiedererkennen, und der dienende Engel wird ihm nicht mal eine Brotkruste zustecken. Freunde, eins verrate ich euch: Unter uns sind einige, die den Tod nicht kosten werden, bevor sie mich im himmlischen Wirtshaus des GROSSEN BOSSES tafeln sehen.*

50
GIPFELTREFFEN DER VERKLÄRTEN
Markus 9

Sechs Tage später an einem Dienstag, es ist Mond-Tag, kraxelt Jessy mit seiner Führungsmannschaft im Abendglühen auf einen Berg. An Jessy scheint ein Bergsteiger verlorengegangen zu sein. Immer wieder zieht es ihn hinauf. Vielleicht, weil er dort den elysischen Gefilden näher ist?

Petrus, Hanni und Köbes haben es sich auf ein paar Felsen bequem gemacht und nippen an Petrus' Flachmann, während der in die sinkende Sonne singt: *Almrausch, Almrausch, bist a scheens Blümel.* Der Meister steht am Rand einer Klippe und hält sich die Ohren zu. Er betrachtet parallel zu Petrus' Sonnengesang den majestätisch aufsteigenden Mond, seinen stillen Gefährten der Nacht.

Leicht schwebt er heran, und heute geht ein besonderes Leuchten von ihm aus. Plötzlich schießen silberhelle Strahlen aus dem Innern des Erdtrabanten, umglänzen Jessy wie elektrisches Feuer, seine Toga lädt sich glitzernd auf, die Prophetenaugen funkeln wie Diamanten, die Zähne strahlen phosphoreszierend in die Nacht.

Jessy, mich trifft der Schlag. Bei dir hat der Blitz ein-

geschlagen, ruft Petrus entsetzt und will mit dem Flachmann löschend zu Hilfe eilen. Da nehmen zwei Gespenster neben dem erleuchteten Meister Gestalt an. Der eine ist auf einem Mondstrahl zu Jessy herabgerutscht, der andere als Feuersäule aus dem Boden gewachsen. Sie leuchten wie Neonröhren.

Die drei Oberapostel halten sich zitternd umarmt und blinzeln mit klimpernden Wimpern die drei Leuchtmänner an. Jessy schüttelt jedem der Druidenbärtigen die Hand: *Hallo, Mose. Schön, dich zur Mondparty begrüßen zu dürfen. Wie gehts, wie stehts, alter Freund? Ist doch nett, mal wieder im Lande der Verheißung zu sein?*

Danke freundlichst für die Nachfrage, rollt Mose in schwer verständlichem Althebräisch hervor, *hübsch hier. Ist es nicht? Aber wer sind die drei komischen Zittermännchen dort drüben?* Er wirft einen forschenden Blick auf das Führerkleeblatt.

Das sind meine engsten Mitarbeiter. Ich habe sie zum Mondscheinausflug eingeladen, damit sie mal was Besonderes sehen.

Hallo, Boys, grollt Mose grüßend und winkt großväterhaft, dieweil Jessy dem anderen Strahlemann herzhaft die Hand drückt: *N'abend, edler Elias. Wie findest du die Aussicht?*

Sssehr schöön, sssehr schön, lieber Jessy, antwortet

der vornehm durch die Nase. *Ich glaube, so ein auserlesenes Plätzchen haben wir noch nie für unser Gipfeltreffen gehabt. Na, fangen wir an?*

Die drei Zähneklappernden halten den Atem an. Man hört nur noch die Gebisse aufeinanderschlagen. Was kommt denn jetzt? Entscheidungen, die die Welt verändern? Erfindung und Erörterung neuer Gesetze? Diskussion tiefentheologischer Probleme?

Petrus vergißt vor Aufregung das Bibbern, und seine Augen werden groß und grün wie Flaschenböden, denn: Jessy, Mose und Elias haben sich an den Händen gefaßt und sind über die Klippe gesprungen. Schwupp. Aber sofort tauchen sie wieder auf und drehen sich leuchtend im Äther wie Glühwürmchen in lauer Johannisnacht. Man sieht, sie sind ein eingespieltes Team. Die eleganten Pirouetten, die kernigen Steppschritte, der rasende Krakowiak müssen hunderte Male getanzt worden sein. Jeder Schritt sitzt. Mit dem riesigen Mond als Kulisse wirkt der Tanz der großen Propheten wie ein Ritual aus Träumen. Funken sausen aus ihren Sandalen, und je mehr sie herumwirbeln, um so heller leuchten ihre Gewänder, um so fröhlicher strahlen ihre Gesichter.

Die drei Zuschauer sind aufgesprungen und klatschen rhythmisch Beifall. Schließlich hält Petrus es nicht mehr aus. Er brüllt: *Toll, toll, toll, ganz toll!* Au weia. Das hätte er nicht tun sollen. Der Wirbeltanz beginnt zu eiern, kommt schlingernd aus der Bahn, und dann sehen die Zuschauer die drei tanzenden Derwische, pardon Propheten, rettungslos auf den Erdboden zujagen. Ein Schrei des Entsetzens löst sich aus ihren Kehlen, just in dem Augenblick, da das Tanzterzett auf den Boden aufschlägt und versinkt. Ein Blitz. Dann ist alles finster. Grabesstille senkt sich über das Land. Sogar der Mond ist von einem schwarzen Trauerflor verdunkelt.

O Mann, Petrus! Was hast du getan? jammert Hanni. Petrus ist gebrochen auf einen Felsen gesunken und weint zum Steinerweichen, als ob er seinen Herrn und Meister verraten hätte. Da hören sie plötzlich etwas die Steilwand heraufklettern, und eine dünne Stimme ruft: *Hallo. Wo seid ihr?*

Hier, hier. Beim Ton der Stimme lugt der Mond neugierig hervor. Und ein paar Sekunden später steht Jessy mit einer dicken Beule auf der Stirn und einem leuchtenden Kratzer auf der Backe neben dem inneren CVJM-Kreis.

Petrus, ruft er drohend, *gib mir schleunigst den Flachmann.* Der Meister stärkt sich, wischt den Mund ab und sagt: *Ich habe euch doch gesagt, ihr sollt mucksmäuschenstill sein. Meine Güte. Was da alles hätte passieren können. Schlafwandler beim Wandeln zu erschrecken, ist das Schlimmste, was man ihnen antun kann. Ich hab 'nen Brummschädel!* Weinend wirft Petrus sich an Jessys Brust. *O Meister, Meister. Gut, daß du wieder da bist. Was sollen wir ohne dich anfangen? Eine Herde ohne Hirten, ein Faß ohne Boden, eine Braut ohne Bett. Laß uns hier drei Hütten bauen, damit ihr es bei eurem nächsten Gipfeltreffen bequemer habt: eine für dich, eine für Mose und eine für den feurigen Elias.*

Er faselt dummes Zeug. Wie immer, wenn er nichts verstanden hat. Noch ehe Jessy auf den Unsinn antworten kann, saust eine schwarze Wolke über den sternblauen Himmel, bedeckt sie mit ihrem Schatten, und eine mächtige Stimme erschallt streng: *Das ist mein geliebter JUNIORCHEF. Faselt nicht dumm herum, sondern hört auf ihn. Guten Abend.* Und bums, ist die Wolke wieder weg.

Jessy beginnt in Gedanken versunken den Abstieg. La bella Luna leuchtet ihnen heim. Gespenstisch gleiten ihre Schatten über die fahlen Felsen. An einer Wegkehre bleibt Jessy stehen: *Hört mal gut zu. Was ihr heute Nacht gesehen habt, bleibt unter uns, bis ich vom Schlaf der Toten wieder auferstanden bin. Capito?*

Die drei Zuschauer schwören das große Hebräer-Ehrenwort und rätselraten insgeheim, was wohl »Von-den-Toten-Auferstehen« bedeuten soll. Schließlich kommt Köbes ein Gedanke: *Du, Jessy. Warum behaupten eigentlich die gelehrten Schriftsteller immer, Elias müsse zuerst zurückkommen?*

Ist er ja. Hast du nicht gesehen, wie fix er auf dem Mondstrahl herabgeritten ist? Eine Wucht. Tolle akrobatische Leistung. Mose kommt immer ein bißchen zu spät, obwohl er sich solche Mühe gibt, einmal vor Elias da zu sein. Das bekümmert ihn. Aber er zeigts nicht, als Herr alter Schule.

Nein, nein, bremst Köbes. *Ich meine nicht zu eurem Gipfeltreffen. Überhaupt.*

Ach so. Das ist richtig. Elias bildet quasi die Vorhut, sondiert die Lage, baut Brückenköpfe, bereitet den großen Auftritt ideologisch vor. Und dann bin ich dran. Aber ich kann euch versichern: Elias ist längst gekommen. Aber sie haben es nicht spitz gekriegt, sondern sind grobschlächtig mit ihm umgegangen, diese Metzger. Und mir wirds nicht besser gehen.

Jetzt dämmerts den Boys, daß der feurige Elias Bade-Johnny war bzw. ist, Bade-Johnny aber inzwischen wieder in Elias' Astralleib zurückgekehrt ist. Kompliziert, diese Seelenwanderungen.

51
LUNA-LUNA
Markus 9

Als die Führerrunde im Dorf ankommt, ist richtig was los. Wie immer, wenn Vollmond ist. In den Straßencafés quirlt das Leben, engumschlungene Paare tanzen, Fledermäuse paaren sich, untergehakte Mädchenschlangen promenieren, Katzen singen, Männer saufen, Hunde bellen sehnsüchtig die blanke Scheibe an, Liebespaare schmusen am Busen. La bella Luna mit ihrer geheimnisvollen Macht zieht Mann und Mädchen in ihren Bann und kribbelt in Blut und Nerven. Alle sensiblen Gemüter sind high, alle dickfelligen Naturen zumindest stimuliert.

Als Jessy im Stammcafé des CVJM erscheint, wird er mit großem Hallo begrüßt. *Na endlich. Wir haben schon gedacht, du bist zum Mond geflogen,* ulkt Judas, der fiese Hund. *Wir sind nämlich mit unserem Aramäisch am Ende. Da drüben am Tisch hockt'n flattriges Männchen. Der will, daß wir sein nervöses Hemd von Sohnemann an die Leine legen. Bei Vollmond hebt der immer ab, heult, beißt, schäumt ...*

Knirscht mit den Zähnen, schlafwandelt, schwebt. Und dann wird er plötzlich steif wie 'ne Wachsfigur, kippt einfach vom Dach, kugelt ins Feuer oder kegelt ins Wasser, schaltet sich überschlagend der spillerige Erzeuger des Mondumflorten ein. *Ich habe deine Assistenten angefleht, seinen Mondgeist zur Venus zu schicken, aber der krallt sich fest wie der Teufel an der armen Seele.*

Jessy betrachtet stirnrunzelnd seine Mitarbeiter. *Mein BOSS, was seid ihr bloß für Versager. Und ich bin der Chef. Nicht auszuhalten. Nicht mal einen simplen Mondsüchtler könnt ihr auf Entziehungskur schicken.* Er grantelt herum. Kein Wunder, nach dem Absturz aus 350 m Höhe. *Also los, bringt mir den Traumtänzer her. Aber flott. Ich bin heute leicht wetterfühlig.*

Der Spillerige saust los. Drei Minuten später ist er zurück. Er flüstert: *Da kommt er.* Eine geisterhafte Gestalt schwebt heran. Bei ihrem Erzeuger bleibt sie reg- und lautlos in der Luft hängen und swingt im Abendwind. Die Caféhausgäste sind starr vor Schreck.

Jessy fixiert den Aeronauten mit flammendem Blick. Da kreischt der Mondgeist aus seiner menschlichen Behausung hervor: *Hilfe, Hilfe, Feuer, Feuer! Es brennt, es brennt!* Und rast wie eine angesengte Maus im Körper des Knaben umher.

Kein schöner Anblick. Alle Glieder beginnen zu zucken, häßliche Worte quellen aus dem Rachen, Schaum spritzt aus dem Mund, die Augen drehen glasig das Weiße in den Mond. Der Geist jagt dick durch die Venen und jault. Plötzlich fällt der zuckende Schwebewandler auf den Boden, sackt in sich zusammen, wälzt sich auf dem Boden, schreit, schreit, schreit.

Jessy kaut nachdenklich am Zeigefinger: *Hhm, gar nicht so einfach. Normalerweise hätte die Schocktherapie sofort wirken müssen. Ich glaube, ich habe meinen Jungs ein wenig unrecht getan.* Judas strahlt: *Gell, ein schwieriger Fall?* Jessy wendet sich an den Vater des Mondsüchtlers: *Wie lange hat dein Dreikäsehoch schon die Symptome?*

Von frühester Kindheit an, lieber Doktor. Was meinst du, besteht Hoffnung? sorgt sich der zitternde Vater. *Siehst du eine Chance für meinen armen, armen Jungen?* Dem Alten fließen silberne Tränen in den weißen Bart, während ihm zu Füßen der Boy sich wie ein verflohter Kater im Staub wälzt und den Mond anmaunzt.

Jessy nickt mitleidig: *Alles, was du willst, ist möglich. Du mußt nur mit aller Energie daran glauben. Deine Gedanken müssen die Kraft haben, sich in Wirklichkeit zu verwandeln. Wer glaubt, wird selig, besonders der, dessen Geist nicht verfettet ist, aber der Geist weht, wo er will. Versuchs mal.* Da ruft der Alte hoffnungsfroh: *Ich versteh nur Bahnhof. Aber ich glaubs dir aufs Wort.*

Inzwischen drängen sich Scharen von Mondscheinfreunden um die dramatische Szene. Jessy koppelt mit ein paar magischen Handbewegungen die Glaubensenergie des Vaters an den Strom seiner Dynamik. Dann spricht er mit mächtig schallender Stimme, deren Druckwelle Menschen und Bäume wanken läßt und alle Lichter ausbläst: *Du widerwärtiger, schwerhöriger, maulfauler Geist. Ich befehle dir, laß den Boy sausen. Zisch ab und fahr zum Mond. Und dort sollst du bleiben und im All spuken von Ewigkeit zu Ewigkeit, bis der erste Mensch seinen Fuß auf den Mond setzt. Dann kannst du meinetwegen erlöst werden. Gute Reise.*

Iiiiiiiiiiihhhhhhhhhhiiiiiiii, kreischt der Mondgeist aus dem Knaben. Plötzlich steigt der Junge wie ein Luftballon in den Nachthimmel. Jessy hechtet geistesgegenwärtig vor und kann ihn gerade noch am Sandalenriemen festhalten. Oben zerrt der Geist, der sein Quartier mitnehmen will, unten hängen Jessy und der CVJM am Knaben und ziehen mit aller Kraft um sein Leben. Dann: Ein Blitz. Ein Heulen. Der Mondgeist hat das Handtuch bzw. den Jungen geworfen und schießt leuchtraketenartig zum Mond, einen stinkenden Schweif hinter sich herziehend. Krachend fällt der Entgeisterte auf die Erde, BOSSlob auf den dicken Bartel, so kriegt er nicht mal blaue Flecken.

Er ist tot, weint der Vater auf und will sich auf den

Sohn stürzen. Jessy hält ihn am Kragen fest: *Red keinen Quatsch, Mann.* Er gibt dem Bengel links und rechts ein paar Ohrfeigen. Der blickt verwirrt aus der Wäsche, während Jessy spricht: *Los, Boy. Ab in die Heia. Es ist 11 Uhr. Da haben Halbstarke nichts mehr auf der Straße zu suchen.*

Der überglückliche Vater läßt sich nicht lumpen. Es wird eins der schönsten Mondscheinfeste in der antiken Geschichte Israels. Hanni ist so inspiriert, daß er einen Mondsong komponiert:

Der Mond ist aufgegangen. Er geht jetzt um die Welt. Hat schöne runde Wangen, was ihm sehr gut gefällt.

Er wandert still im Kreise seit hunderttausend Jahr, doch heut ist seine Reise besonders wunderbar.

Zum erstenmal seit Jahren, bekommt er heut Besuch, das wird er gleich erfahren .... Verflixt. Auf **uch** *fällt mir kein Reim ein. Jessy. Weißt du keinen?*

Nein, ist eh gut genuch. Schaut mal. Der Mondgeist ist gelandet. Alle heften ihre Gucker ans Firmament. Sie sehen Gebirge, Ebenen, Hügelketten des Mondes und mittendrin einen frustrierten Schatten mit hängenden Schultern.

Alle grinsen, da haut Jessy sich an die Stirn: *Mensch. Da hab ich dem armen Armstrong was eingebrockt.*

Wer ist Armstrong? fragt Petrus.

So was Ärgerliches, schnaubt Jessy, *das ist der Mann, der als erster Mensch den Mond betreten wird. So in 2000 Jahren. Wie konnte ich das vergessen! Dann hat der Quälgeist ihn im Wickel.*

In 2000 Jahren? tröstet ihn Hanni. *Darüber brauchst du dir doch jetzt nicht den Kopf zerbrechen. Ich hab mal gehört, jeder Tag soll sich um seine eigenen Sorgen sorgen. Das ist dann Armstrongs Bier.*

Jessy lächelt beruhigt: *Hast eigentlich recht. Wie der Armstrong gebaut sein wird, wird der mit dem schon fertig.*

Und der Mond lächelt, und die Gesellschaft lacht.

52
ICH BIN EINE SINKENDE SONNE
Markus 9

Tags darauf zieht der CVJM weiter. Allen spukt noch der Vollmond in den Knochen. *Das nervöse Kribbeln muß weg,* doziert Jessy. *Bewegung!* Er joggt voran, die Gefolgschaft hinterher, das Schlußlicht bildet der dicke Bartl, der keuchend schimpft: *Ich kann diese verdammte Hetzerei nicht leiden.* Aber sein Gezeter nützt ihm nichts. Wiesen, Felder und Auen fliegen im Joggen vorbei. Nach 5000 Metern zieht sich die Leichtathletenschar bereits kilometerlang in die Länge. Jessy hat sie weit abgeschlagen. Er saust einen Hügel hinauf, um den lahmen Haufen zu überblicken. Da macht es »Rums!« *Au!* Eine dicke Eibe hat ihn gestreift.

Erst sieht er einen Haufen Sterne, dann Spiralnebel, dann wirds immer dunkler, schließlich zappenduster, dann dämmerts wieder, und schließlich sieht er die Wiederholung des unangenehmen Theaterstückes, in dem er die Hauptrolle spielt.

Als er nach der Vorstellung die Grenze zwischen Traum und Wirklichkeit überschreitet, sieht er Petrus' leuchtende Glatze unaufhaltsam an den Spitzenreitern Köbes und Hanni vorbeiziehen und auf sich zurasen.

Sieg, Sieg! Ich bin der Erste. Ich bin der Größte! röhrt der Ziegelstein. Dann sausen die frustrierten Donnerwetterboys ins Ziel. *Scheiße,* hechelt giftig Köbes. *Du hast mich abgedrängt.*

Ist doch überhaupt nicht wahr, entrüstet sich Petrus. *Du wolltest mir sogar ein Bein stellen!* Sie zanken sich, bis der abgemagerte Bartl angeschwitzt kommt. Jetzt machen sie sich gemeinsam über den Letzten lustig.

Jessy streichelt nachdenklich seine Beule, die zu einem stattlichen Horn schwillt. *Hört mal, Jungs. Ich habe schon wieder diese unangenehme Halluzination gehabt, worin mir irgendwelche Satansbraten das*

Leben zur Hölle machen. Er betrachtet wehmütig den Sonnenuntergang: *Ich bin eine sinkende Sonne. Aber so, wie sie jeden Morgen neu erwacht und uns wärmt und leuchtet, werde auch ich drei Tage nach meinem Abgang auferstehen und euch leuchten, damit ihr nicht im Dunkeln tappt und den Weg findet.*

Richtig schön hat er das gesagt. Aber seine Elitekämpfer verstehen mal wieder nix und trauen sich auch nicht, ihn zu fragen. Guter BOSS. Ob aus denen noch was wird?

53
WER IST DER GRÖSSTE?
Markus 9

Im Moment deutet jedenfalls nichts darauf hin. Denn kaum hat Jessy seinem betrübten Herzen Luft gemacht, hacken die Donnerwetterboys wieder auf den armen Petrus los: *Du hast uns einfach überrollt und aus dem Weg gedrängt. Unfair. Du fetter Rolling Stone!*

Stimmt doch gar nicht. Ihr seid nur neidisch, weil ihr Versager seid. Ich bin eindeutig besser als ihr....

Jetzt hat Jessy die Faxen dicke: *Tschüs, ihr Knallköppe. Macht euch ruhig den Abend zur Hölle. Ich geh derweil voraus. Wenn ihr herausgefunden habt, wer besser, schöner, stärker, kurz: überhauptester ist, könnt ihr ja nachkommen.* Er gibt einem unschuldigen Stein einen Tritt: *Probleme haben die. Himmikreizsackra!* Und schon sind von ihm nur der Sandalenabdruck im Sand und ein Staubwölklein übrig.

Im Dunkeln kommt die Jüngerschar drei Stunden später in Kapernaum an. Schweigend. Jessy sitzt behaglich im Clubheim und lutscht mit Maria Magdalena und Trudchen an einer Languste. Ein gemütliches Feuer knistert im Kamin. Sie erzählen sich Schnurren über den Sinn des Lebens und stellen fest, daß Sisyphos ein glücklicher Mensch war: Er rollte Erfolg auf Erfolg. Die CVJMler schütteln den Staub von den Sandalen und nahen sich mit linken Trittchen dem Tisch des Herrn.

Na, Jungs? Warum so still? will Jessy wissen. Quasi als Beilage zur Languste hat er seine gute Laune wiedergefunden. *Wie ist euer weltbewegender Streit ausgegangen?*

Alles Kacke, grinst Judas. *Der Größte bin eindeutig ich.*

Du? staunen alle wie aus einem Mund. Selbst Jessy. Wieso denn ausgerechnet der?

Ja ich. Seht mich doch an. Er reckt sich stolz auf den Zehenspitzen.

Jessy: *Das werden wir gleich haben.* Er geht zum

Werkzeugschrank, sucht klappernd herum und kommt mit seinem alten Zimmermannszollstock in der Hand zurück: *Stellt euch mal der Reihe nach an der Wand auf. Das Problem mit der Größe werden wir gleich haben.*

Er mißt jeden CVJMler nach Strich und Faden. Alle sind um 170 cm groß. Nur Judas weicht ab. Jessy: *175. Wer hätte das von dir gedacht. Du bist ganz schön abnorm, mein Lieber. Aber Kopf hoch, selbst wenn der Hals dreckig ist. Vor dem GROSSEN BOSS sind alle Menschen gleich. Damit wäre euer Problem wohl erledigt? Oder?*

Petrus: *Nee, Chef. So wars doch gar nicht gemeint.*

Ja wie denn? lächelt Jessy.

Vielleicht wollen die Buben wissen, wer den längsten hat, fragt Maria Magdalena spitz. *Den längsten was?* fragt Jessy interessiert. *Na, Zeigefinger,* grinst Maria Magdalena unschuldig. *Das ist doch ein ganz wesentlicher Körperteil bei den Männern. Ohne den kommt ihr doch weder beim Reden noch beim Nasebohren zurecht. Er ist euch Stütze und Stab.*

Die beiden Mädels prusten los. Während die Boys rote Köpfe kriegen (ist ja auch ganz schön starker Tobak), giftet Hanni empört: *Blöde Gans, halt die Klappe. Du bist ja bloß neidisch.*

Wieso neidisch? bohrt Maria Magdalena nach.

Diese Emanzen sind ja richtig penetrant mit ihrer Penetrationslust.

Weil, weil, weil, ... stottert Hanni schamhaft. *Jetzt hab ichs vergessen. Du bringst mich ganz durcheinander.* Er schluchzt. Jessy: *Komm, komm. Fang bloß nicht an zu weinen.* Er legt Hanni begütigend den Arm um die Schulter und blinzelt Maria Magdalena spitzbübisch zu. *Ich glaube, liebe Freunde, euer Problem sitzt nicht in der Körpergröße, sondern tiefer, in eurem Herzen. Hab ich nicht recht, Petrus? Gib es zu. Worüber habt ihr euch unterwegs wirklich gezankt?*

Petrus kleinlaut: *Wer der Chef wird, wenn du Urlaub im Paradies machst.*

Sieh an, sieh an, ruft Jessy erheitert. *Noch fühle ich mich hier ganz wohl. Aber im Ernst. Wenn einer der Erste sein will, muß er zunächst der Letzte und der Diener aller sein. Nur der, der die Demütigungen, Sorgen und Ängste an Leib und Seele erfahren hat, wird ein guter Chef.*

Plötzlich steht Jessy auf, holt eins der in der Küche spielenden Kinder einer CVJM-Mutter, umarmt es, küßt es und stellt es mitten auf den Tisch: *Komm, Bubu, tanz ein bißchen herum. Ja, so ist es brav.*

Er wendet sich an die Titelfanatiker und Ehrsüchtigen: *Wer mir zuliebe sich um eins von unseren herzigen Bälgern kümmert, mit ihm spielt und es sich entfalten läßt, der hat nicht nur mir Gutes getan, sondern besonders dem, der mich geschickt hat.*

Tiefes Schweigen. Nur Bubu tritt begeistert Teller und Löffel vom Tisch, daß es kracht. Aber niemand schimpft. Alle sind zutiefst beschämt über ihre egoistischen Regungen. Uns kann das ja BOSSlob nicht mehr passieren. Wir sind ja mit seinen erleuchteten Worten aufgewachsen und wissen, was Nächstenliebe ist.

54
SCHMUTZIGE KONKURRENZ
Markus 9

Nachdem der letzte Teller vom Tisch gekickt ist, trägt Jessy den CVJM-Nachwuchs wieder in die Küche, um für philosophische Gespräche Raum zu schaffen. Doch als er zurückkommt, macht sich Hanni geschickt mit einem neuen Thema breit: *O Meister, unterwegs, in einem verlausten Kaff, haben wir einen wunderlichen Heiligen getroffen. Du kennst ja solche Typen: fleckige gelbe Toga, total glatzköpfig, zusammengewachsene Augenbrauen, Ziegenbockbart, und sein Duft war strenger als sein Blick. Den würde ich nicht mal mit der*

Zange anpacken. Ein richtiger Ungustl. Aber obwohl er nicht zu unserer Organisation gehört, treibt er in deinem Namen Teufel und andere mythische Wesen aus. Stell dir das vor! Wir rufen: »Stell das sofort ab und verdünnisier dich.« Doch der lacht uns frech aus. Na, Köbes und ich nix wie hin und immer feste druff. Der kann uns ja nicht ungestraft Konkurrenz machen. Petrus hat sich natürlich elegant zurückgehalten, der feine Herr. Während wir ihm Saures geben, schreit der plötzlich, daß uns angst und bange wird. Richtig tierisch. Und dann läßt er seinen Knüppel aus dem Sack. Und der hat uns so verbleut, daß wir die Beine in die Hand nehmen mußten und nix wie weg. Dem sollten wir morgen mit vereinten Kräften das Mund- und Handwerk lahmlegen. Das ist unlauterer Wettbewerb, da wir doch die einzig Erleuchteten von BOSSES Gnaden sind! Er blickt stolzgeschwellt in die Runde, bis er die Blicke der Mädels auf seinem Zeigefinger spürt. Schnell versteckt er die Hand in der Tasche.

Jessy runzelt die Stirn: *Ihr mit eurem Auserwählten-Tick. Laßt ihn doch. Warum müßt ihr immer gleich losprügeln? Keiner wird in meinem Namen Wunder zaubern und in einem Atemzug meinen guten Namen verunstalten. Ist doch schnurz: Wer nicht gegen uns ist, ist für uns. Wer euch um BOSSESLohn ein Glas Mineralwasser anbietet, wenn euch die Leber zwickt, dem hat der Pfarrer nicht umsonst die Hand gedrückt. Aber wehe, wer den kernigen Guru, der ein so großes BOSS-Vertrauen besitzt, veräppelt oder mit Fäusten bearbeitet. Für den wärs besser, mit einem Mühlstein am Hals ins Meer geschmissen zu werden. Merk dir: Wenn dich die linke Hand nervt, hack sie ab. Es ist besser für dich, als Invalide durchs Leben zu segeln, als zweihändig auf einem glühenden Rost in der Hölle zu tanzen.*

Und wenn dein Fuß Zicken macht, hau ihn ab. Es ist besser, durchs Leben zu hinken, als sicher mit beiden Füßen in der Hölle zu landen.

Und wenn dir ein Auge immer verbotene Lüste vorgaukelt, reiß es beherzt heraus. Es ist besser, halbblind im Paradies spazierenzugehen, als sehenden Auges in die Hölle geschmissen zu werden, wo unablässig Würmer an dir nagen, selbst wenn du nur noch Haut und Knochen bist, und der Oberteufel persönlich dich auf kleiner Flamme röstet, bis du schwarz bist und dir das Schmalz vom Steiß tropft. Denn in den Folterkammern der Hölle wird jeder so lange gegrillt, in einer Salzlake auf weißglühender Glut so lange gekocht, bis auf chemikalischem Wege sich Bosheit von Liebe scheidet. Aber das ist ein langwieriges, schmerzhaftes Verfahren.

Uuhuhuu. Schrecklich, scheußlich, heult Judas auf und kriegt zuckende Backen und ein zitterndes Kinn.

Jessy blickt streng in die angstgeweiteten Augen im Kreis. Er ist sehr zufrieden mit sich. Seine überaus plastische Darstellung hat Eindruck gemacht. Er senkt die Stimme: *Eigentlich ist Salz ja was Gutes. Aber wenn Salz fad wird, schmeckt es weder nach ihm noch nach ihr. Wie soll man dann Würze in den Eintopf kriegen? Also, Jungs, paßt auf, daß euch die Suppe nicht versalzen wird. Seht zu, daß ihr kernige Burschen seid, und vertragt euch wieder. Chef sein ist gar nicht so lustig, wies sich die meisten Leute vorstellen.* Er boxt Judas herzhaft in die Rippen, damit der sein Gezitter vergißt.

55
SZENEN EINER EHE
Markus 10

Drei Tage später packt Jessy die alte Wanderlust. Sie geben den Mädels ein Dutzend Abschiedsküsse, und dann, heidi heida, ab in den Süden. Das liebliche Judäa lockt mit seinen pittoresken Dörfern und hammelduftgeschwängerten Hügeln. Es ist das Land, wo Milch und Honig fließt. Alle freuen sich auf die Badeorgie. Leider stellt sich die verlockende Werbung als genialer Werbetrick heraus. Trotzdem läßt es sich hier leben wie BOSS in Gallien. Ich will nicht im einzelnen aufzählen, was es alles Gutes gibt, aber soviel ist gewiß: Ein fremder Bissen schmeckt süß.

Jessy arbeitet mit der Energie eines Höhlenmenschen und dem Geschick eines Raumfahrers. Rastlos wie gewohnt heilt er Triefnasen und Lendenlahme und gibt ihnen gute Ratschläge mit auf den Weg zur Hölle, den die meisten leider einschlagen.

Eines schönen Morgens, der CVJM sitzt auf der Terrasse einer Bar bei Kaffee und Kuchen, da schallen aus dem offenen Fenster des gegenüberliegenden Hauses saftige Ohrfeigen, und eine gequetschte Stimmt keift: *Du Schlampe, du Tempel über der Kloake. Mir reichts. Frauen sind dumm und bis auf eins zu nichts zu gebrauchen.*

Eine Frauenstimme heult auf, daß Petrus vor Schreck die Kaffeetasse aus der Hand rutscht. Er fühlt sich unbehaglich an zu Hause erinnert, und Paranoia zieht in sein verstörtes Herz, denn jetzt hört man Geschirr an die Wände klirren, Schläge prasseln, Stühle krachen und durchdringendes Kindergeschrei: *Nein, nein! Papa! Hilfe, hilfe!*

Der CVJM rückt zitternd zusammen, denn er wird unfreiwillig Zeuge von wilden Szenen einer Ehe. Nach und nach verebbt der Ehekrach. Zum Schluß, als man nur noch das leise Schluchzen der Frau und das Wimmern der Kinder hört, hebt der Haustyrann noch einmal seine fette Stimme und verkündet: *Pack deine Plünnen und zisch ab! Heute abend will ich von dir kein Unterhemd mehr sehen. Verstanden, du Giftnudel?* Klatsch! Eine letzte Ohrfeige zum Abschied, ein letzter Aufschrei. Rumms! Die Tür fliegt ins Schloß. Ein vornehm gekleideter Herr mit wichtiger Miene tritt auf die Straße und eilt im Sauseschritt davon.

Ja, ja, stöhnt der Wirt und streichelt sich traurig unter der Achsel. *Bei den Goldzahns hängt mal wieder der Haussegen schief. Die arme Frau. Kann einem richtig leid tun. Jetzt sitzt sie mittellos auf der Straße. Ein Unmensch ist das! Und morgen hat er wieder was Frisches zum Vernaschen im Bett. So macht ers immer. Eine Schande.*

Zwei papyruslesende Pharisäer (eindeutig Spitzel, wie man an den kleinen Löchern in den Blättern erkennen kann) lassen ihre Zeitungen sinken und wenden sich schlangenzüngelnd an Jessy, um ihm eine unbedachte Äußerung zu entlocken: *Lieber Herr Kollege, wie beurteilst du diesen sonderbaren Fall? Sammy Goldzahn ist eine geachtete Respektperson unserer Gemeinde. Manchmal ist er ein wenig heftig, aber im allgemeinen ein liebender Vater und ein gutherziger Gatte, der seine Frauen vergöttert. Eigentlich ist er viel zu gut für diese Welt.*

Jessy hat durch die Löcher in den Zeitungen ihren schlechten Charakter gerochen: *Sehr liebenswürdig von euch, mich um mein bescheidenes Urteil zu bitten. Sehr interessant. Ich sehe das so* – er formt die Hände zu Fäusten, hält sie wie ein Fernglas vor die Augen und blickt dem Prügeldiktator nach – *Ist ein Mann zu gut für diese Welt, ist er schlecht zu seiner Frau. That is it.*

Aber wenn die Frau widerspenstig und dumm ist, dann ist es doch okay, wenn er sie zum Beelzebub verfrachtet, oder?

Was heißt schon dumm? Ich kenne Dumme, die halten ihre Dummheit für eine Gabe des GROSSEN BOSSES. Vielleicht ist sie dumm, weil sie klug ist, aber ihr Kerl hat kein Gramm Gefühl im Leib. Was hat denn Mose selig dazu gesagt?

Mose fand das ganz in Ordnung. Er meint, der Familienchef braucht seiner Tisch- und Bettgenossin nur eine schriftliche Kündigung zu geben, und schon ist sie weg vom Fenster.

Wieso vom Fenster? will Jessy wissen. *Das ist hier in der Gegend so eine Redensart, die bedeutet, sie muß Mücke machen.* Das versteht Jessy, denn das sagt man auch im Norden.

Jessy wiegt zweifelnd sein schönes Haupt: *Mose hat sich etwas poetisch ausgedrückt, weil er weiß, daß euer Verstand sowieso kleiner ist als der einer Filzlaus und euer Herz härter als das eines Krokodils. Am sechsten Tag nach der Erschaffung des Universums hat der GROSSE BOSS den Menschen in zweifacher Ausführung mit einem kleinen, reizvollen Unterschied kreiert. Als Adam und Eva sich wie Yin und Yang ineinanderschmiegten, wurden sie ein Fleisch. Das hat sie derart beglückt, daß sie diese Geninformation als kostbares Wissen an ihre Kinder weitergegeben haben. Daher verläßt der Mann bis auf den heutigen Tag Vater und Mutter, und er ruht nicht eher, bis eine Frau ihn in ihrem Tempel des Lebens aufnimmt. Was der GROSSE BOSS von Anbeginn an verbunden hat, soll der Mensch nicht willkürlich trennen. Das zur rein theologisch-juristischen Seite der Sache.*

Zur menschlichen kann ich nur sagen: Wenn ein Rohling seine Frau, die seine Kinder großzieht, für ihn wäscht, staubsaugt, Spaghetti kocht und ihm nachts das Bett in eine Lustwiese verwandelt, wenn dieses Miststück von Kerl sie von heute auf morgen hinauswirft, dann ist er schlimmer als ein arabischer Sklavenjäger. Ist denn die Frau ein minderwertiges Geschöpf des GROSSEN BOSSES? Wer jagt denn einen treuen Hund in die Winternacht, wenn er mal ein Stückchen Brot mopst, oder eine Ziege, wenn sie mal an einer fremden Rübe nascht?

Die Pharisäer sehen ihn belämmert an, ziehen den

Schwanz ein und selbst ab. Hanni grinst: *Ich wette, die Yin-und-Yang-Allegorie haben sie nicht verstanden. Jetzt haben sie was zum Rätselraten.*

Jessy: *Sie sind zu hochmütig, um zu fragen. Eine Krankheit vieler Gelehrter. Leider ist Hochmut ein Gebrechen, das man selbst heilen muß.*

Während sie sich die Sonne auf die Nase scheinen lassen, sehen sie Sammy Goldzahns grüne Witwe mit einem Koffer geduckt aus der Tür treten. Ein Bild des Jammers. Und daran hängen zwei Kinder, die die Mutter zurückhalten wollen. Sie ist verzweifelt. Was soll sie nur tun?

Hilfesuchend blickt sie sich um. Da fällt ihr trauriges Auge auf Jessy, der ihr freundlich zulächelt. Sie setzt den Koffer ab und geht kurzentschlossen auf den CVJM zu. Petrus kriegt beinah einen Herzschlag: *Das kann ja heiter werden. Was sollen wir mit der greinenden Tante und ihren Bälgern? Davon haben wir doch eh schon genug.*

Er gibt sich einen Ruck, tritt ihr in den Weg und raunzt im Feldwebelton: *Bitte zurücktreten, Mütterchen. Wir sind doch kein Kindergarten.*

Jessy berührt den Knurrer sachte am Ärmel: *Laß doch die Kinder zu mir kommen. Warum willst du sie wegjagen? Die sind genauso, wie der GROSSE BOSS sie gern hat.* Er streichelt die beiden und segnet sie.

Judas, gib mal ’ne Handvoll Bonbons her und für die Dame ein After Eight. Was wollte ich noch sagen? Ach ja. Wer die Herrlichkeit des GROSSEN BOSSES nicht annimmt wie diese Kinder die Bonbons, der hat keine Chance, mit ihm gut Freund zu werden.

Und er umarmt die Bambini, küßt sie auf die Zuckerschnute und ihrer traurigen Mama die Hand. Und da werden sie auf einmal ganz heiter. Und wohin schickt er die Heimatlosen? Nach Kapernaum ins Clubheim.

56
GELDSCHMERZ
Markus 10

Und heiter gehts weiter die Chaussee entlang. Wunderbar lächelt die Landschaft, als sie vergnügt singen: *Wem BOSS will rechte Gunst erweisen, den schickt er in die weite Welt; dem will er seine Wunder weisen in Berg und Tal und Strom und Feld.*

Auf aramäisch natürlich. Ich drucke hier den Text in der paraphrasierenden Verdeutschung Joseph von Eichendorffs ab, da ich annehme, daß kaum jemand das Original singen kann.

Vor einem riesigen Gutshof flitzt plötzlich ein feingezwirnter Twen auf Jessy zu, sinkt vor ihm in die Knie und faselt devot: *Jessy, guter Guru. Was muß ich tun, damit ich ewig lebe?*

Jessy: *Das wollen alle. Aber steh erst mal auf, Mann. Du kniest ja in einem Häufchen Hundekacke.*

Der Feingezwirnte erhebt sich peinlich berührt. Jessy und der CVJM halten sich die Nase zu.

Während der Beschissene mit seinem Taschentuch die Kacke abschabt, spricht Jessy vornehm nasalierend: *Wieso nennst du mich gut? Hast du eine Ahnung! Gut ist nur der GROSSE BOSS.* Leise zu Petrus: *Das hält ja kein Schwein aus. Mich deucht, die Kacke riecht hier strenger als bei uns daheim.*

Unterdessen schrubbt der Jüngling fleißig an seinem Seidenfummel. Aber der braune Fleck wird immer größer. Schließlich pfeift er resigniert einer hübschen Magd: *Zahra! Bring mir mal die neue Maßtoga. Aber flott.*

Dann fällt ihm etwas Wichtiges ein. Er räuspert sich nach Gutsherrenart, streicht die Falten glatt und nimmt Haltung an: *Verzeih, großer Meister, ich vergaß, mich vorzustellen. Ich bin Krösus Howard Skrooge.* Er reicht Jessy die Hand. *Vielleicht sollten wir unseren esoterischen Exkurs bei einem Imbiß fortsetzen? Ihr seid meine Gäste. Bitte, hier entlang.* Er eilt voraus und verschwindet. Nach drei Minuten taucht er in einer goldenen Toga wieder auf.

Der CVJM nimmt unter der Rosenpergola vor dem Herrenhaus Platz. *Es ist wirklich angenehm, wohlhabende Verehrer zu haben,* ächzt Petrus wohlig zwischen zwei Bissen Granatapfelkonfekt. Jessy nagt bescheiden an einem Taubenbrüstchen. Nachdenklich wendet er sich an den Gastgeber: *Um auf dein existenzielles Problem zurückzukommen: Es gibt für dich ein wunderbar-einfaches Rezept. Lebe so, wie es vernünftig ist. Also laß dir von deiner Liebsten keine Hörner aufsetzen, und nasch nicht an verbotenen Früchten; laß im Supermarkt nichts mitgehen; heb nicht die Schwurhand zum Meineid; hau keine redlichen Leute übers Ohr; und ärgere Papa und Mama nicht ins Grab. So einfach ist das.*

Der junge Geldsack schaut Jessy trübe an: *Das mache ich doch alles seit frühester Jugend. Trotzdem höre ich in mir dauernd die Stimme: Ich darbe, ich darbe, ich darbe. Tag und Nacht. Gräßlich. Ich habe Lebensekel.*

Jessy ist überrascht. Eine solche Offenheit ist er von Reichen nicht gewohnt. Der gefällt ihm: *Also, Junge. Die schwerste Arbeit ist Müßiggang. Das weiß kaum jemand. Und weil du diese Tätigkeit nicht professionell beherrschst, bist du ständig frustriert. Ein Syndrom, das bei vielen jungen Leuten mit dickem Portemonnaie zu beobachten ist. Eine florierende Wurstfabrik im Rücken ist längst kein Garant für ein zufriedenes Dasein.*

Da ist was dran, räumt der Trauertwen ein, *Geld macht nicht glücklich, aber es beruhigt.*

Jessy hebt vielsagend die Hände. *Da bin ich mir nicht so sicher. Wenn ich sehe, wie nervös deine Hand an den Beutel fährt, sobald Judas sich über dich beugt, um mit langen Fingern nach einem Würstchen zu angeln, kommt es mir vor, als könntest du vor Sorge um deinen Besitz kaum schlafen.*

Ja, ja. Auch da ist was dran. Aber ein Valium treibt alle Alpträume über den Jordan. Wenn ich kein Geld hätte, wie könnte ich mir diesen Luxus leisten? Mein Papa hat immer gesagt: »Ein schwerer Beutel macht ein leicht Gemüt.«

Ein schöner Spruch, aber wie ist dein Papa mit diesem Lebensmotto zurechtgekommen? Krösus seufzt. Jessy hat verstanden: *Siehst du, alles Quatsch. Besitz besitzt den Besitzer. Was nützt dir ein Diamant am Hals, wenn du einen Stein auf der Brust hast. Wirf den Ballast ab, dann wird deine Seele leicht. Noch ist es Zeit. Verkauf dein Zeug und spende den Erlös der Caritas, dann hast du unbegrenzten Kredit bei der himmlischen Sparkasse. Was brauchst du mehr als eine Toga und zwei Sandalen? Komm mit uns. Sprich mal mit Judas, dem Verwalter unseres Defizits, wie du deine Moneten am besten anlegst.*

Jetzt, da es ernst wird, wird Krösus blasser als die Wand. Der Geldschmerz ist ihm ins zentrale Nervensystem geschossen. Seine Finger krampfen sich zu häßlichen Krallen, sein offenes Antlitz verwandelt sich in ein Raubvogelgesicht mit hinterlistigen Augen. Schrill und meckernd bricht es aus ihm hervor: *Du willst mich reinlegen. Sehr clever. Das muß man dir lassen. Fast wäre ich auf dein verflucht-frommes Gelaber hereingefallen. Mein schönes Geld soll ich arbeitsscheuen Stinktieren in den Rachen schmeißen? Weißt du überhaupt, wer ich bin, du Hungerleider? Ich besitze 118 Gutshöfe, 13 Paläste in diversen Städten, 3.423 Knechte und 6.435 Mägde hören auf mein Kommando. Alles mein, mein, mein. Ich bin der reichste Mann Judäas.*

Er schlägt sich stolz auf die Brust. Da macht es kracks. Entsetzt zieht er ein Medaillon mit einem Frauenporträt hervor. Es ist zerborsten.

Er bricht in Tränen aus, daß der CVJM vor Mitleid mitschluchzt. *Oh weh, das einzige Andenken an den einzigen Menschen, der mich liebte, ist kaputt, kaputt, kaputt. Ich armer, armer Mann.* Schluchzend läuft er davon, um seine fürchterliche Einsamkeit mit Valium zu betäuben.

Petrus ist ganz mitgenommen: *Guter BOSS. So reich und so entsetzlich arm. Jessy, tu doch was.*

Aber in diesem Fall weiß selbst Jessy, der größte Seelenarzt aller Zeiten, keinen Rat. *Jungs, ich sage euch. Für einen Geldsack ist es fast unmöglich, in den Himmel zu kommen. Die Pforte des Himmels ist klein. Dort kommt kein fetter Reicher hinein.*

Da sind sie von den Socken und sehr ratlos. *Ja, wer hat denn dann überhaupt eine Chance hochzukommen?*

Ihr braucht euch nicht zu beunruhigen. Bei unserem Kontostand seid ihr nicht sonderlich in Gefahr. Und außerdem ist beim GROSSEN BOSS nichts unmöglich.

Da haben sie eine Sorge weniger, und Petrus sagt stolz: *Schau, wir hier, wir haben alles sausen lassen, um mit dir loszuziehen. Das soll uns erst mal einer nachmachen.*

Gut, Petrus. Jessy knallt ihm herzhaft auf die Schulter und singt: *Dem Mutigen gehört das Himmelreich. Dort oben sind sich alle gleich, ob dumm, ob schlau, ob arm, ob reich.* Er schöpft Atem und fährt fort: *Jeder, der sein Haus, seinen Bruder, sein Kind, seine Latifundien, seine Schwester, seine Eltern undsoweiter meinetwegen verlassen hat, wird dafür hundertprozentig belohnt werden. Wartet es ab. Ihr werdet euch wundern, wie kom-*

fortabel das Paradies eingerichtet ist, besonders für den, der es nach vielen Hindernissen und Irrwegen erreicht. Aber viele, die die Ersten waren, werden die Letzten sein, und die Letzten die Ersten. Das ist wie beim Sport. Aber da kann man nichts machen.

Er blickt sich suchend um: *Wo ist denn Krösus geblieben? Wir sollten weiterziehen. Vielleicht kommt er doch mit.*

Aber Krösus hat sich traurig auf dem Klo eingeschlossen.

57
DRITTE FOLGE DER HORROR-PICTURE-SHOW
Markus 10

Ein kurzes Kapitel, worin wiederholt werden sollte, was bereits in den Kapiteln 48 und 52 ausführlich berichtet wurde.

Geliebte Leser, die Wiederholung spare ich uns. Während ihr inzwischen zurückblättert, schreitet Jessy mit seinen Mannen rüstig gen Jerusalem, dem Ziel seiner irdischen Reise. Allerdings kommt es auch bei ihm zu einem kurzen, unvorhersehbaren Stau, denn aus den Donnerwetterboys werden überraschend . . .

58
ARROGANTE PINKEL
Markus 10

Sie stolpern nämlich Jessy mit einem dubiosen Ansinnen in den Weg. *Du, lieber Jessy. Du bist doch unser Freund, ja?* Ob des süßen Klanges wird Jessy hellhörig. *Versprichst du, uns eine kleine Bitte zu erfüllen?*

Die freche Forderung nach einer Blankounterschrift verschlägt nicht nur den übrigen CVJM-Mitgliedern den frischen Atem. Jessy wendet sich pikiert ab: *Hier stinkts plötzlich.* Er schnuppert naserümpfend: *Seit wann leidet ihr denn an Blähungen?* Die Donnerwetterboys drucksen herum. Jessy: *Na, raus mit der Sprache. Oder habt ihr jetzt die Hosen voll?* Man sieht, sie haben schlechtes Gewissen.

Endlich, nach vielen Ähs und wie-soll-ich-sagen, läßt Hanni die Katze aus dem Sack: *Komm doch bitte mit rüber unter die Linde. Da können wir uns unter vier Augen unterhalten.*

Jessy spitz: *Dann muß ich meine wohl zudrücken, denn soweit ich sehe, sind wir dort drüben zu dritt! Was soll denn die Geheimniskrämerei? Hier werden keine Privatsüppchen gekocht. Also erzählt, wo euch die Sandale drückt.*

Köbes gibt sich einen soldatischen Ruck und donnert aus voller Lunge: *Wenn ich ein offenes Wort reden darf . . .*

Darauf warten wir ja die ganze Zeit, ermuntert ihn Jessy.

Also, vielgeliebter Meister, ich bitte, uns nicht mißzuverstehen. Da wir uns nicht über die Rangordnung einigen können, wer Chef wird . . .

Wenn ich im Paradies Urlaub mache, unterbricht Jessy gelangweilt.

. . . da, na ja, da haben wir uns gedacht, stottert Hanni mutig weiter, *daß du die Entscheidung triffst und uns beide zu deinen Stellvertretern ernennst. Wenn du dereinst als Pantokrator vom Himmelsthron aus die Geschicke der Welt lenkst, sitzt einer von uns Donnerwetterboys rechts neben dir und einer links. Das wäre doch eine ausgewogene Lösung.*

Jessy tippt sich mißbilligend an die Stirn: *So, Oberapostel wollt ihr werden. Wenn ihr wüßtet, was euch der Hochmutsteufel da einflüstert! Könnt ihr denn überhaupt den Humpen heben und auf einen Zug austrinken, den ich leeren muß, oder eiskalt die Taufe über euch ergehen lassen, die mich erwartet?*

Die Donnerwetterboys, großmäulig wie immer: *Klar doch. Wir haben Stahl in den Knochen und . . .*

Pudding in der Hose, wenns darauf ankommt, ergänzt Jessy. *Gut, warten wirs ab.* Die Donnerwetterboys strahlen wie zwei Schimmelpilze. *Den bitteren Humpen sollt ihr schmecken, und auch die Taufe soll euch nicht erspart bleiben.* Jetzt sind die Restapostel sauer. Wenn die beiden was kriegen, warum nicht auch sie? Es erhebt sich mürrisches Gemurmel.

Mit einer Handbewegung schneidet Jessy das Unmutsgeröhre ab und beginnt mit einer Viertelpause. *Aber, meine Guten, aus dem Chefsessel in der Beletage wird trotzdem nix. »Keine Vetternwirtschaft«, sagt immer mein Papa. Und besonders nicht im Himmel. Die Sessel bekommen diejenigen, für die sie reserviert sind. Und BOSSlob, die Zuteilung wird vom Personalbüro des GROSSEN BOSSES organisiert. Damit habe ich nichts zu tun.*

Jetzt murrt die Truppe wieder auf und will sich mit erhobenen Fäusten auf die beiden Arschkriecher stürzen, die sie verschaukeln wollen. Jessy sieht den Neid in ihren Augen blitzen und ruft: *Kommt mal näher ran. Ich glaube, ich muß etwas klarstellen. Ihr wißt doch, daß die dicken Bonzen, die immer große Töne spucken, alle anderen nach ihrer Pfeife tanzen lassen. Und wer nicht pariert, wird so lange mit dem Knüppel trainiert, bis er klein beigibt. Das soll bei euch und in Zukunft überhaupt anders sein. Wer bei euch Chef sein will, soll die Dreckarbeit machen, und wer kommandieren möchte, soll für die anderen Geschirr spülen.*

Petrus strahlt: *Mensch, Jessy! Toll! Das tu ich ja eh schon.*

Jessy augenzwinkernd: *Was meinst du, warum ich dir den Hausmeisterposten im Himmelspalais zugeschanzt habe? Jeder muß seine Fähigkeiten auf dem Gebiet entwickeln, wo ihm Talent gegeben ist. Ich bin ja auch nicht gekommen, um mich bedienen zu lassen. Von morgens bis abends racker ich mich für euch ab und setz mein Leben aufs Spiel, damit es die Leute demnächst besser haben.*

59
DIE BLINDE PARTYMAUS
Markus 10

Arm in Arm, unter versöhnlichem Geplauder, nähern sie sich Jericho, der Stadt der Trompeter und Posaunisten. Scharen von Fans garnieren den Weg. Blumengeschmückte Mädels winken mit den Augen, maskuline Fans mit vollen Flaschen in den Händen. Aber der CVJM ist derart meditativ in Seins- und Sinnfragen vertieft, daß sie an den Ovationen vorüber- und aus Jericho wieder hinausgleiten, ohne Stadt und Leute zu bemerken. Gebannt folgen die jubelnden Fans der magischen Gruppe. Jessy hat es eilig, nach Jerusalem zu kommen. Dort, flüstert seine innere Stimme, stände ihm der größte Auftritt seiner gesamten Karriere bevor. Nichts berührt die CVJMler in ihrer erhabenen Einfalt, nicht die schmachtenden Blicke der aufgekratzten Mädels, noch die Hände reckenden Krüppel am Weg.

Unter den Invaliden hockt, mit einem blinden Hund an der Leine, Timäus' berühmter Sohn Bartimäus. Ein blinder Stadtstreicher, dem man wegen delikater Schnorrerkünste den Namen Partymaus verliehen hat. Er wittert nämlich hundertprozentig jede Party und weicht nicht eher von der Türschwelle, bis er seinen Teller vom Festschmaus bekommen hat. Im Laufe der Jahre ist er zu einer Art unverzichtbarem Kultgegenstand geworden, zum guten Omen. Denn jede Party gilt von vornherein als gescheitert, wenn nicht Partymaus zu Beginn des Festes vor der Tür hockt, das Menü kostet und rülpsend absegnet.

Kaum hört Partymaus Jessys klangvolle Stimme in Dur und Moll herüberwehen, hat er eine Idee. Er schreit: *Jessy. He! Jessy. Enkel vom ollen David. He! Alter! Sei ein guter Mann. Leih mir dein Ohr!*

Das gefällt den Partyfreunden gar nicht. Was hat der vor? *Sei still, du Nervensäge. Wenn Jessy dich heilt, ist dein Gebrauchswert als Partyorakel gleich null. Seher müssen blind sein. Das will die Tradition.*

Aber Partymaus läßt sich nicht von seiner fixen Idee abbringen. Er brüllt plötzlich mit der Phonstärke der berühmten Posaune von Jericho, die bekanntlich in d-moll gestimmt war und in grauer Vorzeit alle Mauern der Stadt d-mollierte. Das Gekreisch durchheult die entsetzte Menge und durchdringt geschoßartig Jessys meditative Schallmauer.

Jessy und der CVJM erwachen jäh aus ihren Träumen. Gänsehäute laufen über ihre Rücken, aus den gesträubten Haaren sprühen Funken. Jessy hält sich geistesgegenwärtig die Ohren zu, sammelt Energie und brüllt mit doppelter Phonstärke zurück: *Kerl! Halts Maul!* Das wirkt. Partymaus verschlägt es die Stimme. Jessy blickt sich suchend um: *Wo ist der Schreihals, der uns lärmbelästigt? Bringt ihn her.*

Jetzt wird Partymaus von den Partyfreunden schadenfroh ermuntert: *Na, siehst du. Du hast Glück. Jetzt wird der Meister dir den Marsch blasen. Los. Nicht geziert. Er wartet auf dich.*

Sie geben ihm einen Tritt in den Hintern, daß er auf Jessy zusaust. Der grinst: *Ah, du bist es, Partymaus. Ich wußte gar nicht, daß du so eine gewaltige Stimme hast. Was willst du denn? Sänger werden?*

Partymaus ist platt. Er nickt geschmeichelt. Jessy streicht ihm übers Haar. *Dein Wunsch soll in Erfüllung gehen.* Da singt Partymaus aus voller Kehle ‚O sole mio'. Aber o weh. Es klingt wie das Geheul der schrecklichen Demolierungsposaune. Er hat vergessen, sich eine schöne Stimme dazuzubestellen. Alles bricht in Lachen aus. Judas grinst boshaft, Bartholomäus wälzt sich kichernd am Boden, Petrus schlägt sich wiehernd auf die Schenkel. Nur Jessy hat Mitleid mit dem armen Kerl, der nun nicht nur nicht sehen kann, sondern auch noch mit seiner Blechstimme Kinder und Hunde verschreckt.

Jessy tröstend: *Entschuldige. Der kleine Stimmfehler ist jetzt leider nicht mehr zu beheben. Aber ich kann dir ja noch einen Wunsch erfüllen.*

Partymaus bohrt sich suchend in der Nase. Er ist so verwirrt, daß ihm nicht mehr einfällt, was er vorhin eigentlich von Jessy gewollt hat. Endlich dämmerts ihm: *Eigentlich wollte ich nur ein bißchen besser sehen.*

Jessy lächelnd: *Na, wenns weiter nichts ist. Dein BOSSVertrauen wird dir die Augen öffnen.* Er gibt dem Penner einen leichten Schlag auf den Hinterkopf, und Partymaus schlägt die gelähmten Lider auf und erblickt staunend seinen strahlenden Wohltäter, das schöne Jericho, die Partyfreunde mit ihren lieblichen Mädchen, die er nur vom Klang ihrer Stimme kennt, und bricht dankbar in Tränen aus.

Ein Beifallssturm erhebt sich, und unter rhythmischem Geklatsche zieht Jessy wie ein siegreicher König gen Jerusalem. Und mit von der Partie ist Partymaus, der glückliche Sänger.

60
DAS ESELSFEST
Markus 11

Begleitet von Partymaus' hymnischem Gesang nähern sie sich Jerusalem, der Stadt der Städte. Vor ihnen reckt sich der Ölberg mit seinen Flecken Betphage und Betanien. Hier macht Jessy kurze Rast. Ihm tun die Beine weh. Und nicht nur ihm. Gut 70 Kilometer sind sie in Eilmärschen gegangen.

Er ruft Judas und Petrus: *He, Kameraden! Sehr ihr da drüben das Dorf? Da geht ihr jetzt hin. Gleich hinter dem Ortsschild müßte irgendwo ein junger Esel stehen, der noch nicht zugeritten ist. Den könnte ich gut brauchen. Bindet das Tierchen los und bringt es her. Aber unauffällig. Sollte euch jemand dumm fragen, was ihr da treibt, sagt einfach: Der JUNIORCHEF braucht kurz das Viech. Er schickts gleich wieder zurück.*

Die beiden schieben müde los. Als sie außer Hörweite sind, quengelt Judas: *Was will der denn mit einem unerfahrenen Esel. Wenn das mal gut geht.*

Das, liebe Leser, werden wir gleich sehen. Denn tatsächlich, da steht der Esel und beäugt sie mißtrauisch. Während sie nervös am Knoten herumfummeln, denn die Sache scheint ihnen ein wenig außerhalb der Legalität zu liegen, kommen ein paar herumlungernde Rocker interessiert näher: *He! Ihr da! Was wollt ihr denn mit dem Esel?*

Au weia. Petrus rutscht die Courage in den Darm. *Ach, eigentlich nix besonderes. Wir wollen ihm aus Tierliebe ein bißchen die Beine vertreten.*

So nennt man das bei euch, grinsen die Rocker.

Die Situation wird ungemütlich. Judas kriegt schwitzende Hände und stößt zitternd hervor: *Der JUNIORCHEF . . . Wir wollen ihn ja gar nicht. Aber der JUNIORCHEF hats befohlen!*

Die Rocker weiden sich an ihrer Angst. Der Bandenchef pfeift ironisch durch die Zähne: *Hiui! Jetzt scheißt euch mal nicht in die Hose, liebe Kuttenbrüder. Nehmt ihn mit. Ich schenke ihn euch.* Und fürchterlich lachend hackt der Oberrocker mit dem Stilett den Strick durch. Petrus zieht vorsichtig den Esel auf die Straße und ruft: *Herzlichen Dank auch. Der GROSSE BOSS wirds euch tausendfach vergelten.*

Und so schnell sie können, ziehen sie mit dem Esel los, oder vielmehr der mit ihnen. Kaum spürt sich der Graue vom Strick befreit, rast er wie gestochen davon.

Petrus versucht, von vorn zu bremsen. Während Judas wie ein nasser Sack am Schwanz hängt und verzweifelt *Brrrr, Brrrr!* ruft, ermuntern die Rocker das Biest mit Steinwürfen und Pfiffen zum Ausbruch in die Freiheit.

Halt, halt, Judas. Ich kann nicht mehr. Hilfe. Petrus strauchelt und saust über die Böschung. Der Esel spürt seine Chance und stürmt mit der leichter werdenden Schwanzlast voran. Judas wird über Stock und Stein geschleift und schreit zum BOSSErbarmen. Ein volksstückhaftes Bild. Das halbe Dorf steht johlend auf dem Platz vor der Volkshochschule und ergötzt sich an der köstlichen Szene.

Mittlerweile ist der Esel in Galopp gefallen. Judas holpert wie eine Gummipuppe von Stein zu Stein. Plötzlich bleibt er in einer bizarren Ölbaumwurzel stecken. Kaum ist das Gewicht weg, trabt der Esel gemächlich aus, stoppt bei einer Blumenwiese und beginnt siegreich zu brüllen. Dann macht er sich über das verlockende Grün her.

Petrus kriecht jammernd aus der Weißdornhecke. Seine weiße Toga hängt in Fetzen herab und färbt sich an einigen Stellen leuchtend rot. *Scheiße,* fällt Judas flennend in die Elegie ein. Ächzend zieht er sich aus der Wurzel. Ihm fehlt ein Stück Bart, und seine Toga ist bis zum Bauchnabel aufgeschlitzt.

Sie humpeln auf das friedlich grasende Ungeheuer zu. Petrus hat eine Idee: *Halt du ihn am Strick. Ich werde von hinten aufspringen und ihn in die Knie zwingen.* Er bricht einen dicken Knüppel ab. *Damit geben wir ihm Saures, bis er zahm ist.*

Judas pflückt ein paar saftige Pflaumen und hält sie dem Biest unter die Nase: *Komm, mein Gutester. Koste mal.* Der Esel schnüffelt mißtrauisch, doch dann beginnt er, gierig aus der Hand zu fressen.

Das ist der Augenblick. Mit einem kühnen Satz hechtet Petrus auf den Grauen. Der macht einen erschreckten Ruck mit dem Rücken, und Petrus saust gleich weiter. Diesmal in eine Pfütze. *Autsch,* heult er auf und krabbelt aus dem Dreck.

Wütend rast er mit dem Knüppel auf den Esel los. Aber Judas hält ihn zurück: *Komm, komm. Nicht gleich den Knüppel ins Korn werfen. Wir müssen es mit List und Liebe versuchen. Ich denke, wir sollten uns sein Vertrauen erkaufen.*

Ja, wie denn? Judas hinterhältig: *Laß mich nur machen.* Er zieht sein Klappmesser und schneidet ein paar fruchtbehangene Zweige ab. Und der Esel folgt ihm, gierig nach den Zweigen schnappend, wie ein Hund der Wurst oder der Korrupte dem Bakschisch.

Siehst du, du Bollerkopp! Wir hättens gleich psychologisch einfädeln sollen. Jeder ist käuflich. Es ist immer nur die Frage des Preises. Er grient selbstgefällig, was Petrus gar nicht gefällt.

So ein Schleimscheißer, denkt er und nimmt das Langohr sanft am Strick. *Aber Ideen hat er, das muß man ihm lassen.* Unterdessen hackt Judas fleißig Grünzeug ab und ködert den Esel. Doch mit der Zeit wird es ihm zu mühsam, ihn zu füttern. Er wirft die Zweige einfach auf den Weg. Hin und wieder schnappt der Esel sich genüßlich ein zartes Blättchen, ein Pfläumchen, einen Ährenhalm. So kommen sie zügig ins CVJM-Lager.

Lieb schaut ihr aus, begeistert sich Bartl, als er sie kommen zieht. *Ein Bild des Friedens. Und das mit den ausgestreuten Zweiglein sieht hinreißend aus.* Alle klatschen Beifall. Daß die beiden Eselstreiber etwas ramponiert wirken, entgeht ihnen bis auf Jessy, der sich lächelnd seinen Teil denkt und laut lobt: *Toll habt ihr das gemacht. Ganz toll. Ich sage euch: Ihr beiden werdet die berühmtesten Apostel werden.*

Bei diesem Lob ist aller Schmerz vergessen, und sie strahlen wie Honigkuchenesel. Jessy klopft dem Grauen auf den Rücken: *Braves Tierchen. Bist du so nett und bringst mich nach Jerusalem?* Der nickt und sagt: *Jessy, für dich tu ich alles.* Was jedoch nur von Jessy verstanden wird.

Jessy schwingt sich auf den Sitz, startet, und ab

gehts. Judas hackt wieder Zweige ab, und das gefällt allen so gut, daß sie es ihm nachmachen. Sie garnieren den Weg mit den saftigsten Palmzweigen und duftigsten Kräutern. Es sieht herrlich aus. Und noch lange, lange, lange Zeit später wird man sich an diesen Palmsonntag erinnern.

Mit jedem Schritt und Eselstritt wächst die Stimmung. Sie rufen *Hosianna* und singen: *Freut euch, Leute. Kommt und schaut, wies Eselchen das Blättchen kaut. Er trägt vergnügt den JUNIORCHEF. Wie König David kommt er daher. Das freut mich sehr!*

Der Text ist zwar etwas holprig, aber die von Hanni extemporierte Melodie, die wir hier aus Platzmangel leider nicht abdrucken können, ist derart mitreißend, daß sie die kleinen dichterischen Mängel wettmacht. Die neugierigen Betanier folgen fasziniert dem seltsamen Eselszug. Die Rocker sind ganz hingerissen über Jessys Happening und kommen auf die tollsten Einfälle: Sie ziehen ihre Jacken, Hemden und Hosen aus und legen sie als Teppiche auf den Weg.

Am Tor von Jerusalem bekommt die Stadtwache beim Anblick der lustigen Karawane einen Lachkrampf. Der Hauptwachtmeister, ein Witzbold, stellt seine Leute im Spalier auf und läßt sie zur Begrüßung singen: *Fröhlich singt der Esel in das Morgengrau, frißt er zuviel Feigen, furzt er grün und blau! I-A, I-A, I-A, I-A, I-A.*

Die Einwohner der ganzen Stadt sind schier aus dem Häuschen und treten vor dieselben, um Jessys Umzug anzustaunen. Alle klatschen begeistert und nehmen die Songs auf, die mit der Zeit durch rhythmische Verschiebungen als Quodlibet zu 25 Stimmen durch die Stadt schallen. Jessy reitet Kußhand-werfend durch die Volksmassen.

Schalömmchen, du schöner Reitersmann, rufen ihm schelmisch einige Ladies zu und überschütten ihn mit Blumen.

Königlich winkend kommt er am Tempel an. Hier ist die Schau zu Ende. Vorläufig. Jessy macht eine kleine Tempelinspektion. Dann zieht sich der CVJM zurück nach Betanien, wo ihnen das Bett bereitet ist. Denn der Tag hat sich geneiget.

61
FAULER FEIGENBAUM KRIEGT SENGE
Markus 11

Als sie am nächsten Morgen von Betanien loszuckeln, hat Jessy mit einemmal einen Mordsappetit auf Feigen. Er blickt sich suchend um, ob er nicht einen Obstlieferanten entdecken kann – und er hat Glück. Gleich schräg links über die Böschung breitet ein Prachtkerl von einem Feigenbaum majestätisch seine Äste mit saftigen Blättern und einer Schar lustig pfeifender kleiner Untermieter aus.

Allein beim Anblick des gewaltigen Baumes läuft Jessy das Wasser im Mund zusammen. Er springt über den Zaun und sprintet vergnügt auf das Obst zu. Aber von wegen – die Feigenproduktion ist gerade eingestellt. Es ist nämlich nicht die Zeit für Feigen. Jessy ist außer sich. Jetzt hat er einmal in seinem Leben so richtig Lust auf ein paar süß-saftige Feigen, und da soll er sie nicht bekommen? Der Baum blickt bedauernd. Und das bringt Jessy noch mehr auf die Palme. Sonst eine Seele von Mensch und ein Muster an göttlicher Geduld, rastet Jessy aus und steigert sich in einen Wutanfall: *Du Papiertiger, du Windei, du halbes Hemd von einem Baum! Ein einziges Mal möchte ich eine Feige kosten, und du stehst mit leeren Ästen da. An dir wird ein Exempel statuiert. Von dir soll keiner mehr eine einzige Feige pflücken, du Faulpelz. Da kannst du warten, bis du schwarz bist!*

Und um seine Worte wahr zu machen, wirft er einen zornig-flammigen Blick auf den dicken Otto, daß es qualmt und die Vögel kreischend davonflattern. Seine Boys stehen mit offenem Mund hinterm Zaun und fragen sich, ob sie spinnen oder er. Sie können ja nicht wissen, daß ihr Herr und Meister niemals etwas ohne guten Grund tut. Selbst wenn er ab und zu Holzhackermethoden anwendet.

62
FRÜHJAHRSPUTZ IM TEMPEL
Markus 11

Nach der Verdammung des faulen Feigenbaumes gehts mit leerem Magen gen Jerusalem. Jessy ist richtig sauer. Mit wutgeweiteten Schritten eilt er schnurstracks zum Tempel.

Den hat er tags zuvor genauestens unter die Lupe genommen. Und was dort unter dem Deckmantel der Heiligkeit blüht, erfüllt ihn mit Empörung und Trauer. Der Tempel zu Jerusalem, das Haus des GROSSEN BOSSES, das einzige wahre Heiligtum im Land, das jüdische Zentrum der ganzen Welt ist zur Lasterhöhle des Teufels verkommen, wo Götze Mammon hingegossen auf goldenen Kissen ruht. Hier treiben die Sadduzäer, die scheinheiligen Tempelpriester, ihre perfiden Geldmacht-Spielchen, hier horten sie in tiefen Tresoren unter dem Allerheiligsten die Schätze der habgierigsten

Brüder des Stammes Nimm. Hier wird gewuchert und geschachert, übers Ohr gehauen, mit herzlicher Geste herzlos ruiniert, bestochen und erstochen, daß die ehrwürdigen Wände stöhnen und die Tempelmäuse gesträubten Fells das Weite suchen.

Mit Genie, Gier und Geld ist es den Sadduzäern geglückt, den Tempel des GROSSEN BOSSES in die Nationalbank der Juden der Welt umzufunktionieren. Dort hocken sie auf Schätzen Dagobert Duck'scher Dimension und beuten die Armen aus. Und um ihr durchtriebenes Finanzsystem zu sichern, haben sie mit den Behörden der römischen Besatzungsmacht den Teufelspakt geschlossen, der seit jener Zeit in aller Welt Schule gemacht hat: Eine Hand wäscht die andere.

Da machen wir Ordnung, daß es brummt! knirscht Jessy zwischen den blendaxweißen Zähnen hervor. *Denen bleuen wir Anstand und BOSSESFurcht ein! Von einem geizigen Geldsack und einem fetten Bock hat man erst Nutzen, wenn sie tot sind!* Dem CVJM wird mulmig.

Du, Jessy, Petrus zupft ihn am Ärmel, *meinst du nicht, daß wir uns in diesem Fall etwas diplomatischer verhalten sollten? Ich meine, die Pharisäer sind ja zum Streiten ganz gemütliche Leute. Mit denen kann man reden. Aber die Sadduzäer? Oijoi! Ich hab da kein gutes Gefühl. Die sollen Folterkammern unter den*

Geldtresoren haben, heißt es. Und was willst du denn überhaupt machen?

Jessy blitzt ihn kampflüstern an: *Du Memme. Wer in der Jugend stirbt, hat im Alter Nutzen davon. Bin ich nicht trockenen Fußes übers Wasser geflitzt? Habe ich nicht vor euren Augen den Orkan handzahm gemacht? Habe ich nicht ein paar trockene Semmeln in ein Galabuffet für 10.000 Mäuler verwandelt? Mut, Leute. Wir stürmen die Bank und zeigen ihnen, wer Herr im Haus ist!*

Petrus kriegt ganz zittrige Hände: *Was? Die Bank überfallen wie Bankräuber? Das ist doch strafbar! Die machen uns glatt den Prozeß.*

Während Petrus aschfahl wird, ist Judas Feuer und Flamme: *Mann, Jessy! Toll! Wir knacken die Bank. Da bin ich dabei. Aber wie bringen wir den Zaster in Sicherheit? Das muß bestens organisiert werden.*

Perplex blickt Jessy von einem zum anderen. Der eine kriegt immer, wenns spannend wird, Herzflattern und der andere, kaum wittert er ein Häufchen Gold, den Todesmut eines Kapitalisten.

Ihr seid mir schöne Freunde, grimmt Jessy. *Ich will weder die Bank sprengen noch ausrauben. Ich will einen kleinen Budenzauber veranstalten, damit die bigotten Tempel-Banker kapieren, daß ihre dubiosen Geschäfte von der Basis nicht akzeptiert werden. Ver-*

steht ihr? Ich will demonstrieren, daß wir uns nicht alles bieten lassen, daß ihr BOSSloses Treiben auf Widerstand stößt. Ein rein symbolischer Akt! Alles paletti?

Judas ist frustriert. *Aber das schöne Geld, das da unten nutzlos vor sich hinrostet. Was könnte man alles damit machen. Notprogramme für hungernde Künstlerkinder ...*

Ja, das könnte man, unterbricht ihn Jessy, *aber unrecht erworbenes Geld stinkt und klebt vom Schweiß und vom Blut der Ausgebeuteten. Mich deucht, lieber Kassenwart, du bist in der letzten Zeit ein wenig anfällig für den Glanz des Goldes.*

Judas schlägt die Augen nieder: *Überhaupt nicht, Meister. Silber ist mein Metall. Ach, Silber! Es schimmert so schön im Mondlicht.* Er bekommt verklärte Augen. *Für Silber könnte ich alles tun. Alles. Wie schön es glitzert ...*

Unter diesen Betrachtungen über Wert und Schönheit des Geldes sind sie im Vorhof des Tempels angelangt, wo sich Bankschalter an Bankschalter reiht. Überall geschäftiges Treiben. Kassen klappern, Goldbarren und Silbermünzen türmen sich, Papyrus-Quittungen werden aufgespießt.

Da sieht mans, flüstert Judas neidisch, *nicht genug, daß der Reiche reich ist; auch seine Quittungen sind was wert.*

Pilgerväter aus dem Ausland tauschen ihre Devisen in hebräische Silber-Sekel. Nur in dieser Währung dürfen sie das Sühnegeld für den Tempel entrichten und in den Devotionalienhandlungen des Tempels damit Opfertiere kaufen: zarte Täubchen und kuschelige Lämmer, um ihr unschuldig Blut dem GROSSEN BOSS zu opfern. Münzen klirren, Banker lachen, Tauben gurren, Lämmer blöken. Ostern steht vor der Tür, da herrscht in Jerusalem immer Weihnachtsrummel. Der Umsatz ist glänzend und spiegelt sich in den Augen der zufriedenen Geschäftsleute. Wie heißt es doch so schön: Die Not zeigt sich zuerst im Gesicht. Davon ist hier keine blasse Spur zu entdecken. Hier lacht der Reichtum aus Speckfalten und Hamsterbacken.

Am Tempeltor lungern zwei Wachtmeister der Tempelpolizei und schieben Langeweile. Außer Betrügereien ganz großen Stils, die ja bekanntlich nicht strafbar sind und im Falle der Entdeckung noch belohnt werden, sowie ein paar lächerlichen Taschendiebereien, die nicht der Rede wert sind, ist hier die Kriminalitätsziffer gleich Null. Ein Bullenjob zum Hörnerkriegen.

He, Mosche. Der Tempelbulle knufft seinen sanft vor sich hinsäuselnden Kollegen in die Seite. Der schreckt auf: *Ja, ajaj, ja... Ach, du bists, Dajan. Wasnlos?*

Hömma, du Tränentier. Ich geh jetzt auf'n Sprung zum Bauchtanz ins Casino. Da soll eine sagenhafte neue Mieze Bauch und Möpschen kreisen lassen, daß selbst Impotenzlern im Hoden heiß wird. Tschüs, Alter. Heute nachmittag bist du dran. Okay?

Ja, ja. In Ordnung. Ich nehme noch 'ne Mütze voll Wachschlaf. Und schon ratzt er wieder ab.

Als Dajan zum Tor hinauseilt, eilt Jessy ihm mit seiner illustren Schar entgegen. Dajan erinnert sich an ihn vom Vortag: *Hallöchen, Eselskönig,* juxt er, *willst du hier die Äpfel deines Esels vergolden?*

Jessy spielt mit: *Ein andermal, mein Guter, reich bin ich nicht in dieser Welt. Darum bitte ich um eine milde Gabe. Kannst du mir für ein paar Minuten deine Gummiwurst pumpen? Ich möchte damit ein kleines Trauerspiel dirigieren.*

Der Bulle grient. *Du bist mir ein Komiker. Also ehrlich, deine Eselsschau gestern war große Klasse, Mann. Hier ist ja nie was los. Ödes Kaff. Du solltest Showmaster werden. Damit hättest du Riesenerfolg.* Er gibt ihm den Knüppel. *Ich muß kurz dienstlich das verdächtige Treiben einer dubiosen Dame untersuchen. Dabei ist die Gummiwurst nur im Wege. Sollte sie mich länger aufhalten, gib den Knüppel meinem Kollegen Mosche. Der pennt rechts an der Säule. Ave Rex.* Lachend verschwindet er im Gewühl der Jiddelach.

Jessy prüft die Qualität der Gummiwurst, biegt sie zu einem Omega, läßt sie hochschnellen, haut Judas probeweise auf den dürren Hintern. *Au,* heult der verschreckt auf, *was hab ich dir denn getan?*

Noch nichts, feixt Jessy, *aber was nicht ist, kann noch werden. Ich wollte das anschmiegsame Ding nur testen. Wie ich sehe, ist die Qualität ausgezeichnet. Stellt euch mal drüben neben dem knackenden Bullen an die Wand. Gleich wirds brenzlig.*

Jessy schreitet majestätisch zum größten Bankschalter, hinter dem ein abgefeimter Spitzbube vor Gold- und Silberbergen hockt. Vor ihm steht ein armes Würstchen, greint und reckt verzweifelt die Hände zum Himmel. *Ach, Shylock. Erbarmen. Nur dieses eine Mal. Wie soll ich denn leben? Meine Frau ist krank, die Kinder hungern.* Ungerührt stapelt der Wucherer das abgeknöpfte Kleingeld zu einer Säule: *Schau, mein Lieber. Meine Mutter selig hat immer gesagt: »Fröhliche Armut geht über alles«. Dein Weinen bricht mir das Herz. Zieh Leine, oder ich muß dich wegen Diebstahls verhaften lassen. Du stiehlst mir die Zeit, und Zeit ist Geld.*

Gebrochen wankt der arme Jude davon. Jessy hält ihn mitleidig am Knopf fest. *Wart noch ein bißchen. Gleich rollt hier der Rubel. Vielleicht findest du dein Glück.* Dann geht er zu Shylocks Tresen: *Tachchen, Shylock. Kannst du mir einen kleinen Kredit geben?*

Shylock mustert Jessy mit einem taxierenden Blick und kombiniert: *Haben tut der nix, das sieht man, aber er riecht nach reichem Background. Und meine Nase täuscht mich nie.* Er legt sein schleimigstes Lächeln auf: *Sehr, sehr gern, junger Herr. Was solls denn sein. Dukatchen, Zechinchen, Drachmen . . . ?*

Jessy zeigt auf die unterste Münze der größten Säule: *Dieser Taler sieht sehr verlockend aus.* Er streckt die Hand aus und greift danach. Ehe Shylock sprachlos vor Schreck reagieren kann, beginnt die Säule zu wanken, und glockenrein klingend bricht sie in sich zusammen. Shylock kreischt *Hilfe, Diebe!* und stürzt sich wutentbrannt auf Jessy, während die Goldtaler durch den Tempel rollen. Jessy bückt sich judogeschickt, Shylocks Gerippe saust über ihn hinweg und schlägt krachend auf den Marmorboden. Jessy springt auf die andere Seite des Tresens und verschanzt sich hinter den Geldbergen. Keine Sekunde zu früh: Shylock, zäh und wieselflink wie alle Geizkrägen, stürmt bereits wieder heran und mit ihm eine Schar verbündeter Wucherer, die dem Störenfried das Handwerk legen wollen. Mit konzentrierter Kraft schleudert Jessy den Bankern Shylocks Bank mit der Bank entgegen. Mordsgetöse, Schreie, Geldklirren.

Der ganze Saal verwandelt sich in einen brodelnden Kessel. Habenichtse stürzen sich auf die rollenden

Judenrubel, Shylock-Kollegen raffen an sich, was andere nicht erwischen, Shylock feuert mit meckernder Stimme die Wuchererschar zu mehr Kampfgeist an. Jessy läßt die Gummiwurscht tanzen. Zähne zischen durch die Luft, Beulen wachsen gen Himmel. Ein Banker nach dem anderen sinkt vor Shylocks Bank in die Knie.

Aber es werden immer mehr. Wie bei der neunköpfigen Hydra. Kaum ist ein Kopf weg, wachsen zwei neue Wuchererrüben nach. Die gesamte Bankerbranche ist jetzt auf den Beinen und nimmt brüllend die Verfolgung des Frevlers auf. Jessy hüpft drahtig auf den nächsten Schalter und rast wie Düsentrieb von Bank zu Bank. Die Gummiwurscht wirbelt wie ein Mähdrescher durch die Geldberge, fegt über Rücken und Köpfe der Geldsäcke, knallt durch die Regale der Devotionalienhändler, zerschlägt die Gitter der Taubenkäfige, durchhaut die Türchen der Lammgehege. Schreckensgeheul mischt sich mit dem Geblök der Schäfchen, Tauben schwirren wirren Flugs durchs Tempeltor. Panik. Wer ein paar Münzen ergattert hat, bringt sie in Sicherheit. Kurzum: Im Tempel ist der Teufel los. Nur die zwölf Boys vom CVJM stehen kalkweiß und säulenstarr an der goldnen Tempelwand neben dem behaglich schnarchenden Tempelbullen.

Als der Kampfgeist der fetten Banker nach der Raserei merklich erlahmt, klettert Jessy auf den mächtigen

Tempeltresor. Flammen sprühen aus seinen Augen. Das abgeschlaffte Publikum hält geblendet den Atem an. Mit einem Schlag wird es grabesstill. Jessy hat mit der Gummiwurst auf den Tresor geklopft. Nur ein paar verirrte Friedenstauben flattern noch mit den Flügeln, und Mosches sanftes Geschnarche bildet den flauschigen Klangteppich, auf den Jessy mit lichten Worten erhabene Muster malt:

Liebe Mitglieder des Tempelbankvereines, liebe Gäste, verehrte Freunde. In einem Buch, das uns allen lieb und teuer ist, stehen die Worte: Am Plätzchen, wo ich zuhaus bin, dort soll ein jeder, sei er aus dem Kongo oder aus Dinkelsbühl, in einem Wigwam oder in einem Iglu zuhaus, mit mir, dem GROSSEN BOSS ungestört unter vier Augen reden können. Und was, frage ich euch, habt ihr aus diesem stillen Tempel gemacht? Aus dieser Halle der Einkehr: eine Schaltzentrale des Satans, eine Räuberhöhle.

Es erhebt sich zaghaftes Gemurmel. Der Junge hat ja eigentlich recht. Das Gewissen beißt die beinharten Geldgeier. Wie wahr, wie wahr. Jessy, firm in allen Managementtricks, nutzt die Pause der Rührung: *Zieht hin in Frieden, Kinder. Seid schön brav. Streitet euch nicht. Räumt schön die Bude auf und werdet ein wenig großherziger. Ihr wollt doch auch einmal in den Himmel kommen.*

Damit steigt er vom Tresor, grüßt sein Auditorium mit einer pontifexalen Geste, schreitet an den auseinanderweichenden Bankern vorbei bis zum selig schlummernden Mosche und klopft ihm freundlich mit der Gummiwurscht auf den Helm: *Erwache!* Der schrickt auf: *Herein?* Jessy: *Tut mir leid, dich zu wecken. Aber Dajan hat mich gebeten, dir seine Wurscht zu geben. Vielen Dank auch und beste Grüße. Meine Empfehlung.* Und weg ist er.

Das ist ja nochmal gutgegangen, stöhnt Petrus aus trockener Kehle, als sie durch die Gassen und Gässlein schlendern. *Ich dachte schon, du müßtest dein Testament machen.*

Gute Idee, mein Lieber. Das ist, was fehlt. Wir brauchen ein NEUES TESTAMENT. Das alte ist erfüllt, wird ein gewisser Denger in rund 2000 Jahren nach den alten Quellen neu formulieren. Wir müssen jemand suchen, der meine und eure Story gewissenhaft notiert. Daraus können dann Bibelforscher eine Menge hübscher Deutungsversuche zusammenbasteln und einen neuen Berufsstand gründen, der sie und ihre Familien ernährt.

Petrus begeistert: *Ja, Meister. Ja. Ein toller Gedanke. Nur wenns aufgeschrieben ist, gehen wir in die Geschichte ein. Ich kenn da einen aufgeweckten jungen Mann namens Markus, ein Söhnchen einer alten Bekannten von mir.* Seine Glatze färbt sich ein wenig schamrot.

Jessy denkt sich seinen Teil; laut: *Gut, engagiere ihn. Dann kann ich mein Testament machen. Ich glaube nämlich, da braut sich was zusammen.*

Prophetische Worte. Denn just in dieser Minute tagt ein geheimer Krisenstab unter dem Vorsitz von Oberpriester Kaiphas in dessen Chefbüro in der Beletage des Tempels.

Shylock hat soeben rapportiert. Kaiphas krault sich am Kinn: *Ja. Der Mann ist ein Genie. Zweifellos. Dieses Durchsetzungsvermögen, dieser Klarblick, diese Eloquenz. Diese Unerschrockenheit. Ich habe ihn schon lange im Auge. Leider hat er einen kleinen Fehler: Er gehört nicht zu uns.*

Wir sollten ihm einen Aufsichtsratsposten anbieten, schlägt ein gerissenes Vorstandsmitglied vor.

Kaiphas ist skeptisch: *Ich habe das Gefühl, sein Charakter ist dafür zu unflexibel. Ich fürchte, wir sind gezwungen, ihn zu eliminieren. So leid es mir tut. Denn kreative, dynamische Geister sind in unserer Zeit Mangelware. Aber mit seinen Talenten kann er uns sehr gefährlich werden. Das Volk liebt ihn. Das ist der Knackpunkt. Wir können es einfach nicht wagen, ihn ungehindert agieren zu lassen. Fräulein Judith, bitte notieren sie ...*

Und damit nimmt das Verhängnis seinen Lauf.

63
BAUMSTERBEN DURCH BÖSEN BLICK
Markus 11

Als der CVJM am nächsten Morgen wieder am Feigenbaum vorbeikommt, trauen die Jungs ihren Augen kaum: Jessys flammender Blick hat ein unübersehbares Baumsterben verursacht. An Stelle des saftigen grünen Burschen steht dort ein trostloses Laubgespenst. Aus dem Obstproduzenten ist über Nacht ein Feuerholzlieferant geworden.

Jetzt ist er wenigstens zu was nutze, knurrt Jessy unversöhnlich, als Petrus und die anderen naturverbundenen Wandervögel in Wehklagen ausbrechen.

Sein Zorn ist noch immer nicht verraucht. *Burschen, hört bloß auf mit dem Gejammer. Vertraut auf den GROSSEN BOSS. Der läßt ganze Wälder aus Wüsten wachsen, wenns euch danach verlangt. Mit der Kraft des Glaubens läßt sich jeder Gedanke materialisieren. Ich sage euch: Wer zu dem Hügel da drüben spricht: »Mach 'ne Fliege, Guter, und flatter ins Meer«, und nicht den geringsten Zweifel an seinem Wunsch hat, sondern fest an das glaubt, was er will, der wird sehen, was er davon hat ...*

Er hält nachdenklich inne: *Wobei hier natürlich nicht zur Debatte steht, worin eigentlich der Nutzen eines Berges unter Wasser liegen soll . . . Aber das hat ja nichts mit der magischen Seite des Problems zu tun. Es ist im Grunde ganz einfach und überhaupt keine Zauberei: Alles, um was ihr betet und bittet, wird in Erfüllung gehen. Die Technik besteht darin, daß ihr felsenfest glaubt, es sei bereits Wirklichkeit. The power of positiv thinking wird das mal in einer neuen Sprache heißen. Aber . . . und das ist die Voraussetzung für das Gelingen . . . euren Wünschen müssen reine Beweggründe zugrunde liegen. Weiße Magie, nicht schwarze.*

Wenn ihr aus egoistischen Motiven handelt, wird die Kraft des Bösen, die ihr anruft, Macht über euch gewinnen und euch zerstören. Darum vergebt zuvor, wenn ihr eure Wünsche formuliert, jedem, der euch auf den Schlips getreten hat oder den ihr nicht riechen könnt. Dann wird der Generator eurer Energie, der GROSSE BOSS, die kleinen Defekte eures Seelensystems freundlich übersehen und euch ans kosmische Netz seiner unerschöpflichen Kraft anschließen. Wir leben in einer Zeit, wo das Wünschen hilft und der Glaube Berge versetzt.

Und um das zu beweisen, geht Jessy zum leblosen Feigenbaum, bricht ein dürres Zweiglein ab und steckt es neben dem verdorrten Stamm in die Erde. Und siehe da, aus dem toten Holz schlägt leuchtendes Grün, und ein paar Minuten später wachsen 13 köstlich-duftende

Feigen, die Jessy schmunzelnd pflückt und eine nach der anderen genüßlich auf der Zunge zergehen läßt.

Den Boys blutet das Herz. Schließlich grimmt Judas: *Und wir? Ist das etwa kameradschaftlich geteilt?*

Ich bin nicht zum Teilen gekommen, mein Lieber, sondern zum Essen. Ich habe euch den Trick verraten. Jetzt laßt euch eure Feigen selber wachsen. Viel Erfolg. Lächelnd entfernt sich Jessy von seiner verdutzten Gläubigenschar, die eifrig Äste abknickt und in den Boden steckt.

Jessy ist langsam über den Hügel gewandert, so sieht er nicht, wie das Experiment ausgeht. Schade. Das hätten auch andere gerne gewußt.

64
TEMPEL-BANKER WOLLEN VOLLMACHT
Markus 11

Während sich seine Zauberlehrlinge mit der Erzeugung magischer Feigen abmühen, wandelt Jessy gemächlich zum Tempel. Dort ist alles wieder aufgeräumt und blitzt in trügerischer Reinheit. Am Tor stehen Mosche und Dajan in strammer Haltung und grüßen militärisch aus den Augenwinkeln. Man sieht, sie haben einen auf den Stahlhelm gekriegt. Die Tempelgeschäfte gehen ihren gewohnten kapitalistischen Gang. Und da alles um ihn herum so geschmiert geht, geht auch Jessy ein wenig im Tempel auf und ab, um die Atmosphäre zu kosten.

Er schnuppert. Es riecht nach dicker Luft, die sich an der Tür zur Tempel-Café-Bar ZUM GOLDENEN KALB verdächtig verdichtet. Jessys Nase trügt ihn nicht: *Schätze, da sitzen die Strategen und schmieden teuflische Pläne. Es stinkt jedenfalls penetrant nach schlechtem Charakter.*

Kurz entschlossen swingt er durch die Drehtür. Dort hocken die Direktoren der Tempel-Bank in Gestalt von Tempelpriestern, Schrift- und Rechtsgelehrten und ein paar angegrauten Geldfüchsen und peilen die Lage: Alle blicken angestrengt in ihr Morgenschnapsglas und deuten daraus mit jiddischem Temperament den gestrigen Börsenkrach. Sie quasseln aufgeregt mit Händen und Füßen, weil der Mund allein nicht ausreicht, während Shylock nervend wie der alte Cato sein Bandschleifen-Bonmot abspult: *Einen guten Freund bekommt man umsonst, einen Feind muß man sich kaufen.*

Da nimmt Jessy sonniglächelnd vor den finsteren Geldgeiern Gestalt an, und diese fallen ertappt in stumme Banker-Diskretion. Nur die Kaffee-Maschine gurgelt ersterbend vor sich hin. Jessy beäugt veilchenblaue Augen, imposante Beulen, attraktive Schmisse und beschließt, heute ganz lieb zu ihnen zu sein: *Moin, moin, liebe Geschäftsfreunde. Ihr seht heute so verklärt aus. Mein Selbsterfahrungsschnellkurs scheint bei euch positiv angeschlagen zu sein. Man siehts euch förmlich an.*

Shylock diplomatisch: *Einem Guten hilft ein Wort, einem Bösen nicht mal Prügel.*

Eine sehr tiefe Einsicht, lieber Freund. Aber Schwamm drüber. Was geht uns das Gestern an? Heute! Das ist das Leben. Trotzdem wars ein aufregender Poker. Sehr sportlich. Sind wir wieder Kamerad? Jessy blickt einem nach dem anderen durchs Schlangenauge ins Herz und entdeckt Mördergruben und Fußangeln. Er erkennt: Seine Mit- bzw. Gegenspieler sind derart sauer, daß es ihnen das Hemd hinten reinzieht.

Nur der gewiefte Alt-Bankier Absalom, kurz Abs genannt, wird konziliant: *Bitte, Kollege, nimm doch Platz. Möchtest du einen Kaffee mit Ziegenrahm oder Joghurt mit Schuß?*

Danke. Jessy läßt sich neben Abs nieder. *Ehrlich gesagt, lieber ein Schöppchen Wein. Denn beim Wein findet man immer eine Menge Freunde,* lächelt Jessy lammfromm.

Das rauhe Klima wird milder. Alt-Bankier Abs rückt ein wenig näher: *Sag mal, es heißt allgemein, du seiest der JUNIORCHEF. Das will hier auch niemand in Frage stellen: Du hast zweifellos etwas Direktorenhaftes an dir. Aber, bitte entschuldige meine Neugier, wer hat dir eigentlich die Vollmacht gegeben, Geschäfte in der Tempel-Bank zu tätigen? Du verstehst, es ist für uns äußerst wichtig zu wissen, mit welchem Partner wir es zu tun haben, wer im Hintergrund wirkt undsoweiter . . . ?*

16 Direktoren-Augen blicken Jessy lauernd an. Der vorsichtig: *Man muß das Leben an die Wahrheit binden. Darum will ich, bevor ich meine Karten auf den Tisch lege, zuvor von euch eine klare Antwort auf eine Frage. Das ist ein harter Handel, aber er wird ehrlich bezahlt. Bekomme ich die erwünschte Auskunft, werde ich ohne Zögern den Namen meines Auftraggebers preisgeben.*

Die Tempel-Banker nicken unbestimmt.

Ich sehe, ihr seid d'accord. Dann paßt auf: Bade-Johnny hat doch, als er dazu noch in der Lage war, die Leute mit großem Erfolg getauft. War das eine Aktion, die vom Zentralbüro des GROSSEN BOSSES organisiert wurde, oder war das bloß ein schamanistischer Hokuspokus einiger mythomaner Spinner, um Leichtgläubige aufs Kreuz zu legen?

Die Tempel-Banker blicken sich verdutzt an. Abs räuspert sich: *Ähem, ähem ... eine nicht ganz einfach zu beantwortende Frage. Schwierig, schwierig.* Er wischt sich den Schweiß von der Halbglatze. *Bevor ich dazu Stellung nehme, möchte ich zum Zeichen unserer Konformität doch lieber erst die Statements meiner geschätzten Kollegen einholen. Wenn du gestattest, ziehen wir uns für ein paar Minuten zur Beratung in das Séparée zurück.*

Jessy nickt großzügig. Während die Banker verduften, strömen die CVJM-Zauberlehrlinge kleckerweise ein und mit ihnen eine Horde müßiggehender Fans. Sie machen sich in der Tempel-Café-Bar breit, erzählen Witze, lachen und trinken schamlos den süffigen Schnaps der Oberbanker aus.

Unterdessen suchen die listenreichen Top-Manager eine byzantinische Antwort auf Jessys knifflige Frage. Shylock kaut am Bartzipfel und grunzt unwirsch durch die Triefnase: *So ein Windhund. Ich sage euch, der legt uns rein. Raffinierter als Odysseus. Wenn wir sagen: »Vom Himmel organisiert«, dann wird er sagen: »Warum habt ihr ihn dann nicht für voll genommen?«*

Zum Knochenkotzen, knurrt Abs und stochert sich mit einem Zahnstocher zwischen den Zehen, *der Kerl ist gerissener als wir. Sollen wir etwa behaupten, daß die Bade-Aktion ein paar Spinner erfunden haben?*

Dann gibt es einen Volksaufstand. Die ausgeflippten Weiber und ein paar dämliche Kiffer verehren doch Bade-Johnny quasi als Heiligen. Ein Kreuz. Da haben wir uns was Schönes eingebrockt. Broker, bleib bei deinen Talern ... Was sollen wir machen, als uns dumm stellen? Das ist die einzig intelligente Antwort auf diese unverschämte Frage.

Die Banker geben sich einen Ruck und tapsen auf leisen Sandalen wieder ins GOLDENE KALB.

Abs kurz und schneidig: *Kindische Frage. Keine Ahnung. Kann dies, kann das sein.*

Jessy heiter: *Na, wenn ihr mir nichts erzählt, dann erzähle ich euch auch nichts. So ist es im Geschäftsleben: Eine Hand wäscht die andere.*

65
KURZ-KRIMI MIT BÖSEN FOLGEN
Markus 12

Die Banker stehen blamiert da und wissen außer »Ähem« und »Plem-plem« nichts Rechtes zu sagen. Petrus flüstert Jessy ins Ohr: *Siehst du, ich habs ja gesagt, mit denen kann man nicht reden.* Der Pöbel feixt unverschämt über die gehobene Sprachlosigkeit.

Die Situation wird für gebildete Menschen peinlich.

Um Schlimmeres zu verhindern, beschließt Jessy, zur Entspannung der Lage eine seiner spannenden Geschichten zu erzählen. Jessy räuspert sich verbindlich: *Liebe Freunde, da wir heute so cordial beisammen sind, möchte ich euch eine kleine Geschichte in neuer literarischer Form vortragen, den literarischen Kurz-Krimi mit doppeltem Boden. Es ist ein Experiment, aber ich hoffe, es gefällt euch.*

Fans und Freunde gespannt: *Bravo. Toll. Erzähle. Von deinen Stories kann man süchtig werden. Die werden noch in ein paar tausend Jahren gedruckt.* Nur die Tempel-Banker haben ihre verlorene Sprache noch nicht wiedergefunden und blicken leicht blöde drein.

Jessy siehts und beginnt aufmunternd im Schnurreton aller orientalischen Märchenerzähler: *Once upon a time war einmal ein fleißiger Mann, der bepflanzte seinen Weinberg mit gelbem Muskateller, zog um die jungen Weinstöcke einen Zaun, stellte eine Weinpresse auf, bastelte eine gespenstisch-flatternde Vogelscheuche, und nachdem die Weinstöcke prächtig wuchsen und saftige Trauben sprießen ließen, verpachtete er den grün strotzenden Garten an ein paar Winzer und reiste in die Sommerfrische.*

Na. Die Zeit geht ins Land. Die Trauben werden süß und süffig. Da denkt der Grundherr eines Tages: »Jetzt müssen die Winzer von meinen saftigen Weinstöcken eigentlich einen ordentlichen Ertrag erwirtschaftet haben. Wär Zeit, die Pacht einzuziehen und mir ein paar Flaschen Sauser, Sturm und Federweißen sowie ein paar Kübel Trauben abzuzweigen, wie ausgemacht.«

»He, Jerry,« ruft er seinen Hausboy Jeremias, »fahr doch mal zum neuen Weingarten rüber. Laß dir die Pacht auszahlen und ein paar Naturalien einpacken. Bin höchst gespannt auf den Jungfernwein!« Jerry knattert mit der Eselskarre los. Im Weingarten grüßt er freundlich die Pächter: »Hallo, Leute, so fröhlich? Seid ihr mit der Ernte zufrieden? Ist der Tropfen süffig? Wie mundet die Traube?«

»Wahnsinnig gut, du Hampelmann!« Die Winzer haben sich lall und luller daran besoffen und glotzen den Boy glasig an. »Was willst du Giftzwerch denn?«

»Ich komme im Auftrag vom Boss, der möchte gern haben, was ihm zusteht.«

»Kumm man röver, ick geb dir was vom Sauerampfer«, grient einer der Kerle. Arglos und voller Neugier tritt Jerry ans Faß. Kaum steht er neben dem Winzerchef, knallt der ihm die Faust auf die Nase und einen Tritt in den Hintern, daß er im Treber landet. »Zisch ab, du Rappelfott, ehe wir ungemütlich werden. Wär ja noch schöner, uns die Früchte unserer Arbeit zu klauen.«

Blut, Rotz und Tränen heulend kriecht der Bengel aus den zerquetschten Traubenresten und kehrt heim. Dort berichtet er seinem Boss mit nagelneuer Hakennase den trüben Vorfall.

Der, ein kultivierter Herr wie die meisten Weingutbesitzer, ist entsetzt: »Das Saufen macht den Menschen zum Tier. Leg dir einen Beutel Eis auf die Nase und hol Maxe, der war in seiner Jugend Boxmeister. Der wird ihnen Respekt einflößen.« Von wegen. Kaum tritt Maxe trippelnd in den Weingarten, haut ihm einer der Alkoholiker von hinten mit einer Flasche auf den Schädel, daß er seinen Auftrag bis auf weiteres vergißt.

Der feine Herr des Weinbergs kanns nicht glauben. »Das gibt es doch gar nicht. Vertrag ist Vertrag. Die müssen sich doch ans Kleingedruckte halten.« Schön wärs. Er schickt seinen Buchhalter, seinen Chauffeur, seinen Gärtner. Alle werden windelweich geprügelt. In ihrem Suff halten sich die Pächter für die Herren der Welt.

Endlich läuft dem Besitzer die Galle über: »Das ist ja fast kriminell! Die spielen sich ja auf wie eine Teutonenbande. Jetzt reichts! Ich schicke ihnen den Juniorchef. Da werden sie parieren. Der wird ihnen die Hölle heiß machen.«

Der Juniorchef schwingt sich in seine 4-PS-Kalesche und saust los. Vorsorglich steckt er einen Gummiknüp-

pel in den Ärmel seines Jacketts. Für den Fall des Falles. Als er sich vom Bock schwingt, erweist sich die Vorsorge als höchst berechtigt, doch leider kommt er gar nicht dazu, den Stock tanzen zu lassen. Die Kerle haben prophylaktisch einen nüchternen Späher auf Lauer liegen. Der sieht den jungen Mann kommen. »Auf, auf, sprach der Fuchs zum Jäger, mich klemmt der Hosenträger«, ruft er den blauen Quaksäcken zu. »Es wird ernst. Der Juniorchef persönlich steht ante portas. Sollen wir ihn reinlassen?«

Alle sind plötzlich nüchtern. »Au weia, was jetzt«, fragt angstschlotternd ein Spinnewipp. »Was jetzt?« knirscht der Oberwinzer aggressiv aus dem Brummschädel: »Das wirst du gleich sehen. Den hauen wir zu Brei, daß ihn seine eigene Mutter nicht wiedererkennt. Dann gehört uns der Laden. Bangemachen gilt nicht.«

Just da tritt der Juniorchef freundlich grüßend durchs Gatter: »Friede sei mit euch, liebe Pächter. Ich komme persönlich, um einige Differenzen zwischen uns aus dem Weg zu räumen.«

»Gute Idee, mit dem aus dem Weg räumen,« brüllt der Oberwinzer, »fangen wir gleich an. Wenn ich richtig sehe, blockierst du hier den Verkehr.« Er boxt ihm ohne Vorwarnung in den Magen, landet einen zweiten Haken unter dem Kinn. Der junge Mann taumelt und fällt einem anderen Meuchelmörder in die Hände.

Schläge, Tritte, Gebrüll. Es ist gräßlich. Mit bloßen Fäusten bringen sie ihn nach und nach um. Dann packen sie den zermatschten Leichnam und schmeißen ihn wie eine tote Ratte auf den Misthaufen vor dem Weinberg ...

Die Zuhörer schlucken entsetzt. Jessy blickt in die schweigende Runde. Sogar der Kaffeekessel ist verstummt. Jessy schaut den Tempel-Bankern straight in die Augen: *Ungute Geschichte, nicht wahr? Was wird der Besitzer des Weingartens jetzt tun? Er wird mit einer Truppe nahkampferprobter Ledernacken kommen und die Meuchelmörder ohne langes Fackeln am nächsten Baum aufknüpfen.*

Die CVJMler und Jessy-Fans sind irritiert. Es fehlt ihnen die Pointe. *Also, Jessy, entschuldige vielmals, aber den Schluß verstehe ich nicht,* wagt Petrus über Jessys feinsinnige Erzählkunst zu monieren.

Das habe ich mir gleich gedacht, lieber Petruschka, sagt Jessy gütig. *In einem alten Buch steht der Satz: Der Ziegelstein, den die Herren Maurer verschmissen haben, ist später der Eckstein geworden, einfach deshalb, weils der GROSSE BOSS so will. Du hast also noch Hoffnung. Manches, was er macht, erscheint uns übernatürlich. Aber es ist halt so.*

Während die CVJMler sich noch immer keinen Reim aufs Ende machen können, ist den Tempel-Bankern die

Lösung des literarischen Rätsels klar wie Fleischbrühe. Jessy hat sie gleichnishaft abgebildet. Sie sind sauer wie die Winzer und würden ihn am liebsten mit bloßen Händen erwürgen. Leider, BOSS sei Dank, ist das wegen der anwesenden Fans unmöglich. Aber Abs kocht vor Zorn, und schäumend, ohne ein Wort des Dankes für die unterhaltsame literarische Matinée verläßt er den Saal.

Haste den gesehen, fragt Hanni schaudernd. *Ich glaube, dem ist deine heiße Story auf den Magen geschlagen. Die neue literarische Form hat ihm überhaupt nicht gefallen.*

Die Form vielleicht schon, beruhigt ihn Jessy, *aber der Inhalt hat ihm nicht geschmeckt.*

Vielleicht gefällt ihm ja die Fortsetzung, hofft Petrus naiv.

Die Fortsetzung? seufzt Jessy. *Ich fürchte, die Fortsetzung wird ziemlich fatale Folgen haben. Aber das hat der Autor des Drehbuchs so festgelegt. Da wage ich als Regisseur nicht einzugreifen ... Ich geh mich mal auslüften. See you later.*

66
VERSTÖSSE GEGEN DIE VERKEHRSORDNUNG
Johannes 8

Jessy steigt auf den Ölberg und läßt sich frischen Wind um die Nase wehen. Es ist ein herrlicher Frühlingstag. Aus dem Schoß der schönen Erde bricht das junge Leben hervor. Es duftet nach Veilchen, Lavendel, Rosmarin. Vögel singen, Bienen summen, Schmetterlinge gaukeln durchs liebliche Palästina. Alles um ihn her atmet den Frieden österlicher Zeit.

Da beginnt er mit schöner Stimme Davids Evergreen zu singen: *Der GROSSE BOSS ist mein Hirte, mir wird an nichts mangeln. Er weidet mich auf grüner Wiese und führt mich zum frischen Wasser. Er erquickt meine Seele, er leitet mich den rechten Weg. Und ob ich auch wandere im finsteren Tal, ich fürchte kein Unheil. Denn du bist ja bei mir. Dein Stecken und Stab trösten mich. Du bereitest vor mir einen Schutzwall gegen meine Feinde. Du salbst mein Haupt mit Öl* . . .

Hier hält er lauschend inne: Hat da nicht eben eine Nachtigall am hellichten Tag die zweite Stimme mitgesungen? Entspannt und heiter geht er zum Tempel zurück und setzt sich im Arkadenhof auf einen sonnenwarmen Stein.

Sofort versammeln sich Wißbegierige um ihn und

stellen die sonderbarsten Fragen. Und auf jede weiß er eine Antwort. Die Pharisäer und Kurzschriftgelehrten stehen mit Riesenohren versteckt hinter den Säulen der Weisheit und verbergen ihre Dummheit hinter ihrem Ärger.

Das ist ja zum Reiß-aus-Schwanzen, stöhnt der Spitzfindigste unter ihnen. *Der ist ja cleverer als Salomo. Warum muß er uns immer die Show stehlen?*

Nun, nun. Laß mal das Hemd nicht flattern, beruhigt ihn ein alter Böser, *den machen wir noch zu Kleinholz neben dem Mond. Sieh mal. Da drüben kommen Jankele und Joschele. Die bringen ein entzückendes Problem mit. Daran wird er schwer zu knacken haben.*

Das Problem ist zweibeinig und bietet einen äußerst appetitanregenden Anblick.

Jankele und Joschele liegen nämlich seit Tagen auf der Lauer, um »das Problem«, wie sie sagen, in flagranti zu ertappen. Es handelt sich nämlich um eine lebenslustige Strohwitwe, deren Keuschheit sie durch einen handsamen jungen Mann testen wollen. Und heute ist der Test geglückt. Durch Lockrufe wie »Du Blume der Blumen, du, du Quell des Lebens, du mein warmes Winternest« ist sie ihm endlich auf den Leim bzw. in sein Bett gekrochen. Kaum werden die jungen Leute miteinander ein wenig warm, stehen plötzlich die steifen Moralapostel vor dem Bett und entrüsten sich:

Du Messalina, du affengeile Brummsuse. Wie kannst du es wagen, einen unbescholtenen Jungfermann zu deflorieren?

Und rappizappi schleppen sie die bloßgestellte Entblößte nur mit Hemdchen und Höschen bekleidet zum Richtplatz, um Jessy mit dieser delikaten Sache reinzulegen.

Roh stellen sie die aparte Seitenspringerin – ebenmäßiger als die Venus von Willendorf, verführerischer denn Circe, more sexy than Marilyn – in die Mitte und bitten scheinheilig um Jessys Urteil: *Großer Meister, unbestechlicher Richter, du allein in deiner Weisheit kannst diesen besonders verzwickten Fall lösen. Unglücklicherweise haben wir diese junge Dame in flagranti mit einem unbescholtenen Jüngling in zweideutiger Position erwischt. Es war ein derart unsittlicher Anblick, daß wir am liebsten beide Augen zugedrückt hätten, aber leider zwingt uns die Treue zu Moses Vorschrift über Verstöße gegen die eheliche Verkehrsordnung, die peinliche Angelegenheit publik zu machen.*

Dramatische Pause. *Nach Moses Vermächtnis müßte die Bettbefleckerin samt ihrer Sünde ohne langes Palaver vor den Augen der Welt unter einem Steinhaufen begraben werden. Wie siehst du die Sache?*

Jessy schaut mitleidig das zitternde Ding an und ist im Bilde. Um ihm eine Falle zu stellen, sind diese

Scheißkerle bereit, eiskalt das Leben einer jungen Frau zu ruinieren.

Er spuckt verächtlich auf den Boden und malt mit dem Finger unleserliche Krackseln in den Sand. Die Minuten verrinnen in die Ewigkeit. Alles starrt und schweigt. Da halten es die Pharisäer nicht länger aus.

Sie salbadern: *Du, Meister. Sollen wir hier bis morgen stehen? Wir dürsten nach deiner Weisheit.*

Jessy richtet sich unwirsch auf: *So ist das also. Erst macht ihr das Mädel kirre und versüßt ihr den Weg zur Sünde. Und wenn sie endlich in eure Falle tappt, dann wollt ihr sie eiskalt umbringen. Pfui Teufel. Also auf, ihr Gerechten und Reinen. Wer von euch ohne Sünde ist, der werfe den ersten Stein.*

Er läßt sich wieder zu seinem Geschreibsel nieder. Die Pharisäer legen die Ohren an und zerknirscht verläßt einer nach dem anderen den Platz ihrer Niederlage. Schließlich sind nur noch die wunderschöne Frau und Jessy da. Sie sehen sich an. Ihr Blick ist von derart bezaubernder Schönheit, daß es selbst Jessy als eingefleischtem Zölibatär richtig warm ums Herz wird.

Er schluckt, dann ermannt er sich: *Meine Schöne, wo sind die Typen geblieben? Hat einer mit Steinen auf dich geworfen?*

Da spricht sie mit einer Stimme, dolce wie die Nachtigall: *Ach du Lieber, nicht einer hat sich getraut!* Und

Tränen der Dankbarkeit rollen ihr über die Wangen auf die Brust.

Komm, komm, nun wein mal nicht, sagt Jessy mit trockener Kehle. *Es ist doch alles gutgegangen.*

Deshalb weine ich ja, sonst wären ja nicht mal mehr Tränen von mir übrig, heult sie erlöst und stürzt an seine Brust. Und alle freuen sich mit ihr und verfluchen die Schweinekerle in alle Ewigkeit. Amen.

67
JESSYS STEUERERKLÄRUNG
Markus 12

Jessy weiß natürlich, daß er sich die mächtigen Tempel-Priester zu Todfeinden gemacht hat. Und er weiß auch: Sie werden versuchen, ihm eine Falle zu stellen, um ihm den Prozeß zu machen. Während er es sich auf seinem Stein gemütlich macht und eine Pose erfindet, die später ein gewisser Walther von der Vogelweide so unnachahmlich beschreibt, findet ein paar Etagen höher im selben Gebäude eine weitere Krisensitzung der Tempel-Bank statt.

Vorstandsvorsitzender Kaiphas entwickelt einen Plan: *Sehr verehrte Kollegen. Die Konkurrenz sitzt täg-*

lich im Vorhof unseres Unternehmens, und die trübt mir die Aussicht aufs Geschäft. Er provoziert uns. Er hetzt die Kunden gegen uns auf. Er greift unseren Kapitalmarkt an, unsere Devisengeschäfte. Er bringt uns in Mißkredit. Dieser offene Angriff kann unser gesamtes Finanzsystem nachhaltig erschüttern. Es kann ein schwarzer Freitag für uns werden. Nicht auszudenken, sollten die Leute an unserer Bonität zweifeln. Warum greift er uns an? Soll er doch die unpopuläre Steuerpolitik der Römer madig machen.

Shylock frohlockt: *Ein genialer Einfall. Könnte fast von mir sein, edler Kaiphas. Wir hetzen ihn auf die Römer, dann hat er sie am Hals, und die werden ihm die Hammelbeine langziehen.* Meckerndes Gelächter. Sieben Vorstandsziegenbärte wippen hämisch im Krisenkreis. Das Brainstorming klappt heute wie geschmiert.

Kaum haben sie sich ausgemeckert, fällt Fuchs Abs ein, wie man taktisch vorgeht: *Wir schicken ihm zwei als Pharisäer verkleidete V-Männer zur Provokation. Bei Pharisäern nimmt er nie ein Blatt vor den Mund. Die sollen ihm eine Kritik an unseren geliebten Besatzern herauskitzeln. Dann haben wir ihn. Und den Rest erledigen die Römer mit ihrer vorbildlichen Bürokratie.*

Sie beglückwünschen sich, hauen sich wechselseitig auf die Schultern, geben sich Bruderküsse, daß es schmatzt. Es geht zu wie auf einem Fußballplatz nach dem verwandelten Elfmeter. Dann stiefelt Abs auf leisen Sandalen los, um das Theater zu inszenieren.

Wenig später schlendern zwei steifbeinige, mit angeklebten Rauschebärten, wehenden Kaftans, schwarzen Schlapphüten maskierte Spitzel los, um Jessy ein paar verhängnisvolle Sätze zur Steuerhinterziehung in den Mund zu legen und brühwarm aus der Nase zu ziehen.

Jessy sieht die Maskerade kommen und wittert Unrat. Die beiden getürkten Pharisäer entpuppen sich nämlich vor seinem Röntgenblick als liebe alte Bekannte: Mosche und Dajan. Er lacht still in sich hinein. Sachen gibts.

Dajan kommt mit künstlich vertiefter Stimme gleich zum Kern der Intrige und knödelt in seinen Theaterbart: *Bonjürchen, allweiser Rabbi. Wir haben spitz gekriegt, daß du dich einen lila Teufel scherst, ob einer ein hohes Tier ist oder ein Normalsterblicher. Dir ist es wurscht. Du redest immer frisch von der Leber weg, wie man es dem GROSSEN BOSS recht machen soll. Dir gehts um die Wahrheit, nichts als um die Wahrheit. Und weil du so eine ehrliche Haut bist,* er beugt sich anbiedernd zu Jessy, *würde ich gern wissen, ob du es für okay hältst, daß wir dem römischen Kaiser, diesem Ausbeuter, unsere guten Steuern in den Rachen werfen sollen oder nicht. Sollen wir blechen, bis das Schwarze unterm Nagel weiß ist, oder nicht?*

Jessy blickt Dajan amüsiert ins Bullenauge: *Alles bekommt man fürs Geld, bloß keinen Verstand, mein Guter. Hast du zufällig einen Taler bei dir? Vielleicht kann ich dir das Problem zu deiner Zufriedenheit deuten.*

Dajan sucht eifrig in den Tiefen seiner Hose. *Hier, Meister. Jetzt bin ich aber gespannt.*

Ausgezeichnet. Jessy macht ein Päuschen. *Wenn ich dir dein Problem unwiderlegbar löse, dann ist dieser Taler hier mein Honorar. In Ordnung?*

Gut, gut, schon recht, freut sich der Pseudopharisäer und zwinkert seinem Kollegen zu.

Jessy nimmt den Taler, klemmt ihn ins Auge, studiert ihn eingehend. Dann fragt er: *Kannst du mir sagen, wessen Bild darauf abgebildet ist und wessen Name da drauf steht?*

Die V-Männer brauchen gar nicht hinzusehen, das weiß jedes Kind: *Da ist der Kaiser drauf.*

Na, dann ist das Problem ja viel einfacher, als ich dachte, lächelt Jessy: *Gebt dem Kaiser, was dem Kaiser gehört, und dem GROSSEN BOSS, was ihm zusteht. Dann kann nichts mehr schiefgehen.* Und damit steckt er den Taler ein.

Mosche und Dajan fällt vor Verblüffung der Kitt aus der Brille. Jetzt wollten sie Jessy reinlegen, und der hat sie gelinkt, und ihr schöner Taler ist auch weg. Ja, mit dem ist nicht gut pokern.

68
SIEBEN WINDBEUTEL UND EINE BRAUT
Markus 12

Nach dieser Verbalschlacht herrscht in Jessys Lager Friede, Freude, Eierkuchen. Nicht so in der Beletage des gebeutelten Gegners: Dort suchen die indignierten Banker in der alten Kiste nach neuen Tricks, um Jessy ein Beinchen zu stellen. Ratlos wandeln sie in ihrem vergoldeten Saal auf und ab und überschütten sich gegenseitig mit Vorwürfen.

Kaiphas keift: *Warum mußt du ausgerechnet die beiden Furzknoten auf diesen Rabulisten loslassen? Das sind doch Analphabeten. Der macht ihnen jedes X für ein U vor. Mensch, Mann, Abs. Ich hätte dir ein paar Gramm Grips mehr zugetraut.*

Abs läßt geknickt den Schwanz hängen. Ein jämmerlicher Anblick. Er seufzt verunsichert: *Ich möchte bloß wissen, wo der das Stehvermögen her hat. Beneidenswert!* Plötzlich hellt sich sein Trauerauge auf: *Der behauptet doch immer keck, es gebe die Auferstehung im Fleische, nachdem Freund Hein das Lebenslämpchen ausgeblasen hat. Obwohl jeder weiß, daß Gestorbene von Würmern und Schaben gefressen werden. Ha! Jetzt weiß ich, wie wir ihn kleinkriegen!*

Kaiphas wirft einen zweifelnden Blick über die

Goldbrille. Der mit seinen fixen Ideen. Aber da die anderen Räte ratlos sind, klammern sie sich hoffnungsfroh an Abs' Erleuchtung. *Na, wie sieht denn dein neuer Irrtum aus?* ermuntert ihn Kaiphas. Abs flüstert dem Hohepriester seine neue Logelei ins Ohr. Der wird plötzlich ganz kregel und grinst wie ein Schuljunge: *Wunderbar. Da bin ich aber gespannt, wie der das Verkehrsproblem bewältigt.* Er schlägt sich in Greisenlust auf die dürren Schenkel: *Aber diesmal mußt du Jessy Feuer unterm Hintern machen, sonst gehts wieder in die Hose.*

Abs zieht seinen elegantesten Dreiteiler an, wickelt sich seinen schönsten Kulturstrick um den Hals, ölt die Zotteln und begibt sich in Begleitung des ebenfalls sonntäglich gestylten Shylock mit Feiertagsmiene zu Jessy: *Hallo, Jessy. Bon Giorno. Schön, dich zu treffen. Ich habe da ein transzendentales Problem.*

Jessy schmunzelt. *Obwohl der Himmel blau ist wie ein Veilchen, scheints heute Problem zu regnen.*

Abs, so leichthin: *Na, wenn du schon Gastguru bei uns bist, müssen wir doch von dir profitieren.*

Danke für die Blumen. Jessy verneigt sich ironisch. *Wo nagt der Wurm der Unwissenheit?* Man sieht, beide sind sensible, gebildete Leute, die sich in zarten poetischen Bildern auszudrücken verstehen.

Geschmeidig beginnt Abs seine Fallstricke zu spannen: *Also, hier das Rätsel, das mich Nacht und Tag kein Auge mehr zudrücken läßt: Mose selig hat seinerzeit im Jahre Schnee verordnet: Wenn ein Mann ins Grab sinkt und er eine kinderlose Frau hinterläßt, dann soll sein Bruder die Witwe heiraten, um mit besagter Dame seinem entleibten Bruder einen hübschen Nachwuchs zu zaubern. Im Sinne des Hinterbliebenengesetzes ist dieses vortrefflich gedacht und organisiert. Aber: Da gab es mal sieben Brüder. Wie die Orgelpfeifen. Na. Der Älteste nahm, als ihn eines Tages heftig der Schuh an einer bestimmten Stelle drückte, ein Rasseweib. So richtig was zum Feiern. Und das haben sie auch Tag und Nacht getan. Nach ein paar Wochen war er so ausgelaugt, daß er seiner Festbiene für immer lebewohl sagen mußte, ohne ihr ein Kind zu hinterlassen – der Windbeutel. Daraufhin hat der zweite Bruder mit ihr Tisch und Matratze geteilt. Aber dem gings wie dem großen Bruder. Auch er ist zwar an Entkräftung gestorben, aber von Kind keine Spur. Da nahm sie beherzt der dritte, so ein Typ »Laß mich mal«. Die Witwe sah nach der vielen Eheübung ja auch blendend aus: Rosenlippen, Gazellenaugen, Perlenzähne . . .*

Bitte fasse dich kurz, unterbricht ihn Jessy, dessen Zeit begrenzt ist, *du hältst doch keine Vorlesung über Poetik.*

Ja, ja, entschuldige . . . Nun, das Schicksal respek-

tive der GROSSE BOSS meint es mit der lustigen Witwe einerseits gut – immer einen frischen kräftigen Jungmann als Bettwärmer, andererseits sind die bärenstarken Boys unter der Gürtellinie die reinsten Impotenzler. Wie sie sich auch mühen und schwitzen: Die Lady wird kein bißchen schwanger. Darüber stirbt vor Gram auch der siebte Beischläfer, und kurz darauf haucht die inzwischen reichlich gebrauchte Witwe ihre unsterbliche Seele aus. Er macht eine bedeutungsschwangere Pause.

Ich habe nun Bedenken, wie das Problem moralisch sauber gelöst werden kann, sobald die Dame in ihrem begehrenswerten Fleische wieder aufersteht und alle sieben Boys wieder inkarniert ihren Mann stehen müssen. Wer, mit Verlaub, ist dann berechtigt, mit der Lady zu coitieren? Alle auf einmal geht weder physisch noch moralisch; hintereinander schiene mir sittlich bedenklich. So sehr ich auch an diesem Problem kaue, ich packe es nicht.

Jessy: *Das hört sich an wie eine Story aus einem Dreigroschenroman. Klingt alles sehr erfunden und übertrieben. Aber ich will hier nicht die literarische Qualität beurteilen; und mit Milchmädchenlogik ist diesem Problem sowieso nicht beizukommen.*

Jessy wandert ein paar Schritte auf und ab. *Wie ich höre, kennt ihr weder die einschlägigen Stellen im*

Codex des GROSSEN BOSSES über Fälle dieser Art, noch habt ihr den Anflug einer Ahnung, welche verblüffend transzendentalen Lösungen der GROSSE BOSS aus dem Hut zaubert, wenns sein muß. Abs und Shylock kriechen fast in Jessy hinein. *Wenn die Burschen und ihre Braut eines Tages wieder lebendig werden, dann ist ihnen nach der Metamorphose alles Fleischlich-Menschliche mehr oder weniger sternschnuppe. Den Kitzel im Fleisch haben sie als pubertäre Verirrung überwunden. Nichts juckt sie mehr. Warum sollten sie dann noch heiraten? Wo sie doch fast engelsrein sind? Und da wir gerade bei Toten sind, die vom Hauch des Lebens neu beatmet worden sind: Bei Mose 2 / 3,4 steht der aufschlußreiche Text über den brennenden Dornenbusch. Habt ihr den gelesen? Dort heißt es: Ich bin der GROSSE BOSS. Schon deine Vorfahren Abraham, Isaak und Jakob haben mir blindlings vertraut. Das zeigt doch schnapsklar, daß der GROSSE BOSS der GROSSE BOSS alles Lebendigen ist und nicht von irgendwelchen Abgestorbenen. Was soll er denn mit Toten anfangen? Ihr seht Gespenster. Das kommt davon, wenn man sich zu intensiv mit schwarzer Magie beschäftigt.*

Abs läßt sprachlos die Hamsterbacken hängen, und Shylock ist derart verwirrt, daß er darüber nachgrübelt, ob ein Floh einen Bauchnabel hat. Jessy: *Jetzt schaut nicht so traurig drein, Kinder. Vielleicht habt ihr bei der nächsten Denksportveranstaltung mehr Glück. Wie heißt es doch so schön: Das Glück ist mit den Einfältigen. Tschüs. Und seid so gut, und fallt mir nicht die Treppe hinunter, wenn ihr jetzt verschwindet.*

69
ALTER STUDIENRAT WIRD WEISE
Markus 12

Während Jessy seine Intelligenz in einer Kette funkelnder Bilder leuchten läßt, steht etwas abseits ein pensionierter Schriftgelehrter vom Lehrer-Lämpel-Typ und kriegt nach und nach Stielaugen, daß es ihm die Brille von der Nase hebt. *Junge, Junge, welch ein Kopf, welche Gelehrsamkeit, welch pädagogischer Eros,* lämpelt er bewundernd in sich hinein. *Trotzdem möchte ich gerne wissen, ob er alle Lektionen brav gelernt hat. Es würde mich zutiefst enttäuschen, wenn ich ihm keine Eins geben könnte.*

Er tritt mit forschem Lehrerschritt vor und sagt streng: *Gut gemacht, mein Junge. Aber bitte sag mir doch: Welches ist das erste Gebot von allen?* Jessy blickt die Lehrerkarikatur überrascht an und möchte am liebsten loswiehern.

Doch da flüstert ihm sein guter Genius ins Ohr: *Halt dich zurück. Das ist ein netter alter Herr. Takt ist die Fähigkeit, andere so darzustellen, wie sie sich selbst gern sehen. Danke,* haucht Jessy und verkneift sich eine zynische Bemerkung.

Um nicht nochmals in Versuchung zu geraten, sprudelt er los: *Nr. 1. Hört gut zu, liebe Jidden. Der GROSSE BOSS ist der einzige BOSS. Mit Herz, Hirn, Hoden und Gemüt und all deiner Power sollst du ihn lieben. – Nr. 2. Liebe deinen Nächsten wie dich selbst. Egal wers ist, ob Gerichtsvollzieher, Firmenboss oder türkischer Müllmann. Sieh aber erst zu, daß du dich nicht selber haßt. Sonst ists mit der Liebe Essig. Wichtiger als diese fundamentalen Lehrsätze ist nichts auf dieser Welt.*

Der Oberstudienrat ist überglücklich. Endlich ein erstklassiger Schüler. Er klopft Jessy auf die Schulter: *Richtig gut hast du das gesagt, Bursche. Aus dir wird noch was werden. Du kommst sicher durchs Abitur. Und recht hast du auch: Es gibt nur einen einzigen GROSSEN BOSS und sonst keinen. GROSSER BOSS, wie fleißig du gearbeitet hast. Und alles auswendig. Ich kann das beurteilen als Religionslehrer. Daß es heutzutage noch solch brave Schüler gibt!*

Man sieht, bei dem Altpädagogen rieselt bereits der Kalk aus den Hirnritzen. Jessy sieht jedenfalls, wie schuppenartige Flocken auf den Schultern des alten Herrn glänzen, und auf einmal hat er Mitleid mit dem gutherzigen Pädagogen: *Danke, lieber Oberstudienrat. Du bist nicht mehr fern vom Olymp des GROSSEN BOSSES. Dort werden wir demnächst genug Zeit haben, um neue pädagogische Modelle zu entwickeln. Bis bald.*

Glücklich und erfüllt von Jessys Weisheit, zittert der Pädagoge los. Nach der Prüfung durch diese stadtbekannte Autorität wagt keiner mehr, Jessy auf den Zahn zu fühlen.

70
WARNUNG VOR FALSCHEN WEIHNACHTSMÄNNERN
Markus 12

Netter Kerl. Ein Philologe von altem Schrot und Korn, sagt Jessy anerkennend. *Wenn ich dagegen die Weihnachtsmänner der jungen Generation betrachte … Mon Dieu. Von ihrem Gesülze wird mir immer ganz schlecht. Sie blubbern und blubbern Blasen voll heißer*

Luft und verzapfen seitenlangen Blödsinn. Behaupten sie nicht frech, der angekündigte Messias sei Davids Sohnemann? So ein Schwachsinn. Das ist Comic-strip-Niveau billigster Art. Hat nicht David selbst gesagt bzw. der Heilige Geist ihm geflüstert: »Der GROSSE BOSS sprach zu meinem CHEF, nota bene C H E F : ›Komm, setz dich neben mich, mein Junge, und warte, bis ich dir alle deine Feinde als Fußwärmer unter die Sandale schiebe.‹« Wenn ihn selbst David als seinen CHEF bezeichnet, wie kann der Messias Davids Filius sein?

Jessys Verehrer und Bewunderer kriegen vor Aufregung heiße Ohren. Das sind Argumente, gegen die kein Pharisäerfurz anstinken kann. Hier weht der frische Wind der Reformation, der heilige Geist der Perestroika und beflügelt Jessy zu unsterblichen Sätzen wie: *Mes amis. Vorsicht, Vorsicht und nochmals Vorsicht vor Lehrern, die behaupten, die Weisheit gepachtet zu haben, und besonders vor Professoren, die in schicken Klamotten angehimmelt werden wollen, in der Volkshochschule hochmütig mit ihrer Halbbildung protzen, unterwürfige Begrüßung lieben und bei Festessen die Ehrenplätze mit ihren fetten Hintern plattsitzen, daß die Sprungfedern ächzen.*

Seht euch die vollgefressenen Hamster in ihren teuren Pelzen an. Gierig machen sie sich an hübsche Wit-

wen ran, nehmen sie ins Gebet, entlocken ihnen süße Geheimnisse und legen sie dann aufs Kreuz. Und wenn ihr Vermögen verjubelt ist, flattern die frommen Vampire zur nächsten, um sie auszusaugen. Aber keine Sorge: Die Sausäcke werden auf kleiner Flamme geröstet werden.

Beifall braust auf. *Hoch Jessy. Endlich hat einer den Mut, die finsteren Machenschaften anzuprangern. Recht hat er.* Man sieht, der einfache Mann von der Straße kann das ausbeuterische Pack nicht leiden.

71
WITWE SPENDET LETZTE KOHLE
Markus 12

Vom stundenlangen Hocken auf dem harten Stein ist Jessy nach und nach sein natürliches Polster eingeschlafen. *Autsch. Jetzt schläft er schon wieder.* Steifbeinig richtet sich der Meister auf: *Entschuldigt bitte, aber ich muß mir mal die Beine vertreten. Ein sitzender Beruf ist nicht gerade ideal für die Gesundheit. Nur wer jeden Tag acht Kilometer joggt, ist gut durchtrainiert. Sich regen bringt Segen.*

Er schüttelt vorsichtig das linke Bein, läßt sein edles

Blut in die rechte Pobacke strömen, macht ein paar Kniebeugen, kreist den Kopf, stemmt vierzig Liegestützen, rollt lockernd die Augen, reckt sich auf die Zehenspitzen und läßt seinen sportlichen Lungen ein befreiendes AAAAHHHH entströmen. Dann peripatiert er ein wenig umher, gefolgt vom gesamten Auditorium, das die Lockerungsübungen des Meisters mit rituellem Ernst nachvollzieht. Kaiphas linst gerade wieder mal durchs Klofenster: *Was macht der denn jetzt schon wieder? Was gäbe ich drum, wenn ich den Kerl auf den Mond schießen könnte.*

Jessy hat beim Umherwandeln einen neuen Lehrstuhl entdeckt. Einen komfortablen Marmorsitz direkt gegenüber dem Opferkasten des Tempels. Hier thront sonst Kaiphas in seinen Mußestunden und kontrolliert Spenden und Eintrittsgelder für die Tempelbesichtigung. Denn in einem Unternehmen wie diesem gibts selbstverständlich nichts umsonst, nicht einmal ein Kurzgespräch mit dem GROSSEN BOSS. Im Gegenteil. Jessy setzt sich probeweise auf den wunderschön geschliffenen Marmorthron und betrachtet interessiert, wie die Besucher ihr gutes Geld in den Opferkasten stecken. Die Reichen lassen theatralisch ihre schönen blitzblanken Taler in der Sonne blinken, bevor sie sie mit Leidensmiene auf Nimmerwiedersehen in die finsteren Tiefen der Schatzkiste versenken.

Da kommt ein verwittert-verwitwetes Mütterchen herangetrippelt und schiebt freudig ihre letzten zwei Groschen in den Schlitz.

Jessy ist gerührt: *Seht euch die gute Alte an, Jungs. Da wirft die Oma ihre letzte Kohle in den Kasten. Das ist tausendmal mehr, als sich die fetten Wohlstandsbürger mit Weh und Ach abpressen.*

Ein neuer Fan aus Jerusalem ist wütend: *Wat, Kohle schmeißt die alte Schachtel in den Kasten? Da wird ja alles schwarz.*

Jessy: *Ruhig, Mann. Bei uns im Norden sagt man Kohle für ....*

Schotter, unterbricht ihn Petrus.

Wieso Schotter? Der Neuling wird konfuser.

Judas, das CVJM-Finanzgenie, klärt ihn über diverse Währungsbezeichnungen auf: *Petrus meint Moos und Jessy Kies.*

Der Fan strahlt: *Ach so, warum sagst du denn nicht gleich, daß die Alte ihre letzten Kröten spendet?*

Jessy schaut den Fan sinnend an: *Man muß dem Volk noch mehr aufs Maul schauen. Ich muß noch volkstümlicher werden,* blitzt es ihm durchs Gelehrtenhirn: *Hömma, ejh. Guckma. All die feinen Pinkel und reichen Tanten haben dem GROSSEN BOSS bloß ein schäbiges Trinkgeld rübergeschoben, aber das Mütterchen hat ihren gesamten Sparstrumpf ausgeleert, ohne mit der Wimper zu zucken. Jetzt weiß sie nicht mal, wovon sie leben soll. Da lacht dem GROSSEN BOSS das Herz im Leibe. Das ist wahres BOSSVertrauen, liebende Hingabe, fröhliche Armut, eine Investition, die sich für die Oma hundertprozentig bezahlt macht, wenn sie demnächst im Altersheim ZUM PARADIES ein Appartement mietet.*

Er wirft einen Blick auf die Sonne und horcht aufmerksam in sich hinein. *Gut, Jungs. Genug für heute. Mein Magen erinnert mich daran, daß wir genug für heute getan haben. Nichts ist wichtiger als ein geregelter Tagesablauf.*

72
HELLSEHER SIEHT SCHWARZ
Markus 13

Während Jessy in Begleitung des CVJM den Tempel verläßt, führt uns Markus, der Chronist, ins 13. Kapitel seines Evangeliums ein. Das klingt nicht nur schrecklich, sondern ist noch schlimmer. Wir begeben uns mit Jessy in die Welt apokalyptischer Visionen, voll schauerlicher Schönheit und Alptraumatik. Die Reise beginnt, liebe Leser. Bitte haltet unerschrocken die

Augen offen, sonst könnt ihr nicht weiterlesen, wie Hanni in diesem Augenblick Jessy bei der Sightseeingtour um den Tempel auf die Erhabenheit der Architektur aufmerksam macht.

Mensch, Meister. Sieh dir die Riesenbrocken an. Was haben die daraus für eine tolle Betburg gebastelt. Superb, der alte Salomo. Die konnten damals noch bauen. Das hält ewig und drei Tage.

Jessy liftet skeptisch die Brille: *Meinst du, mein Lieber? Davon wird nichts übrigbleiben als ein Haufen Schutt und Ziegelsteine. Das wird abgerissen und planiert.*

Betroffenes Schweigen. Jessys futuristische Hiobsbotschaft muß erst mal verdaut werden. Als sie später zu fünft gemütlich auf dem Ölberg das Panorama mit Tempel genießen, Petrus, Köbes, Hanni und Andreas – sozusagen der innere Kreis um den Meister –, fragt Petrus: *Ja, aber, warum soll denn der schöne Tempel abgerissen werden? Das Ding steht doch quasi unter Denkmalschutz des GROSSEN BOSSES? Er ist doch noch wie neu. Und was soll denn dafür hinkommen? Ein Kongreßzentrum oder Karawanen-Parkplätze oder 'ne Volkshochschule? Und für wann hat der GROSSE BOSS den Abriß in seinem Terminkalender vorgesehen? Und wann können wir erkennen, daß es losgeht?* Alle rücken Jessy gespannt auf die Pelle.

Jessy macht eine seiner unbeschreiblichen Kunstpausen, die die Zuhörer noch kribbeliger machen: *Ähem.* Pause. Dann: *Liebe Freunde. Im Fragen seid ihr große Klasse. Aber in Zukunft solltet ihr eure Naivität ein wenig ablegen. Paßt gut auf, daß euch keiner an der Nase herumführt. Es werden haufenweise Hellseher und Spiritisten auftauchen, mit meinem Renommee prahlen und behaupten: »Ich bins.« Mit diesem schmutzigen Trick werden ihnen viele Leichtgläubige auf den Leim gehen. Daran ist leider nichts zu ändern. Aber wenn ihr hört, daß es Krieg gibt und die Welt an allen vier Ecken brennt, dann laßt euch nicht bange machen. Haltet euern Mut zusammen. Es wird noch schlimmer kommen. Überall wirds Zoff geben: Eskimos und Wikinger werden sich in den Haaren liegen, Schwaben und Bayern sich nicht grün sein und Fußballfans sich die Köpfe blauhauen. So muß es leider sein, da sonst keiner Vernunft annimmt. Alle paar Minuten wirds irgendwo krachen und Erdbeben geben. Und die Leute werden heilfroh sein, hin und wieder eine Ratte im Kochtopf zu haben, weils nichts mehr zu beißen gibt. So fängts an, wenn alles zusammenkracht. Macht euch auf einiges gefaßt und paßt auf: Man wird euch bei den Bullen verpfeifen und in den Volkshochschulen verprügeln, daß es brummt, weil ihr zu meiner Gruppe gehört. Sie werden euch als Sündenböcke vors*

Gericht zerren, um jemand die Schuld für die Katastrophe in die Sandalen zu schieben. Darum muß vorher unser neues Programm zur Weltverbesserung von Alaska bis Madagaskar verbreitet werden. Denn wenn ihr im Knast sitzt, wer soll es sonst tun?

Die Jungmissionare zittern schreckensbleich vor sich hin. Der Thriller gefällt ihnen gar nicht. 128 Zähne klappern um die Wette, und 8 Kiefer bibbern so erbärmlich, daß es Jessy kalt über den Rücken läuft. *Jetzt zittert doch nicht so entsetzlich. Mir stehen die Haare zu Berge. Es ist doch noch gar nichts passiert. Alles Zukunftsmusik. Wenn sie euch verhören, wird nichts schiefgehen. Quasselt einfach drauflos. Bewegt nur den Mund, die Worte erfindet für euch der Heilige Geist in einer Art Playback-Verfahren.* Das Zähneklappern läßt nach. *Mut, Leute. In Zeiten wie diesen braucht man davon die doppelte Portion. Ein Bruder wird den anderen ans Messer liefern, der Rabenvater sein Baby, die Kinder werden auf ihre Eltern losgehen und sie abmurksen. Man wird euch hassen wie die Pest, weil ihr zum CVJM gehört. Aber seid getrost: Wer bis zum Ende durchhält, der ist gerettet. Also: Dem Mutigen gehört die Welt.*

73
»WEHE, WEHE, WENN ICH AUF DAS ENDE SEHE«
Markus 13

Die Führerrunde ist ganz mitgenommen. Es ist, als sähen sie bereits die Apokalyptischen Reiter nebst Sensenmann auf sich zupreschen.

Petrus kriegt sein psychosomatisches Herzflattern: *Men, men, men, schmeister,* stottert er. *Ka, ka, kannst du ni, nicht was Tr, Tro, Trostreiches er, er, zählen?*

Aber vor Jessys geistigem Dreiecksauge erscheinen bereits neue atemberaubende Bilder, die er für seine televisionsblinden Freunde simultan übersetzt: *Wenn ihr rundum das Tohuwabohu seht, wie ich jetzt – überall wabert es, labert es, schwabert es, klabert es –, und zwar genau dort, wos von Natur aus gar nicht sein darf, dann (Achtung, liebe Leser!) flüchtet, wenn ihr gerade in Judäa auf Vortragsreise seid, in die Berge. Wer sich auf einem Flachdach sonnt oder die Sterne anhimmelt, soll auf keinen Fall ins Haus hinabsteigen, um irgendwas zu retten, und wer gerade auf den Feldern wandelt, soll nicht nach Hause rasen, um seine Seidentoga zu holen. Alles ist ersetzbar, nur nicht Fleisch und Blut. Darum sind die schwangeren Frauen besonders arm dran wie stillende Mütter im Wochenbett. Wo sollen sie hin?*

Darum betet zum GROSSEN BOSS, daß die schreckliche Geschichte nicht mitten im Winter passiert, wenn es stürmt und schneit und erfrorene Krähen tot aus dem Himmel fallen. Denn die Katastrophe wird so furchtbar wie keine je zuvor, seit der GROSSE BOSS die Welt erschaffen hat, und so schlimm wirds hernach nie wieder kommen. Und würde der GROSSE BOSS in seiner unendlichen Güte diese Zeit des Schreckens nicht vorn und hinten ein bißchen abkürzen – das Chaos würde nicht mal ein Miraculix überleben. Nur ein paar ehrenwerter Burschen und ein paar tugendhafter Mädels wegen, die ihm gefallen, wird der GROSSE BOSS die Zeit vor der Zeit beenden.

Wenn dann einer behauptet: »Schau, das ist unser Retter, schau, dort steht er«, dann nehmt ihm das nicht ab. Es wird falsche Propheten und richtige Scharlatane wie Ratten im Kanal geben. Die werden ihre esoterische Show abziehen und damit selbst klasse Burschen und standfeste Mädels verführen.

Also, paßt auf euch auf, denn ihr seid gewarnt und wißt jetzt, was auf euch zukommt.

74
HAPPY-END FÜR AUSERWÄHLTE
Markus 13

Leicht getröstet bekommen die allgemein Verunsicherten wieder etwas Farbe auf die Nase. Köbes hoffnungsfroh: *Dann ist die Lage zwar ernst, aber nicht hoffnungslos, Meister?* fragt er zaghaft den himmlischen Visionär. Aber der hat grad wieder etwas Neues entdeckt: *Von wegen. Die Lage ist hoffnungslos ... aber nicht ernst. Was hier in der Schuhschachtel von Palästina passiert, ist nichts im Vergleich zum Weltall. Dort funkts, daß die Sonne blaß wird und la bella Luna ihre Strahlkraft verliert. Die Sterne werden wie Feuerwerk aus dem Himmel fallen, und durch Billionen von Galaxien mit ihren Abermilliarden Sternen wird ein heißes Beben gehen, daß die Konstruktion des Weltalls in Gefahr gerät, wie ein Luftballon zu zerplatzen. Das geschieht an einem Freitag, dem 13., dem Tag meines großen Auftritts. Da werde ich aus Wolkenkontinenten und Flammenmeeren strahlend herabschweben mit gewaltiger Macht, begleitet von Geschwadern von Engeln. Die werden auf mein Kommando hin alle Guten zusammentrommeln vom Kongo bis Oberammergau: Schlitzaugen, Rothaarige, Pygmäen, Höhlenmenschen, Zwerge, Hippies, Feministinnen, Yuppies,*

Alternativos, Mönche, Huren, Schwarze, Blaue, Grüne, kurz alles, was einen Funken Menschlichkeit besitzt, schnell wie der Wind, vom Ende der Erde bis zum Ende des Himmels, um sie aus diesem Jammertal zu erlösen.

Jessy verstummt. Er betrachtet seine verstörte Schafherde, reibt sich die Seheraugen, setzt die Brille wieder auf und fährt fort: *Ihr erinnert euch an den Feigenbaum? Wenn die Zweige saftig werden und das Grün sprießt, erkennt ihr, daß es Sommer wird. Genauso wird es mit dem JUNIORCHEF sein, wenn er eines Tages wieder vor der Tür steht.*

Petrus kommt mal wieder nicht mit. *Wieso, du bist doch noch ganz gut im Saft.* Befreiendes Gelächter.

Jessy amüsiert: *Gut im Saft schon, aber hoffentlich nicht grün. Doch glaub mir, bevor das nicht geschehen ist, wirds mit der Menschheit kein Ende geben. Himmel und Erde werden vergehen, doch meine Worte bleiben bestehen. Das ganze hat nur einen kleinen Haken: Niemand weiß, in welchem Jahrhundert, welchem Jahr, welchem Monat, an welchem Tag und zu welcher Stunde genau der große Crash sein wird, nicht mal die Erzengel und selbst nicht der JUNIORCHEF, sondern nur der GROSSE BOSS. Und das ist wahrscheinlich auch gut so, weil ihr Angsthasen sonst nicht mehr schlafen könntet.*

75
ALLZEIT BEREIT
Markus 13

An dieser beruhigenden Stelle gerät Jessys rauschender Redefluß ins Stocken. Petrus scheint plötzlich überhaupt kein bißchen Angst mehr zu haben, denn wohliges Geschnarche säuselt erst sanft, dann immer lauter werdend unter seinem flatternden Knebelbart hervor. Während ihn Köbes brüderlich in tiefem Baß blasend begleitet, fällt der heilige Andreas isorhythmisch ein. Ein Idyll ländlich-romantischen Friedens.

Jessy runzelt fassungslos die Stirn: *Na so was. Ich male den Teufel an die Wand, und die Kerle schlafen glücklich wie in Sarahs Schoß. Das geht doch nicht. Die Zeit ist knapp.* Er legt die Hände trichterförmig an den Mund und schmettert los: *Erwachet, erwachet, der Kuckuck hat geschrien. Auf, auf, ihr faulen Knochen. Was ratzt ihr hier am hellichten Tag in meine apokalyptischen Visionen. Wozu rede ich mir den Mund fusselig, ihr Transusen. Paßt auf. Ihr wißt doch gar nicht, wann der Bär los ist. Das kann jeden Moment geschehen.*

Jessys markerschütterndes Geschrei saust den Schläfern ins Schlafzentrum und gibt ihnen einen Adrenalinstoß, daß sie in panischem Schrecken irr und wirr durcheinanderflitzen. *Hilfe, Hilfe. Der Weltuntergang,* kreischt Petrus am Rande des Herzinfarktes.

Jessy lacht homerisch: *Beruhigt euch. Setzt euch wieder hin. Faltet die Hände und leiht mir noch kurz euer Ohr. Ich bin gleich fertig. Ich will euch einen letzten survival-tip auf den Weg ins Ungewisse geben. Verhaltet euch natürlich und wachsam wie immer. Es ist so,* er hebt dozierend seinen eleganten Zeigefinger, *als ob ein Chef auf Geschäftsreise ins Ausland geht. Er gibt jedem seiner Angestellten exakte Anweisungen, was zu tun ist, besonders dem Portier und dem Nachtwächter. Also seid Nachtwächter und keine Schlafmützen. Denn ihr wißt ja nicht, wann der BOSS zurückkehrt, ob abends, um Mitternacht oder in aller HerrBOSSFrühe. Paßt auf, daß er euch nicht beim Schlafen erwischt. Das gilt für alle: allzeit bereit, damit ihr nicht aufwacht, wenn es zu spät ist. Good morning. Have a nice day. Wir sehen uns später ... Allzeit bereit.*

Damit dematerialisiert er sich vor den Augen seiner überforderten Schüler.

76
KOMPLOTT DER WEISSEN WESTEN
Markus 14

Just zur Stunde, da Jessy den Weltuntergang kommen sieht, sitzen die frustrierten Tempelbanker, heute in weißer Seidenweste zum Zeichen ihrer Reinheit, in Kaiphas' Kommandozentrale und wissen nicht weiter.

Der Störenfried muß weg. Und zwar sofort. Die Leute lachen ja schon hinter unserem Rücken. Der Respekt des Volkes schwindet von Minute zu Minute. Bald werden sie uns den Hintern zeigen, wütet Abs.

Bald ist Ostern. Wenn wir ihn nicht vor dem Fest unschädlich machen, gibts einen Volksaufstand.

Schon richtig, höchste Eisenbahn, nickt mit schweren Jahresringen unter den Augen Kaiphas. *Aber wie willst du gegen ihn vorgehen? Wir haben keine Handhabe gegen ihn. Gerissen wie er ist, ist er in keine unserer Fallen getappt.*

Shylock klopft an sein Weinglas: *Wir kidnappen ihn einfach, verpacken ihn in eine Kiste und verkaufen ihn nach Rom als Gladiator.*

Kaiphas: *Ne, ne. Das kommt nicht in die Tüte. Wie ich den kenne, legt der mit seinem Talent jeden germanischen Muskelprotz auf die Matte und wird zum Schluß noch Senator. Dann gehts uns dreckig. Der muß mit Stumpf und Stiel ausgerottet werden. Sonst sät er unablässig Zweifel und Zwietracht in die Herzen unseres Volkes.*

Das finstere Komitee umkreist sorgenschwer Kaiphas' Zedernholzschreibtisch auf der Suche nach einer Erleuchtung. Aber statt dessen wird es immer dunkler, denn langsam und unaufhaltsam schwindet die Sonne vom Himmel.

Wozu habe ich euch eigentlich als Berater angestellt, ihr Titeldarsteller? knurrt Kaiphas böse. *Da euch nichts einfällt, werden wir ihn einfach von der Tempelpolizei in einer Nacht- und Nebelaktion verhaften lassen und ihn so lange mit verzwickten Fragen nerven, bis er sich verplappert.*

Die Vorstandsmitglieder nicken froh. Keine geniale Lösung, aber immerhin eine. Man wird ja so bescheiden.

Nur Abs nörgelt: *Die Idee ist an sich gut, edler Kaiphas. Aber ich gebe zu bedenken: Nachts sind alle Ratten blau.*

Wie sollen unsere Boys wissen, wer der richtige ist? So helle sind sie nicht. Packen sie den Falschen, machen wir uns zum Gespött der Leute.

Kaiphas bohrt tief nachdenkend in seiner Oberpriesternase, die sich sehen lassen kann. Plötzlich findet er die Lösung. *Heureka!* jubelt er auf, *warum ist mir das nicht früher eingefallen, ihr Schafsköpfe?*

Die Berater sind Aug und Ohr. *Wir kaufen uns einen seiner zwölf Deppen. Der Hilfswillige soll dann Jessy mit einer markanten Geste im Finstern kennzeichnen.*

Abs ist skeptisch: *Meinst du, das klappt? Du weißt doch, wie glühend Sektierer ihren Guru verehren. Gläubige lassen sich eher zu Leberwurst verwurschten, als daß sie mit gesundem Menschenverstand ein paar Silbertaler verdienen. Völlig unberechenbares Pack.*

Jetzt aber hat Shylock eine Idee. Er, der jede verborgene Geldgier mit bloßem Auge erkennt. *Wenn mich nicht alles täuscht, hat Jessy unter seinen Goldjungen einen falschen Fuffziger. Ich meine den finsteren Melancholiker mit Silberblick, der immer so verträumt vor den Bankschaltern herumlungert. Na, wie heißt er denn noch?* Er nestelt einen Zettel aus seiner Brieftasche. *Aha, hier, das muß er sein: Judas Iskariot, 175, 27 Jahre, Augen kohlschwarz, fanatisch engstehend, unzufriedene Physiognomie, abergläubisch, leichter Silberblick, liebt glänzende Münzen, darum Kassenwart usw. usw. Ich glaube, bei dem würde eine Silberkur gut anschlagen.*

Plötzlich ist die Stimmung Froh-zu-sein-bedarf-es-wenig. Man beglückwünscht sich gegenseitig, die bekannten Vereinsmeïr-Riten (siehe Kapitel 66).

Da kann Shylock sich nicht mehr zurückhalten; stolz

kräht er: *Freunde, ich sag es nicht gerne, aber ich bin ein Genie!*

Unerhört, wieso du? entrüstet sich Kaiphas, *das war eindeutig meine Idee mit dem Verhaften bei Nacht und Nebel und dem Kauf des Mitarbeiters. Du hast eine banale Marginalie geliefert.*

Man ist verstimmt. Was ein falsches Wörtlein doch alles bewirken kann. Teufel auch.

77
JESSY WIRD GEÖLT
Markus 14

Zurück in Bethanien, schlägt Jessy sein Quartier im Haus Simons des Aussätzigen auf. Behaglich liegt er am Tisch, knuspert an seinem Fladen und kostet den süffigen Wein des Gastgebers. *Herrlich, guter Simon, dein Feiertröpfchen. Das schmeckt nach mehr.* Simon läßt sich nicht lumpen. Man hat ja nicht alle Tage so hohen Besuch.

Plötzlich fliegt die Tür auf, und Maria Magdalena, schön wie die Göttin der Morgenröte, tänzelt in den Saal, umkreist Jessy, läßt sich neben ihm aufs Kissen gleiten und zieht ein formschönes Alabastergefäß aus ihrem Ausschnitt. Das Tischgespräch verstummt. Alle blicken staunend die Schöne an, welche ernst lächelnd das Salbgefäß zerbricht. Ein silbriger Ton sirrt im Raum, hält über Jessy inne und verebbt langsam im Schweigen, während sich paradiesischer Duft ausbreitet, der allen den Atem nimmt. Wie eine Priesterin gießt sie das köstliche Parfum über Jessys Locken und massiert die Kostbarkeit mit sanften Fingern ein. Den Rest läßt sie über Jessys Füße rinnen und trocknet sie vor ihm hingekauert mit ihren langen üppigen Haaren.

Der Duft ist so lauter, klar und rein, seine Harmonie so vollkommen, daß sich eine himmlische Stimmung ausbreitet und alle in sich einschließt. Nur Judas Iskariot, durch Geldgier stumpf und empfindungslos, murrt unwillig: *Ein Skandal. Wozu verschwendest du diesen teuren Nuttendiesel. 300 Denare könnte man dafür bekommen. 300 Denare. Wenn ich daran denke, könnte ich mir vor Wut in den Hintern beißen. 300 Denare. Davon könnte eine Armee Arme satt werden.*

Jessy seufzt gequält: *Geld, Geld, Geld! Kennst du kein anderes Thema mehr? Laß sie doch. Warum kränkst du sie? Sie hat mir etwas Gutes getan. Arme Hunde findet ihr mehr als genug, aber mich, mich habt ihr nicht ewig. Sie hat getan, was sie konnte, und hat mir im voraus die letzte Ölung gegeben. Ich sage euch: Überall auf der Welt, wo demnächst meine Geschichte erzählt wird, wird nicht vergessen werden, was Maria Magdalena für mich getan hat.*

Dankbar umarmt er sie, streichelt ihr über das Haar und gibt ihr einen Kuß auf die Lippen. Da geht Judas beleidigt hinaus und macht aus seinem Herzen eine Mördergrube.

78
JUDAS WIRD ZUM JUDAS
Markus 14

Tief gekränkt stapft Judas Richtung Jerusalem mit der leeren Kasse, die bei jedem Schritt hohl gegen seinen dürren Hintern rummst. Der Arme kann einem leid tun: ein Kassenwart ohne Geld. Judas weiß zwar nicht, was er in den eleganten Einkaufsstraßen eigentlich will, aber eine innere Stimme verspricht ihm goldene Berge.

Und siehe – da trifft er auch schon auf den Versucher in Gestalt des händereibenden Shylock, der sehnsüchtig nach ihm Ausschau hält: *Moin, moin, mein guter Judas. Was schaust du trübsinnig wie ein Hund ohne Schwanz? Lacht nicht der Himmel goldig auf jedes Menschenkind hinab? Liegt nicht das Geld auf der Straße? Man muß es nur aufheben.*

Judas blickt bekümmert in den Dreck. Tatsächlich. Da lächelt ja ein Silbertaler freundlich zu ihm herauf. Er bückt sich geschwind.

Shylock grinst verkniffen: *Na siehst du. Mammon meints gut mit dir. Ich habe das Gefühl, du könntest heute eine Stange Geld verdienen. Komm mit. Glückspilze hab ich gern.*

Er hakt sich bei Judas freundschaftlich ein, damit er sichs nicht anders überlegen kann, und schleppt ihn in Richtung Tempel. Unterwegs plaudert er von gewinnträchtigen Warentermingeschäften, todsicheren Börsentips und 25-%-Gewinnen. Judas' Augen kriegen Silberglanz. Shylock siehts mit Behagen: *Na, so was. So schnell hab ich ihn weichgekocht. Das ist ein Würstchen.*

In Kaiphas' Büro kriegt Judas den schönsten Sessel unter den Hintern geschoben, Fräulein Judith legt ihm fürsorglich die Beine hoch, Kaiphas nimmt onkelhaft Judas Apostelhand zwischen seine Hohepriesterkrallen: *Ahh, Herr Judas von Iskariot. Ein immer und gern gesehener Gast. Sehr, sehr erfreut, dich in meinem bescheidenen Arbeitszimmer begrüßen zu dürfen. Was darf ich anbieten? Wein aus Gallien? Britannische Bonbons? Kandierte Damaszenerinnen? Wie war die*

Reise, mein Guter? Sitzt du bequem? Wie geht es meinem Freund Jessy?

Judas ist überwältigt vom guten Empfang. *Jessy gehts blendend. Gerade ist er mit einem 300-Denar-Öl gesalbt worden.*

Kaiphas mißgünstig: *Was, das kann der sich leisten, allerhand! So gut möchte ich es auch mal haben ... Aber zur Sache, Schätzchen. Wir wollen Jessy gern unauffällig zu versöhnlichen Gesprächen einladen – du verstehst –, sind uns aber nicht sicher, ob er kommt. Darum haben wir dich aufgrund deiner Qualitäten als Verbindungsmann gewählt. Du bist schließlich verständiger als deine Mitbrüder.*

Judas schwillt die Brust, während Kaiphas apart eine Kiste mit 30 schweren Silbertalern aufklappt. Er greift lässig hinein und läßt sie glitzernd durch seine Bankerhände rinnen.

Judas wirds warm und wohlig in seinem Clubsessel. *Was wünscht du, soll ich tun, o Kaiphas?* fragt er angesichts des edlen Interieurs gewählt den Ober-Banker.

Nicht der Rede wert, mein Lieber. Hier nimm das mal als Spesenersatz, die Kiste Silbertaler ... Alles, was du zu tun hast, ist, bei Gelegenheit unserem Empfangskomitee mit einer Geste zu zeigen, wer Jessy ist, damit es keine peinlichen Verwechslungen gibt. Kaiphas reicht dem Überglücklichen die Kiste: *So, dann amüsier dich schön. Und leg den Rest gut an. Shylock wird dir stets zu Diensten sein.* Damit ist die Audienz beendet und Judas wieder ein normaler Sterblicher.

79
DAS LETZTE GELAGE
Markus 14

Am ersten Osterfeiertag, also zur Zeit, wo es bei den Jidden zum guten Ton gehört, das Osterlamm zu schnabulieren, fragt Petrus: *Geliebter Chef, hast du dir schon Gedanken gemacht, wo wir unser Oster-Symposium veranstalten sollen? Wenn wir uns nicht beeilen, läuft die Fete ohne uns davon.*

Gut, daß dir das endlich einfällt, versetzt Jessy. *Das müssen wir heute in die Hände nehmen. He! Köbes und Hanni, wollt ihr nicht ein bißchen spazierengehen? Sondiert mal die Lage. Wenn ich nicht ganz falsch liege, werdet ihr in der Stadt auf einen Typ mit Ohrring und Wasserkrug treffen. Dem folgt wie der Teufel der armen Seele. Wo der einkehrt, heftet euch an seine Fersen und fragt den Hauswirt: »Der JUNIORCHEF fragt: Wo ist das Séparée, wo ich mit meinen Leuten Ostern feiern kann?« Er wird euch einen hübschen Saal zeigen, ausgestattet mit Teppichen, Kissen und gediegenem Festkomfort. Dort bereitet alles vor.*

Die Donnerwetterboys tigern los und wundern sich kein bißchen, daß alles genauso eintrifft, wie Jessy es prophezeit hat. Wer einen Magier zum Freund hat, den verblüfft nichts mehr, besonders dann nicht, wenns wirklich eintrifft.

Sie schwingen den Besen, schmücken den Saal mit frischem Ostergrün, verteilen geschmackvoll Ölfunzeln, Bestecke, Servietten, Becher, Weinkrüge, kurz, alles, was man zu einer anspruchsvollen Osterfeier braucht. Wieviel Ostereier versteckt wurden, ist allerdings nicht überliefert. Möglicherweise ist dieser Brauch erst neu, aus dem Mittelalter.

Kaum dämmert es, taucht Jessy mit zwölf Mann hoch zum Feierabend auf. Bis der Braten kommt, singen sie in die Knoblauchdüfte die schönen alten Lieder. Dann wird getafelt, daß Gargantua und Pantagruel vor Futterneid erblassen würden. Das Lamm ist superb, der Wein eine Wonne, das Brot knusprig, aber es will keine rechte Festfreude aufkommen. Die Ölfunzeln schauen so trübe drein, als wären sie von dunklen Vorahnungen erfüllt.

Da sagt Jessy traurig in eine der vielen Pausen: *Freunde, es ist so triste, daß die Freude von uns Abschied genommen hat. Zu Recht: Denn einer von euch, der mit mir ißt und trinkt, wird mich verraten. Wenn ich daran denke, schmeckts mir nicht mehr.*

Alle schauen betreten auf ihre Teller, und jeder denkt: Hoffentlich nicht ich!

Jessy blickt wie ein Märtyrer auf die Schüssel mit der Knoblauchsoße: *Einer von euch Zwölfen, der seine Hand mit mir in die Schüssel taucht, wird mich verraten!*

Judas entgleisen die Gesichtszüge. Schnell zieht er seine Finger zurück: *Du zweifelst an meiner Treue, Meister?*

Jessy vieldeutig: *Davon hast du nicht eben viel.* Er richtet sich auf, greift nach seinem Becher, läßt ihn im Licht der Funzeln blinken und sagt: *Ja. Es ist nicht mehr daran zu zweifeln. Es ist aus mit mir, genauso wie es im Buch der Bücher prophezeit ist. Aber wehe dem, der daran schuld ist. Für ihn wäre es besser, nicht geboren zu sein.*

Die Stimmung ist gedrückt. Keiner spricht mehr, niemand ißt mehr. Da nimmt Jessy sich das größte Brot, spricht den Segen darüber, bricht es und gibt jedem vom CVJM ein Stück: *Nehmt – das ist mein Leib.*

Dann nimmt er seinen Becher, spricht das Dankgebet und reicht ihn jedem. Alle trinken daraus, während er spricht: *Das ist mein Blut, damit trinken wir Blutsbrüderschaft, denn es wird für euch und viele andere Freunde vergossen werden.*

Die Szene wird gespenstisch. Die CVJMler getrauen sich kaum mehr zu atmen.

Judas hat als letzter getrunken. Unbeobachtet stülpt er den Becher um und ist entsetzt: Es ist rotes Blut, das auf das Tischtuch tropft. Seine Augen flackern. Sein Herz rast. Unter Zusammennahme aller Kräfte bewahrt er totenbleich Haltung.

Jessy hat leise weitergesprochen: *Freunde, glaubt mir, ich werde nicht eher einen Schluck Wein mehr trinken, bis ich es mir daheim beim GROSSEN BOSS wieder gut gehen lassen kann.*

80
BITTERE WAHRHEITEN
Markus 14

Alle haben Tränen in den Augen. Judas vor Angst. Düster hallt ihr Lobgesang ins Zwielicht der Halle. Es ist wie bei einem Begräbnis. Gespenstische Schatten winden sich an den Wänden, als sie beklommen und stumm zum Nachtspaziergang auf den Ölberg hinausziehen. Kein Lufthauch. Selbst die Zikaden haben keine Lust zum Zirpen.

Unter einem Olivenbaum bricht Jessy das Schweigen: *Ihr werdet mir alle miteinander die Treue brechen. So stehts ja schon in der Bibel: »Wenn ich den Hirten schlage, werden die Schafe auseinanderlaufen.« Aber trotzdem: Sobald ich aus dem Schlaf des Todes wieder erweckt worden bin, gehe ich euch nach Galiläa voran.*

Petrus weint laut auf: *Ach, Jessy, du Lieber. Auf eine zerrissene Freundschaft kann man keinen Flicken setzen. Und wenn dich alle hängen lassen – ich nicht. Ich schwör dir Treue bis in den Tod.*

Jessy blickt ihn gerührt an: *Ach, Petruschka, schwöre nicht. Du weißt ja nicht, was du redest. Die Angst hat schon so manchen Helden zum Feigling gemacht. Ich sage dir, heute nacht, noch bevor der Hahn zweimal kräht, wirst du mich dreimal verleugnen und schwören, daß du mich nicht kennst.*

Petrus braust auf: *Was! Ich? Niemals! Eher lasse ich mich in Stücke hauen, als dich zu verleugnen. Da kennst du mich aber schlecht.*

Alle reden plötzlich aufgeregt in die Frühlingsnacht.

Während die Helden lauthals ihre Treue beteuern, tritt Jessy stumm beiseite und blickt in den endlosen Sternenhimmel. *Bald nimmt die Zeit mich auf ihre Flügel,* sinnt er hoffnungslos und schlägt den Weg zum Gutshof Getsemani ein.

81
GEISTERSTUNDE AUF DEM ÖLBERG
Markus 14

Mitternacht. In Getsemani bellt einsam ein Hund, sonst hört man nur zwei Dutzend Füße über Stock und Stein stolpern. Jessy hat aufmerksam gezählt. Ein Paar fehlt. Der Verräter hat sich im Dunkeln aus dem Staub gemacht.

Kommt, Jungs. Setzt euch hier hin, während ich bete. Köbes, Petrus und Hanni, bitte begleitet mich. Ich brauche euch.

Er geht ein Stück abseits. Plötzlich beginnt seine leuchtende Aura zu verblassen. Etwas, was er bisher nicht kannte, ist in sein Herz gedrungen: Angst.

Er beginnt zu zittern, daß er kaum noch sprechen kann: *Freunde, steht mir bei. Mir ist zum Sterben elend. Bitte, bleibt wach, damit ich euch zu Hilfe rufen kann.*

Er stolpert gehetzt unter einen Ölbaum und wirft sich schlotternd auf die Erde. Sein Haar sträubt sich, seine seelische Energie nimmt von Minute zu Minute ab. Es ist die schrecklichste Stunde seines Lebens. Er, den unerschöpflich die Kraft des GROSSEN BOSSES beseelte, liegt todesmatt auf den Knien und fleht: *GROSSER BOSS, Vater, alles was du willst, wird*

Wirklichkeit. So hilf mir. Laß diesen Kelch an mir vorübergehen. Er schluchzt auf: *Aber dein Wille geschehe, nicht meine Schwachheit ist von Bedeutung.*

Da stürmen die Geister der Finsternis auf ihn ein. Gräßlich geplagt flüchtet er zu den Freunden, um Schutz zu suchen. Aber sie schlafen. Er rüttelt Petrus: *Petrus, mein Freund. Du schläfst. Ich sterbe vor Angst. Kannst du nicht eine Stunde wach bleiben, wenn ich dich brauche? Nehmt euch zusammen und betet, daß ihr nicht wieder einschlaft. Ach, warum ist euer Geist willig, aber euer Fleisch so schwach?*

Von Angst getrieben läuft er wieder fort zu seinem alten Platz. Er verkriecht sich unter einer Staude, schließt die Augen und betet, betet um Erlösung von dem schrecklichen Elend, das seine Seele ergriffen hat. Alle Macht des Bösen bricht über ihn herein. Er springt wieder auf und hetzt zu seinen Freunden zurück, um sich in ihren Armen zu bergen. Aber sie schlafen schon wieder und sind stumm vor Scham und Entsetzen, als sie den Verzweifelten sehen.

Ein drittes Mal versucht er die Todesangst im Gebet abzuschütteln. Aber sie wächst und wächst. Sie frißt seine Seele. Und zum letzten Mal sucht er Trost bei seinen Nächsten, aber sie schlafen gleichgültig gegenüber seiner Not.

Da spricht er gebrochen: *Schlaft weiter. Es reicht.*

Meine Stunde ist gekommen. Gleich werden die Häscher da sein. Er lauscht. *Steht auf. Laßt uns gehen. Der mich verraten hat, ist schon da.*

82
KIDNAPPING IM HEILIGEN LAND
Markus 14

Kaum hat er diese Worte gesprochen, stürmt eine Abteilung Tempelpolizei mit Schwertern und Schlagstöcken bewaffnet auf die CVJM-Gruppe los und umstellt sie. Alle drängen sich schlaftrunken und zitternd um ihren Führer. Da eilt eine Gestalt mit Kapuze auf Jessy zu, umschlingt ihn wie eine Viper in coitu, küßt ihn heuchlerisch auf den Mund und zischt: *Jessy, ich bins. Mein letzter Kuß für dich. Hab Dank für alles.*

Jessy fährt zurück, als hätte ihn eine Schlange gebissen. Aber schon legen sich harte Arme um ihn. Ketten klirren. Im Tal jaulen Hunde. Starr vor Schreck stehen die Helden vom CVJM. Nur Petrus hat die Sache überrissen. Er reißt sein Kurzschwert heraus und drischt dem Tempelpolizisten, der Jessy just in Ketten legt, krachend auf den Helm. Funken sprühen.

Ein gräßlicher Schrei. Eine Schrecksekunde lang

wird es grabesstill. Dann ist der Teufel los. Kommandos gellen, Flüche schallen. Die Hunde des Gutshofes schlagen wütend an. Jessy fühlt, wie etwas Warmes durch seine Toga rinnt, und riecht frisches Blut.

Der Polizist ist auf den Boden gesunken und hält sich klagend die Wunde. Jessy bückt sich nach etwas Schimmerndem. Es ist das abgehackte Ohr. Er hebt es auf und sagt zu dem Verletzten: *Nimm mal vorsichtig die Hand von der Wunde. Vielleicht kann ich dir helfen.* Er sagt es mit so sanfter Stimme, daß der Lärm um ihn sofort abebbt. Alle starren ihn an. Er nimmt das Ohr, drückt es an die Wundstelle und murmelt zwei, drei unverständliche Worte. Behutsam tastet der Mann nach dem Ohr: Es ist wieder fest, und statt des Schmerzes zieht wohlige Wärme durch den Kopf. Er ist stumm vor Glück.

Jetzt hebt Jessy die Stimme: *Bin ich etwa ein Gangster? Warum kommt ihr bei Nacht und Nebel, um mich mit Waffengewalt festzunehmen? Jeden Tag war ich bei euch im Tempel und habe mit den Leuten gesprochen. Warum habt ihr mich nicht dort überfallen und verhaftet? ... Ach ja. Ich weiß. Es muß wohl so sein. Mein Schicksal geht seinen Gang, wie vorausgesagt.* Tränen glitzern in seinen Augen.

Allen ist unbehaglich. Sogar die Polizisten sind gerührt. Unschlüssig stehen sie da. Diese Chance nutzen die CVJMler. Wie eine Herde verschreckter Ziegen springen sie ins rettende Dunkel. Ein junger Fan bleibt mit seinem weißen Mantel im Dorngestrüpp hängen. Während er versucht, sich loszureißen, setzt ihm ein Nahkampfspezialist nach und packt zu. Doch dem Twen ist sein Leben lieber als die Kutte: Nackt springt er in die rettende Nacht.

Verflucht! flucht der Häscher, *der ist mir durch die Lappen gegangen. Einem hätte ich gerne eine Abreibung betreffs Widerstand gegen die Tempelgewalt gegeben. Unverschämtheit, mit terroristischen Methoden Ohren abzuhacken. Aber die kriegen wir noch. Hauptsache, wir haben den Rädelsführer.*

Er wendet sich an Jessy: *He, du da! Wenn du uns die Namen deiner Freunde und ihr Versteck preisgibst, passiert dir nichts.*

Jessy nickt: *Davon bin ich überzeugt, Herr Hauptmann.*

83
LYNCHJUSTIZ IM MORGENGRAUEN
Markus 14

Im Gänsemarsch marschieren die Geheimdienstler mit dem Gekidnappten nach Jerusalem. Da im Osten der Himmel hellt, steigern sie die Geschwindigkeit. Niemand in Jerusalem darf von dem Terrorakt wissen. Im Dauerlauf zerren sie ihren Gefangenen zu Kaiphas' Stadtpalais. Petrus folgt ihnen, Büsche, Bäume und Felsen als Deckung nutzend.

Als sie Jessy durchs Tor treiben, schlüpft Petrus in einem unbeobachteten Moment in den Hof und setzt sich als Osterpilger getarnt zu den Hausangestellten ans Feuer.

Es herrscht knisternde Spannung. Oben in Kaiphas' Festsaal haben sich die Großkopfeten der Tempelbank, die Obersadduzäer und die Ältesten des Gemeinderates versammelt. Alle haben Ringe unter den Augen. Es ist noch reichlich früh. Zur Krisensitzung sind natürlich nur die eingeladen, die tief in die schmutzigen Geschäfte verwickelt sind. Die anderen haben ja nichts gegen Jessy und könnten den Ausgang des Prozesses gefährden.

Kaiphas thront auf seinem Richtersitz in blutroter Robe. Mit gebieterischer Stimme eröffnet er das Verfahren: *Führt den Angeklagten herein.* Mosche und Dajan schieben Jessy durch die Tür. Ein giftiges Raunen geht durch die Richterreihen.

Kaiphas blickt Jessy mit unverhohlenem Haß an: *Jesus von Nazareth! Du weißt, wessen du angeklagt bist?*

Jessy schaut würdevoll zurück: *Weil ich euch im Wege bin.*

Unverschämtheit, gellt Kaiphas. *Das Gericht gegen dich tagt, um die Wahrheit zu ergründen, nichts als die Wahrheit. Du bist ein Aufwiegler und BOSSESLästerer!* Er winkt dem Gerichtsdiener: *Führ die Zeugen vor.*

Die Zeugen kommen kriecherisch herein und vermeiden es, Jessy anzublicken. Manch vertrautes Gesicht ist darunter. Wie Jessy das schmerzt. Kaiphas befragt die Bestochenen: *Wie heißt du?*

Schmulchen Rebbach, euer Gnaden.

Was hast du den Angeklagten sagen hören? Der Zeuge flüstert fast: *Die Tempelpriester wirtschaften in die eigene Tasche. Sie haben aus dem Tempel eine Räuberhöhle gemacht.*

Kaiphas und seine Lynchjuristen werden grün vor Ärger. Es ist die Wahrheit, nichts als die Wahrheit. Mit einer unwilligen Handbewegung entläßt Kaiphas den unbrauchbaren Zeugen. Und so geht es weiter, zwei geschlagene Stunden lang. Alle Zeugen wiederholen peinliche Wahrheiten, an denen nicht zu rütteln ist. Die Atmosphäre wird siedend.

Kaiphas, nervös und unzufrieden: *Was sind denn das für windige Zeugen? Holt einen, der etwas Schwerwiegendes zu sagen hat.* Er knallt mit der Faust auf den Richtertisch.

Nach ein paar Minuten wird die Tür aufgerissen und ein ehrwürdiger Pharisäer am Krückstock in den Saal geleitet.

Ah, Daniel Löwendünger, freut sich Kaiphas. *Wie bitte,* röhrt der Greis. Kaiphas brüllt: *Ah, Daniel Löwendünger!*

Wie meinen? fragt der freundlich zurück. Man hört, er ist schwerhörig.

Kaiphas legt die Hände an den Mund und schmettert: *Ah, Daniel Löwendünger!*

Da lächelt der Greis: *Ja, ja, der bin ich. Worum gehts denn, Kinder?*

Kaiphas schreit sich erklärend die Lunge wund.

Ja, ja, freut sich sanft der Alte, *ich habe Jessys schöne Geschichten über BOSS und die Welt gehört. Leider spricht er immer so leise. Eines Tages aber soll er etwas erzählt haben, was mir gar nicht gefällt.*

Kaiphas reibt sich erwartungsvoll die Hände. Endlich ein gewichtiger Belastungszeuge. Kaiphas voreilig: *Wunderbar, Mann. Erzähle!*

Wie? grinst Löwendünger. Kaiphas schreit sich wiederholend heiser. *Ah, ja, so meinen.* Löwendünger streicht sich sinnend über den Lockenbart. *Die Geschichte war ungefähr so ... wie gesagt, er spricht immer so leise. Alles hab ich nicht ganz mitgekriegt. Es hat mir auch ein anderer übersetzt. Aber er hat behauptet: »Ich werde diesen Tempel abreißen, den sie mit bloßen Händen gebaut haben, und in drei Tagen einen schöneren hinsetzen, ohne eine Hand anzulegen.« So ungefähr.*

Kaiphas grinst triumphierend. Er wendet sich harsch an Jessy: *Ha, so vermessen bist du?*

Jessy bestimmt: *Nein! Der ehrwürdige Löwendünger hat die Story stocktaub von einem anderen gehört.*

Kaiphas: *Das werden wir gleich sehen.* Er blickt durchbohrend die falschen Zeugen an: *Wer von euch hat das mit dem Tempel auch gehört?*

Sie würden jeden Meineid schwören. Aber sie wissen nicht, worauf Kaiphas hinaus will und verheddern sich in Widersprüche. Schließlich verstummen alle resigniert.

Kaiphas genervt: *Jesus! Warum antwortest du nicht auf das, was sie gegen dich vorbringen?*

Jessy hüllt sich in vornehmes Schweigen. Jeder seiner ungerechten Richter und gekauften Zeugen spürt seine makellose Integrität und fühlt sich schuldig. Nur

Kaiphas, entschlossen, ihn zu vernichten, macht einen weiteren Versuch, ihm das Genick zu brechen: *Also, spiel hier nicht beleidigte Leberwurst. Bist du der Messias, der Sohn des GROSSEN BOSSES? Ja oder nein!*

Da richtet sich Jessy stolz auf. Seine Aura strahlt plötzlich wieder im alten Glanz: *Ja, ich bin es. Und ihr werdet sehen, wie ich eines Tages zur Rechten des GROSSEN BOSSES sitzen und aus den Wolken herabkommen werde.*

Im Saal erstirbt jeder Laut. Es ist, als blieben die Worte unauslöschlich im Raum. Jeder fühlt: Es ist die Wahrheit. Unsicher starren die Richter auf ihre Hände. Da springt Kaiphas, gegen die moralische Schwäche seiner Genossen ankämpfend auf und zerreißt kreischend sein Gewand: *Ihr habt es alle gehört! Was brauchen wir noch Zeugen? Er hat den GROSSEN BOSS gelästert. Was meint ihr?*

Als sie Kaiphas so kämpferisch sehen, schämen sie sich ihrer Weichheit. Ein Tumult bricht los. Alle schreien durcheinander: *Bringt ihn um! Zerbrecht ihm die Knochen! Schlagt ihn zu Brei!* Fanatisch springen sie auf, bespucken ihn, treten ihm in den Bauch, schlagen ihm ins Gesicht, höhnen: *Los, los, du Drecksau, prophezei uns, was aus dir wird!*

Häßliches Gelächter gellt durch den Saal. Die feinen Herren sind außer Rand und Band und kreischen Obszönitäten. Schließlich treiben sie Jessy mit Tritten der Tempelpolizei zu, die ihn mit Faustschlägen in Empfang nimmt und ins Verlies wirft.

84
KLEINE LÜGE ZIERT DIE REDE
Markus 14

Das Geschrei und das Klatschen der Schläge dringen bis in den Hof, wo Petrus totenbleich am Feuer sitzt und zittert. *Was schlotterst du denn so?* fragt ihn eine Magd. *Ich ..., mir is so kalt. Ich glaube, ich kriege Grippe,* sagt Petrus hohl. *Von wegen Grippe,* grinst boshaft das Mädchen, *du hast Schiß. Ich kenn dich doch! Du gehörst zu der Bande von dem Verbrecher, diesem Jesus von Nazareth.*

Petrus schlottert: *Ach wo, red keinen Unsinn. Du verwechselst mich. Ich habe noch einen Bruder ... Vielleicht meinst du den.*

Von Furcht gepackt steht er auf und verdrückt sich in den Vorhof. Die Magd geht ihm nach und starrt ihm entlarvend ins Gesicht.

Natürlich bist dus, Graubart. Lüg nicht! Sie wendet sich an die versammelten Hausangestellten und zeigt mit dem Finger auf ihn: *Das is'n Gangster. Der gehört zur Bande von Jessy. An seinem Vierkantschädel hab ich ihn sofort erkannt!*

Petrus hebt abwehrend die Hände: *Das stimmt nicht. Ich kenn den Kerl nicht. Hab noch nie von dem gehört.*

Es bildet sich ein feindlicher Ring um ihn. *Ist ers oder ist ers nicht?* Sie tuscheln miteinander. *Doch, doch. Jetzt erkenn ich ihn auch. Klar. Den habe ich mal in einer Bar getroffen. Schnaps ist sein nächster Verwandter.*

Der Hausknecht geht auf Petrus zu und haut ihm auf die Schulter: *Komm, Kumpel. Mach kein Theater. Wir haben doch kürzlich in JONAS WALFISCH miteinander gesoffen. Ich erkenn dich an deinem Sprachfehler: Du kommst aus Galiläa.*

Petrus zieht sich ins Dunkel zurück und stelzt in feinstem Hocharamäisch: *Dunnerlüttchen! Ich schwöre dir: Ich kenn den Heini nicht, von dem ihr quasselt!*

Da kräht der Hahn zum zweiten Mal, und es klingt wie: Kleine Lüge ziert die Rede! Kikkeri-ki!

Petrus bleibt geschockt in seiner Apologie stecken und kriegt glasig-hervorquellende Augen.

Der Hahn, GROSSER BOSS, schießt es ihm durch den Kopf, *der Hahn hat gekräht. Genauso, wie Jessy es prophezeit hat: Ich hab ihn dreimal verleugnet.*

Da beginnt er aus todbetrübtem Herzen so zu weinen, daß das hartgesottene Gesinde mit dem Schluchzenden Mitleid kriegt. Die Magd wischt ihm die Tränen mit der Schürze ab und sagt sanft: *Na, na, Alter, so hab ich es doch nicht gemeint. Komm, wein mal nicht. Wir lassen dich laufen.* Damit öffnet sie das Tor und schiebt Petrus in den Morgen, wo die Freiheit wohnt.

85
ENDE EINES KOPFGELDJÄGERS
Matthäus 27

Gerade als sich Petrus fröstelnd davonschleicht, taucht eine andere Gestalt am Tor auf. Sie tun, als ob sie sich nicht kennten.

Judas pocht zaghaft ans Tor: *He! Hallo. Macht auf.*

Wer ist da?

Nur ich.

Das ist überflüssig genug, knurrt die Stimme. *Wer bist du denn?*

Gut Freund. Judas. Kennst du mich nicht mehr?

Der Majordomus verwundert: *Ach du. Brauchst du mehr Geld?*

Nein! Wie stehts? Bitte sag mirs.

Was, du Kröte?

Judas verzieht schmerzlich das Gesicht. *Ich meine, was ist mit Jessy?*

Der Majordomus brummt: *Alles in Butter. Der Junge ist geständig und liegt gebündelt im Keller. Sobald es hell ist, gehts ab zum römischen Kadi ... Also ciao, machs gut und halts Maul, sonst weiß es die ganze Stadt.* Damit will er den Torspalt wieder zumachen.

Judas quetscht behend den Fuß dazwischen: *Halt, halt! Ich muß unbedingt Kaiphas sprechen. Es ist ganz wichtig.*

Der Majordomus schaut mißtrauisch auf den Verräter. Solchen Leuten kann man nicht trauen. Dann grinst er. Vielleicht hat der windige Bursche noch eine gute Idee für den Prozeß. Er macht gastfreundlich das Tor auf: *Kaiphas ist vor fünf Minuten in sein Büro gegangen. Ich bring dich hin.* Sie gehen los. Beim Tempel sagt der Majordomus: *Warte hier. Ich melde dich an.*

Er steigt in die Beletage, geht zu Kaiphas und flüstert: *Draußen steht der nützliche Idiot, der Jessy verpfiffen hat, und will dich unbedingt sprechen.* Er kneift ein Auge zu. *Vielleicht hat er brauchbares Material für den Prozeß.*

Kaiphas nickt zustimmend. *In BOSSES Namen,*

schick ihn rein. Vielleicht macht er sich ein zweites Mal nützlich. Aber erst reich mir das Rosenöl vom Sims. Der Kerl riecht so unangenehm, wie er aussieht. Eigentlich eine Schande, daß man mit solchem Pack verkehren muß. Jessy hat wenigstens Rückgrat. Aber der ... Er spuckt aus.

Kurz darauf steht Judas im Chefbüro, wo die Tempelbanker nervös ihren Morgenkaffee schlürfen. Scheu nähert er sich Kaiphas. *Morgen, Herr Kaiphas.*

Kaiphas blickt angenehm überrascht auf: *Ach, welche Überraschung, Judas, dich zu sehen. Wie gehts, wie stehts? Was machen die Geschäfte? Brauchst du einen Kredit? Verläßlichen Leuten wie dir sind wir stets zu Diensten.* Er senkt vertraulich die Stimme: *Besonders, wenn sie nützliche Tips bringen .... Hast du ein corpus delicti, das unserer Sache nützt? Du weißt, wir sind nicht kleinlich.*

Judas schluckt und druckst herum: *Kaiphas, versteh mich, ich leide gräßliche Qualen. Dauernd verfolgt mich sein Bild. Ich habe unschuldiges Blut überliefert. Ich habe aus Geldgier einen Freund verraten. Jetzt habe ich 30 Silbertaler, aber keinen einzigen Freund mehr.* Er weint auf.

Kaiphas wendet sich mißbilligend ab. Nichts als Scherereien hat man mit labilen Charakteren. *Nimm dich zusammen, du Jammerlappen. Was geschehen ist,*

ist geschehen. Und keine Macht der Welt kann es rückgängig machen. Du kannst nur noch dazu beitragen, den Prozeß zu beschleunigen.

Aber ich will nicht, stöhnt Judas. *Ich will nicht! Nehmt euer Geld zurück und laßt ihn frei. Bitte. Er ist unschuldig.*

Flehend blickt er Kaiphas aus seinen Rehaugen an. aber der ist hart wie Granit: *Du Stinktier. Hast du keine Ehre im Leib? Erst verkaufst du ihn, dann machst du schlapp.*

Erbarmen, heult der Verräter. *Er ist unschuldig, unschuldig, unschuldig.*

Die Szene ist peinlich. Alle blicken verachtend auf den Psychopathen, der kreischt und flennt. Sie wissen ja nicht, was Gewissensbisse sind.

Kaiphas hat endlich die Nase voll: *Schluß jetzt. Zisch ab, du Affe, zieh dein Theater woanders ab. Wir haben zu tun.* Er gibt der Wache einen Wink. Die legt Judas unsanft die Hand auf die Schulter und will ihn aus dem Büro zerren.

Judas wehrt sich, reißt sich los, zieht einen Lederbeutel hervor und schmeißt die 30 Silbertaler Kaiphas vor die Füße: *Da habt ihr euer Geld! Ich wills nicht!*

Das Klirren hallt süß von den Wänden. Kaiphas macht eine ungeduldige Handbewegung: *Wache! Schmeißt ihn raus.*

Mit einem Tritt fliegt Judas durch die Tür. Klagend rappelt er sich auf und rennt davon. Weinend kommt er am Ölberg an. Unter einem mächtigen Baum sinkt er zusammen und blickt ratsuchend in die aufgehende Sonne. Dann nimmt er mit zitterndem Kinn den Gürtel ab, knüpft eine Schlinge um den stärksten Ast und quält seinen Kopf hindurch. Am Himmel krächzen ein paar Raben. Sekunden später baumelt Judas zwischen Erde und Hölle.

86
HART ABER UNGERECHT
Markus 15

Kaum hat Judas das Büro zwangsverlassen, springt Kaiphas auf: *Wir müssen handeln! 7.30 Uhr. Unser Freund Pontius Pilatus ist jetzt im Büro. Ich habe ihn bereits informiert und bin zuversichtlich, daß er den Prozeß in unserem Sinne gestaltet. Wache!*

Mosche und Dajan strecken den Kopf durch die Tür. *B'fehl, Eminenz!*

Bringt den Untersuchungshäftling zum Prokurator. Aber unauffällig. Wir kommen gleich. Trotz ihrer guten Drähte zum Statthalter sind die Tempelbanker nervös. Denn Jessys Schicksal liegt in seiner Hand. Jedes Todesurteil muß von Pontius Pilatus bestätigt werden. Und wenn der gerade mal wieder seine Konzilianz mit dem Nachthemd abgelegt hat ...

Als Kaiphas und seine Vorstandskollegen im römischen Verwaltungspalast auftauchen, sitzt Pontius Pilatus bereits in seinem Sorgensitz. Ein fetter Mann mit Würstchenfingern, aus dessen Bulldoggengesicht eine von Fuchsaugen flankierte Geiernase hervorragt. Er ist mürrisch, hat schlecht geschlafen und ist mit dem falschen Bein aufgestanden. *Diese Juden mit ihren Sonderwünschen sind lästiger als palästinensische Flöhe,* grimmt er und kratzt sich den Bauchnabel. *Nicht mal ausschlafen kann man in diesem Kaff. Immer diese jüdische Hast.*

Kaiphas nähert sich mit Bücklingen und sieht sofort, daß er heute nicht besonders in Huld ist: *Lieber Pontius, entschuldige, daß ich schon zu nachtschlafender Zeit mein Sorgenpaket bei dir abgebe, aber du weißt, die Osterzeit drängt. Laß uns kurzen Prozeß machen. Zu deinen Ehren habe ich in meiner Therme ein kleines Büffet vorbereitet, garniert mit kühlen Germaninnen ....*

Was zum Teufel, am frühen Morgen Orgien? Bist du meschugge? Ich hab'n Kater! Laß diesen Kelch an mir vorübergehen ... Fangen wir an. Ich warte schon seit drei Minuten!

Kaiphas zuckt unter seiner schlotternden Toga zusammen. *Wenn das mal gut geht. Vielleicht hat ers an der Leber.* Laut: *Dein Wunsch ist mir Befehl. Entspannen wir uns nach dem Fest.*

Pontius Pilatus erhebt sich ächzend. Das römische Musikcorps, wie eine Karikatur aus Asterix, schmettert die Hymne der Gerechtigkeit, eine Katzenmusik, die allen in die sündigen Glieder fährt.

Pontius Pilatus greift sich gequält an die Schläfe und schreit: *Livius Käsius, bringt den Aufwiegler rein. Wir wollen ihn prüfen und richten.* Rätätätätäää schmettern die Trompeten.

Jessy wird in den Gerichtssaal geführt. Pontius Pilatus blickt den Angeklagten überrascht an: Wie ein Terrorist sieht der gar nicht aus. Im Gegenteil. Ernst, Würde und Klarheit gehen von ihm aus. Pilatus, sonst autoritär wie ein Feldwebel, fühlt sich neben dieser in sich ruhenden Erscheinung klein werden. Sanft und verbindlich fragt er: *Du bist der König der Juden?*

Jessy blickt ihn mit strahlenden Augen an: *Du sagst es.*

Pilatus ist verwirrt. *Wie meint er das? Es klingt, als sei es wahr.*

Doch ehe er nachhaken kann, keift Kaiphas: *Pon-*

tius, du hast es gehört, du hast es gehört. Er plant einen Umsturz. Er will sich zum König machen.

Die Jubeljuden im Saal beginnen zu rumoren: *Zum Henker mit ihm. Hoch leben die geliebten Besatzer!*

Kaiphas weiß: Die ganze Welt steht auf der Spitze der Zunge. Jetzt muß er reden, reden, reden, um die Sache durchzuboxen. Er spürt, daß Pontius Pilatus von Jessy beeindruckt ist. Gemeinste Anschuldigungen prasseln auf Jessy nieder. Kaiphas ereifert sich geifernd, bis Pontius Pilatus die Altmännerstimme im Schädel schwirrt und seine Hundebacken zittern.

Als Kaiphas Luft schöpfen muß, nimmt er alle Kraft zusammen, um den Redefluß zu stoppen: *Es reicht, Mann. Was schreist du denn so. Du sprichst mit einem zivilisierten Römer.* Im Saal wird es unruhig. Er gibt dem Musikcorps einen Wink. Das schmettert dem verdutzten Kaiphas einen Fanfarenstoß in die Lauscher. *Endlich Ruhe!*

Pilatus wendet sich an Jessy: *Du hörst, was sie gegen dich vorbringen. Willst du dich nicht verteidigen?*

Jessy winkt nicht mal ab. Pilatus ist konfus. Solche Gelassenheit hat er in seiner langen Praxis als Richter noch nie erlebt. Die Finger in den Ohren denkt er angestrengt nach. *Warum ist der alte Lüstling so scharf drauf, Jessy zu vernichten?*

Da kommt ihm die Lösung. Er grinst: *Sicher ein pri-*

vater Racheakt von Kaiphas, und ich soll den Handlanger spielen. Na warte, du Schmierenkomödiant. Heute lege ich dich rein.

Lächelnd steht Pilatus auf: *Edler Kaiphas. Du mußt zugeben: Die Beweise für Jesus' Verurteilung sind ziemlich dünn. Ich schlage daher einen Vergleich vor; das lohnt sich für beide Seiten.*

Kaiphas kriegt vor Ärger einen Gallenanfall. *Aber Pontius,* krächzt er, *der Kerl will den Staat stürzen!*

Pilatus lacht: *Das wollen viele, mein Guter. Ich schlage vor, wir lassen Jesus von der Gnade der Osterfest-Amnestie profitieren. So hast du deine Verurteilung, und er ist frei. Ein exzellenter Kompromiß.*

Ach du grüne Neune, bloß das nicht, sorgt sich Kaiphas.

Er winkt Shylock heran und flüstert: *Shylock, schnell, mach Stimmung unterm Volk. Es soll sich den Terroristen Barabas als Ostergeschenk wünschen und nicht Jessy. Pilatus will uns übers Ohr hauen. Wenn er 'n Kater hat, ist er unberechenbar!*

Shylock saust los und instruiert seine Helfershelfer. Die wiegeln das Publikum auf.

Pilatus als durchtriebener Politiker spürt sekundenschnell, was Kaiphas im Schilde führt. Er weiß: *Bevor die Pfaffen den Saal aufwiegeln, muß die Entscheidung fallen.* Er springt auf: *Liebe jüdische Mitbürger.*

Ich nehme an, daß auch ihr euch aus ganzem Herzen den König der Juden als Ostergeschenk wünscht? Er lacht gewinnend.

Aber da ist Abs endlich der zündende Slogan eingefallen. Er stimmt an: *Barabas, Barabas wollen wir aus dem Gelaß!*

Sofort fallen hundert Stimmen ein: *Barabas, Barabas wollen wir aus dem Gelaß.* Der Rhythmus wird so mitreißend, daß auch die einstimmen, die eigentlich für Jessy beten.

Plötzlich herrscht Massenhysterie. Dräuend schwillt der Kampfgesang und zerschmettert die letzte Vernunft. Als ein Tambour des römischen Musikcorps mitgerissen zu trommeln beginnt, weiß Kaiphas, der Sieg ist nah. Immer mehr Juden strömen in den Gerichtssaal, immer mächtiger dröhnt der Chor. Die Macht der Musik reißt schließlich die gesamte römische Wachabteilung in ihren Bann. Alle schreien sich hysterisch heiser.

Nur der eiserne Pilatus behält Nerven: Er will sich um nichts in der Welt von Kaiphas runterkriegen lassen. Aus der Gerichtsverhandlung wird ein Poker der Eitelkeit zwischen zwei Mächtigen. Kaiphas grinst teuflisch und dirigiert den Massenchor. Pilatus ist wütend.

Plötzlich bricht sein Unmut cholerisch aus ihm hervor. Er springt mit seinen 160 Kilo auf den Tisch und schreit wie ein römischer Imperator gegen das Geröhre an: *Ruhe! Ruhe! Ihr Wahnsinnigen! Ruhe!* Man hört ihn zwar nicht, aber um so heller sieht man seine Zornesader leuchten. Mit einer raschen Bewegung boxt er seiner brüllenden Ordonanz auf die Backe; vier Zähne zischen durch die Luft. Das hat gesessen. Sofort wird es still.

Pilatus macht eine dräuende Kunstpause, dann, in die erschreckte Stille: *Habt ihr nicht alle Tassen im Schrank? Was ist das für eine Disziplin? Wache! Wer jetzt noch ungefragt das Maul aufmacht, wird kopfamputiert. Auf der Stelle. Klar?*

Dann: *Und was soll ich jetzt mit dem machen, den ihr König der Juden nennt?*

Kaiphas sieht seine letzte Chance. Er schrillt: *Häng ihn auf! Ans Kreuz mit ihm!*

Pilatus: *Aber was hat er euch getan?*

Niemand hört mehr zu. Fanatisches Geheul erhebt sich: *Blut! Blut! Ans Kreuz mit ihm.*

Und schon wieder schreien die Soldaten mit. Pilatus sieht, diese Pokerrunde mit Kaiphas ist verloren. *Na warte, Freundchen,* zischt er gefährlich, *das nächste Mal lege ich dich rein.*

Er erhebt sich. Es wird still.

Wir kommen zum Urteil: Jesus ist des Hochverrats überführt und wird zum Tod am Kreuz verurteilt.

Rasender Beifall. Das Volk ist zufrieden. *Hoch Pilatus,* schallt es ihm entgegen.

Da straffen sich seine indignierten Züge. *Das Urteil wird sofort vollstreckt. Führt ihn hinaus und geißelt ihn nach Vorschrift.* Hochrufe. Es herrscht eine Stimmung wie beim Schlachtfest.

Barabas schenke ich euch zum Osterfest.

Heil Pilatus, heil, heil, heil, hallt es ihm um die Ohren.

Er lächelt und denkt: *Jetzt bin ich wieder fit, um mit Kaiphas in seiner Therme Versöhnung zu feiern.* Gut gelaunt winkt er dem Volk zu und Kaiphas heran: *Wir sollten uns etwas entspannen, mein Lieber. Das war ein anstrengender Tag.* Arm in Arm verlassen sie den Gerichtssaal, während Jessy von den Soldaten gepackt und abgeführt wird.

87
DAS HAUPT VOLL BLUT UND WUNDEN
Markus 15

Jessy wird ins Innere des Prätoriums geführt. Die Legionäre, aufgeheizt von der mörderischen Stimmung im Gerichtssaal, können es kaum erwarten, ihn zu quälen.

Der Centurio zu Livius Käsius: *Ein sensationeller Prozeß. Endlich mal was Besonderes.* Er lacht schadenfroh: *Hast du gesehen, wie der jüdische Oberpfaffe Pontius Pilatus reingelegt hat? Sagenhafte Leistung. Das gönn ich dem Dickarsch. Aber leider hackt eine Krähe der anderen kein Auge aus. Jetzt gehen sie schon wieder brüderlich zum Saufen. Und wir? Das machen wir auch.*

Er pfeift einem Legionär: *He, Drusus Hexenschuß, schnapp dir ein paar Mann und hol uns ein Fäßchen Wein. Aber flott. Und sag den anderen Jungs von der Kohorte Bescheid, daß wir mit dem Judenkönig eine kleine Krönungszeremonie veranstalten.*

Eine Viertelstunde später sind die Legionäre um den Wein versammelt und beginnen ihr grausiges Spiel. *Bringt den König her,* ruft der Centurio. *Wir wollen unsern Spaß haben.*

Jessy wird zu den saufenden Soldaten geführt. Humba humba täterääää, schallt die Fanfare. Alle lassen sich spöttisch vor ihm auf die Knie. Der Centurio brüllt: *Kleidet seine Majestät in den Purpur der Ohnmacht!*

Zwei Legionäre reißen Jessy die Kleider vom Leib. Alle johlen und klatschen, als Jessy nackt im kalten Hof steht. *Schaut euch den an: Nichts als Haut und Knochen. Seine königliche Hoheit haben einen unter-*

Zieht ihm seine alten Klamotten an. Aber laßt ihm die Krone auf. Die Jidden sollen ihren König sehen.

Die Soldaten binden ihm die Hände los und legen ihm das zentnerschwere Patibulum, den Querbalken des Kreuzes, auf die Schultern. Dann treiben sie ihn mit Stockschlägen zum Tor hinaus.

88
AUF DER VIA DOLOROSA
Markus 15

Draußen warten neugierige Volksmassen und Jessys Freunde, um ihn auf seinem letzten Gang zu begleiten. Als er blutüberströmt ins grelle Licht taumelt, verstummt das Gemurmel. Die Wachabteilung tritt an. Marschmusik erklingt. Zwei Tamboure schreiten trommelnd vorweg. Die Menschenmasse teilt sich. Der Trauerzug setzt sich in Bewegung. Der Weg ist gesäumt von vielen Frauen, die Jessy bleich und weinend ein letztes Lebewohl zurufen.

Langsam schleppt er sich an ihnen vorüber und blickt jeder abschiednehmend ins Herz.

Eine Frau weint auf: *Da geht die Hoffnung der Welt.*

Jessy fährt ein Stich ins Herz. Fliegen umschwirren

seine offenen Wunden. Ihn schwindelt. Plötzlich sind die Worte der Neugierigen nur noch fernes Rauschen. Ihm wird schwarz vor Augen. Die Frauen schreien auf. Jessy ist unter seinem Balken zusammengebrochen.

Eine junge Frau springt vor und wischt ihm mit einem Tuch das Gesicht ab. Es ist Maria Magdalena.

Laß das, Hexe, dröhnt der Wachsoldat und reißt sie an den Haaren zurück. *Berühren des Verbrechers ist strengstens verboten!* Er wendet sich an den Centurio: *Melde gehorsamst, der Junge hat schlapp gemacht. Was nun?*

Der Centurio kann sich ebenfalls kaum auf den Beinen halten; er kommt schwankend näher: *Ihn verdreschen nützt wohl nix, hicks. Such dir 'nen starken Gaffer. Der soll das Ding für ihn schleppen. Hab ich mir gleich gedacht, daß der Schwächling zusammenklappt. Schöner König ist das.* Er torkelt auf Jessy zu und tritt ihm in die Rippen: *He, König! Steh auf. Sei kein Spielverderber.* Jessy schlägt verwirrt die Auge auf und erhebt sich mühsam.

Derweil saust der Legionär durch die Menge und hält nach starken Muskeln Ausschau. Zufällig läuft ihm ein bäriger Bauer in den Weg. Der Legionär hält ihn am Knopf fest: *Tachchen, Muskulus, wie heißt du?*

Der Bauer ängstlich: *Ich? Simon von Cyrene. Was willst du von mir?*

Wir haben da ein Problemchen. Kennst du den Typ da, den Jesus von Nazareth?

Den Armen, den ihr kreuzigen wollt?

Richtig. Wie du siehst, ist er bockig und will nicht weiter; und wie ich sehe, hast du Lust, den Balken für ihn zu tragen.

Simon blickt den Soldaten an, als sei der nicht ganz bei Trost: *Du spinnst wohl. Warum ich denn?*

Irgendwer muß es ja machen. Du hast halt den Kürzeren gezogen. Schau, ich hab den Längeren. Er zieht das Schwert: *Los jetzt, wir haben keine Zeit.* Simon will wegspringen, doch da haut ihm der Legionär mit der flachen Klinge auf den Kopf. *Hiergeblieben, Mann. Oder wir machen dich zu Hackfleisch.*

Jemand aus der Menge kreischt: *Da hast du den Richtigen erwischt. Das ist ein Sympathisant. Der und seine sauberen Söhne Alexander und Rufus.*

Der Legionär treibt Simon zum Centurio: *Hier ist der Muskelmann. Er freut sich, das Ding für Jessy tragen zu dürfen. Alter Kumpel von ihm.* Der Centurio lallt zufrieden: *Na denn, spiel hier mal nicht Arbeiterdenkmal. Schnapp dir den Balken und ab durch die Mitte.* Seufzend läßt Simon sich das Patibulum auf die Schultern legen. Er wirft einen mitleidigen Blick auf

Jessy, dann geht er langsam nach Golgatha, das heißt auf deutsch: Schädelstätte. Jessy folgt seinem Nothelfer mit unsicheren Schritten.

89
IN SCHLECHTER GESELLSCHAFT
Markus 15

Völlig erschöpft kommt Jessy am Ziel seines irdischen Lebensweges an. Es riecht nach Tod. Schädel und Knochenreste bedecken den Boden. Drei mannshohe Pfähle ragen senkrecht gen Himmel.

Die Legionäre nehmen Simon von Cyrene den Balken ab: *Gut gemacht, Rustikus. Hast ein gutes Werk getan. Der GROSSE BOSS wirds dir lohnen. Ave Bello.*

Simon umarmt Jessy schweigend. Dann geht er todtraurig davon. Die Legionäre beginnen, den Querbalken am mittleren der drei Pfähle zu befestigen.

Schwer atmend kommt der Centurio angeächzt: *He, König. Du kannst dich ja kaum auf den Beinen halten. Setz dich noch'n paar Minuten. Hängen tust du lang genug.* Er pfeift auf den Fingern: *Hexenschuß, bring den Betäubungstrank.* Der Legionär bringt den Krug mit myrrhegewürztem Wein. Die inzwischen ernüchterten Soldaten haben jede Lust an Menschenquälerei verloren. Sie arbeiten geschäftsmäßig. *Hier, Jessy. Trink das. Dann spürst du weniger.* Jessy schüttelt ablehnend den Kopf.

Als der Querbalken befestigt ist, tritt der Centurio mit zwei Mann auf Jessy zu. Sie heben ihn auf. *Komm, wir sind fertig. Bitte erschwer uns nicht die Arbeit, und vergib uns die Spielchen. Du weißt ja: Wir haben nur unsere Pflicht getan. Also, zieh dich aus ...* Jessy steht bleich vor dem Kreuz und wirft seine Kleider ab. Dann wird er von den Soldaten ans Kreuz geführt. Sie drücken seine Arme an den Querbalken. *Julius, bring mal die Nägel, die sind da drüben im Sack.* Der Unteroffizier nimmt den Hammer: *Beiß die Zähne zusammen.* Er treibt einen Nagel mit wuchtigen Schlägen durch Jessys linken Unterarm zwischen Elle und Speiche. Jessy stößt einen gräßlichen Schrei aus.

Halte durch, wir sind gleich fertig, beruhigt ihn der Unteroffizier, während er hektisch den Nagel durch den anderen Arm schlägt. Jessy windet sich vor Qual. Ein Strom Tränen schießt aus seinen Augen. Mit einem Ruck hieven die Soldaten seinen Körper auf den Sitzpflock am senkrechten Balken. Das Hin- und Hergezerre schmerzt an den Nägelwunden so entsetzlich, daß Jessy ohnmächtig in sich zusammensinkt. Als er wieder zu sich kommt, sitzt er auf dem Pflock und kann vor Schmerzen in Brust und Schultern kaum atmen.

Da tritt ein kräftiger Legionär mit einer Eisenstange auf ihn zu. *Tut mir leid, Mann. Aber wir müssen noch deine Füße annageln. Das ist Vorschrift.* Er holt mit der Stange aus und schlägt mit aller Kraft fünfmal auf Jessys Schienbeine. Als die schrecklichen Schläge dumpf die Knochen durchschlagen, wird es totenstill um den Gemarterten. Selbst die rauhen Krieger weichen unwillkürlich zurück. Er wimmert vor sich hin. Seine Peiniger heben ihn wieder auf den Pflock, drehen mit ein paar Handgriffen die zertrümmerten Schienbeine parallel und nageln einen dritten Eisenpflock durch beide Fersen ans Kreuz.

Dann werfen sie den Hammer weg, breiten die Kleider des Gekreuzigten aus und knobeln, wer was bekommt.

Es ist neun Uhr morgens. Die Sonne brennt. Durst quält den Todesmatten. Schwärme von Fliegen bedecken seinen geschundenen Körper.

Der Centurio, inzwischen nüchtern, geht nachdenklich auf und ab. *Irgendwas Besonderes ist an diesem Menschen.* Fast mitleidig blickt er die zerstörte menschliche Gestalt am Kreuz an: *He, Hexenschuß. Wir haben vergessen, ihm eine Gedenktafel zu widmen. Hol'n Brett und schreib drauf: »Der König der*

Juden.« Das bringt über seinem Kopf an, damit jeder weiß, wer hier hängt.

Unbehaglich nimmt er seinen Weg wieder auf. *Scheißjob. Immer foltern, quälen, umbringen.* Da sieht er, wie zwei weitere Todeskandidaten aus der Stadt nach Golgatha geführt werden. *Hätts beinahe vergessen. Wir müssen ja noch die beiden Straßenräuber verarzten. Das erleichtert mir das Herz. Die beiden haben es zweifellos verdient.*

Innerhalb einer Viertelstunde leistet das gut eingearbeitete Exekutionskommando ganze Arbeit. So kommt es, daß Jessy den Rest seines Lebens in schlechter Gesellschaft verbringt. Einen Verbrecher zu jeder Seite, sehnt er nur noch den Tod herbei.

90
GNADENLOSE LÄSTERZUNGEN
Markus

Mehr und mehr Leute drängen aus Jerusalem nach Golgatha, um das dramatische Schauspiel zu genießen. Man sieht ja nicht jeden Tag die Todesqualen eines Gekreuzigten. Familien mit Oma und Säugling, Kryptosadisten und Skins mit ihren Bräuten, Henkerlehrlinge, pensionierte Kerkermeister – alles will sich ein bißchen gruseln.

Seht euch den Vogel an, wie komisch der am Schragen flattert, plärrt ein betrunkener Halbstarker einer Schar Mitpubeszenten zu. *Als Gammlerkönig hast du doch sonst 'ne große Lippe riskiert. Wolltest du nicht den Tempel abreißen und in drei Tagen wieder aufbauen? Jetzt sammel mal deine eigenen Knochen zusammen und mach 'ne Fliege. Komm runter und rette dich, du Blindgänger.*

Die Kreuzigung wird nach und nach zum Volksfest. Wein- und Wasserverkäufer gehen mit Erfrischungsgetränken umher, ein geschäftstüchtiger Metzger grillt Würstchen, eine Bäuerin bietet leckere Käsebrötchen feil.

Auf einmal geht ein Raunen durch die Schaulustigen: *Die Tempelpriester und die anderen Großkopfeten. Da schau her. Was wollen denn die feinen Pinkel hier?*

Gemessenen Schritts, flankiert von einer Abteilung Tempelpolizei, zieht Kaiphas mit seinen Lynchjuristen zur Richtstätte, um sich an den Qualen seines Feindes zu ergötzen.

Bei Jessys Kreuz stillt er seinen Durst genüßlich mit einem Glas Rotwein. Beschwingt kräht er: *Schaut euch diesen Typ an. Man erkennt ihn ja kaum wieder. Wie klein der auf einmal ist. Richtig rührend.*

Jessy hat die Augen geschlossen. Aber er hört jedes Wort.

Kaiphas gut gelaunt: *BOSSlob, das hat geklappt. Da hängt er richtig. Warum hat er auch das Maul so voll genommen? Andren hat er geholfen, aber wenns ihm an den Kragen geht, ist er ein kläglicher Versager.* Er wendet sich an Jessy: *Na, Messias, König der Juden. Hängst du bequem? Kriech vom Kreuz. Wenn du das schaffst, beten wir dich an.*

Die feinen Herren lachen und prosten sich zu. Ihr Spott ist so ätzend, daß sogar die armen Sünder links und rechts von Jessy angesteckt werden. *He, Wunderdoktor, zeig uns, wie man davonfliegt. Sonst holt uns der Teufel.* Japsend lachen sie an ihren Kreuzen, während Jessy vor Schmerz und Einsamkeit den Lebenswillen verliert. Alle Freunde und Gefährten haben ihn verlassen. Das ist schlimmer als die Todesqualen, die von Minute zu Minute unerträglicher werden.

91
RENDEZVOUS MIT DEM SCHICKSAL
Markus 15

Jessy müht sich verzweifelt, die furchtbare Zerrung an den Nägelwunden zu lindern, indem er alle Muskeln anspannt und sich aufrecht hält. Doch in immer kürzeren Intervallen verlassen ihn die Kräfte. Sinkt er zusammen, fährt sofort der stechende Schmerz in die Unterarme. Es ist ein hoffnungsloser Kampf gegen Schmerz und Tod.

Die unbeweglichen Arme werden eiskalt: Das Blut stockt in den Adern. Muskelkrämpfe schütteln den Gekreuzigten, das überanstrengte Herz hämmert rasend in der Brust. Er röchelt. Langsam staut sich das Blut in der Lunge.

Halbbetäubt erblickt er sich plötzlich aus den Wolken herabschauend am Kreuz. Dort hängt ein jämmerlich verzerrtes Menschlein und windet sich in Qualen, genauso, wie er es dreimal vorausgesehen hat. Er fühlt, wie seine Seele sich langsam vom Körper trennt.

Um 12 Uhr mittags senkt sich innerhalb von Minuten Nachtdunkel aufs Land. Angst geht um. Hals über Kopf verlassen die Schaulustigen den Ort des Grauens.

Die Soldaten und die wenigen zurückgebliebenen Zivilisten drängen sich aneinander. Ein paar Kinder weinen. Ein alter Mann blickt traurig in die Nacht: *Die Sonne ist untergegangen und wird nicht wiederkommen.*

Um drei Uhr nachmittags schreit Jessy aus tiefer Not: *Eloi, Eloi, Lama sabachtani.*

Kalkweiß ruft das Söhnchen des Wurstgrillers: *Papa, Papa, hör! Er schreit nach Elias.*

Nein, nein, beruhigt ihn der aschfahle Vater. *Er hat gerufen: GROSSER BOSS, Vater, warum hast du mich verlassen?*

Ein gegruselter Sadist läuft eilig davon und holt einen Schwamm voll Essig. Den steckt er Jessy in den Mund und zwingt ihn, die brennende Flüssigkeit zu trinken. Da stößt Jessy einen markerschütternden Schrei in den Himmel und haucht seine Seele aus.

Schlagartig wird es taghell, und im gleichen Augenblick reißt der Vorhang des Tempels mitten entzwei. Kaiphas und seine Verschworenen laufen in Panik auseinander. *Das war ein Fingerzeig des GROSSEN BOSSES,* jammert Shylock händeringend. *Was haben wir getan?*

Während im Tempel alles drunter und drüber geht, steht der Centurio erschüttert vor Jessys angenagelter sterblicher Hülle. Die toten Augen blicken ihn so intensiv an, daß er sich die Hände vors Gesicht schlägt. Er hat Mühe zu sprechen: *Leute... wenn das nicht der*

Sohn des GROSSEN BOSSES war, bin ich der Kaiser von China.

Ach, Jessy. Wenn du gewußt hättest, daß es doch einige liebe Menschen gibt, die treu deine letzte Stunde mit dir geteilt haben – du wärest nicht so einsam und verzweifelt gestorben.

Ein paar hundert Meter entfernt, versteckt unter einem Ölbaum, stehen ein paar Frauen und rühren sich nicht vom Fleck. Es sind Maria Magdalena, die ihn liebt, Maria, die Mutter von Joses und dem kleinen Jakob, Salome, eine Freundin aus Galiläa, und noch einige Frauen, die ihn nach Jerusalem begleiteten. Stumm, ohne Tränen, haben sie Jessys Tod erlitten.

Ich weiß, daß er lebt, sagt Maria Magdalena mit tonloser Stimme. *Wir sehen ihn wieder.*

92
DAS TOR ZU DEN STERNEN
Markus 15

Auch dieser trostlose Tag, der später einmal Karfreitag heißen wird, geht schließlich vorüber. Als es dunkel wird, klopft ein Gast an Pontius Pilatus' Palasttür. Die

Wache schaut durch den Spion: *Wer bist du, was bist du, was willst du?*

Der feine Herr antwortet in elegantem Latein: *Guten Abend, Herr Gefreiter, ich bin Joseph von Arimatäa, Ratsherr der Stadt Jerusalem, alter Bekannter des Statthalters. Ich bitte um eine Audienz.*

Die Wache saust zum Feldwebel: *Da draußen steht ein Jidd in Maßtoga und bittet in druckreif gedrechselten Sätzen um ein Quasselstündchen bei Pilli. Der stinkt nach Geist und Geld. Sicher'n Kumpel von Kaiphas.*

Der Feldwebel schnieft durch die Nase: *Laß'n rin. Ich fühl bei Pilli nach, ob er Bock auf'n Snack hat.*

Drei Minuten später ist er wieder da und verneigt sich devot vor dem levantinischen Beau: *Willkommen, Exzellenz, seine Exzellenz lassen bitten.*

Als Joseph den Salon betritt, erhebt sich Pilatus: *Sehr erfreut, dich zu sehen. Endlich mal ein Jude mit Herz und Charakter. Wein, Konfekt, Kaffee, mein Lieber? Fühl dich wie zu Hause.* Er klatscht in die Hände. Ein Mohrenknabe taucht lautlos auf. *Sarotti, bring Wein vom Jahrgang 07, helvetische Leckerli und ein Kännchen Mokka.*

Er wendet sich an Joseph. *Mir ist ganz elend von Kaiphas' Orgie. Außerdem habe ich psychischen Kater. Kaiphas hat mich da in diesen ungustiösen Prozeß gezogen. Eine dubiose Geschichte. Mir waren leider die Hände gebunden. Hab sie später in aller Unschuld gewaschen ... aber was nützt das dem jungen Mann? Kennst du Kaiphas' Opfer? Eine eindrucksvolle Erscheinung.*

Joseph von Arimatäa nickt traurig. *Ja, ich kannte ihn. Ein unwiederbringlicher Verlust.*

Pilatus: *Was heißt kannte? Der kann doch noch nicht tot sein. Nach der neuen Kreuzigungsmethode dauert die Exekution 12 Stunden.*

Nein, nein. Er ist sicher tot. Eine Freundin von ihm hat ihn sterben sehen. Sie hats mir gerade erzählt.

Pilatus verwirrt: *So schnell? Der muß einen Schutzengel haben.*

Während Sarotti die Erfrischungen aufträgt, zerquetscht Joseph diskret eine Träne. Dann nimmt er seinen Mut zusammen und bekennt: *Pilatus, alles was Jessy gesagt und gewirkt hat, hat mich tief ergriffen. Er war ein Übermensch, ein König von Gestalt, Geist und Seele. Darum möchte ich ihm ein würdiges Grab bereiten. Bitte überlaß mir seine sterbliche Hülle.*

Pilatus überrascht: *Joseph, entschuldige vielmals. Aber das geht nicht. Verbrecher müssen vorschriftsmäßig auf Golgatha verscharrt werden.*

Joseph eindringlich: *Bitte, gib ihn mir. Damit könntest du einen Teil deiner Schuld gutmachen.* Er flüstert drohend: *Er ist der Sohn des GROSSEN BOSSES, und er wird zurückkommen, um seine ungerechten Richter zu richten. Sieh dich vor. Die Geier kreisen.*

Pilatus kriegt plötzlich kalte Füße. *Komm, komm, mal mal den Teufel nicht an die Wand.* Dann pfeift er aufgeregt nach Sarotti: *Nimm die Beine in die Hand und lauf zum Centurio nach Golgatha. Der soll sofort kommen. Sofort!*

Wenig später trifft der Beorderte ein: *Salve Prokurator!*

Red nicht herum, Nullus, setz dich und berichte Hergang und Stand der Kreuzigung.

Nullus gibt einen dramatischen Bericht. Pilatus bricht der Schweiß aus. *Ich fürchte, uns ist ein Justizirrtum unterlaufen. Ist der Mann schon hundertprozentig tot? Oder lebt er noch ein bißchen? Vielleicht können wir ihn auf der Intensivstation wieder zusammenflicken?*

Zu spät, Exzellenz, du rettest den Feind nicht mehr. Um drei Uhr hat er abgehoben.

Was? schreien Joseph und Pilatus wie aus einem Munde, *er ist weg?*

Nein, nein, beruhigt Nullus sie, *um drei Uhr flog seine Seele zum GROSSEN BOSS. Seinen Körper hat er zurückgelassen. Der ist zum Fliegen nicht mehr zu gebrauchen.*

Pilatus hat der Bericht niedergeschmettert. Er hockt wie ein kleiner Buddha mit gekreuzten Beinen im Sessel und stottert: *Dieser verdammte Kaiphas. Das hat der Lustgreis mir eingebrockt.* Zu Nullus: *Also pflück ihn ab und schenk ihn Joseph, damit er sein Ehrengrab bekommt.*

Joseph verneigt sich dankbar: *Diese gute Tat wird dir nicht vergessen werden.*

Dein Wort in Jessys Ohr, hofft Pilatus, *hoffentlich kann ich heute nacht schlafen. Also machs gut ... und vergiß mich nicht.*

Nullus und Joseph eilen zum Tatort. Unterwegs saust Joseph in eine Tuchhandlung: *Ich kaufe schnell einen Ballen Leinwand. Geh voraus und nimm Jessys Leichnam vorsichtig ab.*

Als Joseph auf Golgatha ankommt, haben die Soldaten, was von Jessy übrig ist, vom Kreuz genommen und auf einen Karren gelegt. *Hier ist der Junge, wir haben ihn handlich verpackt. So kannst du ihn leichter transportieren. Macht 10 Taler Trinkgeld.* Seufzend zieht Joseph seine golddurchwirkte Börse. Was das alles kostet!

Dann nimmt er die Deichsel und zieht mit der zusammengeklappten Leiche davon.

Nullus ist inzwischen so melancholisch wie Pilatus. *Hexenschuß, ich glaube, ich werde alt. Meine Nerven halten das nicht mehr aus. Ich gehe in Pension; hübsche Frau, kleines Gärtchen, ein paar Kinder – das ist ein glückliches Leben* ... Da stockt ihm die Rede. Die beiden Gangster am Kreuz stoßen ihren Todesschrei aus. Nullus hält sich die Ohren zu. Hexenschuß: *Jetzt sind sie endlich hin. Ich konnts schon nicht mehr mit ansehen.*

Als Joseph von Arimatäa mit seiner traurigen Last zum Felsengrab hinabrumpelt, treten ihm plötzlich zwei schwarze Gestalten in den Weg. Er schrickt zusammen: *Was wollt ihr? Ich habe nichts als einen Toten und ein bißchen Leinwand, um ihn einzuhüllen.*

Seine Angst verfliegt, als er eine sanfte Hand auf der Schulter spürt und eine warme Stimme hört: *Fürchte dich nicht, wir sind es, Maria Magdalena und Maria, die Mutter vom kleinen Köbes. Wir wollen dir helfen.*

Die beiden Frauen fassen nach der Deichsel. Die Nacht ist vollkommen still. Traurig schauen ein paar Sterne herab. Da beginnt Maria Magdalena zu singen: *Der Tod ist groß, wir sind die Seinen, lachenden Munds. Wenn wir uns mitten im Leben meinen, wagt er zu weinen, mitten in uns.* Der Text, den rund 1900 Jahre später ein Dichter namens Rilke in wunderbares Deutsch bringen wird, geht Maria und Joseph so zu Herzen, daß sie ergriffen mitsingen.

Schön, richtig schön ist das, sagt Joseph anerkennend. Er hüstelt verlegen: *Ähem, ähem. Wißt ihr, ich habe mir etwas Besonderes für Jessys Grab ausgedacht. Wenn wir ihn zur letzten Ruhe gebettet und den Grabstein vor die Gruft gerollt haben, dann lasse ich einen Spruch zum ewigen Angedenken an den JUNIORCHEF einmeißeln.* Die Frauen sind gespannt. *Und wie soll der heißen?* Joseph eitel: *Hier liege ich, ich kann nicht anders! ... Wie findet ihr das? Ist doch genial!*

Die Frauen werfen sich einen verstohlenen Blick zu: *Naja ... ist das nicht ein bißchen dick?* Joseph beleidigt: *War ja nur eine Idee. Wir können auch einfach schreiben: »Zum ewigen Gedenken«.* Maria Magdalena: *Warum muß denn immer überall was drauf stehen. Laß das Grab, wie es ist. Wenn Jessy wiederkommt, stimmt der Text sowieso nicht mehr.*

Damit ist die Diskussion beendet und der Trauerzug an der Gruft angekommen. Behutsam heben sie den teuren Verstorbenen aus dem Wägelchen, waschen ihn, wickeln ihn in Linnen, bahren ihn auf, küssen ihn zum Abschied und wälzen den Rollstein vor den Eingang. *Das ist sein Tor zu den Sternen,* flüstert Maria Magdalena und bricht in Tränen aus.

93
DER GEIST IN DER GRUFT
Markus 16

Kaum ist der Schabbes, der Karsamstag sozusagen, vorbei, kaufen Maria Magdalena, Salome und die Köbesmutter Maria ein paar Kilo Tigerbalsam, um Jessy mit einer duftenden Schutzhülle für die Reise ins Weltall zu versehen.

In aller HerrBOSSfrühe, die Sonne beleuchtet rosenzart den ersten orthodoxen Ostersonntag der Weltgeschichte, nähern sie sich eilig der Gruft.

Vielleicht hätten wir'n paar starke Männer mitnehmen sollen, sorgt sich Maria Magdalena, *wie sollen wir mit unseren schwachen Kräften den schweren Stein wegrollen?* Salome, jung und keck, sieht kein Problem: *Das packen wir schon. Jessy hat immer gesagt: »Du mußt dir nur vorstellen, daß es bereits geschehen ist, dann geht alles wie von selbst.« Also: Simsalabim, der Stein ist weg.*

Just in diesem Moment kommen sie um die letzte Wegbiegung zum Grab. Salome begeistert: *Hosianna, was hab ich gesagt? Ein bißchen Zauberei macht sorgenfrei.* Der Stein ist weg.

Maria Magdalena und Maria zwo ist unbehaglich. *Das geht nicht mit rechten Dingen zu. Vorsicht. Viel-*

leicht sind Räuber oder Römer im Grab. Auf Zehenspitzen nähern sie sich dem Eingang. Sie lauschen.

Alles ist totenstill. *Kommt,* flüstert Maria Magdalena, *wir gehen leise hinein.* Einander Mut machend, fassen sie sich an die Hände und schleichen ins Dunkel. Es riecht nach Weihrauch, aber sie können die Hand nicht vor den Augen sehen. Langsam gewöhnen sie sich an die Dunkelheit. Da kreischt Salome: *Heiliger Mose hilf, ein Geist, Hilfe!*

Die drei Frauen klammern sich aneinander. Langsam erhebt sich das Gespenst: *Keine Angst, ihr Schönen, lauft nicht fort.* Jetzt erkennen sie unter einem durchsichtigen weißen Gewand einen Jüngling von Traumgestalt und himmlischen Gesichtszügen.

Ihr sucht Jessy von Nazareth, den gekreuzigten JUNIORCHEF? Freut euch, er ist wieder lebendig. Schaut, dort ist die Stelle, wo er lag. Die Stimme des schimmernden Jünglings verhallt glockenrein im Gewölbe. Es klingt nach Sphärenmusik. Den Frauen wird ganz warm in der Brust. *Also, geht getröstet heim und sagt Petrus und den Jungs von CVJM: »Er ist euch nach Galiläa vorausgeeilt. Dort werdet ihr ihn treffen, wie versprochen.«* Und damit löst sich der Engel vor ihren Augen auf. Verwirrt verstecken sie sich in ihren Zimmern und erzählen kein Sterbenswörtchen von der Begegnung dritter Art. Sie haben Angst, daß man sie für verrückt hält.

94
DAS GROSSE COMEBACK
Markus 16

Ein paar Tage darauf wird Maria Magdalena mitten in der Nacht wach. Unruhig richtet sie sich auf und lauscht angespannt ins Dunkel. Irgendwas ist im Raum. Sie hält den Atem an. Ja. Da ist es wieder: ein leises Rascheln. Sie verkriecht sich in die Polster und zieht die Bettdecke über den Kopf. Doch dann denkt sie, was nutzt die Bettdecke, ich brauche Mut.

Mit zitternder Stimme sagt sie: *Wer du auch bist, verschwinde, oder ich schreie.*

Da spricht der Unsichtbare: *Ich bin es. Du brauchst keine Angst zu haben.*

Maria Magdalena: *Wer ... ich ...*

Plötzlich löst sich eine leuchtende Gestalt aus der Wand. Sie staunt: *Du, der schöne Jüngling aus der Gruft?*

Ja, aus der Gruft, sagt eine Grabesstimme, worin ein warmes Lächeln klingt. *Ich bin putzmunter von den Toten auferstanden.*

Maria Magdalena stößt einen Schrei aus. Dann springt sie nackt aus dem Bett und wirft sich der Lichtgestalt in die Arme: *Jessy, Jessy, ich wußte, daß du wiederkommst. Endlich bist du da, wie gut.* Sie schmiegt sich an ihn. *Komm, fühl mein Herz, es brennt ...* Jessy küßt sie zärtlich und sagt: *Schön, die Verse von Sappho, besonders in dieser Nacht.* Sie spürt sein Herz an ihres pochen. *Wie lebendig dein Herz schlägt.*

Sie setzen sich umschlungen aufs Bett. Und dann ... ja, und dann erzählen sie sich ihre Erlebnisse nach dem schrecklichen Freitag, den die Welt von da nie wieder vergißt.

Als es dämmert, steht Jessy auf. *Ich muß fort. Wir sehen uns in der besten aller Welten.* Er küßt sie zum Abschied. *Ich hätte im CVJM eigentlich nur Frauen aufnehmen sollen. Diese Dösköppe haben kein Gramm Hirn unter dem Schabbesdeckel.* Er betrachtet sie liebevoll: *Du hast Stärke, Sicherheit, Wärme des Herzens und zudem ein leichtes Gemüt, kurz: eine ideale Frau zum Heiraten. Eigentlich schade, daß wir uns so spät kennengelernt haben ... aber,* er lächelt spitzbübisch, *reden wir demnächst weiter ... Und berichte den Trauerklößen vom CVJM von unserem Rendezvous. Ich wette, sie werdens nicht glauben. Na, ich werde die Hasenfüße schon auf Trab bringen.* Er wirft ihr eine Kußhand zu und verschwindet durch die Decke.

Maria Magdalena, zehn Jahre verjüngt, schminkt sich trällernd vor dem Spiegel, dann läuft sie auf leisen Sandalen zu den desolaten CVJMlern, die vereint in einer Dachkammer Trübsal blasend schnarchen. *Wacht auf, der Morgenstern ist aufgegangen,* schallt sie österlich beschwingt in die Grunzrunde.

Was, was, was? prustet Petrus und schiebt sein sorgenzerknittertes Gesicht gähnend in den Tag. Maria Magdalena jubelt: *Er war die halbe Nacht bei mir. Ganz lebendig und frisch. Das ist ein Mann, ein herrlicher Mann.*

Die Ratzer knurren aufgeschreckt: *Was heißt auferstanden ...? Blöde Gans, du hast erotische Träume.* Köbes grinst anzüglich: *Und wie war er? Himmlisch?*

Da beugt Maria Magdalena sich herab und rumms, brennt ihm die Backe: *Du Drecksack. Ich komme, um euch die Frohbotschaft zu verkünden, und ihr suhlt euch in Obszönitäten. Pfui Teufel.* Sie spuckt aus, tritt dem weitersägenden Bartholomäus in den Leibesschwerpunkt, und weg ist sie. *Ich glaube, die Dame ist etwas überreizt,* nuschelt der gekränkte Köbes.

Zehn Minuten nach der dissonanten Ohrfeige stürmen Andreas und Philippus, die CVJM-Küchenbullen, die Treppe rauf. Sie kommen aus Emmaus, wo sie bei fördernden CVJM-Sympathisantinnen Verpflegung geschnorrt haben. Atemlos berichten sie: *Da wird doch der Hund in der Pfanne verrückt. Gerade, als der Morgenstern der Sonne zulächelt, machen wir Rast an einer Quelle, da nimmt plötzlich zwischen zwei Ölbäu-*

men eine unheimliche Gestalt Gestalt an. Die CVJMler richten sich gespannt auf. *Meine Güte, war ich erschreckt. Mir ist glatt ein Bissen Ziegenkäse im Hals steckengeblieben. Der Typ sah aus wie ein Feldherr. Majestätisch und furchteinflößend bewegt er sich auf uns zu. Mir schnattert der Kiefer, ich schreie: »Nimm, was du willst, nur nicht unser Leben.« Da lacht er dröhnend durch Mark und Pfennig: »Euer Leben? Das habe ich bereits. Andy und Piepo! Warum zittert euer Doppelkinn wie Pudding? Ich bins, Jessy. Wie ihr seht, quicklebendig und in bester Kondition.«*

Wir starren ihn an wie ein Wesen von einem anderen Stern. »Was glotzt ihr so? Stört euch meine Montur?« Damit klappt er das Visier hoch, und wir erkennen ihn an seinen lachenden Augen. Ich rufe: »Jessy, ich denke, du bist tot!« Er lacht. »Das war ein Trick, um Tod und Teufel zu überlisten und euch den Weg ins Paradies zu ebnen. Einer muß schließlich den ersten Schritt zur Erneuerung tun.« Dann setzt er sich zu uns, und wir reden und freuen uns. Dann umarmt er uns – und schwupp ist er weg. Toll, was?

Köbes tippt sich an die Stirn: *Ja, ja. Wers glaubt, wird selig. Daß die hysterische Tante Halluzinationen kriegt, war vorauszusehen. Aber daß ihr, wohlgenährte standhafte Mannsbilder, Geister seht, das geht mir auf den Geist.*

Alle grinsen die perplexen Küchenbullen nachsichtig an. Petrus hat gerade Kaffee gekocht. *Kommt, kommt, beruhigt euch a bissi. Habt ihr gestern dem ollen Melchisedek das Faß ausgeleert? Hier, trinkt mal 'n Käffchen, der holt euch in die Wirklichkeit.*

Jetzt sind die Informanten sauer: *Aber wir schwören, wir haben ihn gesehen. Wirklich! Glaubts uns. Keinen Geist, sondern fleischlich und bumperlgsund. Warum glaubt ihr uns nicht?*

Petrus winkt vielsagend ab und beginnt den Frühstückstisch zu decken: *Auf, auf, Jungs, das Mahl ist bereitet, wie lieblich riecht der Käse zart. Kommt, essen wir, und vergessen wir die Spökenkiekerei. Wir müssen kühlen Kopf bewahren und überlegen, wie es weitergehen soll, jetzt, wo unser geliebter Führer nicht mehr unter uns weilt.* Andy und Piepo verlassen indigniert die Dachkammer.

Am Abend des nämlichen Tages sitzen die CVJMler im Schneidersitz beim sit in und üben sich in Strategie und Taktik. Nach sechs Stunden Grundsatzdiskussion ist die Situation verworrener als zuvor. Köbes beschimpft Andy und Piepo als Phantasten, Petrus und Hanni kabbeln sich um den Führungsanspruch, die einen wollen heim nach Galiläa, andere ins quirlige Jerusalem.

Endlich hat Thomas die Nase voll: *Schluß jetzt. Ihr*

seid Chaoten. Mir stehts bis Oberkante Unterkiefer. Alles heiße Luft. Ich betrachte lieber Sternbilder. Ciao. Er knallt die Tür zu.

Soll der doch abhauen, mieselt Köbes, *solche Nieten sind zur Umstrukturierung der Gesellschaft eh nicht zu brauchen. Wir brauchen Arbeiter und keine Redner. Radikal Ärmel aufgekrempelt und in die Hände ...*

Tja, dann spuck mal schön. Aber was nützts, wenn ihr keinen Plan habt. Alles muß durchdacht, geplant und organisiert werden, hallt plötzlich eine Stimme aus dem Kamin.

Die Strategen werden knochenweiß und kriegen schweißnasse Hände. *Wer bist du, Geist aus dem Kamin?* fragt Petrus nach einer bangen Pause. Statt einer Antwort zuckt ein Blitz, schallt ein Knall, und eine flammende Gestalt steht auf dem Teppich. Alle halten sich geblendet die Augen zu und winseln. *Herr Geist, Herr Geist, röste uns nicht im Feuer der Verdammnis.*

Der Flammengeist beginnt, sich wie ein Derwisch zu drehen, Funken fauchen über die bebenden CVJMler, an ihren Gewändern flackern kleine Lichter, Dach und Wände wirbeln davon, und der CVJM saust mit dem Fußboden als Floß in ein infernalisches Flammenmeer. Während der rasenden Fahrt hören sie eine siedende Stimme: *Ich härte euch im Feuer der Erkenntnis, ich verwandel euch Blechbüchsen in Stahlkugeln.*

Den Auserwählten ist heiß und kalt. Die Angst gießt ihnen Eismeere den Rücken hinab, von vorne werden sie unbarmherzig gebraten. Dann, mit einem Schlag, ist der Spuk vorbei, und Jessy steht im Raum und lacht: *Ihr seid mir schöne Freunde. Warum muß ich immer erst eine Show abziehen, bevor ihr mir vertraut? Nur starker Glaube gibt Sicherheit und Kraft. Habe ich nicht gesagt, daß ich wiederkomme? Habe ich euch jemals im Stich gelassen? Habe ich nicht Maria Magdalena mit der Nachricht zu euch geschickt, daß ich lebe? Habe ich nicht Andy und Piepo beim Picknick getroffen, um euch Trost zu geben? Guter BOSS, ihr wißt es, und ihr glaubt mir nicht.*

Er geht von einem zum anderen und umarmt alle. *So, wie fühle ich mich an?*

Da bricht ein Jubel los: *Jessy, Hosianna, jetzt, wo wir dich gesehen und gefühlt haben, wissen wir die Wahrheit. Du weißt doch: Glauben heißt nicht wissen. Aber jetzt gehen wir mit dir durch dick und dünn. Unser Vertrauen währt ewig.*

Jetzt, da ihr Führer im Raum steht, sind wieder alle Helden. Immer dasselbe. Jessy blinzelt sie skeptisch an: *Wirklich?*

Petrus springt auf: *Ich schwöre dir* . . . Doch da wird er rot und bricht ab.

Was, mein Guter? fragt Jessy sanft.

Petrus stottert: *Ich schwöre, ich schwöre, wir freuen uns riesig über dich und feiern jetzt ein tolles Fest.*

Und so startet das erste, etwas verspätete christliche Osterfest der Weltgeschichte, denn Jesus Christus, der von Maria Magdalena Gesalbte, ist schließlich wohlbehalten auferstanden von den Toten. Hanni komponiert ex tempore einen Jubelhymnus, der Jahrhunderte überleben wird: *Jessy ist erstanden, von den Martern allen, drum soll'n wir alle froh sein, Jessy unser Trost sein, Kyrieeleis. Halleluja.*

Um halb eins, das Fest braust wie ein Segelschiff im Orkan, alle sind selig beschwingt und sehr bewegt, erhebt sich Jessy. *Freunde, es war wunderschön. Ich danke euch. Ich muß jetzt fort. Salute. Wir sehen und hören uns. Bis bald.* Pfeilschnell saust er durch den Kamin davon. Aber das erstaunt und ängstigt keinen mehr. Denn von dieser Nacht an haben die frommen Gläubigen nur die eine Angst, daß ihnen der Himmel auf den Kopf fallen könnte.

95
DURCHS LOCH DER ERKENNTNIS
Johannes 20

Wenig später kehrt Tommy sternhagelnüchtern zurück und wundert sich über den Heidenlärm im CVJM-Heim. Behutsam macht er die Tür auf: *Was ist denn hier los? Seid ihr vom wilden Affen gebissen? So trauert ihr um Jessy?*

Hey, Briederchen, begrüßt ihn trunken vor Wein und Glück Petrus Ziegelstein. *Er war hier, wir haben ihn gesehen. Er kam als Flammengeist durch den Ofen. Tolle Show. Dann hat er uns Feuer unter dem Hintern gemacht. Seitdem brennt das Licht der Erkenntnis in unseren Herzen. Er lebt. Halleluja.* Er stimmt lallend an: *Jessy ist erstanden …* und die Zecher fallen lärmend ein.

Tommy steckt die Finger in die Ohren. Er brüllt: *Seid ihr alle übergeschnappt? Die nervöse Kuh hat euch mit ihrer Hysterie angesteckt. Ich schwöre euch: Solange ich nicht die Wundmale der Nägel an seinen Armen sehe und wenigstens einen Finger durchgesteckt habe und mit meiner Hand nicht in seine Seite gelangt habe, nehme ich euch die Story nicht ab. Ich bin der einzige hier, der noch alle Tassen im Schrank hat.*

Petrus, heute generös im Verzeihen: *Komm, Alter, du mußt es glauben. Wir glaubens ja auch. Hicks.*

Tommy blickt ihn genervt an: *Weißt du was, Petrus? Steter Tropfen höhlt die Leber.* Er tauscht die alkoholgeschwängerte Atmosphäre gegen die sternklare Frühlingsnacht.

Acht Tage später, der CVJM bastelt wieder fruchtlos an der Zukunft, springt die Tür auf, und Jessy tritt ein, als wär er just Zigaretten holen gegangen. *Grüß BOSS und Schalom, Jungs.*

Hanni winkt: *Hey, Jessy. Schön, daß du vorbeischaust. Wir haben nämlich ein Problem ...*

Weiter kommt er nicht. Tommy ist mit einem Seufzer zusammengesackt. Jessy: *Ich sehs schon, da liegt es und braucht Erste Hilfe.* Er legt dem Entrückten die Hand auf die Stirn. Der schlägt die Äuglein auf und starrt Jessy starr an. *Ruhig, ruhig mein Junge. Deine Nerven sind etwas schwach. Nimm jeden Tag drei Tropfen Gloria mundi, mach drei Kniebeugen, dann wirds wieder.*

Tommy macht den Mund auf, aber es kommt kein Ton. Jessy: *Was, die Sprache hast du auch verloren?* Tommy nickt mit aufgerissenen Augen. *Tja, wo kann die nur geblieben sein?* Jessy schaut sich im Zimmer um. *Ah, dort oben.* Er reckt sich, greift ins Regal und schiebt Tommy die Hand mit der entfleuchten Sprache in den Mund. *So, versuchs mal.*

Tommy hustet, gurgelt, runzt, dann knorzt er: *Jessy. Danke. Hast du mich erschreckt.*

Jessy: *Du bist ja das Muster eines Ungläubigen. Hier, steck mal deinen Finger in dieses Loch.*

Er hält ihm seinen Arm mit dem Nagelloch hin. Tommy graust es: *Nä, nä, ich glaubs auch so, daß dus bist.* Aber Jessy läßt nicht locker. Zitternd steckt Tommy seinen Finger durch den Arm.

Dann knöpft Jessy die Toga auf und führt Tommys Hand an seine Seite. *Na? Was denkst du, Boy? Bin ichs, oder ist es der Heilige Geist?*

Tommy mit frommem Augenaufschlag: *Du bist es, Jessy. Warum bin ich immer nur so kleingläubig?* Er schämt sich sehr.

Jessy tröstend: *Wirf deine Angst weg, mein Freund. Ab heute bist du ein neuer Mensch.*

96
VÖLKER, HÖRT DIE SIGNALE
Markus 16

Jessy wendet sich vom neubekehrten Patienten an die Altgläubigen: *Freunde, eine strahlende Zukunft liegt vor euch. Eure weitere Karriere ist klar vorgezeichnet.*

Wir müssen raus aus dem miefigen, provinziellen Palästina, hinein in die weite Welt und international werden.

Während ich mich ins Weltall begebe, um von dort über den Wolken schwebend die Geschicke unseres Konzerns strategisch zu lenken, erweitert ihr Schritt für Schritt die Organisation, sucht neue Mitarbeiter in aller Welt und gründet Filialen. Hierbei lege ich euch besonders die Frauen ans Herz.

Von den neuen Tochtergemeinden aus bereitet ihr die seelische Umstrukturierung von Hütte zu Palast, von Kuhkaff zu Metropole, von China bis Chile vor, bis eines Tages der Globus vor Freude tanzt. Denn wer euch glaubt und sich taufen läßt, der ist für immer und ewig gerettet. Amen.

Die ungläubigen Tommys dagegen werden in die Wüste geschickt und müssen dort bei 50 Grad im Schatten schuften. Aber die Selbstsüchtigen wollen es ja nicht anders.

Wer hingegen den Egoismus fahren läßt und clean im Glauben an Wahrheit, Vernunft, Einsicht, Güte, Liebe und Menschlichkeit ist, dem werden magische Kräfte wachsen, und problemlos wird er in meinem Namen Teufel und Dämonen in die Hölle zurückschicken und ruckzuck wildfremde Sprachen sprechen, wenns nötig ist. Er wird mit Schlangen spielen, als obs

Regenwürmer wären, und wer den Schierlingsbecher leert oder ein Fliegenpilzommelett verspeist, wird vom Gift kein Bauchweh kriegen. Leuten, die das Zipperlein oder der Keuchhusten plagt, braucht er bloß die Hand aufzulegen, und schon können die Bresthaften die Arztkosten sparen.

Freunde, mehr brauche ich euch nicht zu sagen. Das andere wißt ihr schon. Ihr kennt jeden Handgriff. Ihr habt ein ausgezeichnetes Studium hinter euch. Daher promoviere ich euch heute zu Erzheiligen. Solange die Erde sich dreht, wird man euch nicht vergessen.

So long. Machts gut. Und wenn ihr ein Problem habt, ruft mich an, ich gehe immer an den Apparat und gebe Ratschläge.

Er umarmt alle, küßt sie. Dann steigt er aufs Dach. Dort winkt er wie nach einem Taxi. Eine mercedesgroße Wolke saust heran. Jessy springt auf, macht nochmal Winkewinke, und dann rast er auf der Milchstraße mit Lichtgeschwindigkeit zum Paradies, um ja das Mittagessen beim GROSSEN BOSS nicht zu versäumen.

Die 11 Erzheiligen blicken verträumt ihrem Großen Vorsitzenden nach, dann packen sie ihre Plünnen und ziehen in alle Welt hinaus, um die dauerhafteste Organisation der Humanität aufzubauen.

So gründete der JUNIORCHEF den ersten selbstverwalteten Betrieb der Weltgeschichte: die Heilige Mutter Kirche. Jauchzet, frohlocket.

FINIS.

NACHWORT FÜR SCHRIFTGELEHRTE

Jeder, der diesen wunderbaren Stoff sprachlich neu gestaltet, sei es der Autor des um 830 entstandenen HELIAND, sei es der Verfasser des JUNIORCHEFs rund 1150 Jahre später, hat dasselbe Problem: Er muß aus den vier Evangelien eine neue Version kompilieren. Einfach deshalb, weil jeder Evangelist Abenteuer oder Reden Jesu überliefert, die bei den anderen nicht oder nicht so lebendig vorkommen.

Ich wählte als »Leittext« das Markus-Evangelium, das früheste und sprachlich einfachste. Es sprach mich durch seine schlichte, klare, nicht moralisierende Schilderung an. Diesen Text ergänzte ich mit Passagen aus Matthäus, Lukas und Johannes, um nicht auf Schlüsselgeschichten wie die vom verlorenen Sohn oder die kraftvolle Bergpredigt verzichten zu müssen. Auf dieser Basis erzählte ich dann unbeschwert drauflos, was mir der Heilige Geist eingab. Jesu Kernsätze habe ich dabei nach Möglichkeit im ursprünglichen Wortlaut erhalten, um sie nicht zu verfälschen.

Pharisäer und Schriftgelehrte werden bemerken, daß es sich hier nicht um eine Nacherzählung des gesamten NEUEN TESTAMENTs handelt. Der Grund ist einfach: Die übrigen Kapitel haben mit dem Erdenleben des JUNIORCHEFs so wenig zu tun, daß ich schmerzlos darauf verzichten konnte. So blieb ich beim reinen Evangelium. Und weil das Wort FROHBOTSCHAFT bedeutet, war es mir wichtig, daß es auch fröhlich zugeht. Daher der unbekümmerte Umgang mit dem Material, die Wortspiele, die unkonventionelle Behandlung der Gestalt des Meisters, dem der Humor aus den Augen blitzt.

Ich denke, wenn im NEUEN TESTAMENT, in den Texten der Kirchenväter und späterer Theologen soviel von christlicher Lebensfreude und heiterer Gelassenheit die Rede ist, warum sollen dann Jesus und seine Freunde muffige Frömmler gewesen sein?

Wer wissen möchte, wo ich lammfromm der Vorlage gefolgt oder respektlos von dieser abgewichen bin, der wird beim Vergleich des JUNIORCHEFs mit den kanonischen Texten manche Überraschung erleben.

Protestgeschrei und Pingelei engherziger Pharisäer

aber nehme ich furchtlos auf mich, im Herzen wissend, daß der JUNIORCHEF selbst verstockten Sündern großzügig vergibt.

Also, Brüder und Schwestern, »freut euch allezeit« (Apostel Paulus), denn »ein Heiliger, der traurig ist, ist ein trauriger Heiliger« (Yogi Sri Yukteswar).

Und zum Schluß ein Dankeschön für die Heiligen und Sünder

Pfarrer Wolfgang Meier, Blansingen, und Pfarrer Josef Zemliczka, Krumau, für die kritische Durchsicht des Manuskriptes; Uschi Mitterbauer fürs Tippen und ihre lustigen Einfälle, die ich ohne Copyright-Vermerk in den JUNIORCHEF aufgenommen habe; Jesko von Schwichow, Karl Blume, Winfried Schmelz und Gerald Blaich, meine frommen Freunde, die mir mit ihrem Lachen während meiner »theologischen« Lesungen Mut machten; die Eichbörner Vito von Eichborn und Uwe Gruhle, die ich durch meine Missonsarbeit als überzeugte Anhänger des JUNIORCHEFs gewinnen konnte, sowie many thanks den Grammatikern Bernd Kuhne und Franz V. Spechtler, die mit ihren Argusaugen über die Reinheit des Textes wachten.

Michael Korth